笠間書院

染谷智幸
Someya Tomoyuki

冒険 淫風 怪異

東アジア古典小説の世界

Adventure, Sensual customs, Mystery : The world of East Asian classic novels

冒険　淫風　怪異

東アジア古典小説の世界

目次

第Ⅲ部 淫風

第Ⅳ部　怪異

第V部　朝鮮古典小説の世界

序

東アジア古典小説史は可能か——十六・七世紀のアジアへ向けて

現在の東アジアは、主に経済が吸引力となって、政治・文化・諸科学などが接近し、様々な交流と摩擦を引き起こしている。そしてその中から「東アジア」とは何かが急速に問われ始めている。本書は、この「東アジアとは何か」を、十六・七世紀にこの地域・海域に広がった小説を基にして考えようとしたものである。本書でシンボライズした「冒険」「淫風」「怪異」とは、十六・七世紀に、東アジア小説のテーマとして広く共有されたものだが、このテーマが広がった背景には、前代（古代・中世）や後代（近代・現代）にはない人間への深い信頼があった。

東アジアの古典小説史。

東アジアの古典、とくに物語・小説を研究する者にとって、一度は鳥瞰し、論じてみたい課題である。しかし、それは『西遊記』の三蔵法師《さんぞうほうし》一行の旅と同じく、あまりに茫漠としていて掴《つか》みどころがない。中国・朝鮮*・ベトナム、そして日本、そこでは古くから多くの小説が書かれており、その一つの歴史を叙述することさえ大変な作業であるのに、その全体を論じなければならないとすれば、神通自在な三蔵法師ならぬ我々が、躊躇するのもやむを得まい。

しかし、現在の東アジアは経済が吸引力となって、政治・文化・諸科学など急速に接近しつつあり、かつ様々な文化が、交流と摩擦を引き起こしつつあることも周知のことであろう。そうした中、この「東アジア」とは何かが、諸方面から問われつつある。

人文科学の分野で、第二次大戦後、最初にこの問いの答えを試みたのは歴史の分野であった。「東アジア」が、隣接する地域・海域であり歴史上の共通項を沢山抱えているのだから、それは至極当然の結果である。しかし、日中韓の歴史教科書問題に象徴されるように、この東アジアの歴史叙述が摩擦を解消するばかりか、さらなる摩擦を引き起こしたことは記憶に新しい。東アジアの歴史は政治的に見れば、中国を中心に戦争に明け暮れた歴史でもあったのだから、それは当然と言えば当然である。戦争の歴史叙述は、人々に忘れかけていた憎しみや悲しみを呼び起こす。

こうした血にまみれた歴史とその叙述を、癒《いや》し糺《ただ》してきたのは常に文学であった。日本を例にとるならば、阿《あ》倍仲麻呂《べのなかまろ》と李白《りはく》・王維《おうい》を始めとする唐の詩人たちの交流、中世の禅僧たちと渡来僧、江戸時代の朝鮮通信使と日本文人の詩文のやり取り、大正時代、日朝美術の啓発に努めた柳宗悦《やなぎむねよし》のエッセイ、第二次大戦後の日本の反戦小説（竹山道雄・壷井栄など）、現代の韓流ドラマ等々である。もとより文学が戦争や過度な民族主義・ナショナリズムに加担したことがあったことは周知のことであるから、手放しで文学を称賛するわけには行かないが、しかし、中国を中心にして生みだされた文学の数々が、漢字漢文とともに東アジアに伝搬し、戦争や災害で荒廃した、それぞれの民族の心田を耕し続けたことは紛れもない事実である。このことは文学研究者がもっと高らかに誇って良いことである。

そうした東アジアの人々の交流に、古典小説がどのような役割を果たしたのか、本書はそれを十六・七世紀とその前後に絞って考えようとするものである。

＊

では、なぜ十六・七世紀の小説なのか。

チェコの作家（フランス在）のミラン・クンデラが『小説の精神』（金井裕・浅野敏夫訳、法政大学出版局、一九九〇年）で言ったように、ヨーロッパで小説が発生したのは、神が至高の審判者の地位から退場したために、世界が「突然おそるべき両義性のなか」に置かれた十七世紀前後である。またそこで小説が中心になったのは、小説というスタイルが極めて新しいもの（Novel＝新奇）であったことにもよるが、同じく『小説の精神』でクンデラが言ったように、「突然おそるべき両義性のなか」に投げ出された丸裸の人間を、その丸裸のまま捉えようとしたのが小説だったからである。ただクンデラは小説の発生をヨーロッパ固有のものとするが、それは間違いだ。丸裸の人間を丸裸のまま捉えるのが小説ならば、これはアジアにも、と言うより、アジアにこそ当てはまる。東アジアでもヨーロッパとほぼ同時期に同じような状況が生まれつつあったからである。

もとより東アジアにおいては、ヨーロッパのような神の退場という明確な事態は無かったが（神仏が徐々に相対化されて信仰心は弱まり大衆化していったが）、中国の元《げん》が始めた交易中心の政策、特に南海交易を始めとする海の交易が、東アジア諸国を巻き込んで、大交流時代（元による南海交易が始められた十三世紀末から日本が海禁政策を行う十七世紀初頭あたりまでを指す）とも呼ぶべき交易の時代を生み出していた（ここに後のヨーロッパ大航海時代が結び付く)。この東アジアの大交流時代の交易が、いかに巨大なものであり、人類史上においても大きな意味を持っていたのかについては、当のアジアよりも、欧米の、主に経済史・交易史研究から解き明かされてきた。

たとえば、フェルナン・ブローデル(フランスの歴史学者、地中海を中心に世界的な交易・資本制を研究)や、イマニュエル・ウォーラスティン(アメリカの歴史学者、世界システム論を提唱)、アンドレ・クンダー・フランク(アメリカの経済史学者、『リオリエント』によって西洋中心主義批判)などがその代表である。彼らの登場によって、世界史、とくに中世末~近代史は大きく塗り替えられてしまった感がある。彼らが提唱した世界システム論や、脱ヨーロッパ、脱地域、脱陸地史観は、私が中学・高校の時代に教わった世界史、特に新大陸の発見から劇的に展開するヨーロッパの近代文明史を一地方の神話にしてしまったようだ。たとえば、ブローデルやフランクに影響を受けた評論、浜下武志『朝貢システムと近代アジア』(岩波書店、一九九七年)、小林多加士『海のアジア史』(藤原書店、一九九七年)や山下範久『世界システム論で読む日本』(講談社メチエ、二〇〇三年)などを一読するならば、従前の近代史とはあまりに違う歴史が詳述されていて驚かされる。

特に従来、大陸やそこで発達した国家・帝国を中心に歴史が組み立てられてきたことへの反省として、海の交易から歴史を見直す作業は極めて魅力的である。日本でも近年、大林太良・金谷匡人・網野善彦氏を中心に、そうした作業が盛んに行われてきたのだが、これが世界史のレベルになると、その劇的な転換もまたスケールが大きい。たとえば、これを象徴するのが、中国は明《みん》の時代の鄭和《ていわ》(馬和、一三七一~一四三三?)による東南アジア・中東・アフリカ方面への数度に亘る大遠征であろう。明の永楽帝《えいらくてい》の命を受けたこの大航海は、総勢二万数千人、数百の艦船に及んだと言う(上田信『海と帝国 明清時代』中国の歴史09、講談社、二〇〇五年)。その総司令官が鄭和であり、宝船《ほうせん》という旗艦に乗り三万人近くの艦隊を統括したらしい。この宝船は一説に全長百二十メートルで、約百年後（一四九二年）のコロンブスが大陸発見のために乗り込んだサンタマリア号が全長二十六メートルであったことを考えると、まさに巨艦であり、鄭和の船団はさながら動く帝国の様相を呈していた。

こうした史実の掘り起こしが、新大陸の発見とか、ヨーロッパによる大航海時代の到来という歴史的テーゼを色あせたものにしてしまったことは言うまでもないが、それは世界史におけるヨーロッパの優位がごく最近ののであったこともまた明らかにしたのである。玉木俊明氏によればヨーロッパとアジアの優位が逆転したのは十八世紀も後半に入ってからとのことである（『近代ヨーロッパの誕生』講談社選書メチエ、二〇〇九年）。すなわち、ヨーロッパが産業革命を起こし世界の近代を先駆ける前、世界は幾つかの中心を持っていたのであり、その一つとして東アジアの海の世界が大きなイニシアティブを持っていたのである。

＊

この東アジアの海に起きた大規模な交易・交流は、それまでの伝統的文化やその価値、特に中国を中心とした中華思想や朝貢体制を動揺させ、脱階層的で自由闊達な世界を生み出していった。それは後に資本主義の萌芽論争が起きた明末清初の中国海岸部、蘇州・南京などの諸都市（余英時『中国近世の宗教論理と商人精神』森紀子訳、平凡社、一九九一年、参照）や日本の堺・博多などの自由都市の発達によく表れている。その結果、ヨーロッパと似たような「おそるべき両義性」に満ちた世界が現出し、そうした大交流時代の後末期である十六・七世紀に東アジアで多くの小説が生まれたのである。

この十六・七世紀に東アジアで生まれた小説は、実に様々な内容を持っているが、本書はこれを「冒険」「淫風」「怪異」という三つの観点から論じるものである。何故この三つなのか、その理由を一言で言うならば、十六・七世紀の東アジアに新しく登場した小説の世界観を、この三つが最もよく示しているからである。

最初に、「冒険」から説明してみたい。

先にミラン・クンデラの『小説の精神』を引きながらヨーロッパ小説の発生について若干触れたが、同書でクンデラは、ヨーロッパ近代小説の先駆けが『ドン・キホーテ』『ガリバー旅行記』『ロビンソン・クルーソーの冒険』といったように、その悉くが冒険小説であったことを指摘している。この点は東アジアも同じである。

たとえば、東アジア小説の濫觴《らんしょう》と言って良い、中国四大奇書『三国志演義』『西遊記』『水滸伝』『金瓶梅《きんぺいばい》』のうちの三作、『西遊記』『水滸伝』『金瓶梅』はどれも冒険小説と呼ぶにふさわしい内容を持っている。まず『西遊記』は三蔵法師と悟空・猪八戒ら弟子たちの取経《しゅけい》物語で、天竺へ向けての道中、様々な国で妖怪退治を繰り広げる当に冒険譚である。また『水滸伝』は宋江《そうこう》を筆頭とする百八人の盗賊たちが、山東省西部にある大沼沢に浮かぶ梁山泊に、理想郷を作ろうとした冒険活劇である。また『金瓶梅』は外面的にはほとんど動きのない物語だが、個人の秘め事である性の世界を余す所なく描き出している。所謂インナートリップであり、性の冒険小説と言ってよい**。

しかし更に重要なのは、ヨーロッパの小説が、至高の神が審判者の地位から退場した後に現れたのと同じように、東アジアの小説も、千年以上に渡って君臨していた中華世界が揺籃・崩壊した後に、登場してきたことである。

それを端的に示すのは、上記三作品が、中華思想の中心たる儒教的世界が忌避してきた怪力乱神《かいりょくらんしん》（『論語』）

を正面から描き出していたことである。たとえば『西遊記』の描いた魑魅魍魎の世界は怪力乱神の当に「怪」の世界を作り出していたし、『水滸伝』は、明の稀代の反逆児、李卓吾（一五二七〜一六〇二）が、本作を高く評価したことが象徴するように、中国皇帝を中心とする支配体制への激しい反抗小説、または「発憤《はっぷん》小説」（李卓吾の『水滸伝評』）であった。また『金瓶梅』は、倫理道徳を捨てて情欲に走る人間を実に魅惑的に描き出していた。すなわち、中華文明が永く培ってきた儒教的・礼教的な世界観を、これらの小説は悉く踏みにじっていたのである。

これらの物語が東アジアに与えた影響は極めて大きく、本書の「冒険」をテーマとする第Ⅱ部では、特に『水滸伝』の精神を受け継ぐ東アジア小説の大きな流れを論じることになる（**第Ⅱ部・第Ⅰ章「英雄は東アジアの海へ――『水滸伝』の宋江《そうこう》から『椿説弓張月』の為朝《ためとも》まで」**）。そこで詳しく述べるように、『水滸伝』には社会を思いのままに作り直そうとする「快活《コワイホ》（自由）」と、無拘束の「快活」という二つの「快活」があるとすれば（高橋俊男『水滸伝の世界』大修館書店、一九八七年）、前者の対社会的な「快活《コワイホ》」はその反骨精神とともに主に朝鮮に受け継がれ、後者の無拘束の「快活」は主に日本に受け継がれていったという図式が浮かび上がって来る。

とはいえ、東アジアの冒険小説の流れの全てを『水滸伝』や四大奇書からの水脈で説明できるわけではない。日本には、井原西鶴の『日本永代蔵』を始めとする経済小説が生まれており、その中には海商を中心とした商人たちの経済活動をめぐる冒険の数々が描き出されていたからである。西鶴の経済小説は、中華文明とはほとんど関係を持たず、その淵源を辿れば東アジア海域の倭寇や海商に連なる（拙著『西鶴小説論』第一部、翰林書房、二〇〇五年）。また後述するように、『水滸伝』を水脈とする海洋冒険小説の多くも、東アジア海域への強烈な思慕の念を持っていた。この点を考えれば、この海域に起きていた巨大な交易・交流世界の重要さを再認識しないわけにはいかない。本書では、こうした点を踏まえて、西鶴が江戸時代の商人を、倭寇の成長・発展と位置付けていた可能性について論じることにする（**第Ⅱ部・第2章「大交流時代の終焉と倭寇の成長—近世漁業の成立と西鶴の『日本永代蔵』」**）。

＊

次に「淫風」。

東アジア海域に起こった巨大な交易・交流世界において多くの富や金銀が動いたことは言うまでもない。この金銀の主流が、アメリカや日本で産出された「銀」であることは良く知られた話で（田代和生「一七・一八世紀東アジア域内交易における日本銀」『アジア交易圏と日本工業化』藤原書店、二〇〇一年、など）、四大奇書に出てくる豪傑たちの酒屋への支払いも、役人の賄賂も、また西鶴小説に出てくる吝嗇家が必死に貯め込もうとしたのも全てこの「銀」であった。この「銀」や東アジア海域の豊富な産物を求めて、多くの人間たちが集まった結果、東アジア海域に多くの都市が生まれ、発展したのである。

この都市とは中国の南京や蘇州、朝鮮のソウル、日本の博多や大坂などであったが、これらは当時の文化的中心地であるとともに、また集住した人間たちの欲望が際限なく開放される空間でもあった。よってこれらの都市には例外なく遊女や遊廓が存在した。

もとより、遊女や遊廓は、古くから存在したものであり、この時期に限られるものではない。しかし、**第Ⅲ部・第1章「妓女・妓生・遊女—東アジアの遊女と遊廓」**で詳しく検討するように、この十六・七世紀の遊女・

遊廓は特別な存在である。それは、この時期の遊女・遊廓ほど、文化的にも文学的にも、多くのスポットライトが当てられたことはなかったからである（但し日本は十八世紀を含めて考える必要がある）。これは後の近現代を含めても、同じことが言えるだろう。

なぜこの時期の遊女・遊廓はそれだけ注目されたのか。

一つには、都市に集住していた人間（特に男性）に遊里・遊廓が極めて魅力的な空間を提供していたからであろう。それは単にセックスの供給だけを意味しない。むしろ通常の恋愛や性愛では味わうことのできない「自由円満」な世界がそこには出現していたのである。また遊女を始めとして全てのものを金銀で贖うことができるという資本制的価値観は、それまでの東アジアを席巻していた身分制度やその価値観を覆し始めていたと考えられる（**第Ⅲ部・第2章「日本の遊女・遊廓と「自由円満」なる世界」**）。

さらに見逃してはならないのは、遊廓は様々な文化の坩堝《るつぼ》でもあったことである。遊廓の文化は人間の五感に即した極めて感覚的なものであったが、同時に低俗ではなく、雅《みやび》で高尚なもの、即ち雅俗全般に渡っていたことが特徴である。従来の東アジア文化史では、遊廓の文化を正面から取り扱ったものが少ないが、遊廓には文化史を構築する上で極めて重要な痕跡が多く遺されている（**第Ⅲ部・第3章「五感の開放区としての遊廓」**）。

しかし、ほぼ同時期に活況を呈した東アジアの遊廓であっても、中国・朝鮮・日本では遊女の管理、遊廓の仕組みや制度において違いが見られる。特に朝鮮と日本の遊女・遊廓の在り方は対照的なものが見られ、ここに日朝両文化の根本的な違いが露出している（**第Ⅲ部・第1章**）。

＊

最後に「怪異」。

柳田國男が『妖怪談義』の冒頭で言っているように、妖怪や怪異の問題は、そうしたものが実在するかどうかではない。怪異を怖がる＝必要とする人間側の意識の問題である。人間の時代である大交流時代以後に怪異小説が隆盛したのには、そうした関係がある。確かに、都市においては神仏に対する信仰心が薄らいだが、日々生起する理解し難い現象は減らない。むしろ社会が発展すればするほど、その影＝ダークサイドが増えてくる。そうしたダークサイドを人間に寄り添う形で説明するのが「怪異」である。

東アジア全般に大きな影響を与えた怪異小説『剪灯新話《せんとうしんわ》』（瞿佑《くゆう》作）の舞台が、中国の南京・蘇州・寧波（明洲）・嘉興（浙江省）などといった海域の諸都市であったことは偶然ではない。こうした諸都市の急速な発展によって生まれたダークサイドは人々を不安に陥れる。その心の隙間を埋めるべく怪異小説が求められたのである。『剪灯新話』中の名作で日本にも大きな影響を与えた「牡丹灯記」、そこに登場する死霊が、寧波（明洲）の賑やかな灯籠祭がはけた一瞬の寂寥と、妻を亡くした寡男《やもお》（主人公・喬）の心の空白を衝いて現れたのには、そうした背景がある。怪異小説はまさに都市の産物なのである。

周知のように、この『剪灯新話』は東アジアに広く伝播し、朝鮮・日本・越南《ベトナム》などに影響作・追随作を多く生み出した。その展開はそれぞれの地域の民俗・風俗と相俟って、独特の怪異小説となって生まれ変わった。ところが、従来の日本における『剪灯新話』の伝播研究は、日本に軸足を取られ過ぎていて、それぞれの地域の独自性を見失っているものが多い。特に朝鮮への『剪灯新話』伝播とその影響作には、極めて重要な問題が伏在しているのに、朝鮮の怪異小説を中国から日本への中継地点としてしか把握していないケースが多い。その伏在している問題の幾つかを「牡丹灯記」の伝播に沿って論じたのが、**第Ⅳ部第１章「引き裂かれた護符―『剪灯新話』**

の東アジアへの伝搬」である。また、この自国に過剰に引きつける解釈は、韓国側の研究においても同様で、『剪灯新話』の影響作である『金鰲新話』を、東アジアから切り離し、ナショナリスティックな立場から評価を与えるケースが多く見られる。**第Ⅳ部第2章「天下要衝のユートピア―『金鰲新話《クモシナ》』の世界」**では、そうした日韓の独我論を超えるべく『金鰲新話』を「天下要衝」という朝鮮の地政学的観点から捉え直してみた。

なお、今の怪異小説に限らないが、東アジアの文学を日本から論じる場合、朝鮮を無視したり、日中の中継地点としてのみ捉えたり、または中国に含めるという形で隠蔽してしまうことがまま見られる。この隠蔽が江戸時代の、本居宣長の文業あたりから続くものであるとすると（子安宣邦共編者「「韓」の痕跡と「日本」の成立」『歴史共同体としての東アジア』藤原書店、二〇〇七年）、いささか根深い問題であると言わざるをえない。

こうした状況への警鐘と補足の意味もこめて、**第Ⅴ部**はテーマを「朝鮮古典小説の世界」とし、**第1章「熱狂のリアリズム―朝鮮古典小説の世界」**と**第2章「『九雲記《グーウンギ》』に表れた日本軍と東アジア世界」**を収録した。

*

なお、本書全体を纏める形で、最初に、**第Ⅰ部「東アジアとは何か―光圀の媽祖、斉昭の弟橘媛」**を置いた。これは、江戸時代の水戸藩主、徳川光圀と斉昭の視座を比較することで、「東アジア」とは何かを歴史的に検証してみたものである。ここで取り上げた媽祖は、航海神ということで「冒険」、また船乗りたちの女神ということで「淫風」、また順風耳《じゅんぷうじ》、千里眼といった異形神を従えていることで「怪異」の側面を持っている。そうした意味で、すこぶる東アジア的な存在である。

従来、東アジアの文化・文学史が陸地史観や一国一民族史観に偏ってしまったのは、こうした海域や、多国多文化間を交錯する、信仰や伝承を重視して来なかったからである。とすれば、媽祖を始めとする航海神や信仰(日本の船玉神《ふなだまがみ》など)、入水説話(日本の弟橘媛伝承、朝鮮の『沈清伝《シムチョンジョン》』など)、海洋冒険小説などを調べることは、東アジアの文化・文学を豊かに捉えかえすための重要な視座となるだろう。

＊現、大韓民国・朝鮮民主主義人民共和国の治世下にある地域・海域を、日本からどう呼称すべきか、様々に議論があり統一をみない。本書では、十六・十七世紀の日本から隣国への呼称が、多く「朝鮮」であり、またその時代、隣国が朝鮮王朝の統治下であったことを考え「朝鮮」と呼ぶことで統一する。なお現代の問題に言及する場合に限って「韓国」「北朝鮮」を使用することにする。

＊＊先に述べたように、ヨーロッパ近代小説の濫觴は、「恐るべき両義性のなか」を旅する冒険譚である。たとえば、『ドン・キホーテ』など主人公たちは皆、その「両義性のなか」で神の不在にもがき、その不確定さにのたうちまわる。すなわち、冒険とは単に未開の土地や辺境を旅することを意味しない。どこに行こうと、至高の審判者が存在しているなら、旅を続けるための肉体的精神的苦労はあるだろうが、「両義性」というような認識論的な苦労があるわけではない。よって旅などせずに家に居ても、そこが「恐るべき両義性のなか」であれば、それは冒険になる。ヨーロッパの近代小説が、『ロビンソン・クルーソーの冒険』(一七一九年)のような冒険小説を輩出した後すぐに、『パミラ』(サミュエル・リチャードソン、一七四〇年)のような家庭・市井の雑事を扱った書簡体小説が出たり、心理小説が中心になっていくのもそのためである。すなわち、ヨーロッパの小説史と東アジアの『金瓶梅』登場は軌を一にすると言ってよい。

第I部

東アジアとは何か

1 東アジアとは何か

——光圀《みつくに》の媽祖《まそ》、斉昭《なりあき》の弟橘媛《おとたちばなひめ》

日本の江戸時代、徳川幕府御三家の一つ水戸藩に、優れた藩主が二人登場した。二代藩主の徳川光圀《みつくに》と、九代藩主の徳川斉昭《なりあき》である。二人は共に優れた国際感覚の持ち主であったが、二人の取った政策は対照的であった。それを象徴的に示すものとして、光圀が、藩内海上交通の要衝に勧請した媽祖《まそ》（アジアの海の女神）を、斉昭が弟橘媛《おとたちばなひめ》（日本の海の女神）に替えたことが挙げられる。この処置には、斉昭以後に鎌首をもたげてくる日本のナショナリズムの予兆が色濃く投影されているが、光圀と斉昭では国外への対外意識が大きく変わっている。十七世紀の世界へ向かう時、斉昭の眼ではなく、光圀の眼になって広く文化・文物を検討しなくてはならない。

1　海洋国家日本と3・11

次の写真を取り上げるところから始めたい。

二〇一一年三月十一日の、東日本大震災とその後直ちに東北・関東地方沿岸を襲った大津波は、日本が地震・津波の多発地帯であることと同時に、海岸線・排他的経済水域で、共に世界六位の長さと広さを持つ海洋国家であることに改めて思い至らせる結果となった。地震や津波自体は、一見すれば成す術もない自然災害という印象

写真1・茨城県北茨城市磯原。左奥に弟橘媛神社（写真2）がある

が強いが、3・11以後、陸続と出版・復刻された書籍類を紐解くと、実は、地震とその後に起こる津波について、先人達の膨大な知恵の集積があったことが分かるのである（山下文男『津波てんでんこ―近代日本の津波史』、戸石四郎『津波とたたかった人―浜口梧陵伝』共に新日本出版社、など[1]）。これらを読むと、日本がいかに海と闘い、海を愛し、海と共存してきたかが分かる。

しかし今回、こうした先人達の知恵の蓄積を、十全には生かせなかった。これが何とも悔やまれるのである。二万人以上の尊い人命を失い、かつ未だに復興の糸口をなかなか掴めずに居る多くの同胞を前にして、何とも言い難いことではあるが、やはり我々日本に住む人間は、日本が海洋国家であることを忘れてしまっていたのではないか。近代以降、欧米に追い付き追い越せをスローガンにしつつ「坂の上の雲」（司馬遼太郎）を「前をのみ見つめながら歩」（同作巻一「あとがき」）こうとしたあまり、坂の下から茫洋として広がる海原のことを忘れてはいなかったろうか。今回の地震と津波、そして特に原子力発電所の事故が我々に根本的に突き付けた問題とは、実はこのことに他ならないように思える。

そして、その海との闘いと共存を象徴するのが海辺にある夥しい数の神社仏閣である。こうした津波などの水害や、航行する船舶の安全などの為に、実に多くの神仏が日本の海岸には祀られている。これこそが日本の原風景であり、また日本が海洋国家であったことを示す何よりの証である。私が住んでいる茨城県も長い海岸線を持ち、豊かな海産物で賑わう港を幾つも抱えているが、同時に、様々な神社仏閣が海岸に犇《ひし》めきあってもいる。その中でも特に有名な神社に、弟橘媛《おとたちばなひめ》（比売）神社がある。

掲出した写真1は、3・11の津波に襲われた茨城県北茨城市の磯原の写真（柴田和民氏撮影）である。今回の津波被害では、仙台より北の気仙沼や釜石の名が多く報道されたが、北茨城もこのように被害に遭った。この、

写真2・北茨城磯原・弟橘媛神社（元天妃神社）。写真1の左奥の神社である。（ともに著者撮影）

左奥のこんもりとした森山が弟橘媛神社の在る山である。この写真からは切れてしまって見えないが、この左側に童謡作家として有名な野口雨情《うじょう》の生家がある。雨情の生家も津波に襲われたが、雨情の多くの資料は間一髪のところで津波被害から免れた。あと数十センチ津波が高かったら雨情の資料類は波を被ってしまっただろうとは、雨情のご令孫、野口不二子氏の談(2)である。恐らく、この弟橘媛神社とその森山が無ければ、雨情の生家もその一帯ももっと酷い状態に陥っただろう。当然、雨情の資料の多くも失われたに違いない。

弟橘媛（比売）とは、言うまでもなく、『古事記』に出て来るヤマトタケル（倭建命）の妻である。ヤマトタケルが景行《けいこう》天皇の命を受けて東征を行った時、走水（今の東京湾の浦賀水道）を渡ろうとしたものの、タケルの不用意な一言によって海神の怒りに触れ航行不能になってしまう。その進退きわまったタケル一行を救ったのが弟橘媛であった。媛は海神の怒りを静めるために荒れ狂う走水に身を投じたのである。その後、そうした媛の勇気と慈悲の行動は多くの人の胸に焼きつくところとなり、走水を中心にした地域・海域で媛は海の女神として祀られる対象となったのである。

2　弟橘媛と媽祖――交替した祭神

この弟橘媛（比売）神社は茨城県内にもう一か所、大洗《おおあらい》にある（表記は「弟橘比売神社」。後の写真3参照）。大洗と言えば、北茨城と同様、今は海水浴場また名勝の地として有名だが、江戸時代までは海運で賑わった交通の要衝である（写真3、著者撮影）。

こうした海運の要衝ゆえ、船籍を守るために、弟橘媛（比売）が祀られた訳だが、実は、この二つの神社の祭神は、最初、弟橘媛（比売）ではなく媽祖《まそ》であった。元禄三（一六九〇）年、中国は明の時代の僧侶である心越《しんえつ》禅師《ぜんじ》が、日本に持ち来たったと言われる媽祖の像を、海運の安全を祈願するために、水戸二代藩主の徳川光圀が大洗と北茨城に安置して神社を建てたのである（『壽昌山祇園寺縁起』『桃源遺事』『新編常陸國誌』等）[3]。

　媽祖とは、今から一〇〇〇年近く前に実在した中国福建省湄洲《びしゅう》の女性が神格化された名である。この女性は官

写真3・大洗・弟橘比賣神社（元天妃神社）

吏の娘で、生前に不思議な霊験を多く見せた。彼女の死は伝説に彩られていて、海難事故に遭った父親を救うために行方不明になったとも仙人になったとも伝えられる。そうした背景があったこともあり、死後祀られると海難事故を防ぐ女神として広く信仰を集めた。後述するように、北は日本から、南はベトナムまで夥《おびただ》しい数の御《ご》廟《びょう》がある。

次頁の写真4は、ベトナムのホーチミン市(4)［地図1（次々頁）］のチョロンという街にある媽祖廟《びょう》である（著者撮影）。このチョロンは華僑・華人（中国大陸・台湾以外に住む中国人）の人々が集住する街である。当地ではこの媽祖廟は天后宮《てんこうぐう》と呼ばれている。天后（もしくは天妃《てんぴ》）とは媽祖の別称であり、媽祖が中国で重要な神となった時に、皇帝から送られた尊称である（「天妃」は元の時代、「天后」は清の時代と言われる）。大洗や北茨城の地元では、弟橘媛（比売）神社となった今でも、天妃神社や天妃山と呼ばれている。

ところが、その後、天保二（一八三一）年、水戸藩九代藩主の徳川斉昭《なりあき》は、光圀の祀った媽祖像を引き下げ、弟橘媛を祀った（「乍恐以書書附御訴奉申上候事」）。この祭神交替の理由については後に詳述するが、この事件は江戸時代の日本人の対外意識、国際感覚を考える上で極めて重要な問題を我々に提起している。

というのは、光圀の時代から斉昭の時代にかけて、日本人の対外意識に大きな変化が起きた可能性のあることが、ここから見て取れるからである。中学や高校の歴史教科書で誰もが習ったように、一六〇〇年頃、つまり江戸幕府が始まる前後、日本は大交易・大交流の時代を迎えていた。朱印船貿易と銀の産出などによる好景気によって、多くの日本人達が東アジアや東南アジアに出かけて行った。シャム（現在のタイ）に渡った山田長政《ながまさ》などの名前は誰でも聞いたことがあるはずである。その後、一六三〇年代に鎖国（海禁）政策が取られると、そうした動きは止まったが、今度はすぐに明清交替（明が滅んで清が興る）という東アジアの大事件が勃発した。そう

写真4・ベトナム・ホーチミン市チョロンの天妃宮

すると日本に多くの親明者たちが亡命してきた。先にあげた心越禅師もその一人である。すなわち光圀の時代とは、交易時代の余波、明清交替の影響によって、東アジアが極めて強く意識されていた時代だったと言えるのである。

　ところが、斉昭の時代になると、今度は西欧列強が強く意識され始める。一七九二年にロシアのラクスマンが北海道根室に来航、一八〇八年のイギリス・フェートン号事件、一八二四年の水戸藩内大津にイギリス人が上陸したことなどを皮切りに、日本近海に陸続と西欧の船籍が出没するようになる。幕府も一八二五年に異国船打払令を出して外国船に対処した。そうした言わば外敵に敏感だったのが他でもない斉昭《なりあき》で、特に一八二四年の藩内大津にイギリス人が上陸した事件は彼の意識に大きく影響を与えたと考えられる。彼の政治的ブレインと言われた会沢正志斎《あいざわせいしさい》（若干二十歳にして『千島異聞《ちしまいぶん》』を書きロシアの風俗・歴史を詳述した）や藤田東湖《ふじたとうこ》はイギリス側に極めて厳しい態度で臨んだことが知られている（藤田東湖はイギリス人を命懸けで切り捨てようとした『回《かい》天詩史《てんしし》』[5]）。斉昭が初めて使い、かつ幕末の大きな政治的スローガンとなった「尊王攘夷」はこうした背景の中から鎌首を擡《もた》げてきたのである。

地図1・福建省・ホーチミン市の位置

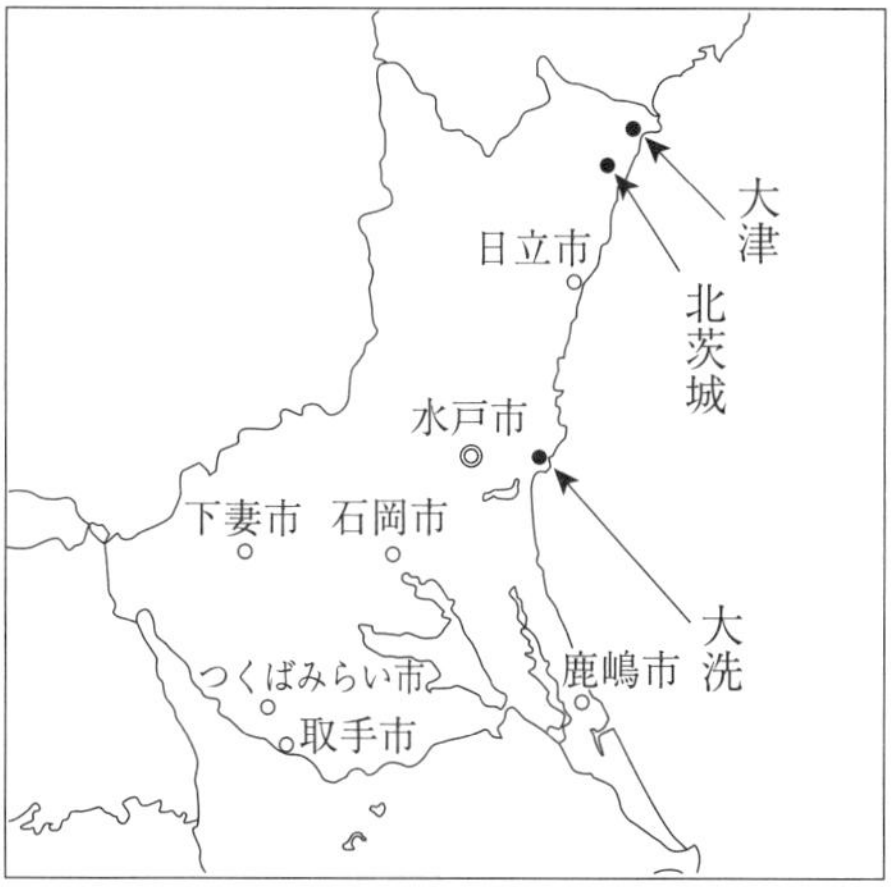

北茨城・大洗の位置

3　水戸学の展開——光圀・斉昭の対外意識の差

既に指摘されているように、水戸学は前期（光圀の時代）と後期（斉昭の時代）では性格を大きく異にする。前期は光圀主導のもと、天皇を中心とする国家像が組みたてられたが、この支柱になったのは明からの亡命学者朱舜水《しゅしゅんすい》の思想であり、朱子学の正統論であった。朱子学自体は極めてリゴリスティックな思想であるが、光圀は是々非々で対応したらしくバランス感覚を失っていない。それは「舜水先生、西山公へよりより御諫言を被申候。事ニ寄日本の風に不合義共の有之候をも、終に拒ミ争不被成、毎に御顔色御和悦にて能御聴納被成候」（『桃源遺事』(3)）といった光圀の態度によく表れている。この朱舜水の「諫言《かんげん》」がどのようなものであったのかは分からないが、「日本の風に不合」というからには、舜水が朱子学的立場から日本の習俗を批判し、それを光圀が退けたということであったろう。こうした是々非々に立っていた光圀はまた、「毛呂己志を中華と称するは、其国の人の言にて相応なり。日本よりは称すべからず。日本の都をこそ中華といふべけれ。なんぞ外国を中華と名づけんや。其いはれなし」（『西山公随筆』(6)）という合理的で国際的・相対的な立場に立っていた。光圀は、中国は中国、日本には日本の「正統」があってしかるべきだと考えていて、そこから東アジア全体を見渡していたのである。

ところが、斉昭の時代になると、そうした合理性よりもファナティックな政治性が前面に押し出されてくる。それは、先にも引用した斉昭の側近藤田東湖の『回天詩史』の「三決死矣而不死（中略）古人云斃而後已」（国や主君への忠義心は倒れて死ぬまで終わらない）と言った一文などによく表れている。こうした高揚した政治性が、斉昭に光圀のようなバランスのある国際感覚に留まることを許さなかったのだろう。また、後のアヘン戦争などが象徴するように、没落しつつあるアジアから日本が抜け出すためには、アジア全体の思想より、日本に特化した「想像の共同体」（ベネディクト・アンダーソン）としての「神国日本」を急ごしらえする必要に迫られていたとも言える。

それが濃密に表れているのが天保三（一八三二）年を中心にして行われた斉昭の社寺改革である。斉昭の改革は、当時の寺院僧侶の腐敗とそれに対する非難の声を背景に「神道を主とする神儒一致の廃仏論によって推進された」（小松徳年「徳川斉昭の社寺改革と天妃社」[7]）ものであった。天妃も観音信仰の流れを汲むもので、当然廃仏の対象となった。加えて、斉昭は交通の要衝であり船運という水戸藩の重要な政治的経済的ポイントが、「異朝の神」（朝日家文書「乍恐以書附奉願上候事」）に守られているというのは如何にもまずいと考えたのである。いずれにせよ、光圀と斉昭の対外意識に大きな差異があったことだけは間違いない。その象徴として、大洗・北茨城の媽祖（天妃神社）から弟橘媛（弟橘媛神社）への祭神交替があったのである。

ちなみに、茨城の二つの神社のように媽祖が弟橘媛に交替させられた例が日本の他地域にあるかどうかだが、管見によれば他にはなさそうである。理由は日本における媽祖と弟橘媛祭祀の分布に因ると見てよい。媽祖の日本における祭祀は藤田明良氏作成の図[8]によれば、九州全域と北関東にほぼ集中している。また弟橘媛を祀った神社も関東に集中している。これは媛が現神奈川県の走水で入水したためであろう。すなわち、この媽祖と弟橘の二人が重なる地点は、北関東に限られるのである。

4　外に向かう光圀の意識――快風丸建造と北海道開拓

光圀と斉昭は、このように方向は違えども、共に国際感覚に富んだ知能と性格を持ち合わせていたと言ってよいだろう。とくに光圀は船を使っての交易に深い関心を持っていたと言われる。たとえば光圀は巨船による蝦夷《えぞ》地探検を何度も試みた。この点について鈴木暎一氏は次のように述べている。

光圀は寛文六年（一六六六）から貞享（一六八四～八七）前半期にかけて、江戸・大坂・奥州方面との物資運搬のため、二、三度すでに大船を建造していたのであるが、貞享後半から元禄元年にかけて三度、巨船による蝦夷地探検という破天荒ともいうべき事業を敢行する。（中略）光圀が蝦夷地探検のために建造した船は快風丸と称し、性能の良い大船であった。大工は大坂から招いたという（『水戸市史』中巻（一））。「快風船紀事」によれば、全長二七間、幅九間で、櫓四〇挺、帆柱一八間…（中略）どれほど実数を伝えているのか定かでないが、千石船をはるかに凌ぐ規模であったことは確かである。幕府の法度によれば、大名が五〇〇石積み以上の大船を建造することは禁止されていたから、これを破る結果となったと見られるが、光圀の蝦夷地探検という未曽有の企てでは、幕府も黙認という仕儀になったのであろう。

快風丸による第一回の探検は、貞享三年と考えられる。このときは鈴木平十郎を船頭として松前に到達したが、それから先へは進めずに引き返した。第二回目は同四年、崎山市内が船頭でやはり松前までは行けたものの、その先石狩方面へ足を伸ばすことは幕府が許さず、結局松前地域だけの調査で終った。第三回は翌元禄元年二月三日、三年分の食糧を積み込んで那珂湊を出帆。（中略）このたびは六月二十四日ころ松前から西海岸を北上して蝦夷地へ入り、三日かかって二十七日ころようやく念願の石狩まで到達することができた。（鈴木暎一『徳川光圀』(9)）

「全長二七間、幅九間」と言えば、約全長五十メートル、幅十七メートルである。千石船《せんごくぶね》の標準が全長三十メートルであり、幅八メートルと言われる。これに比べれば約二倍の大きさである。こうした大船を作って蝦夷地を探検させた光圀の意図がどの辺りにあったのか。同じく鈴木暎一氏は「交易と流通の両面から苦しい藩の財政に利益をもたらそうとする目論見があった」と述べている。藩内の様々な経済的復興に尽力した光圀であれば、それは当然だろうが、それのみではあるまい。朱舜水や心越禅師を直接招いて師と仰ぐ光圀の姿勢からすれば、東アジアの国々と交流をはかりたいという冒険心が根底にあったことは間違いないだろう。いずれにせよ、光圀が天妃（媽祖）神社を大洗と北茨城に配置したのも、彼の交流・交易への強い意欲の表れであったとみるべきである。それにしても、光圀の豪胆さには驚かされる。一説には、この快風丸は幕府が作った安宅船《あたけぶね》（全長五十五メートル、一六八二年解体）への対抗措置（鈴木暎一氏同書）とも言われるが、詳細は分からない。光圀の死後、この船も解体され、船にあった心越禅師書の額も焼失してしまった。

快風丸による蝦夷地探検は、同地の実情につき多くの新知見をもたらしたのみならず、交易として何ほどかの実利を得ることができたであろう。しかしこの探検は光圀なればこそ実現できたのであろう、その後渡航は行われず、快風丸は光圀死後三年目の元禄十六年には取り壊され、心越筆の大額だけが評定所に記念として保管されていたが、これも寛延三年（一七五〇）四月十一日の火災で失われてしまった[9]（『水戸紀年』）。

こうしてみれば、光圀の意識は藩や日本の外へ外へと向かっていたことが分かる。それに対して、斉昭はロシアやイギリス船籍の出没という新たな事態に直面して、外へ向かうと同時に、より強く日本というウチを固めなければならないという内向きの思考へと向かっていたことが分かるのである。

5　斉昭の遊廓建設計画

先にも述べたように、光圀は快風丸を造り、蝦夷（北海道）との交易を何度も試みたが、これが彼独特の冒険心から来たものであると同時に、水戸藩の経済を富ませようとした為であったことは間違いない。元和偃武《げんなえんぶ》、そして朱印船交易が絶えてから半世紀、武力で領国を広げることが出来なくなった大名（藩）たちは、藩内の経済隆盛を競い、光圀はそれを蝦夷（北海道）のフロンティアに求めたのである。こうしたことを可能にしたのは、光圀が徳川御三家の藩主であり、かつ幕府に歯に衣着せぬ物言いができるスタンス（綱吉との関係）にあったからで、他の大名や武士には望めるものではなかった。とすれば、光圀の快風丸は自由貿易、朱印船時代の最後の花火と言って良いかもしれない。

これに対して斉昭《なりあき》は藩内の経済隆盛をどのようにして推し進めようとしたのか。よく知られているように、斉昭も蝦夷（北海道）の開拓を考えていた。この地の開拓を基盤にして水戸藩を富ませようとしていたのである。ところが、光圀と斉昭の決定的な違いがあった。それは斉昭の蝦夷開拓には国防意識が明確にあったことである。たとえば斉昭が書いたとされる『北方未来考』[10]には、ロシアなどの北夷《ほくい》が蝦夷に迫っている現状を指摘した後に、自らは「日本の御爲と元來張り込み、北地の鎭撫防禦致し度き至願に候」と書きつつ、蝦夷は過酷な地故に自らと同様な「日本の御為」という意識が無ければここへ渡る人間はやってゆけないだろうと述べている。斉昭にとっての蝦夷は北夷たるロシアから日本を守る国防の最前線と捉えられているのであり、光圀のような交易中心のフロンティア精神とは全く違ったものになっていたのである[11]。

こうした斉昭の諸政策の中、特に注意を払っておきたいものがある。それは斉昭が大洗に一大遊廓《ゆうかく》を建設しようとしていたことである。先に、茨城県大洗の弟橘比売神社（元天妃神社）の話をした折に、この地は交通の要衝であったことを述べたが、そのためもあって神社のすぐ隣の祝町には遊里があった。この遊里の経営権は近くの願入寺《がんにゅうじ》のものとされていたが、斉昭は願入寺から経営権を取り上げた上で他に移し、この跡地に一大遊廓を作ろうという計画を立てた（『水戸市史』中巻）[12]。その概要とは、

① 江戸吉原遊廓のような廓であり遊女が門外に出ることを禁ずる。
② 廓内に常芝居小屋を置く。
③ 衣装その他の法度は置かず、外とは別世界にする。
④ 水戸家中の出入りも許可する。

というものであった。次々頁に掲出するのは斉昭自筆の遊廓計画図であるが、ここから分かるように広大な遊廓であった（実測図に合わせてみれば、約縦二百メートル、横三百メートル程度）。また、図の右側に太く「芝居」「遊里」と書いてあるように、遊廓内に芝居を取りこんだ所が他の島原・新町・吉原とは違った新しい試みである。遊廓と芝居と言えば江戸時代の二大悪所とも言われ、庶民文化を生んだ二大遊興センターであった。この二

つを合体させたのである。

結局、この計画は斉昭の失脚によって実現しなかったが、実現していれば、島原・新町・吉原など三都の遊廓に次ぐ巨大な遊廓になっていたはずである。斉昭がなぜこうした遊廓を計画したのかは、『水戸市史』に「土地の繁昌、士民の遊楽」とあるように、第一に藩の内需拡大、第二に藩内の民心慰撫であったと考えられる。民心の慰撫と言えば日本三公園の一つである偕楽園も斉昭の造園であった。偕楽園は昼の慰撫、大洗遊廓は夜の慰撫と言うべきだろうか。

ともかくも、この大遊廓の建設とその運営によって、斉昭は水戸藩の内需拡大を狙ったことは間違いない。斉昭の、日本の外敵を睨みつつも、内需拡大によって強国を作ろうという方針が良く表れた施策だと言って良いだろう。(13)

6　十七世紀日本の国際感覚と三教一致

光圀と斉昭の国際感覚の違いはかくの如きであったが、これらが単に二人の為政者としての政策や個性の問題に収斂しないことは、二人が徳川幕府御三家水戸家の藩主であり、当時の将軍を凌ぐ発言力を持っていたことからして明らかである。二人の感覚は、その各時代の持っていた基本的な雰囲気であったと考えて良い。では、斉昭の時代がアジアよりも欧米に目が向き、ファナティックなナショナリズムが勃興した時代であったことは言うまでもないことだが、光圀の時代はどうであったのか。

結論から言えば、やはり光圀の持っていた、東アジアへのバランス感覚は、広く共有されていたと考えてよ

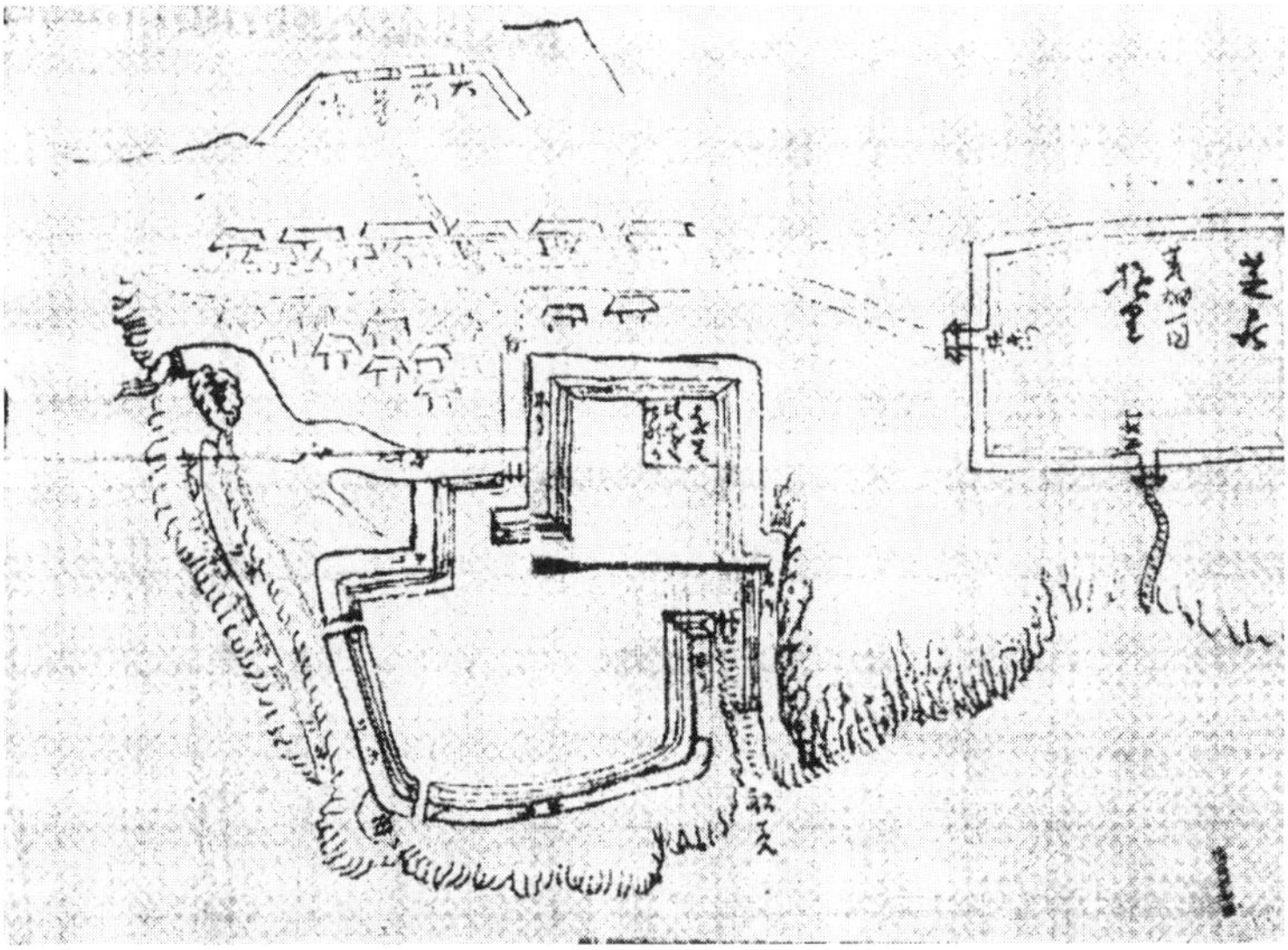

上：遊廓計画図（斉昭自筆）、『水戸市史』中巻（三）より
下：写真5・願入寺門（東日本大震災のため修理中）、遊廓が実現すればこの門辺りが遊廓の大門になったと推測される。（著者撮影）

い。たとえば、この十七世紀を代表する思想家、特に儒学方面に抜きん出た思索を展開した学者と言えば、藤原惺窩《せいか》（一五六一～一六一九）・林羅山（一五八三～一六五七）・山鹿素行《やまがそこう》（一六二二～一六八五）・伊藤仁斎（一六二七～一七〇五）・新井白石（一六五七～一七二五）・荻生徂徠（一六六六～一七二八）・雨森芳洲《あめのもりほうしゅう》（一六六八～一七五五）などが挙げられるだろう。彼らは皆一様に光圀に通じるバランス感覚に溢れたアジアへの視座を持っていたと考えられるのである。たとえば、藤原惺窩が禅僧から儒学者に転向したことはあまりにも有名な話であるが、惺窩が根底から仏教を否定したわけではないことは彼の複雑な学問体系から明らかであり（今中寛司『近世日本政治思想の成立』[14]）、また、特に神道と儒学の連関に重きを置いていたことも重視される。彼の思想は東アジアの多様な思想の上にバランス良く乗ったものであった。それは弟子の林羅山においても同様で、羅山が朱子学一辺倒ではなく、後半生には老子の思想をも肯定していた向きが窺え（大野出『日本の近世と老荘思想――林羅山の思想をめぐって』[15]）、啓蒙という立場に立てば『本朝神社考』『怪談全書』のようなものまで編集した（『怪談全書』については羅山に仮託したものとの説もある）。土着の神話や巷の怪談を蒐集するなど、同時期の朝鮮の儒学者たちには考えも及ばない行為である。また白石や芳洲の国際感覚については言うまでもなかろう。さらに仁斎・徂徠が反儒の姿勢から古義学・古文辞学を打ち立てたことは有名だが、これも江戸末期のようなファナティックなものではなく、バランス感覚に極めて富んだものであった。

この中で最もファナティックに見えるのが山鹿素行である。彼は、日本皇統の優位性と、同じく日本の武威を称揚することによって、日本的華夷《かい》観念を打ち立てたと説明されることが多いが、『中朝事実』（一六六九）などを詳細に読めば、日本を中朝に比べて抜きん出た存在として誇示せんとするも、中国に対しては「隣好」という言葉を駆使して文明国としての礼節を失ってはいない（朝鮮に対しては日本への朝貢があったと解釈して見下す態度を取っている）。

こうした、十七世紀の日本の思想家たちの国際的バランス感覚を見渡す時、同じ十七世紀に、政治主導の形ではあったが、儒学をも含めて神・儒・仏の三教一致の思想が広く支持されるようになったことが思い起こされるのである。それはいわゆる仮名草子と呼ばれる、井原西鶴出現前の草子類において、『清水物語』や『百八町記《ひゃくはっちょうき》』など、三教一致を主題とするものが多く出現したことを指す。三教の学者同士は、それぞれの立場を重視して互に衝突することも多かったが、一般民衆はそれらを融合させて理解していたのである。

そして、この三教一致思想こそが、光圀の思想の中枢にあったことは先ほどから述べてきたことで明らかだろう。広く知られているように、光圀は若年、排仏志向が強かった。それは儒官林家の影響を強く受けたものだが、同じく儒官で水戸藩の光圀養育係であった小野角衛門から排仏志向を諫められ、また自らも林家の儒学思想から離れ始めると、独立して儒仏についての考えを深め始めたのである。そして、中年以降光圀が朱舜水（儒学）や心越禅師（仏教）から多くのものを学びつつ、それを生かしつつ日本の皇統を整理させた『大日本史』編纂を進めていった。ここに儒・仏・神の三教が見事に結実しつつあったのである[16]。

7　光圀の眼と東アジア

いま、十六・七世紀の東アジア、そしてその時期の日本の小説を考える際に、この光圀から斉昭への変化は極めて重要な問題を提起しているように思われる。たとえば、我々は十六、七世紀（そしてそれ以前も同様だが）を見るとき、日本を主軸にしてそこに世界を対峙させる、すなわち「日本史」「日本文学史」という問題構制の立て方をしてしまいがちだが、これは斉昭に近い認識ではあっても、光圀とはかなり違った視点であったと言うべきである。とすれば、我々は斉昭の眼をもって十六・七世紀を見るのではなく、光圀の眼をもってこの世紀を見なくてはならないことになる。この光圀の眼でもって十六・七世紀を見るというのはどういうことなのか。

光圀は、日本で初めて牛乳やチーズを食したと言われることからも分かるように、好奇心旺盛な人物であったことは間違いない。そうした好奇心は当然海外にも向けられていたが、特に朱舜水や心越そして媽祖を通して中国やアジアに対する関心が高かったことは想像に難くない。そこで問題になるのは、彼が日本一国を考えていたのではなく、アジア全体へ目配りをしていたとして、そのアジアとはどの辺りまでを見据えていたのかという問題である。

ここで参考になるのは、媽祖信仰がアジアの何処に広がっていたのかである。光圀は水戸藩の要衝である大洗や北茨城に媽祖を祀る以上、明から来日した心越禅師から媽祖について詳しく話を聞いたはずである。また先にも述べたように、多額な藩費を使って快風丸を造り、北海道まで航海をさせる以上、船の安全にも相当に留意したはずである。その話の中には当然、媽祖の霊験や信仰への功徳、そしてその信仰がアジアのどの地域・海域に広がっているのかと言ったことも含まれていたに違いない。とすれば光圀の考えていたアジアはその媽祖が広がっていた地域・海域と考えて良い。

一般的に、媽祖は中国の福建や対岸の台湾で篤く信仰されているが、その広がりは、浜下武志氏が「媽祖信仰圏とでもいうような拡がりが日本から東南アジア一帯にある」(「華夷秩序と日本」〈参考書誌研究・第45号一九九五・一〇〉)と言われるように、北は日本の東北地方から、南はベトナムのホーチミン辺りの東南アジアまでと考えてよい〈先のチョロンの媽祖廟写真参考〉。今で言えば、日本海〈朝鮮では東海〉から黄海、東シナ海、南シナ海（ベトナムでは東海、フィリピンではルソン海と称する）までの海域とそれに接する地域である。図を作成してみた。

こうしてみると、光圀の想定していた東アジアとは、いわゆる中国・朝鮮・日本などの「地域」を大きく超え

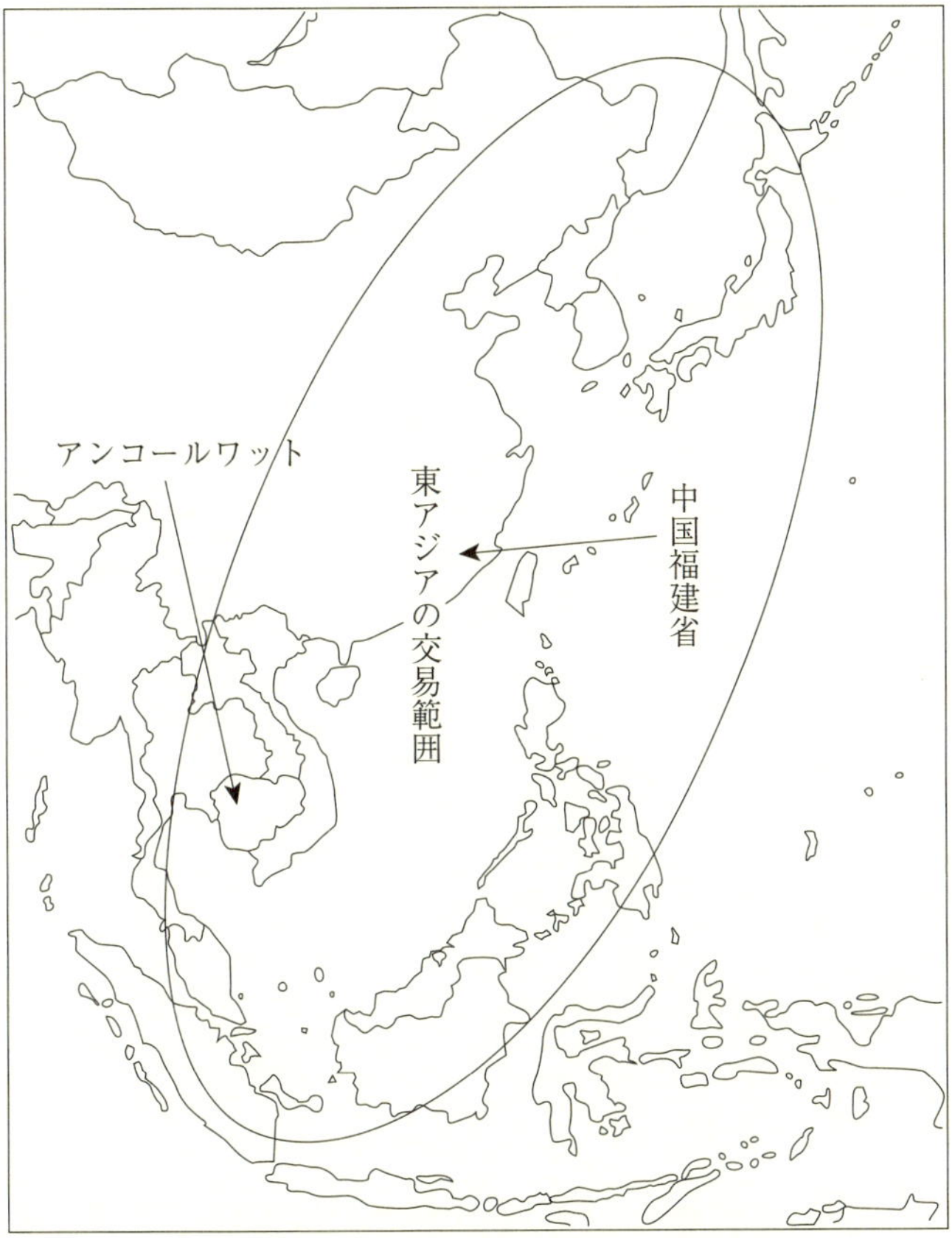

媽祖信仰の広がりと重なる東アジア交易圏

て、東南アジアの島嶼部までを含む「海域」も加わったものである可能性が出て来る。

そう考えさせるのは、この媽祖廟の広がりが一つの世界・文化圏の枠組みとぴたりと重なるからである。それは日本から朱印船が入り、かつそこで作られた日本人町が広がっていた世界・文化圏である。周知のように、朱印船貿易も東南アジアの日本人町も（左図参照）、一六三〇年代中盤に相次ぐ鎖国政策によって途絶えてしまうのであり、光圀が藩政を仕切っていた時代にはすでにその面影もなかったであろう。しかし、朱舜水や心越禅師などの亡命者を藩に招いて師と仰ぎ、媽祖を港に祀り、大船を造って海洋に乗り出した光圀が、幕府の鎖国政策を素直に良しとしていたはずがない。その光圀が朱印船や日本人町の話を知らないことは考えにくい。特に、朱舜水が安南（ベトナム）と舟山（中国）、日本（長崎）を中継地点にした貿易国家によって明の復興を考えていたのは有名なことであるし、またその為に、暹羅（タイ）を始めとする東南アジア諸国にまで舜水は足を伸ばしていた、または伸ばそうとしていた（『朱氏舜水談綺』巻下「外國傳附」）[17]。そうした情報が光圀にももたらされていたとすれば、この中国から東南アジアにかけての海域は光圀にとって興味の対象となっていたはずである。

この朱舜水の活動範囲からしても、結局、媽祖信仰・朱印船交易域・日本人町の範囲とは、中国を中心にした東アジア交易圏ということになるのだが、では、この外側つまりインド（南アジア）とはどのような関係が成り立っていたのだろうか。これを調べてみると、そこにはかなりの隔たりがあったということが分かってくる。たとえば、一六〇〇年初頭、この朱印船交易のルートに乗り、カンボジアのアンコールワットを参拝した日本人が多く居る。この人たちの多くは、このアンコールワットをインドの祇園精舎と考えていたらしい。

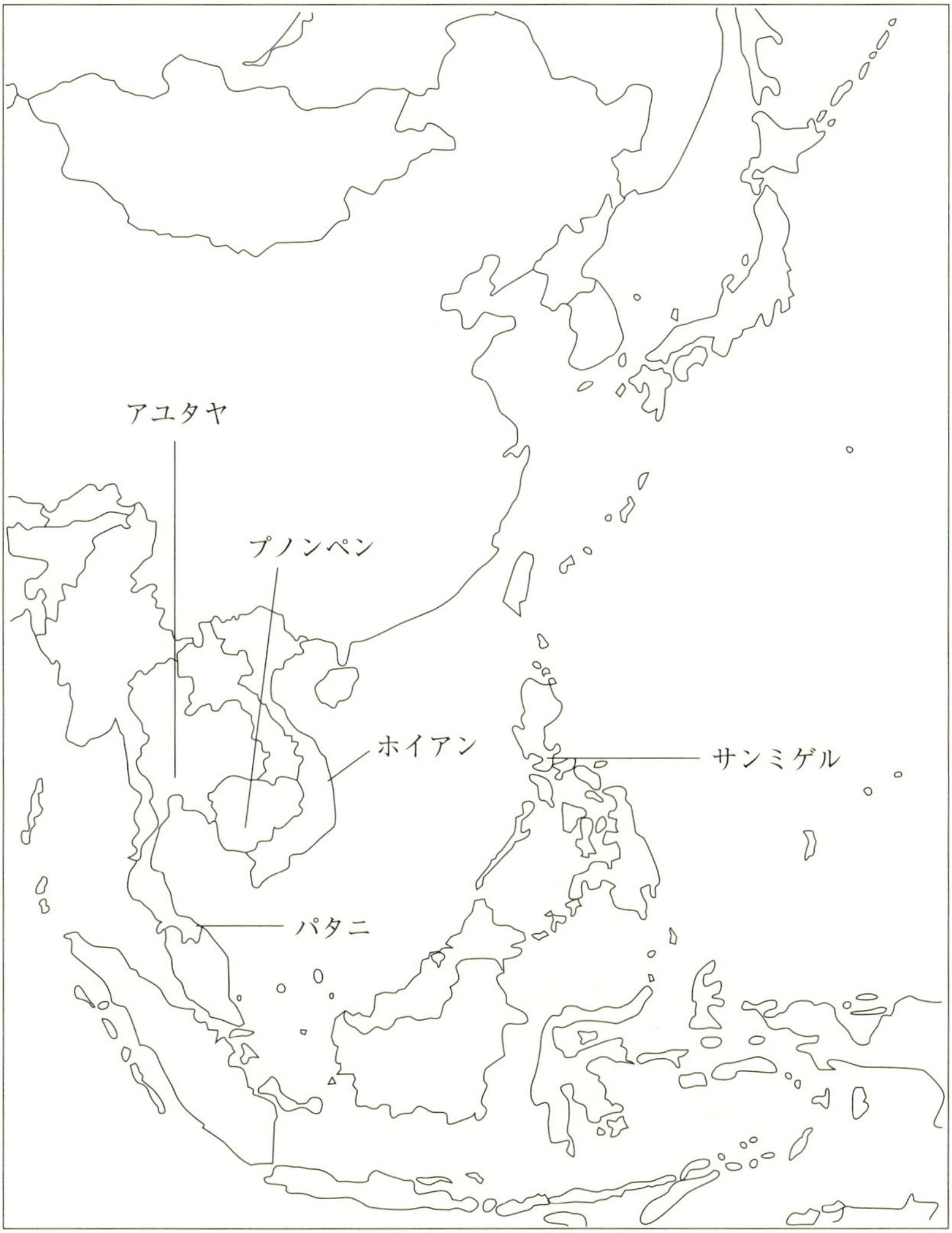

代表的な東南アジアの日本人町

8　アンコールワットを参拝した日本人——当時の地理的感覚

カンボジアのアンコールワットに日本人がほぼ集中して参拝したのは一六〇〇年の初頭、慶長十七（一六一二）年から寛永九（一六三二）年にかけてである。今も述べた朱印船を利用してのものである。何名ぐらいの日本人が渡航しているのか、定かなことは分からないが、アンコールワットの回廊に遺されている、この時期の日本人の墨書《すみがき》（落書き）が十四例も見つかっていることや、中には団体旅行風のものがあったこと（石澤良昭「アンコール・ワットにおける日本語墨書」[18]）からすれば、百名は優に超えて、数百名に達する人数であった可能性が高い。

また、どのような人たちがアンコールワット参拝をしたのかだが、石澤良昭氏は、その墨書によれば武士や商人が中心であったと述べて居られる。また地域は泉州堺、肥前、肥後、大阪が読み取れるとのことである。ということは、基本は朱印船交易のためで、舟が停泊している間に同乗して来た人たちが参拝をしたのであろう。

この墨書の主として有名なのは森本《もりもと》右近太夫《うこんだゆう》のものである。右近太夫の経歴はよく分かってはいないが、熊本藩の武士で東南アジアからの帰国後、主家の加藤家が改易になると諸国を転々として、最後は父親とともに京都に滞在したらしい。帰国後、これもすぐに出された鎖国令の為、右近太夫は自身の経歴を隠す必要があったためであろう、彼の経歴はすこぶる分かりにくいものになっている。

右近太夫がアンコールワットを参拝した理由だが、彼の墨書に父（一吉）と母（老母）の名が見えることからすれば、父母の作善（仏縁を結ぶための善行）の為であったことが分かる。

写真6・上はアンコールワット全景、下は第三回廊よりの眺め（ともに著者撮影）

寛永九年正月ニ初而此処来ル生国日本／肥州之住人藤原朝臣森本右近太夫／一房御堂ヲ心カケ数千里之海上ヲ渡一念／之儀ヲ念ジ生々世々娑婆寿世之思ヲ清ル者也／為其仏ヲ四体立奉物也／摂州津西池田之住人森本義太夫／右実名一吉善魂道仙士娑婆ニ／是ヲ書ク物也／尾州之国名谷之都後室其／老母之魂明信大姉為後生ニ是／書物也／寛永九年正月廿日

（大意）日本国の肥州（肥前・肥後）の住人である藤原朝臣森本右近太夫一房は、数千里の海上を渡り、この御堂を参拝しようと一念発起し、思いを遂げて漸くここに辿り着いた者である。四体の仏像を奉納するのは、摂津池田の住人である父森本儀太夫一吉の更なる現世での利益《りやく》と、尾張名古屋出身の亡母の後生のためであることを此処に記すものである。寛永九年正月二十日

中尾芳治氏によれば、右近太夫の墨書はアンコールワットに二つあり、内容はほぼ同じものの、日付けが別のものは「正月卅日」になっており、よって右近太夫は最低でも十日はワット近くに滞在したことが知られると言う[19]。

この右近太夫のワット参拝で問題になるのは、彼がワットを祇園精舎と思い込んでいたことである。これが分かるのは、ワットの図が祇園精舎の図として日本に伝わっているからである（次頁後掲）。この図が祇園精舎ではなくワットであるのは伽藍の配置から明らかだが、図の裏にこの図面を書いたのは島野兼良という通辞であり、三代将軍家光の命を受けて祇園精舎に至り、この図を実写した旨が書かれている。しかし、これは作り話で、『甲子夜話』（巻二十一）に右近太夫が祇園精舎の実測図を持ち帰ったなどの記述があることから、実はこの図を書いたのは右近太夫ではないかというのが、大方の学者の見解である（注18の石澤氏論文中の9章「祇園精

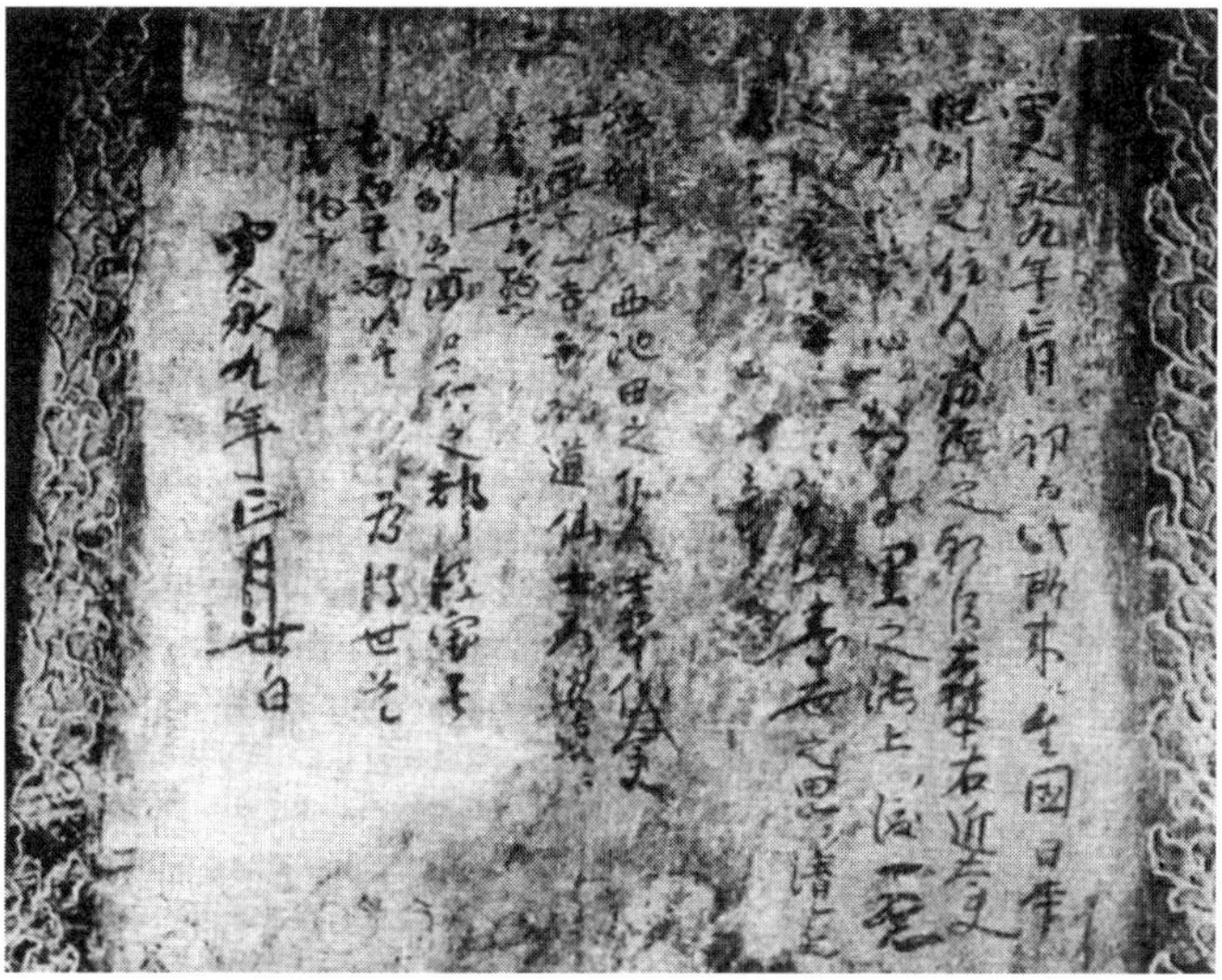

上：右近太夫の落書、下：祇園精舎の図（ともに『興亡の世界史11　東南アジア多文明世界の発見』）

舎絵図の製作者島野兼了は偽名ではないか」など)。

この図の作成者が誰であるのか、今は措くとして、この図がこの朱印船の時代に書かれたものであることは間違いない。とすれば、この図を書いた右近太夫と思しき参拝者を始め、その多くの日本人たちは、ワットを祇園精舎と思い込んでいたことが察せられるのである。

ワットと祇園精舎が全く別物であることは言うまでもないが、この辺りが当時の日本人たちの情報の限界であったとともに、アンコールワット辺りが東アジアの地理的感覚の最南端であったとも思われてくるのである。と同時に、先に述べた東アジア海域の限界線がこの辺りにあったと考えられて来ることである。

9 分裂していく光圀の思い——立原翠軒《たちはらすいけん》と『大日本史』

このアンコールワット図(祇園精舎図)が書かれたり写されたりしたのが、森本右近太夫(生年未祥~一六七四年)の生前中であれば、当然、光圀がこの図を見た可能性はあるが、その形跡は今のところ見つかってはいない。しかし奇しくもというべきか、この図は、光圀が亡くなってから、水戸の彰考館の所蔵となったのである。この辺りの経緯については石澤氏が次のように述べている。[20]
絵図面には、「此君堂蔵本」の印が押されている。此君堂とは立原翠軒のことであり、彼は後に彰考館の総裁となり、文政6年(1823年)3月14日、80歳の高齢で没した。藤原忠奇がこの絵図面の裏側に裏書を書いたのは、安永元年(1772年)である。翠軒43歳の時であった。両者の直接的な対面または文通がなかったとはいいきれない。おそらく現存する祇園精舎絵図とその由来を書いた裏書は翠軒が写させ、彰考館に保管したものであろう。この絵図面は藤原忠寄の祖父忠義が、長崎において通辞某から写し取り、少なくも2度の転写を経たものということになる。

立原翠軒《たちはらすいけん》は水戸学中興の功労者として必ず名が上がる人物である。一七四四年に水戸城下に生まれた翠軒は、父蘭渓《らんけい》の影響で幼少から学問に勤しんだが、立原家は所謂下士の出で決して身分は高くない。それゆえにこそ蘭渓は翠軒に学問に対する真摯な態度を求めたと言われる（「先考蘭渓君碑陰」『此君堂文集』）。翠軒もそれに応えて勉学に励んだ。

翠軒の学問の主軸は徂徠学にあった。翠軒の徂徠学との接点は、翠軒が少年時代に師事した谷田部東壑《やたべとうがく》が徂徠学の信奉者であったことによる。しかし翠軒が若年時の水戸藩は徂徠学を認めなかった。その為に翠軒は出世が遅れたが、後年六代藩主治保《はるもり》の侍読になると認められて彰考館の総裁まで登りつめた。翠軒はイデオローグ型の学者ではなく、博覧強記で資料蒐集型の学者であった。吉田俊純氏も指摘されるように、翠軒の著作というものはほとんどない。それは彼が『大日本史』編纂に生涯の全てを懸けたからであった（吉田俊純『寛政期水戸学の研究―翠軒から幽谷へ』[21]）。翠軒が祇園精舎絵図を蒐集したのは、そうした彼の学問への姿勢が下地にあったが、それはまた光圀の『大日本史』編纂の姿勢を受け継いだものでもあった。先にも述べたように、光圀の『大日本史』編纂の姿勢は徹底的な資料の蒐集と開示にあった。

ところが、この翠軒の姿勢が後に翠軒自身を『大日本史』編纂の第一線から退かせる原因となった。それは翠軒の弟子藤田幽谷《ふじたゆうこく》との確執である。翠軒には優れた弟子が多かった。それは徂徠学を基本にした多様性を持った彼の学問に水戸藩の若者の多くが共感し師事したからである。ところが、その一番弟子とも言える幽谷とは、『大日本史』の編纂方針をめぐって深刻な対立を引き起こした。翠軒は藩主治保に『大日本史』の完成を急かされると、本紀と列伝のみで『大日本史』を完成させようとした。ところが、紀伝体の基本は本紀（帝王の伝記）、列伝（個人の伝記）、志（分野別の変遷）、表（年表・人名表など）であると堅く信じていた彰考館の館員から猛反対を受けたのである。特に幽谷とはこの件によって絶交となってしまった。

紀伝体を標榜する史書からすれば、「志」「表」の無いままに完成させることは有り得ない。それは翠軒とて理解していたことではあったが、それを加えれば『大日本史』は治保の望み通りに完成させることはできない。特に資料蒐集型の翠軒は、この「志」「表」の完成に向けて相当な時間がかかると見たのである。結果、翠軒は現実的な対応を第一として「志」「表」の無いままに『大日本史』の完成に踏み切ったのである。

ところがこの件によって翠軒は藩主の治保からも信頼を失ってしまう。結局、『大日本史』は幽谷らの主張したように「志」「表」を加えることになるが、本書が完成したのは明治三十九（一九〇六）年になってからであった。この翠軒・幽谷の対立はその後の水戸藩を引き裂く大きな亀裂に発展してしまうが、この幽谷のイデオロギーを受け継いだのが息子であり、後に斉昭の側近となった藤田東湖《とうこ》である。

この翠軒・幽谷の確執事件は、光圀が『大日本史』に込めた二つの姿勢が図らずも一つの矛盾となって表面化した事件だったと言える。その悉皆調査・資料主義は翠軒に受け継がれ、その天皇中心のイデオロギーは幽谷・東湖に受け継がれたのである。そして翠軒が破れて幽谷・東湖たちが水戸藩や『大日本史』編纂の中心を担うようになったことは、バランス感覚のある相対的な視点を失って、ファナティックなナショナリズムに水戸藩が走ったことを意味していたのである。

10 〈東アジア〉をどう捉えるか——自由＝林立の東アジア

こうして茨城から始まった話は、東アジアを一回りしてまた茨城に戻ってきたが、ここで強調しておきたいことが三つある。

一つ目は、東アジアをどのような範囲で捉えるかである。

東アジアを中国や朝鮮、そして日本というナショナリズムから離れて見ようとするとき、どのような視点が有効だろうか。一つには漢字文化圏、もしくはそれを表現全体にまで広げた漢文文化圏という枠組みがある。近時、金文京氏が提唱されているもので(22)、これが第一義的に有効であることは言を俟たない。しかし、これのみでは、中華思想に絡め取られてしまうことは明らかで、日本のかな・カタカナや朝鮮のハングル、ベトナムの字喃(チュノム)などを含めた東アジア全体の言葉を豊かに捉え直す視点が無くてはならない。と同時に、この漢字・漢文文化圏という枠組みが、所謂陸地史観であることも重要である。東アジアの海域においてどのような言葉がコミュニケーションの手段として使われたのか。これが問われなくてはならない。

こうした問題を考える時に、光圀の視座がやはり重要なものとして浮かび上がってくる。光圀は、中華思想の根本たる朱子学を熟知しながら、それに囚われず、自由な発想で東アジアを見渡すことができた人間であった。先に述べたように、その自由な発想は彼の儒学・仏教・神道の三教一致思想に見出すことができる。そしてその三教一致は単なる宗教的知識の、学問としての一致を越えて、生きた生活としての一致を目指していたと思われる。それは彼の媽祖に対する姿勢によく表れているのである。

媽祖信仰を考える時に重要な視点はこの信仰が宗教宗派を超えて、汎アジア的な広がりを持っていたという点である。陸に居る時、人々はそれぞれに儒教・仏教・神道等を信仰したが、ひとたび船に乗り海に出れば、そしてそれが東アジアの海であれば、媽祖の信仰圏に入らざるを得なかったのである。もう一点重要なのは、今の海に関連するが、媽祖が船を通じて経済活動と深く結び付いていたことである。先に拙著[23]でも指摘し、本書でもその視点を繰り返し述べているが、十五・六世紀に東アジアの海域で始まったアジアの資本主義は、日本を先頭にする形で近代資本主義へと発展していった。前著ではそのラインの中に井原西鶴という商人作家を置いてみたわけだが、このラインの中には媽祖信仰があり、光圀が居たことも指摘しておかなくてはならない。特にあらゆる階層・宗派を越えて人々を結びつけた媽祖信仰と、同じくあらゆる人々を結びつけた資本制の役割は極めて近似しているのである。この二つがどのように融合していたのかは今後の課題だが、その融合の接点に光圀が居たのである。

二つ目は、十六・七世紀、〈東アジア〉は世界に冠たる中心の一つであったことである。

序の「東アジア小説史は可能か」でも述べたように、十八世紀の後半、蒸気機関等の発明によって産業革命を成し遂げたヨーロッパが世界の覇権を握ることとなるが、それまで、世界は幾つかの比較的小さな世界システムとその連携によって成り立っていた。今、山下範久氏の『世界システム論で読む日本[24]』の見解を例にとってまとめるならば、つぎの五つの世界システムが十六・七世紀には存在していたことになる。

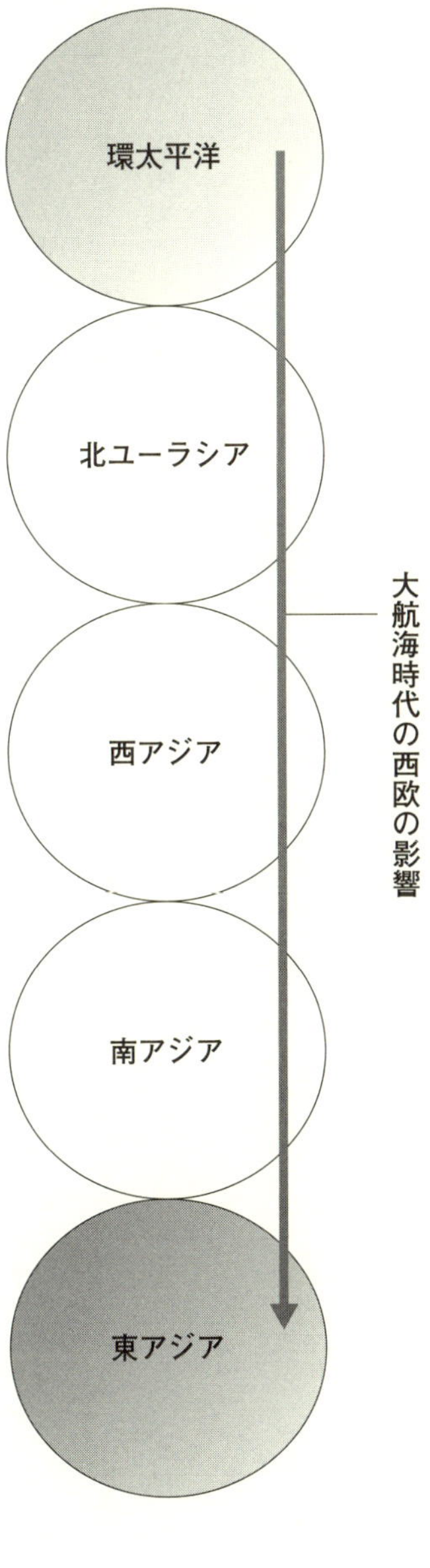

十五〜十七世紀（ウォーラスティンの言う「長期の十六世紀」）の大航海時代に、これらの諸文明をスルーする形でヨーロッパの帆船が東アジアまで進出してくる。これらは前代にない画期的なことではあったが、それはこれらの諸文明を糸で繋ぐようなもので、諸文明を飲み込むようなものではなかった。この点を見逃して、従来は大航海時代を過大に評価しすぎていたのである。ところが、十八世紀後半からヨーロッパで起こった産業革命は、この五つの諸文明を飲み込んで、世界全体をシステム化するに至るのである。大航海時代と産業革命以後では全く違った力が働いていたことを重く見ないといけない。

三つ目は、十六・十七世紀のバランス感覚に富んだ国際性とそこから生まれた自由＝林立[25]世界である。

先に、光圀の国際性と同時代、十七世紀の日本の儒者たちの国際的感覚を確認したが、この十六・七世紀は、東アジアで長く続いた中国との朝貢システムが崩壊した時代であった。それを象徴するのが、日本の起こした文禄慶長の役であり、明清交替の事件であった。そうした政治的状況を背景にしつつ、文化の面においても、中国を尊重しつつも、それとは別個の自分たちのルーツがあるとして、各国や各民族が「自分探し」を始めたのが、またこの十六・七世紀であった。それが十九世紀になると、西欧列強の登場によって別の上下意識（近代化による先進・後進意識）が芽生え始めてくるのである。単純に図式化すれば、

十一世紀以前　中国→朝鮮→日本
十二〜五世紀　中国→朝鮮→日本（朝貢体制揺籃期）
十六〜八世紀　中国／朝鮮／日本、拮抗林立期
十九世紀以後　西欧→日本→中国／朝鮮

となろう。

こうしてみると、この十六・七世紀は、東アジアという世界システムが、西欧中心の近代的世界システムに移行する過渡期・転換期であり、十七世紀の人間たちが持っていた国際的なバランス感覚も、そうした時代背景によるものと考えて良いだろう。従来、この時期の日本や東アジア各国（特に中国と朝鮮）を、孤立を意味する鎖国もしくは海禁という言葉で認定してきたことは周知のことであるが、そうした他と切り離された孤立もそうした諸国家・諸民族間の勢力的な均等・林立という状況があって初めて可能であったことを考えなくてはならない。

とすれば鎖国（海禁）を、交流の否定とか発展・成長の阻害とか、否定的な側面からのみ捉えることはできないはずである。また、その逆も同じで、俗に四つの口と呼ばれる長崎・対馬・薩摩・松前からの他国との文物の

交易を重く見過ぎて、さも他国との自由な交易が可能であったかのような国家像を日本の江戸時代や中国・朝鮮の同時代に与えてはいけないだろう。大事なのは、鎖国（海禁）と国際的なバランス感覚、この一見正反対な立場が同時に起こっていたのが十七世紀という時代であったのである。よって十六世紀の自由交易から十七世紀の鎖国（海禁）への急激な変化も、自由＝林立という立場からすれば同じレベルのものであり、コインの裏表と考えることが大切である。これを多極的な視点というならば、亡命者たちを受け入れ東アジアの状況を熟知し、大船を建造して北海道にフロンティアを見出すとともに、一方では、国家の本筋を糺すために『大日本史』の編纂や文芸の充実を図る。光圀はまさにそうした視点に立った典型的な人物だったと言えるだろう。

以上、光圀と斉昭《なりあき》を中心に、「東アジアとは何か」を論じてきたが、本書の目的は光圀や斉昭のような人物を追いかけることではない。この「東アジア」に展開した文学、特に小説の歴史と展開を考えることにある。そして、この「東アジア」の小説の源を考えるときに、今述べた、十六・十七世紀の自由＝林立の世界が極めて重要なものになってくる。この時代にこそ東アジアで小説が産声をあげたのであるから。

注

（1）山下文男『津波てんでんこ―近代日本の津波史』新日本出版社、二〇〇八年、戸石四郎『津波とたたかった人―浜口梧陵伝』新日本出版社、二〇〇五年

（2）二〇一一年七月九日、野口雨情生家にて不二子氏より直接拝聴した。

（3）『桃源遺事』巻之四「那珂湊の側に岩舟山といふ有、鹿島郡　此山上へ天妃神と中神を初て御祀りなされ候。此神ハ海上風波の難を救給ふ神也。これによつて漁人ともことの外信仰仕り候。幷其社頭の側に大なる行燈を御こしらへさせ、夜々燈明をかゝけさせ、海上より湊の目印になされ候。又鐘を仰付られ、十二時を御つかせ候。是も廻船幷漁村の爲に被成候。天妃神をは多賀郡磯原と中海邊にも御まつらせ被成、且燈明をもかゝけさせられ候。（『水戸義公傳記逸話集』

水戸史学会、一九七八年）

（4）『新編常陸國誌』巻五「磯濱志云、此神壽昌山開基心越禪師持來ルヲ、元祿三年庚午四月六日、先君義公御祭ナサレ、海上風波ノ難ヲ救玉フ神也、故漁者悉信仰ス」（『崙書房』一九七六年）

（5）ベトナム最大の都市。旧サイゴン。人口六百数十万人。

（6）この藤田東湖の行動の前、会沢正志斎はイギリスの乗組員と筆談を交わしている。そのやり取りから、会沢たち藩士が外国人に対して憤然としていた様子が分かる。その模様は『北茨城市史』（上巻、北茨城史編さん委員会、一九八八年）第六章「大津浜異人上陸」に詳しい。

（7）『西山公随筆』、『日本随筆大成』（第2期）7巻所収、吉川弘文館、一九九四年。

（8）小松徳年「徳川斉昭の社寺改革と天妃社」『北茨城史壇』第2号、一九九四年。

（9）藤田明良「日本近世における古媽祖像と船玉神の信仰」（黄自進編『近現代日本社會的蛻變』台北・中央研究院人文社會科學研究中心亞太區研究專題中心、二〇〇六年）所収

（10）鈴木暎一『徳川光圀』吉川弘文館、二〇〇六年

（11）『水戸学体系巻5水戸義公・烈公集』高須芳次郎編、水戸学体系刊行会、一九四三年

（12）この問題は日本の近世、近代の歴史・文化史を考える上で極めて重要な問題を有している。このフロンティアから国防への変化は、日本が「東アジアの日本」から「世界の日本」へ、すなわち東アジアという穏やかな内海から、世界という荒波の外海へ飛び出したことを示している。司馬遼太郎が言った「坂の上の雲」の頂上が日露戦争の勝利であったのなら、その登り始めは、この江戸中後期、蝦夷における日本とロシアの衝突であったと言うことが出来る。この点については、海保嶺夫『近世蝦夷地成立史の研究』（三一書房、一九八四年）、菊池勇夫『北方史のなかの近世日本』（校倉書房、一九九一年）などで提起された問題を整理しつつ、一方、金時徳『異国征伐戦記の世界』（笠間書院、二〇一〇年）で全面的に検討された義経入夷に関する説話・軍書類をも踏まえながら考える必要がある。いずれ別稿で述べてみたい。

（13）『水戸市史』中巻（三）伊藤多三郎主幹、一九七六年

（14）斉昭の「北方未来考」によれば斉昭は蝦夷（北海道）に城郭を建てた折にも、その近くに遊廓を作ることを計画していた。理由はそうした遊廓が無ければ長くその地に男性が留まることが出来ないからだと言う。

（15）今中寛司『近世日本政治思想の成立』、創文社、一九七二年

(15) 大野出『日本の近世と老荘思想―林羅山の思想をめぐって』ぺりかん社、一九九七年

(16) この光圀の三教一致思想の形成に関しては、徐興慶「心越禅師と徳川光圀の思想変遷試論―朱舜水思想との比較において―」(『日本漢文学研究』第3号、二松学舎21世紀COEプログラム、二〇〇八年三月) が詳しい。

(17) 朱舜水が東南アジアの何処に実際足を伸ばしたのか諸伝があって分かりにくい。この外國傳附等によれば東南アジア諸国の名が上がる。石原道博氏によれば安南までは確実だが、暹羅(シャム)に行ったかどうかは不明である(『朱舜水』吉川弘文館、一九六一年)。石原氏の該書が刊行されてから五十年になるが、この問題については進展をみていない。なお、上記の問題を含め、舜水研究の現在を知るためには徐興慶「東アジアの視野から見た朱舜水研究」(『日本漢文学研究』第2号、二松学舎21世紀COEプログラム、二〇〇七年三月) が便利である。

(18) 石澤良昭「アンコール・ワットにおける日本語墨書」ユネスコ刊、碑文集、二〇〇〇年八月

(19) 中尾芳治「アンコール・ワットに墨書を残した森本右近太夫一房の父・森本儀太夫の墓をめぐって」『京都府埋蔵文化財論集第6集』京都府埋蔵文化財調査研究センター、二〇一〇年

(20) 石澤良昭『興亡の世界史11 東南アジア多文明世界の発見』、講談社、二〇〇九年

(21) 吉田俊純『寛政期水戸学の研究―翠軒から幽谷へ』吉川弘文館、二〇一一年

(22) 金文京「漢文文化圏の提唱」『漢文文化圏の説話世界』竹林舎、二〇一〇年。『漢文と東アジア―訓読の文化圏』岩波新書、二〇一〇年。「座談会、東アジア―漢文文化圏を読み直す」小峯和明・金文京他、岩波『文学』二〇〇五年一一月十二月号

(23) 染谷智幸『西鶴小説論―その対照性と〈東アジア〉への視界』翰林書房、二〇〇五年

(24) 山下範久『世界システム論で読む日本』講談社選書メチエ、二〇〇三年

(25) 「自由=林立」とはあまり聞かない言い方だが、後でも述べるように、私は鎖国(海禁)と自由を対立するものとして見ない。鎖国(海禁)を反自由ではなく、独立・林立・均等という視点から見るべきだと考えている。

第Ⅱ部

冒険

1 英雄は東アジアの海へ

――『水滸伝』の宋江《そうこう》から『椿説弓張月』の為朝《ためとも》まで

十六世紀から十七世紀にかけてのほぼ同時期、ヨーロッパと東アジアに小説が出現した。それは東アジアの大交流時代とヨーロッパを巻き込んだ大航海時代の後末期であり、最初に登場したのは「冒険」をテーマにした小説たちであった。特に、東アジアの十六世紀から十九世紀までの冒険小説を見渡すと、東アジア海域への強烈な憧憬をもった作品を多く見つけ出すことができる。それは、東アジアの海域が、人間中心の自由闊達な精神を生み出した源、母なる海であることを示している。

1 ヨーロッパにおける小説の発生と冒険――神の退場と新世界の登場

『存在の耐えられない軽さ』などで知られるチェコの作家ミラン・クンデラは、ヨーロッパの近代小説がどこから発生したのか、以下のように明快に語っている。

かつて神は高い地位から宇宙とその価値の秩序を統べ、善と悪とを区別し、ものにはそれぞれひとつの意味を与えていましたが、この地位からいまや神は徐々に立ち去ってゆこうとしていました。ドン・キホーテが自分の家を後にしたのはこのときでしたが、彼にはもう世界を識別することはできませんでした。至高の「審判者」の不在のなかで、世界は突然おそるべき両義性のなかに姿を現しました。神の唯一の「真理」はおびただしい数の相対的真理に解体され、人々はこれらの相対的真理を共有することになりました。こうして近代世界が誕生し、と同時に、近代世界の像（イマージュ）でもあればモデルでもある小説が誕生したのでした。

（『小説の精神』[1]）

新大陸の発見や地動説、そして様々な科学的発見によって、中世の宗教的・キリスト教的権威が薄れ始めたとき、「突然おそるべき両義性のなかに」投げ出されたヨーロッパの困惑とはどのようなものであったか。すでにそうした両義性（クンデラの言葉を使えば「存在の耐えられない軽さ」）にすっかり慣れきってしまった現代からすれば、それは遠い彼方の記憶ですらない。しかし、投げ出されたばかりの人々にとっては極めて切実な問題であったはずである。至高の「審判者」が突然退場する中、当代の人々は、デカルトが「我思うゆえに我あり」と言ったように、何から何まで自らの目で見、自らの頭で考えなくてはならなくなったからである。

そして、そうした人々の不安を刺激し、好奇心を突き動かしたのは、神の退場と共に登場した新しい世界であった。ヨーロッパ近代小説の嚆矢が、『ドン・キホーテ』であれ、『ガリバー旅行記』、そして『ロビンソン・クルーソーの冒険』であれ、例外無いほどに、見知らぬ世界への冒険というテーマをもって登場したことが、それをよく表している。考えてみれば、神や仏、そして聖人は冒険をしない。冒険はその字義通りに危「険」を「冒す（敢えてする）」ことであり（アドベンチャーの「ベンチャー」も同じく敢えて危険を冒すという意味である)、それは未熟者である人間の所業に他ならない。

よって、当然この時期の冒険は、後世の『宝島』やトム・ソーヤ、ハックルベリーフィンのようなロマンチックなものでなく、かなりリアルで厳粛なものであった。たとえば、喜劇というにはあまりに凄惨な旅をしたドン・キホーテ、厳しい風刺に塗り込められた感のあるガリバーの旅、後世、資本主義の基となったと言われるロビンソンの孤島での禁欲生活などである。これらの反ロマンチシズムからは、同時代の宗教、王族・貴族、特権階級などの腐敗や、商人・庶民を取り巻く厳しい現実が透けて見えてくるのである。つまり、この時期の冒険には、冒険をするだけの深刻な理由があるのである。それは、英語で旅を意味するトラベルの語源が「苦痛」を意味すると言われることとも関係があるだろう。ちなみに日本語の「たび」の語源が「たぶ(賜ぶ)」であり物乞いをしながらの苦痛な移動だと言われる。これも無関係ではあるまい。それに常識的に考えても、危険だらけの未知なる世界への冒険が決してロマンチックなものでなかったことは納得できる。それがロマンチックになるのは、ある程度の安全が確保されてからである。

とはいえ、ドン・キホーテやガリバー、ロビンソンの冒険は急速にヨーロッパに伝わっていった。たとえばドイツでは「(『ロビンソン・クルーソー』が)英国で出版された翌年の一七二〇年にはドイツ語訳が出たが、以後一七六〇年頃までに五十篇ものドイツのロビンソン小説が書かれ[2]」、フランスでは、新大陸発見の報告を享けて『ポレクサンドル』のような海洋冒険小説が書かれるが、何と言っても、シラノ・ド・ベルジュラックの『日月両世界旅行記』(十七世紀半ば)には驚かされる。この時期の小説作者たちの想像力は、新大陸・新世界を飛び越えて、宇宙にまで広がっていたのである。

もちろん、それら新世界への旅は実体を伴ったものではなく、多分に観念的な、たとえばシラノの日月旅行もガリレオの地動説に突き動かされてのものであり、そこに書かれる世界は、後の同じくフランスのジューヌ・ヴェルヌの『月世界旅行』と比べれば、矛盾だらけで出鱈目である。新世界というよりは奇想世界と言うほかない。しかし、そうした出鱈目な想像力にこそ、小説というものの持つ可能性が満ち溢れていたとも言えるのである。すなわち、クンデラが言う、神という至高の「審判者」の退場と新世界の登場という「おそるべき両義」的な事態に、彼ら、この時期の小説家たちは、想像力という人間以上でも以下でもない、素手で立ち向かったのだから…。十九世紀になれば、近代やら国家・民族やら、別の至高の「審判」基準が現れて、ドン・キホーテやシラノらの冒険と苦悩を、簡単に乗り越えてしまうだろう。しかし、そこには十七世紀の小説が持っていた可能性も失われていたことを忘れてはならない。クンデラが、先に上げた同書で「近代の黎明期以降、小説は人間のつねにかわらぬ伴侶です」と言っているのはこのことである。人間よりも、神や国家や民族を大事にする者は小説家ではないとクンデラは言っているのである。

2　東アジアにおける小説の発生と冒険――海を中心とした大交流時代へ

要するにクンデラは、小説とは、至高の「審判者」の退場、即ちキリスト教世界の弱体化と、その後の近代的諸制度の確立という間に「突然」現れた「おそるべき両義」的世界が産み落とした鬼子だと言っているのである。その両義的で相対的な価値観が跋扈《ばっこ》した自由で不埒な時期にこそ、人間を丸裸の人間として捉える小説が生まれたと言うのである。こうしたクンデラの考えが、ヨーロッパの近代文学を考える上で至当なものであるのかは、今は問わない。しかし、こうしたクンデラの見方を同時期の東アジアに転じた時、そこでほぼ似たような状況が生れつつあったことは注意されなければならない。

　もちろん、ヨーロッパのキリスト教と違って東アジアは儒教や仏教・道教などが混在していて、とても「至高の審判者」が居て、しかもそれが退場するような状況ではなかった。また、東アジアには新大陸の発見や大航海時代というのも無かった。東アジアは元々海や陸を中心に交易が盛んであり、かつ物資も豊かであり、わざわざ大航海をする必要などなかったからである。しかし、東アジアには中華という中国を中心にした文化が全体を覆っており、それが周辺国家の台頭や、海域での活発な交流によって揺籃の時期を迎えていたことは疑いない。

　その揺籃の引き金となったのは、諸書が指摘するように、中国の元《げん》が取った交易中心の政策である。この政策が東アジア全体を刺激すると、その影響は徐々に広がり始め、十四世紀から十七世紀初頭に至るまで、東アジアは海を中心に大交流時代を迎えることとなった（但し、この「交流」には倭寇などの海商・海賊の活躍も含む）。ここにヨーロッパの大航海時代が後から覆いかぶさったのである。そして十七世紀に入ってこの大交流時代は突如として閉ざされることになる。中国は、明の時代から倭寇対策のために海禁策を度々打ち出していたが、豊臣秀吉などの日本の統一政権の誕生とその影響によって倭寇が衰退し、十七世紀初頭に日本が完全に近い海禁策（鎖国策）を取ると、東アジアの海域はほぼ完成された管理貿易の様相を呈するに至ったのである。これらの海禁政策、鎖国政策は、もとより中朝日それぞれの立場によって、意図も思惑も違っていたが、結果東アジアの交流は閉ざされることになり、十九世紀の後半、欧米列強の東アジア進出によって、その海禁はこじ開けられることになる。

　この東アジアの大交流時代に東アジアの小説も出現し盛行した。その理由は、ヨーロッパにおいてクンデラが指摘したように、この大交流時代こそ、東アジアの人間たちが既成の概念を捨てて、まるごとの人間として社会に対峙していたからではなかったかと私は思うのだが、そうした結論を今急ぐ必要はないだろう。ここでは、東アジアも西欧と同じように、中華文明の力が支配的だった古代・中世、そして統一政権によって海禁される近世・近代までの間に、空白期間とも思われるような自由な時代が登場していたということだけを確認しておけば良いだろう。

そして、さらに注意すべきなのは、この空白の時代に現れた大交流時代の、交流の中心は陸ではなく海であったことである。そしてそれを象徴するのが、本書の「はじめに」でも述べた鄭和《ていわ》（馬和、一三七一～）の東南アジア・中東・アフリカ方面への大遠征である。明の永楽帝《えいらくてい》の命を受けたこの大航海は、総勢二万数千人、数百の艦船を動員していたと言う。その総司令官が鄭和であり、宝船《ほうせん》という旗艦に乗り艦隊を統括したと言う。この宝船は一説に長さ百二十メートルで、後年のコロンブスが大陸発見のために乗り込んだサンタマリア号が二十六メートルであったことを考えると、まさに大船団、動く帝国の様相を呈していた(3)。

この大遠征の目的が何であったのかは判然としないが、中国にキリンやラクダなどがもたらされたことは、明の人々の海外への興味をいやがうえにも刺激することになった。その好奇心に応えたのが、この鄭和自身を主人公にし、鄭和の大遠征そのものを取り上げた通俗小説『三宝太監西洋記通俗演義』（羅懋登編、二十巻二十冊、一五九七年序刊）であった。この『西洋記通俗演義』は文学作品としての完成度は低く、先に紹介したシラノの『日月両世界旅行記』同様、内容は荒唐無稽で、所謂、四大奇書には遠く及ばないが、上田信氏も述べるように(4)中国の土地そのものからは得られないような外国の情報が様々に盛られており、読者の好奇心を大いに刺激したであろうことは間違いない(5)。

この『西洋記通俗演義』が出版されたのは、中国は江南の、南京・寧波・杭州などであったが、ここはまた、大交流時代に、東アジアでもっとも栄えた場所であり、かつ出版文化が花開いた土地でもあった。ここで多くの白話通俗小説が生れたが、その代表作が後に四大奇書と呼ばれた、『三国志演義』『水滸伝』『西遊記』『金瓶梅《きんぺいばい》』である。

この四作品は、それぞれに独特な世界を作り上げたが、共通する点も多い。その最たるものは、どれもがスケールの大きい長編小説で、中国大陸全土、あるいはそれを飛び越えた世界を主人公たちが縦横無尽に駆け巡り、最終的にはそれぞれ独自のユートピアを作り上げた冒険小説だというところであろう。たとえば『三国志演義』は劉備《りゅうび》・関羽《かんう》・張飛《ちょうひ》という魅力的な主従と天才軍師諸葛亮《しょかつりょう》による蜀《しょく》の立国譚である。正史の狭間に虚実綯《な》い交《ま》ぜにした物語を盛り込んで、あるべき歴史の姿を作り上げている。『水滸伝』は百八人の盗賊たちが中国全土を暴れ回る痛快な社会裏面史で、アウトロー達のユートピアを作り上げている。『西遊記』は三蔵法師と悟空ら弟子たちの取経《しゅけい》物語で、陸版『西洋記通俗演義』である。また『金瓶梅』は三作とは違って表向きにはほとんど動きのない物語だが、個人の性の世界を余す所なく描き出した、一種のインナートリップである。前の三作がマクロのユートピア物語であるなら、『金瓶梅』はミクロのユートピア物語である。

ただ、この四大奇書、十五・六世紀を代表するものでありながら、ほとんど海の匂いがしない。先に述べたように、海を中心にした大交流時代の真っ只中にあったにも関わらずである。この背景には、後でも触れるように明代の中国海岸域には倭寇が出没し、そのために度々の海禁策が発布されたが、甚だしいものに至っては、漁民の出漁や海上交通さえも禁止することがあった（嘉靖二六年［一五四六］に浙江省巡撫に任命された朱紈の政策など）[6]。こうした苛政の恐怖が庶民の間に広がっていたことが影響を与えているからだと思われるが、それを証するように、この倭寇の出没が収まる十六世紀末から海の匂いがする物語が陸続と登場し始める。先にあげた

『西洋記通俗演義』が嚆矢であり、代表的なものとしては『水滸後伝』や朝鮮の『洪吉童伝《ホンギルトンジョン》』などである。

そこでここでは、こうした中国の冒険小説、ユートピア小説の中で特に海に関係が深いものを取り上げて、その小説群がどのような世界を作り上げていたのかを考えてみたいが、まずは『水滸伝』を取り上げる。今も述べたように『水滸伝』は直接に海を舞台にしてはいないが、この物語の影響を強く受けた『水滸後伝』と朝鮮の『洪吉童伝』が海を舞台にした物語であることが示すように、元々、海洋世界を内包していたのではないかと思われるからである。よってまず『水滸伝』を取り上げ、その後『水滸後伝』、朝鮮の『洪吉童伝』、そして日本に目を転じて曲亭馬琴《きょくていばきん》の『椿説弓張月《ちんせつゆみはりづき》』、そして最後に『水滸伝』には直接関係がないが、上記の作品群と同様に海との関係が深いと見られる井原西鶴の『好色一代男』を取り上げて、東アジアの冒険小説・ユートピア小説がどのようなものであったかを考えることにしたい。

3　海を舞台にしない『水滸伝』から海に解き放たれた『水滸後伝』

『水滸伝』は周知のように宋江《そうこう》を筆頭とする百八人の盗賊の物語だが、この題名が示すように（水の滸《ほとり》）、山東省西部にある大沼沢に浮かぶ梁山泊《りょうざんぱく》という島（半島）に、アウトローの理想的世界を作り上げた。最終的にはこの盗賊軍は滅びるが、この梁山泊を基点にして、盗賊たちは中国大陸を縦横無尽に駆け抜けることになる。

この『水滸伝』の、広大な大陸の中に大沼沢があり、そこに浮かぶ島に、世に不満を抱く盗賊たちが集って別天地を築く…。これは如何にも大陸国家中国の面目躍如たるところである。そのスケールの大きさは驚くべきで、半島国家の朝鮮や島国の日本では望むべくもない物語と言って良いだろう。後述するように、日本にはこの

『水滸伝』を基にした曲亭馬琴の『南総里見八犬伝』があり、これも極めて面白い物語だが、スケールの大きさという点では『水滸伝』に適わないと言うほかない。

中国は今述べたように大陸国家であることは間違いないが、また長い海岸線を持つ海洋国家でもあった。先に述べた鄭和《ていわ》の大遠征がそれを証している。ではなぜ『水滸伝』は水の滸《ほとり》と、水との深い繋がりを示唆しながら、海ではなく内陸の沼沢を基地にし、かつ海や海岸をほとんど舞台にしなかったのだろうか。後でも述べるように、水軍の活躍を多く描いているにもかかわらずである。これには様々な答えが可能だろう。『水滸伝』は永い語りの歴史があり、そうした従前の話に規定されたとも言えるし、今も述べたように、大陸内の湖沼を使うことによって大陸の広大さを強調したかったとも考えられる。しかし、やはり中国の海岸線を舞台にした盗賊と言えば、倭寇を中心にした海賊が連想されてしまうことがあったからではないか。明の時代、北虜南倭《ほくりょなんわ》と言い、北はモンゴル、南は倭寇が異民族からの侵犯として恐れられていた。それは荷見守義氏も指摘するように元や清の時代とは違う明の時代の特徴であった[7]。よって、海賊を題材にしてしまえば、特に倭寇の被害が酷かった海岸部の南京・寧波・杭州などの市民には、恐怖の念を与えこそすれ、『水滸伝』の目指す義賊としての盗賊物語には到底なり得なかったはずである。

とすれば、『水滸伝』の大沼沢に浮かぶ梁山泊というユートピアは、海洋の冒険譚を内陸側に織り込んでみせた物語と言ってもよいように思われる[8]。今ものべたように、実際『水滸伝』では水軍が多く活躍する[9]。しかもその水軍の総帥を務めていた李俊《りしゅん》は、百十三〜百十九回において盗賊魂を失った頭領宋江《そうこう》に愛想をつかし、病気の振りをして童威《どうい》・童猛《どうもう》らと梁山泊軍を離脱、そのまま南海に出帆し、暹羅（シャム、但し現タイのシャムではなく、台湾付近の諸島とされる[10]）で王になった。この李俊の話を膨らませたのが『水滸後伝』（一六六四年刊。作者陳忱《ちんしん》（一六一三～一六七〇年頃か[11]）である。

本作は『水滸伝』と並び高い評価が与えられてきた作品である。『水滸伝』では豪傑たちに中国本土を縦横無尽に東奔西走させたが、こちらでは中国と近海の水上、そして諸島を舞台に豪傑たちを活躍させている。鳥居久靖氏が「水滸とならび称される『西遊記』『金瓶梅』、ややくだって『紅楼夢』などの名編は、それぞれに続作をもつ。そしてその多くが凡作・愚作に堕した中で、この小説のみはそれらと同日に語り得ぬものがある」（『水滸後伝』東洋文庫58解説[12]）と言われたように、本作にはスケールこそ本伝（『水滸伝』）にはかなわぬものの、優れた物語展開と人物描写が随所に見られる。それを支えたものとしてまずは、作者陳忱の力量を挙げねばならないが、『水滸後伝』の内容を熟読すれば、それのみでなく『水滸伝』では描けなかった世界が、本作において開花している点も見逃せない。

その一つは本作が持っている物語全体の明るいトーンと、それを象徴する目出度い大団円であろう。鳥居氏はこの点について本伝たる『水滸伝』と比較しながら次のように言われる。[12]

水滸「本伝」は、すでに知られているように、さしも繁栄をほこった一百八人の好漢たちも、朝廷に帰投してのちは、反賊征討のいくさにかり立てられ、つぎつぎと先陣にたおれて、残るはわずかに三十六人。はては首領の宋江まで、蔡京《さいけい》らにはかられて毒酒にたおれるという悲劇におわる。ところが、この小説の結末は文字通りの大団円。「本伝」と見事な対照を示している。「本伝」の結末に悲憤した看官《どくしゃ》たちは、本書を見るにおよんで、おそらく、大いに溜飲をさげたことであろう。

確かに、この『水滸後伝』には本伝『水滸伝』の結末が持っていた、あるいは持たざるを得なかった陰鬱さがない。それは結果的にそうなったというのではない。たとえば、本作の第十回では、李俊の周囲から梁山泊の覇業をもう一度という言葉が何度か語られる（童威や楽和の言葉）。その後、李俊の夢の中に宋江が現れて、奸臣の策略に落ちた自分に代わって、残りの半分の覇業を引き継いで欲しいと話し、李俊もその意を汲んで新たな梁山泊を探すという展開になっている。本伝の『水滸伝』で天子に恭順した宋江が「半分の覇業」を胸に秘めていたとは考えにくいが、ともかくも、本伝に足りなかった部分を、後伝では描き出そうとする姿勢があることは確かであり、それが全体の明るいトーンや大団円に繋がってくるのである。

二つ目は、今の問題とも重なるが、舞台が海に解き放たれたことである。同じく第十回で新たな梁山泊をどこに定めるかについて、李俊とその仲間たちは様々に議論を重ねる。費保《ひほう》が、今自分たちの居る、安徽省の太湖が良いと言うのに対して、楽和がここは広いが袋地で人民も戦闘経験のない漁民ばかりでダメだと言う。それなら童威は再度梁山泊に上るべしと言うが、同じく楽和が梁山は再度盛り返す地息がなく、かつ豪傑も少なく守るに難しいとして反対、結局議論はまとまらないままに、李俊が宋江から夢でもらった詩の中に海を示唆する文言があり、海上を目指すことに決するという展開である。作者の陳忱は海に近い浙江省呉興の出身であるから、海上交通の知識も豊富であったことが推測され、そうした知識を生かして、物語が組み立てられたということもあったろう。

三つ目は、東アジアへの視野である。既に多くの論考や解説でも触れられているように、本作の特筆すべき内容として、日本（倭）が李俊へ敵対する勢力として登場してくることである。『水滸後伝』では、日本（倭）は暹羅《シャム》の繁栄に昔から野心を持っており、その暴虐で無慈悲な倭王は、身の丈八尺にも及ぶ将軍の関白（豊臣秀吉のこと）を暹羅に送り、侵略を推し進めようとする。ところが、公孫勝《こうそんしょう》の智略と幻術によって関白と日本軍は悉く凍死し、倭軍は全滅する（第三十五話）。これに懲りた倭王は二度と暹羅を侵略することはなかったという展開なのであるが、重要なのは日本（倭）だけではなく、朝鮮（高麗）も本作の視野に入って来ていることである。

たとえば、第十三回において、李俊は、島の付近で転覆した船から、かつての梁山泊の一員、安道全《あんどうぜん》を救出する。安は病気になった高麗《こうらい》王の治療のために高麗まで出向き、その帰り道に台風に遭ったのであった。李俊はこの島に共に暮らすことを提言するが、義理堅い安は中国に帰り、臣下の裏切りに遭って散々な苦労をすることになる。しかし李俊は、後に復権した安道全を高麗に送り、日本からの再度の侵略を防ぐために、高麗と共同で防衛ラインを構築することになる（第三十八回）。

この中国と高麗の共同作戦で日本（倭）に立ち向かうという内容は、秀吉の朝鮮侵略（壬辰倭乱《じんしんわらん》・文禄慶長の役）を意識してのものだと思われるが、こうした東アジアへの対応は『水滸伝』には無かったものである。

今、三つほど挙げてみたが、こうした新しい世界を注入することによって『水滸後伝』は本伝『水滸伝』に無かった物語の魅力を描き出すことに成功したのであるが、それはまた、先に述べたように『水滸伝』が水の滸《ほとり》の物語であり水軍の活躍が異彩を放っていたことを重視すれば、『水滸伝』には、海洋冒険譚が内包されていて、それを解き放ったのが『水滸後伝』であったと言ってよいのである。このような『水滸伝』とその後の展開のあり方から見れば、梁山泊とは大陸の大沼沢に浮かぶ島であると同時に、また大海原に浮かぶ島でもあった、と言って良い。なお、高島俊男氏は『水滸伝』には社会を思いのままに作り直そうとする「快活《コワイホ》（自由）」と、無拘束の「快活」という二つの「快活」があり、李俊《りしゅん》は後者の代表的人物であるとする。とすれば『水滸後伝』は

『水滸伝』にあってくすぶっていた無拘束の「快活」を解き放った物語とも言えるだろう。[13]

ちなみに、同じく『水滸伝』盛行の後の万暦年間（一五七三〜一六二〇）、その中ごろに成立したと思われる『金瓶梅』は、周知のように『水滸伝』の話の一部（武松《ぶしょう》と西門慶《さいもんけい》・潘金蓮《はんきんれん》の話）を取り出して敷衍化した物語である。そこでは「『水滸伝』が徹底的に排除した「欲望」を真正面からとらえ」（井波律子『中国の五大小説（下）』[14]）るとともに、「『水滸伝』が意図的に嫌悪し排除した女性が大挙して登場」（同上）してくる。これは普通、『金瓶梅』の作者笑笑生の作家的力量に因るものとされる。それを私も否定しないが、『水滸後伝』のような小説の展開からすれば、『金瓶梅』も『水滸伝』の中にあって押さえ付けられていた世界を解き放ったと見ることもできるはずである。

4　海洋の孤島にユートピアを造り上げる『洪吉童伝《ホンギルトンジョン》』

『洪吉童伝《ホンギルトンジョン》』は、主人公の洪吉童が自身に向けられた庶子（妾の子）への差別に憤慨し、義賊となってあらゆる権威に反抗し、貧しい庶民のために戦った末に、朝鮮半島を飛び出して孤島の王になるという話である。前半は義賊小説、後半は海洋冒険小説と言ってよい。現在の韓国では知らぬ人がないほど有名な小説であるが、日本ではほとんど知られることがないので、以下、梗概をやや詳しく記しておきたい。

吉童の不遇な出生と旅立ち　世宗《セジョン》の時代に洪《ホン》の姓を持つ宰相が居た。吏曹判書《イジョパンソ》にまで登りつめた彼には本妻柳氏が生んだ嫡子仁衡《インヒョン》と待婢春維《チュンソム》が生んだ庶子吉童《ギルトン》がいた。吉童は英雄豪傑の気風があり、小さい時から聡明であったが、妾腹ゆえに父を父とも、兄を兄とも呼べずに、一族の中ではぞんざいに扱われていた。自らの不遇な運命に心を痛めた彼は、ある日父親に日ごろの思いを語ったが、父は心を動かされながらも、慰労すれば本人のためにならずと叱りつけたのであった。折りしも、父洪判書《パンソ》のもう一人の妾であった谷山は自らに子のないことから、春維・吉童母子に嫉妬し、隙あらば吉童を亡き者にしようと計画を立てていた。谷山は刺客を使って吉童を殺そうとしたが、それを察知した吉童は人相見共々返り討ちにした。このまま此処に居ては様々な人間に危害が及ぶと考えた吉童は父母に別れを告げて、一人当てもなく旅立った。

吉童、盗賊となって海印寺を襲う　吉童はある景勝の地に大きな石門があるのを不思議に思い、中に入ると、そこは盗賊たちの住処であった。吉童の底知れぬ力を知った盗賊たちは、吉童を統領に押し立てると海印寺《ヘインサ》を攻撃することを進言した。海印寺は名刹であったが住持たちの奢りによって腐りきっていた。快諾した吉童は、事前に偵察し、巧妙な罠をしかけ、海印寺の財物をすべて掠め取ってしまった。さらに自らの集団を活貧党と名乗って、朝鮮全土の不義の財物を奪って貧しい者たちを救済した。見過ごせない事態と判断した世宗《セジョン》王は兵士たちを派遣して吉童一派を捕らえようとした。しかし右捕将《ウポチャン》の李洽《イハプ》を始めとして、吉童の幻術に翻弄されて失敗した。

吉童、兵曹判書に登りつめる　吉童が洪判書の次男であることを知った王は、兄の仁衡《インヒョン》に弟の捕縛を命じた。兄は監営へ赴任するとすぐに触れを出して吉童に自首を勧めた。それに応じた吉童は獄車に乗せられソウルへ護送された。ところが同時刻に朝鮮全土から吉童が連行され、八人の吉童は自分が本物であると言い争った。王の命を受けた洪判書は八人の吉童を叱りつけると、吉童は王への不忠、父への不孝を詫びながら、民の財物は盗らず、不義の財物だけを盗ったこと、一〇年後朝鮮国を出てゆくことなどを述べると、全て藁人形に変わってしまった。一方、本物の吉童は自分を兵曹判書《ピョンジョパンソ》（国防大臣）にするなら自ら縛につくとの文書を街中に貼り付けた。王は吉童の変幻自在な行動に折れ、ついに吉童が兵曹判書の任につくことを認めた。その報を聞いた吉童は官服を着て威風堂々と宮中へ参上した。王に謁見し日ごろの不忠を詫びた吉童は、そのまま空中に消えてしまった。

吉童と部下三千人、海外へ移住す

庶子の身で兵曹判書の地位に登りつめるという快挙を成した吉童は、本拠地へ戻ると、部下たちに新天地を求めて朝鮮国を去ることを伝え、その地を探すべく飛び去った。吉童は南京に飛ぶと、その近くにある景色の優れた猪島《チョド》を目的地に定めた。朝鮮に帰った吉童は世宗王から穀物を賜り、船を作ると三千人の部下とともに猪島へ渡った。数年後、吉童は鏃《やじり》用の薬草を取りに中国へ渡った折、洛川で愛する娘が行方不明になった富豪の白竜の話を聞いた。芒碭山《ぼうようさん》に入った吉童は妖怪を退治し、白竜の娘とともに曹哲《そうてつ》の娘を助け出し、家に戻すと、喜んだ父親二人は吉童を婿にした。吉童は二人の妻を連れて猪島へ渡った。ある日占いによって父の死期が近いことを知った吉童は、ひそかに朝鮮へ渡り、僧侶の姿になって上陸した。死期を悟った父は嫡庶の差別を取り払うことを遺言にして亡くなった。生母と兄に再会した吉童は、父の棺とともに、吉童の住む猪島へ旅立ち、父の亡骸をそこに葬った。

律島国《ユルトグク》での国家建設

その後、吉童は、山川の美しい律島国《ユルトグク》に渡り、そこで新しい国を作ることを部下たちに告げた。難なく島の征服に成功した吉童は、この島の王となると、この地をよく統治し、国は太平で住民たちは幸せであった。吉童は三人の王子と二人の王女に恵まれ、三十年の間この国に平和をもたらした。そして齢七十になり、雅楽を楽しみ、詩を朗詠した折、雲から一人の翁が降りてきて、吉童と王妃に声をかけると忽然と四人は姿を消してしまった。子供たちの嘆きは深かったが、東宮が王となって吉童の志を継いだのであった。

梗概を一読すれば分かるように、この物語は『水滸伝』を強く意識している。もとより、『水滸伝』に比べれば、スケールの小ささは否めないが、苛政への怒りや、その反転としての「島」や理想郷への願望という点では、『水滸伝』以上に強いものがある。

まず、主人公の洪吉童が、前半で見せる怒りは半端なものではない。ハングルを作り善政を布いた名君として、朝鮮でも名高い世宗《セジョン》王もこの物語では洪吉童に散々にやっつけられるし、現在、世界遺産の一つとして登録されている海印寺《ヘインサ》(八万大蔵経の版木があることで有名)も、僧侶が庶民を苦しめているという理由で、洪吉童に宝物類を略奪されるなど、散々な目に遭わされる。こんな怒りに満ちた革命的な物語を、なかなか他に見つけることは出来ない。

この社会的強者への厳しい態度を取る洪吉童は、逆に弱者へのきわめて優しいまなざしを持つ男でもある。たとえば、殺し屋に狙われた洪吉童は家を出て放浪するが、その折に盗賊どもの住処に迷い込んでしまう。その盗賊たちに不思議と暖かさを感じた洪吉童は次のような感想をもらす。

人里離れた奥に住みついたために、どれもこれも形相は凄まじいが、この人たちの奥底には暖かい人情が流れているのだ。だからこそ、不意の闖入者であるわしでさえ、もてなしてくれるのではないか、この人たちは人の情が恋しいのだ。おこる者に蔑ろにされ、貧しいためにその志を伸べられず、あたら、この山賊になりさがったのだ。しかしだ。この善良な人たちを盗賊の群に投ぜしめた奴らは京にいる。大官大爵《たいかんたいしゃく》を誇っている者、富豪に奢っている奴こそ、この世の盗人なのだ。その盗人どもに、じりじりと追われて、この人たちは父祖伝来の土地を捨て、妻子さえ奪われた果てに、ここまで追われてきたのだ。思えばかわいそうな人たちなのだ。

（洪相圭訳『韓国古典文学選集3』、高麗書林、一九七五年刊）

初めてこの物語を読んだ時、私は極めて新しいものを感じた。それは、単なる苛政とか悪政とかではなく、ここには明確に上位による下位の搾取、つまり階級意識があり、そこに貧富の差が絡められて意識されていることである。洪吉童《ホンギルトン》は、人々の不幸の大本には、階級の差、貧富の差があるからだとでも言いたげである。そして、この洪吉童の言動は、庶民の平和を築くには王政や官僚政治の打倒しかないという所、即ち階級闘争まで、あと一歩なのである。

こうした貧富の差への認識を、作者許筠《ホギュン》がどのようにして獲得していったのか、極めて興味深い問題だが、『洪吉童伝』の成立を通説のように、十七世紀初だとすると、⒂日本で言えば江戸時代極初期、極めて早い時期だと言って良い。もしこれが正しいとすれば、十七世紀初期、東アジアの朝鮮半島では極めて早く近代的な物語が生れていたということになる。

さらに、この『洪吉童伝』で重要なのは、この物語が、前半の権威への反抗というモチーフを発展させて、後半において海洋の孤島に理想的世界を造り上げたことである。『水滸伝』は義賊たちに、中国全土を暴れ回らせようという意識が強かったからだろう。梁山泊自体は義賊の陣地といった趣で、そこに別天地としての理想郷を作るという意識はそれほど強くなかったと思われるが、洪吉童の渡った律島《ユルト》では国家建設が行われ、洪吉童は王になり善政が布かれる。ここには、狭い半島で身動きが取れず、周辺国家の侵略や苛政に苦しんだ朝鮮の人々の、極めて強い外部・外海そしてユートピアへの願望が顕現されていると言ってよいのである。

　ちなみに、朝鮮半島への『水滸伝』の影響は、閔寛東氏の「『水滸伝』の国内受容に関する研究」に「『水滸伝』が国内に輸入された最初の記録は朝鮮宣祖と光海君年間に活動した文人許筠《ホギュン》（1569―1618年）の『惺所覆瓿稿』に見出される」[16]とあるように、許筠が最初であった。よって『水滸伝』の影響を受けた小説作品も、この『洪吉童伝《ホンギルトンジョン》』が最も早いものであったと言ってよい。夙に趙東一氏が中国小説の東アジアへの影響について「越南（ベトナム）では『西遊記』が、日本では『水滸伝』がたいへん人気があったのとは違い、韓国では『三国志演義』を始めとする演義類の歴史小説が特に愛好された」（『一つにして多面的な東アジア文学』括弧内稿者）[17]と指摘されたように朝鮮への『水滸伝』の影響は限られたものであった。その理由はやはり『水滸伝』の反逆的・反倫理的な内容と、その、事実とは結び付かない創作性の強さ（狂言綺語《きょうげんきご》）が、儒教が深く根を下ろしていた朝鮮朝両班《ヤンバン》世界から指弾されたからであった。日本で上田秋成も『雨月物語』の序で引いた、『水滸伝』作者はその咎を享け三代に渡って聾唖者が生まれたという俗伝は、両班の随筆に多く見出せるし（「世傳作水滸傳人三代聾啞」李植『澤堂別集』等）、また許筠が反乱罪で処刑されたのも、『洪吉童伝』を書いた報いであるとも言われていた（「筠亦叛誅、此沈於聾啞之報也」同上）。こうした状況下では表立って『水滸伝』の影響を受けた文章を書くことは出来なかったと考えられる。ただし、『水滸伝』の非は認めつつも、その文章の良さ（「愚按西遊記水滸伝、文章機軸、稗書中大家数也」沈錥『松泉筆譚』）や、その世態人情の描写力（「是人情世態之書也」兪晩柱『欽英』）を評価するものもあった。

5　日本版『水滸後伝』、『椿説弓張月』と琉球

次に、『水滸伝』『水滸後伝』や『洪吉童伝』といった中朝を代表するユートピア小説を踏まえて、日本に目を転じてみたい。まず、『水滸伝』の日本への影響であるが、これは日本でも有名であったために、中国での盛行をうけて早い時期から日本に渡ってきたと考えられる。現在確認されている中で最も古いものは、江戸初期の天《てん》海《かい》僧正の蔵書（日光山輪王寺）であるが、これらは原文のままだったために、日本で広く影響を与えたわけではない。日本に『水滸伝』が大きく影響を与えたのは、岡島冠山《おかじまかんざん》の翻案と言われる百二十回本『通俗忠義水滸伝』（宝暦七、一七五七年）であった。これ以降、陸続として『水滸伝』の追随作が現れ、建部綾足《たけべあやたり》『本朝水滸伝』（一七七三）、山東京伝《さんとうきょうでん》『忠臣水滸伝』（一七九九〜一八〇一）や曲亭馬琴の『傾城水滸伝』（一八二五〜三五）などが生まれたが、『水滸伝』影響作としての白眉は、やはり馬琴の『南総里見八犬伝』（一八一四〜一八四二年刊）であろう。

また、一六六四年に刊行された『水滸後伝』が日本に渡ったのは、そのすぐ後の一七〇三年であったものの（『舶載書目』）、翻案はなされなかった。その為に馬琴が苦労してこの本を入手しようとしたことが知られている（村田和弘「筑波大学図書館蔵本『水滸後伝』の識語について」北陸大学紀要、二〇〇四年、など）。この『水滸後伝』の影響作としての白眉を挙げるとすれば、やはり同じく馬琴の『椿説弓張月《ちんせつゆみはりづき》』（一八〇七、〇八年刊）であった。[18]

よって馬琴の『南総里見八犬伝』と『椿説弓張月』は日本版『水滸伝』『水滸後伝』とも言って良い。特に

『椿説弓張月』の主人公源為朝《ためとも》は小説の序盤に伊豆の大島に流配になったのを機会に、伊豆諸島から女護島《にょごがしま》、そして後半では琉球に渡り、琉球王国建設の礎（息子が琉球王となる）になる活躍をする。この日本の本土のみならず、列島の端から端までを縦横無尽に漕ぎまわる、為朝の活躍ぶりは見事であり、極めてスケールの大きな物語を作り出すことに成功している。

このスケールの大きさという点で言えば、日本初の本格的な水滸伝物と言って良い建部綾足『本朝水滸伝』からしてそうであり、また先にも述べたように、『水滸伝』の影響を受けた読本の白眉『南総里見八犬伝』も同様であった。これは言わば日本の水滸伝物の特徴ということができるが、特に綾足の『本朝水滸伝』は、安禄山《あんろくざん》の乱を逃れた中国の楊貴妃が、日本の佞臣弓削道鏡《ねいしんゆげのどうきょう》の一派で、筑紫を司る阿曾丸《あそまろ》を倒すために活躍するという話を南に置き、北方では千島の主カムイボンデントビカラを始めとする多くの蝦夷《えみし》を登場させ、やはり反道鏡の勢力として活躍させていた。

この『本朝水滸伝』『椿説弓張月』の二作のスケールの大きさが示すように、『水滸伝』と『水滸後伝』から日本の小説が第一に学んだ点は、空間の構成力であったと思われる。(19) しかし、こうした広い空間を自由自在に駆使して、登場人物たちを動かす方法は、独立国家的な藩の連合、所謂レーエン封建制を取っていた江戸時代の日本においては、得てして政治的なミスリードを犯すことになる。特に為朝《ためとも》の渡った琉球は、薩摩藩を介して江戸時代の徳川政権と微妙な政治的関係にあった。描き方一つでは政治問題を惹起する可能性があったのだが、近時、金時徳氏も指摘されるように、この辺りの政治的問題を馬琴は微妙に回避している。(20) 江戸初期の西鶴小説の時代から培われてきたカモフラージュの手法が日本小説の伝統として生きていたと言ってもよい。こうした細かい配慮をしながらスケールの大きな物語を構築したところに、馬琴の創作者としての並々ならぬ力量が表れているのである。

　ところが、この政治性を回避する馬琴や日本の小説作者たちの姿勢は、中朝、とくに朝鮮の小説と、日本の小説を大きく乖離させることにもなっていた。先に挙げた『洪吉童伝』を見ればわかるように、朝鮮の古典小説は先鋭的な政治性を保持するものが少なくない。たとえば朝鮮時代を代表する古典小説作者の一人金萬重《キムマンジュン》は『謝氏《サシ》南征記《ナムジョンギ》』という小説を一六八〇年代に書いている。これは萬重の直接の上位者であった粛宗《スクジョン》王の治世を真っ向から否定する内容であった[21]。また、同じく朝鮮小説を代表する作品として有名な『春香伝』における府使《プサ》（地方長官）批判と風刺、宮廷小説『閑中録《ハンジュンノク》』における王への批判的描写、名文家朴趾源《パクチオン》による両班《ヤンバン》（朝鮮時代の官僚）批判が炸裂した『虎叱《ホジル》』など挙げればきりがないが、こうした極めて強烈な批判的・風刺的小説が日本の江戸時代に書かれたことはほとんどない。

　しかし、この政治的かつ反抗心旺盛な小説というのもまた『水滸伝』の影響下にあったことは言うまでもないだろう。『水滸伝』は、稀代の反逆児李卓吾《りたくご》（一五二七〜一六〇二）が高く評価したことが象徴するように、中国権力への厳しい反抗小説、「発憤《はっぷん》小説」（李卓吾の『水滸伝評』）であったことも間違いないからである。またその評価が現代にも引き継がれているのは、本作の解説に「抵抗への熱情」（内田道夫編『中国小説の世界』の『水滸伝』解説[22]）などという言葉が躍るのを見ればすぐに分かることである。とすれば、東アジアへの『水滸伝』伝搬の様相は、『水滸伝』の政治性・風刺性と、スペクタクル性・物語性を、朝鮮と日本で分け合ったという構図が浮かび上がってくる。また先に指摘したように、『水滸伝』には社会を思いのままに作り直そうとする「快《コワ》活《イホ》（自由）」と、無拘束の「快活」という二つの「快活」があるとすれば（高橋俊男『水滸伝の世界[13]』）、前者の対社会的な「快活」はその反骨精神とともに主に朝鮮に受け継がれ、後者の無拘束の「快活」は主に日本に受け継がれていったとも言える。もとより、これは視野を広くとって見ればということでしかないのだが、こうした中国文学・文化の朝・日のへの伝搬と、それに伴って起こった二分化、棲み分けが本書の他の部分で明らかにしている朝日の違い（朝日の妓生《キーセン》と遊女の置かれた状況や、怪異小説の伝搬における怪異への態度の差）にオーバーラップしてくることは、実に興味深い問題である。

ちなみに、この『弓張月』に『水滸後伝』からの影響が多々あることは、古くから指摘されてきたが、『弓張月』のストーリーは『洪吉童伝』とも酷似しており、その影響関係が問題になる。今のところ明確な繋がりは指摘されていないが、洪吉童が渡った律島《ユルト》が琉球を指すのではないかとの指摘があり、また後に掲載する図で示すように、洪吉童の旅立った方向が沖縄方面であった可能性は極めて高い。また、近年では延世大学校の薛盛璟氏を中心に、朝鮮実録に登場する洪吉童（『洪吉童伝』のモデル）とは実は一五〇〇年に沖縄の八重山で蜂起したオヤケアカハチ・ホンガワラのことではなかったかとの指摘がなされている。この仮説については幾方面より疑義が提出されてもおり、ここでその是非を論じることは差し控えるが、重要なのは、この『洪吉童伝』と『椿説弓張月』、そして『水滸伝』の流れを汲む『水滸後伝』がともに沖縄周辺の東シナ海域を舞台にし、そこの島をユートピアとして設定しており、また時代設定も十三～十六世紀という大交流時代であることである。

中韓日を代表する冒険小説が、大交流時代の東シナ海を舞台にしていたこと、これは相互の影響関係以上に重視しなければならない問題である。では、この海域には、小説の作者たち読者たちの想像力を刺激する、一体何があったのであろうか。この海域とそこにまつわる問題を考える前に、もう一つ重要な日本の作品を考える必要がある。それは西鶴の『好色一代男』である。

6　外海を志向する『好色一代男』と女護島《にょごがしま》・長崎——「あつちの月思ひやりつる」

『好色一代男』は天和二年（一六八二）に大坂で出版された西鶴の処女作である。内容は遊廓を中心に繰り広げられる男女の恋愛をリアルに描き出したもので、先に挙げた『水滸伝』や『洪吉童伝』とは内容を異にする。むしろ『金瓶梅《きんぺいばい》』の方に内容的には近い。ところが、この『一代男』は話の最後で主人公世之介が女護島《にょごがしま》に旅立つことが象徴するように、外海への志向が強い。この辺りが前節までに挙げてきた作品群と重なって来るところである。

世之介の放浪志向は物語の前半（巻一～四、全八巻）の日本全国の好色風俗を尋ね尽くすところに表れているが、その巻三の五「集礼は五匁の外《ほか》」で佐渡島を目指した世之介は、その対岸にある出雲崎寺泊の傾城町に遊ぶ。その帰り際、船に乗ろうとした世之介に、寺泊の遊女が「こなたは日本の地に居ぬ人じゃ」と言うと、世之介は「心にかゝれど今に合点ゆかず」となって一篇は終わる。これは最終章、巻八の五「床の責道具」において世之介が「こゝろの友七人」とともに女護島へ旅立つことへの伏線となっているのである。この謎めいた伏線が、物語の中で唐突なものにならず、逆に物語の通底音のようになって響き渡るのは、今も述べたように、前半に全国の好色風俗を尋ね尽くすのに加えて、後半（巻五～八）では三都（京・大坂・江戸）の島原・新町・吉原の名立たる遊女を全て我がものにし、最後の巻八の五の冒頭で「まことに広き世界の遊女町残らず詠めぐりて」と述懐したように、日本中の好色風俗を全て知り尽くそうとした世之介の姿勢があるからである。世之介の遊女・女性・女体への飽くなき欲求は日本という枠を越えて外海へ飛び出した、という終わり方なのである。

この女護島への旅立ちについては『一代男』研究のエポックメイキングな話題として従来から物議を醸してきたものである。この解釈については別稿に譲るが、世之介の外海志向を考えるときに、もう一つ重要な章がある。それは最終章より一つ前、世之介が長崎へ旅をした巻八の四「都のすがた人形」である。この世之介の長崎行きは丸山遊廓への単なる物見遊山ではなかった。世之介は長崎へ行く前に「おもふかぎりありとて、金銀洛中に蒔ちらし、社塔の建立常灯をとぼし、役者子共に家をとらし、馴染の女郎は其身自由にして」とあるように財産整理を試みていたのであった。この世之介の散財を女護島への布石と見ることもできるが、この言葉の後にすぐ世之介は「いにしへ阿部仲麿は古里の月をおもひふかく読れしに、我はまたあつちの月思ひやりつる」と、中国で故郷日本を偲んだ仲麻呂に対して「あつちの月」即ち中国方面で、月を見たいと言っていることからすれば、身辺整理をした上で、長崎からの船出を考えていたことは十分に察せられる。しかし、それは現実の渡航禁止令が壁となって適うはずもなく、次章の女護島渡りとなるのである。

ところが、巻八の五の最終章でも「ありつる寶を投捨、残りし金子六千両東山の奥深く掘埋て」と今度は捨てるという形で二度目の財産整理を試みている。すなわち、世之介は身辺整理の上での船出を二度試みているとも受け取れる書き方をしているのである。この女護島が実体を持たない伝説上の島でしかないことを考えると、世之介の女護渡りは、長崎からの出航のカモフラージュ（即ち、読み手によっては、世之介は長崎から出航したと理解したのではないか）とも取れるのだが、もし日本が海禁政策をとっていなければ、世之介が「あつちの月」を見に中国方面へと向かった可能性は高かったと思われるのである。

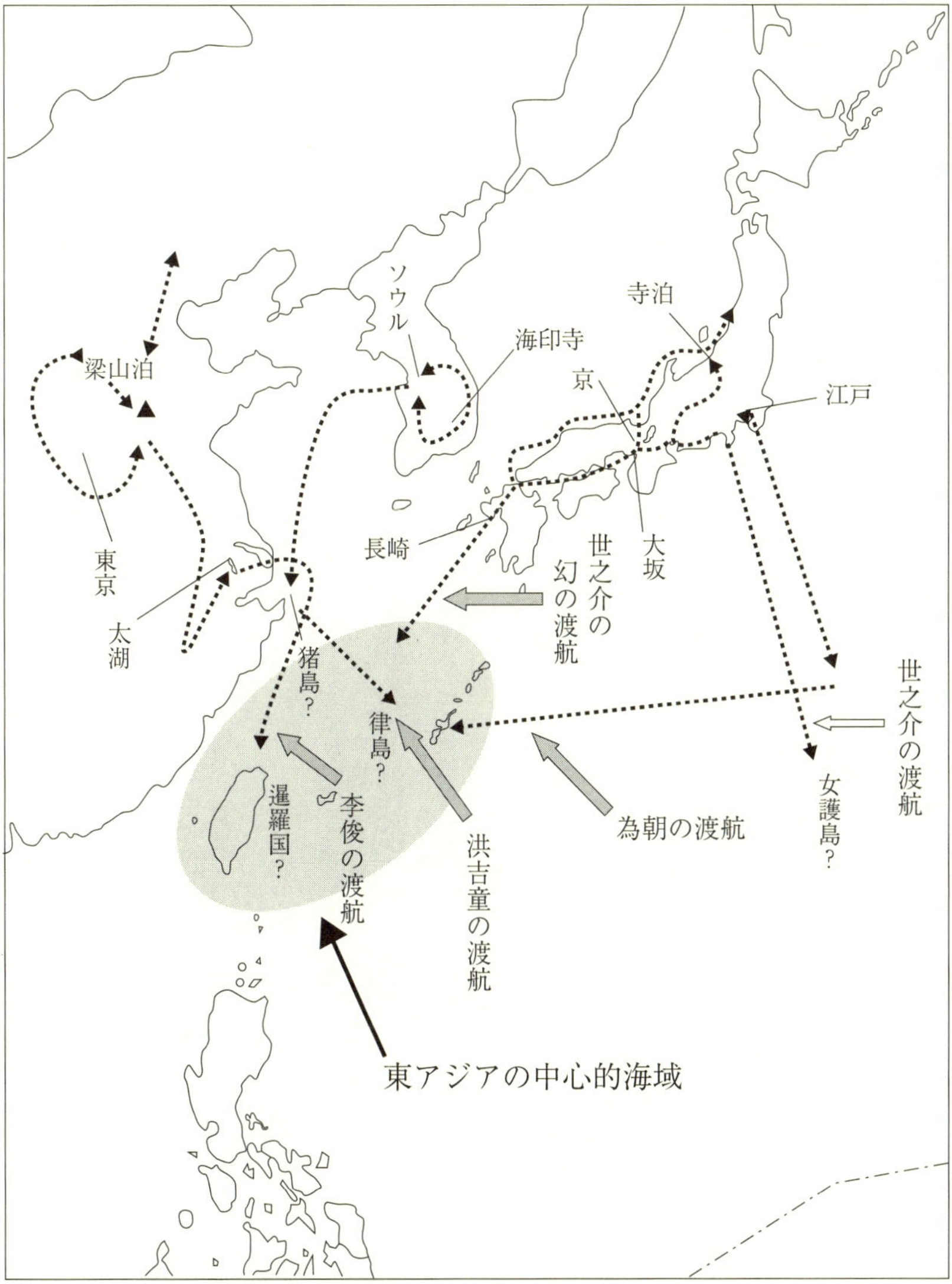

『水滸伝』～『椿説弓張月』の作品世界と東アジアの海域

7　なぜ主人公たちは東アジアの海へ向かうのか

いずれにしても、世之介の長崎からの出航を、西鶴が匂わせていたことは間違いない。とすれば、ここに不思議な一致を見出すことができる。それはいままで取り上げてきた小説作品の主人公たちの悉くが、東シナ海の海洋域を、最後のユートピアとして船出をした、或いはしようとしていたことである。この辺りの関係を図にすると前頁のようになる。

『水滸後伝』（『水滸伝』）『洪吉童伝』『好色一代男』『椿説弓張月』といった中朝日を代表する古典小説、そして李俊《りしゅん》（宋江《そうこう》）洪吉童《ホンギルトン》・世之介《よのすけ》・為朝《ためとも》といった主人公・英雄たちの最後が、なぜ東シナの海洋域への旅立ちやそこでの活躍で締めくくられるのか。

まずは、この海域こそが、それまでの国家や民族の枠を越えた自由な交流を生みだしていたことを重視すべきであろう。この海域には、朝貢船から倭寇まで様々な階層の人間が入り乱れ、朝貢から商業、そして略奪まで、あらゆる〈交流〉が行われていた。

こうした〈交流〉世界の原理を、清水元氏は「軟性社会」と言い、大林太良氏は「国際性」と言い、金谷匡人氏は「無主の精神」と言った[23]。金谷氏は中世後期の日本の海域に成立して来た海の法律、廻船式目を例にして次のように言う。

たとえば廻船式目が「帆別碇役仕、港をかふたる上は、守護たりといふとも不可有違乱事」と高らかにうたうように、むしろ領主権力と対峙するような「無主の精神」を高揚させていったのである。もとよりこの表現の裏には守護による港への介入が窺えるのであり、むしろその危機感がそう明文化させたのであろうが、とにかくそれらの権力の介入を危機と感じる空気は堺などの例を引くまでもなく、この時期の港々には満ちていた。これらの港を、無主の精神を持った自治都市と呼ぶとき、それは他の地域との隔絶を意味しているのではない。むしろ逆に、領主権力の勢力範囲を越える地域間のネットワークを持っていることの中にその意味を求めるべきである。もともと特権商人としてあらわれた「座」商人などとは別の、流通そのものの原理の中から生まれてきた問、そして問間のネットワークこそが、都市たることの証であり、「自治」都市であることのゆえんなのであった。そしてそれを支えたのが「場としての港」そのものの力なのであり、そこで城下町などの政治的都市と一線を画したのである。

こうした「港々には満ちていた」「無主の精神」は十七世紀になり海禁の時代を迎えると急速に萎み始めてしまったものではあるが、この自由空間は、様々な階層の人間（貴族から庶民）が様々な行為（朝貢から略奪）に及ぶ世界であったとすれば、そこで人間は、裸の、まるごとの人間として対峙しなくてはならない。そうした世界こそが、物語・小説の語り手・作者を刺激し、自由な想像力を羽ばたかせたのである。それは、先に指摘したように、ヨーロッパの近代小説の発生に関して、クンデラが述べた「おそるべき両義」的世界に通じるものであったと考えてよい。

と同時に、重要なのは、これらを主人公にした物語の成立時期がほぼ十七世紀以後であったことである。

・宋江・李俊　『水滸伝』　十六世紀初中盤（一五二二～四〇）[24]
・李俊　『水滸後伝』　十七世紀中盤（一六六四年）
・洪吉童　『洪吉童伝』　十七世紀初頭
・世之介　『好色一代男』　十七世紀後半（一六八二年）
・為朝　『椿説弓張月』　十九世紀初頭（一八〇七～十一年）

先にも述べたように、十六世紀末に倭寇の活動は終息することになる。それまではそうした倭寇の活動を前にして、海上を動き回る物語を描きにくい、出版しにくいという状況があったと思われる。その箍《たが》が十七世紀になると外れたのである。と同時に、そのことは取りも直さず、これらの作品が上梓された時には既に東アジアの海における大交流時代は終わりを告げ、次代の海禁時代に入っていたことを意味する。とすれば、これらの作品の最後が、東シナ海にユートピアを築くという形で終っているのは、そこに十六世紀以前に展開されていた大交流時代への強烈な憧憬があったからだと考えなくてはならない。

いずれにしても、『水滸伝』『水滸後伝』『洪吉童伝』『好色一代男』『椿説弓張月』といった東アジアを代表する古典小説が、こぞって東アジアの海域を目指していたことは間違いない。この海域を目指した東アジアの一連の小説たちの存在、これは従来ほとんど指摘されず、また問題視されてこなかった。その背景には、小説研究のみならず、文学・文化研究が国単位・民族単位で行われ「東アジア」という広い視野から見ることが出来なかったことが第一にあるだろう。こうした広い視野に立った検討が困難を伴うことは言うまでもないが、最初にあげたミラン・クンデラの言葉が象徴しているように、ヨーロッパでは汎ヨーロッパ的に考える思考が様々に試みられている。東アジアもそれに倣う必要があるだろう。
今後は、今回取り上げた作品以外にも目を向けて、細かく、海域と小説の問題を吟味しなくてはならない。東アジアの海域や交易を含みこんだ物語・小説類は多々あるからであるが、そうした方向の検討が盛んになって東アジアの小説の何たるかが明らかになれば、ヨーロッパとの全体的な比較も可能となるだろう。そうなれば、人類史、もしくは地球レベルでの小説の発生と展開を議論できる可能性が出て来る。そうした状況を生み出すためにも、東アジアの小説とは何かを、東アジアの研究者は問い始めなくてはならないと切に思うのである。

注

（1）ミラン・クンデラ『小説の精神』（叢書・ウニベルシタス）、金井裕、浅野敏夫翻訳、法政大学出版局、一九九〇年
（2）藤本淳雄他編『ドイツ文学史 第2版』六九頁、東京大学出版局、一九九五年
（3）上田信『海と帝国 明清時代』中国の歴史09、講談社、二〇〇五年。なお、韓国・木浦の国立海洋遺物展示館の新安船展示室に横たわる引き揚げ船（新安船）は、全長三四メートル、幅一一メートル、重さ約二〇〇トンに及ぶ。この沈没船は、一三二三年、寧波から博多に向かった貿易船と見られ、宝船より百年近く前の船と見てよい。稿者も当地（海洋遺物展示館）で実見したが、こうした巨大な船が宝船より百年も前に東アジアを跋扈していたとすると、宝船の巨大な容貌もリアリティをもってくる。
（4）注3の前掲書
（5）古くは魯迅『中国小説史略』（一九二四年）から論じられているが、近くは二階堂善弘「《三寶太監西洋記》所受的其他小説的影響」『古典文學』18（学生書局）、一九九五年九月、が詳しい。
（6）張荷『呉越文化』第六章「元、明時代の中国が遭遇した海禁と倭患」中国遼寧教育出版社、一九九一年（翻訳、劉剛・草野美保『地域研究（1号）』）沖縄大学、二〇〇五年
（7）荷見守義「郡司と巡按―永楽年間の遼東鎮守」（『档案の世界』中央大学人文科学研究所叢書46、二〇〇九年）「前代のモ

ンゴルとも後代の満族とも違い、明朝は北辺を守る塞防網と倭寇に対する海防網の構築と維持に国力を傾けざるをえなかった。このことは明朝の著しい特徴といわざるをえず…」

（8）『水滸伝』の多くの解説書によれば、編著者に擬せられる施耐庵・羅貫中は元末に朱元璋と覇を争った張士誠の一派に加わっていたという。張士誠は水運・海運業で財をなし義賊として庶民に人気のあった人物である。朱元璋に敗れた後の明初、彼の一派は倭寇と手を組み怖れられたという（『明史』）。とすれば、施耐庵・羅貫中の周辺には海運・水運・海賊・倭寇についての情報が多く集ったことが推測される。

（9）『水滸伝』は数多の湖沼に囲まれた梁山泊を中心舞台とし、東京などの水路が発達した都市を舞台にしたために水上戦の描写が多い。その圧巻は第七十六回〜第八十一回までの、梁山泊軍が官軍を完膚なきまでに打ち破った水上水路戦であろう。なお梁山泊に集った盗賊は天罡星三十六人と地煞星七十二人に区分けされるが（第七十一回）、その上位三十六人中、水軍として活躍したのは李俊・張横・張順など六人である。

（10）この李俊が渡った島は諸注に指摘されるように、台湾の西側にある澎湖列島を指すと考えられるが、台湾を意識させる記述が『水滸伝』『水滸後伝』の本文に一切ないことからすれば、台湾を含む諸島とした方が物語世界としては相応しいだろう。もちろん高島俊男氏も述べるように暹羅が具体的に何処かというよりも、大海原の遥か彼方の諸島というように幻想的に捉えておくべきだろう（注13の高島氏該書）。

（11）鳥居久靖「「水滸後伝」覚書」（天理大学学報48、一九六六年）によれば、『水滸後伝』には作者陳忱の明朝遺臣としての心情が込められており、鄭成功が台湾を占拠したことが物語の筋に影響を与えているとのことである。とすれば、『水滸後伝』の海洋冒険世界は、そうした明朝遺臣たちの想像力（ユートピア）のスタイルの一つと考えることができる。この視点は、明朝遺臣たちが多く渡来した十七世紀後半の日本の文化状況を考えるにおいて、極めて重要な問題を提起する可能性がある。ちなみにこの十七世紀後半は西鶴が活躍した時期である。また、本物語に登場する「関白」（秀吉のこと）が人間離れした姿で登場することは、同時期の成立と推測される朝鮮の『壬辰録』も同様である。十七世紀中後半、中国・朝鮮において共通する秀吉像が作られつつあったか。

（12）鳥居久靖『水滸後伝』（東洋文庫58）解説、一九六六年

（13）高橋俊男『水滸伝の世界』大修館書店、一九八七年

（14）井波律子『中国の五大小説（下）』）岩波新書、二〇〇九年。なお前掲の高橋氏も『水滸伝』の好漢たちが女性に一切興

味を示さないことを、この物語の特色として捉えている（右同書「四、英雄色を好む?」）。

(15) この『洪吉童伝』は成立に関して様々な問題がある。一応通説では十七世紀初頭だが、論者によっては現『洪吉童伝』は許筠の書いた元『洪吉童伝』ではなく、十八世紀後半～十九世紀に書かれた別のものであると指摘される。よって、今述べた『洪吉童伝』の画期性は、当然、そうした成立の問題と絡めて論じなければならない。この点の詳しい問題については、『韓国の古典小説』（ぺりかん社）の座談会や解説その他を参照されたい。ちなみに近時の二〇一〇年六月、野崎充彦訳・解説の『洪吉童伝』（東洋文庫七九六）が出版された。該書の解説は『洪吉童伝』の研究史・問題点について詳細に検討を加えており、極めて有益である。現在における『洪吉童伝』研究状況を知るためにも一読をお勧めする。なお、その中で野崎氏は、現存する『洪吉童伝』の諸本を精査された李胤錫（イ・ユンソク）氏が『洪吉童伝研究』（一九九七年、啓明大学校出版部）で『洪吉童伝』の成立を十九世紀半ばとしたことを紹介し、ご自身も李胤錫説を襲っておられる。この点に関してここで詳しい批評を加えることはできないが、野崎氏も解説で触れられているように、許筠と師弟関係にあった李植（一五八四～一六四七）が、許筠が『水滸伝』に擬した『洪吉同伝』を書いたと記しており（李植の詩文集『澤堂集』）、黄胤錫（一七二九～九一）の『増補海東異蹟』にも許筠が洪吉童に関する物語を書き、それは庶子待遇に反旗を翻し海中の王になったというものであったと書かれていることからすれば、現存する諸本そのものを許筠が書いたとすることは出来ないにしても、少なくとも、現存する『洪吉童伝』の大筋（庶子待遇への不満から朝鮮全土で反乱を起こした洪吉童が、海中に出、或る島の王になった）を持った『洪吉童伝』（もしくは『洪吉同伝』）を許筠が書いたことだけは間違いないと見るべきである。ちなみに朝鮮古典小説研究の碩学大谷森繁氏も、先の李植の記事を引き「李植という人は立派な学者であり、この記事を否定する新しい文献が出てこないかぎりは（中略）許筠が『洪吉童伝』を書いた作者であることは認めておきます」と述べて居られる（「韓国古小説のはなし5—『洪吉童伝』の世界—庶民に愛された義賊」『韓国文化』二〇〇三年五月号、韓国文化院）。

(16) 閔寛東「『水滸伝』の国内需要に関する研究」（『中國小説論叢』（第8輯））、一九九八年

(17) 趙東一『一つにして多面的な東アジア文学』知識産業社（ソウル）、一九九九年

(18) 『水滸後伝』の『椿説弓張月』への影響に関しては麻生磯次『江戸文学と中國文学』の第三章第二節「趣向の反映、一、椿説弓張月と水滸後伝其他」（三省堂、一九四六年）に詳述されたのが早い例である。

(19) この空間の構成力の問題は、『本朝水滸伝』『椿説弓張月』のみならず読本全体の問題でもある。かつて鵜月洋氏をして

「馬琴の長篇小説がこんにちでもなほその存在しうるものをもつてゐるとしたら、それは構築的な大ロマンのかもしだす、ハーモニックな芸術美以外のものではない」（『日本文学論攷』一九五四年三月、早稲田大学国文学会）と言わしめたが、この問題は、中朝の古典小説の中に日本の読本を置き、再度検証されなければならない課題である。

(20) 金時徳『異国征伐戦記の世界』「『椿説弓張月』と異国征伐戦争」、笠間書院、二〇一〇年

(21) 本書第五部第一章「熱狂のリアリズム」並びに、拙編『韓国の古典小説』第三部「韓国古典小説、代表作品20選（梗概と解説）」における『謝氏南征記』解説（西岡健治）など参照。

(22) 内田道夫編『中国小説の世界』の『水滸伝』解説、執筆者阿部兼也、評論社、一九七六年

(23) 清水元『アジア海人の思想と行動』ＮＴＴ出版、一九九七年
大林太良「海と山に生きる人々」同氏編纂『山民と海人』日本民俗文化体系・第五巻、一九八三年
金谷匡人「海の民から水軍へ—海賊衆」『内海を躍動する海の民』網野善彦・石井進編所収、新人物往来社、一九九五年

(24) 石昌渝「《水滸伝》成書于嘉靖初年考」『中華読書報』二〇〇七年十一月

2 大交流時代の終焉と倭寇《わこう》の成長[1]

——近世漁業の起源と西鶴の『日本永代蔵《にっぽんえいだいぐら》』

十六世紀まで東アジアの海を行き交った倭寇は、十七世紀になり漁業へと転身した。それは交流の時代の終焉であったが、新たな成長の時代の幕開けでもあった。東アジアの海域で培われた自由闊達な精神は、主に日本の商人たちに受け継がれ、日本を先頭にした東アジアの近代化を、下から押し上げて行くことになる。西鶴の小説『日本永代蔵』には、そうした商人たちの起源説話が書き込まれている。

1 日本経済の起源説話『日本永代蔵』

日本文学を経済・経営・商業という視点から論じた研究・評論がほとんどない。当然、叢書として纏めたものもほとんどない。大正初年に刊行された『通俗経済文庫』（日本経済叢書刊行会編）が不十分ながらも、唯一と言って良いぐらいであろう。日本の基層に経済・経営・商業が極めて重要な位置を占めていることは誰もが指摘することなのに、これは不思議なことである。ここには中国や朝鮮ほどではないにしろ、士農工商という階層化が江戸時代以来生きてきたからとも思えるのだが、そうしたヒエラルキーが既に遠く過去の遺物と化した今、この日本文学と経済・経営・商業の問題に改めて向かわなければならないはずである。

そうした視点で日本文学を鳥瞰した時、井原西鶴の『日本永代蔵《にっぽんえいだいぐら》』は極めて重要な作品として我々の前に現れる。なぜならば『永代蔵』は絶後ではないが、空前の作品であったからである。例えば『永代蔵』は「大福新《だいふくしん》長者教《ちょうじゃきょう》」という副題を持ち、新しい長者教を装う。しかしこの寛永年間に登場した「長者教」とは単なるハンディな教訓書に過ぎず、『永代蔵』とは歴然とした差がある。すなわち『永代蔵』は突然変異的に現れたのである。何故こうしたものが突如として西鶴によって書かれたのかは、未だに謎であり、納得のゆく説明を聞いたり読んだことがない。これは極めて重要な問題であるが、更に重要な視点として、『永代蔵』が日本の経済・経営・商業に関する最も早い小説作品であり、またそのことに西鶴自身も自覚があったとすれば、本作には日本の経済・経営・商業がどこから立ちあがってきたのか、すなわち起源説話が盛り込まれている可能性がある。これは文学的観点からだけでなく、経済学・経営学の立場からもすこぶる重要な問題であるはずだ。

こうした問題に先鞭をつけたのが岩井克人氏の「西鶴の大晦日《おおつごもり》」(『現代思想』)に載る『永代蔵』論であった。氏は巻一の一「初午《はつうま》は乗てくる仕合《しあわせ》」の主人公網屋《あみや》が行った祠堂銭《しどうせん》(寺院の経済活動の一環として貸与される金銭)の又貸しという行為は、従来の解釈のような「拝金思想」に因るものでなく、近代資本制の「貨幣の論理」に因るものであり、本物語とは、中世的な「拝金思想」が解体され、近代的な資本の論理が展開されてゆく、その過程が描かれていると認定した。(2) 氏の視座が文学史ではなく経済史の文脈上にあったこと、自身の『世間胸算用』論に隠れてしまったことなどあって、あまり話題にならなかったが、こうした試みはもっと多くなされるべきであった。

そこでここでは、巻二の四「天狗は家《いえ》な風車《かざぐるま》」を題材にして、ここに登場する天狗源内《てんぐげんない》がどのような視点から形象されているのかを論じつつ、源内の形象に近世漁業の起源と展開、すなわち「倭寇の成長」が込められている様相を炙《あぶ》り出してみたい。また、そうした源内像の背後に将軍綱吉を中心にして行われた「生類憐み政策」が関与していた可能性も指摘してみたい。

2 「天狗は家な風車」の源内像を探る

『永代蔵』巻二の四「天狗は家な風車」は、紀伊の国太地《たいぢ》（泰地）に「鯨突の羽指《はざし》」として名を馳せた天狗源内という男の話である。この名人は単に豪勇無双だけではなく、中々の知恵者でもあり、鯨の捨て骨から油を取り、鯨網《くじらあみ》を拵えるなど工夫の数々を施した。また信心深くもあり、ある正月に西の宮参拝に遅れた折も、恵比寿から鯛療治《たいりようじ》（弱った鯛を生き返らせる方法）を教わり大儲けをしたと西鶴は記す。

その主人公の源内像をまとめてみると、以下のようになる。

1 白楽天を引き合いに出しての日中比較
2 泰地《たいぢ》の繁盛振りの描写
3 源内の羽指《はざし》としての活躍と当地の賑わい　①羽指としての源内
4 捨骨の再利用とその成功　②始末家としての源内
5 鯨網を考案しての大成功　③鯨網考案者としての源内
6 西宮恵比寿への下向　④宰領としての源内

7　恵比寿から得た鯛療治の知恵　⑤鯛療治考案者としての源内

以上のように、本話は七つの部分に分けられるが、その3～7に源内は登場し、それぞれ異なった相貌をみせている。このまとめだけを見ても分かるように、この①～⑤の全てを一人の人物が行ったとは考えにくい。何人かの人間が行ったことをこの源内という人物が統合していると見るのが自然である。それはこの①～⑤を詳細に検討すれば更に明らかになる。以下、一つ一つ取り上げて検討してみたい。

①　羽指《はざし》としての源内

源内とは誰か

本文には「此濱に鯨突の羽指の上手に、天狗源内といへる人、毎年仕合男とて、塩吹けるを目がけ、一の鑓《もり》を突て、風車の験をあげしに、又、天狗とはしりぬ」とある。まず「源内」という名であるが、これが何処から来たのかは不明である。野間光辰氏も日本文学大系『西鶴集（下）』の補注一八六(3)にて、この問題を取り上げているが、「源内」の由来については詳らかにされてはいない。

後でも述べるように、本編に描かれる源内像の中で、最も明確にその実像を指摘できるのは③の鯨網考案者としての源内である。この③に網を併用しての銛突き鯨猟（網捕り法）を考案した太地角右衛門《たいちかくえもん》（和田頼治《わだよりはる》）の面影があることは確かであるが、角右衛門の素性やその周辺を調べても「源内」という名に通じるものは管見ながら見つからない。但し、小葉田淳「西海捕鯨業について」（『日本経済史の研究』(4)）に、十七世紀中旬に全国の羽指が、当時の日本最大の捕鯨場であった西海（平戸・五島・大村・唐津など）に集まり、鯨猟をしたことが記されている。その中心となったのは熊野の羽指であったが、そこで紹介されている『鯨船万覚帳《くじらぶねよろずおぼえちょう》』（慶安二年、明暦三年、寛文七年）に熊野の羽指名として「源太郎」なる名前を見出すことができる。この「源太郎」がどのような人物であったのかは分らないが、熊野を代表する羽指七人の二人目に名前が出、都合三回ほど名前が記されているところからすると、熊野を代表する羽指であった可能性が高い。とすれば、源内と源太郎は何らかの関係があった可能性もある。

天狗と源内

次になぜ「天狗」という呼称が付いたのか。まず前掲野間氏の大系本補注を見ると、

> 太地の鯨組は和田氏一類を中心に近在村方共同して五組を組織していたが、最初羽指は地元の太地以外、紀州・尾張からも雇った。源内もその一人か。天狗の異名の由来は判らぬが、紀州の矢の根鍛冶に天狗と称する一党があり、その天狗矢の根は名物になっている（紀伊続風土記・国華万葉記）。源内は或はその天狗の一家であるか、もしくは天狗矢の根を使用したところから、かかる異名が生れたのか。（傍線染谷）

とある。この点については、熊野古道にある天狗鍛冶の説明文（熊野市教育委員会作成）によれば、

> 熊野市指定文化財／史跡熊野天狗鍛冶の発祥地／（近藤兵衛屋敷跡）／ここは、近藤兵衛という者の屋敷跡で、東西六四メートル、南北四五メートルの広さがあり、頂上は高一メートル、天端一メートルの印形の土

居が残る、中世の館の形式である。／兵衛のことについて詳細は不明であるが、武士であるとともに修験者でもあり、この場所で鍛冶を職とし、別名天狗鍛冶とされ、新宮の植木吉久、吉兵衛、久兵衛は兵衛から矢の根の技術を伝授されたと言う。また度々豊臣秀吉に矢の根を献上している。その他、槍、刀など数は少ないが現存している。／指定昭和四十四年七月十四日／熊野市教育委員会

とあり、さらに天狗鍛冶屋敷跡（熊野市指定文化財）の説明には、

屋敷跡は大丹倉の北にあり、縦13m横9mの方形で高さ1m足らずの土手に囲まれている。今でも金属の原料などが出土している史跡である。文禄（1592～96）のころ、丹倉の山守をしていた近藤兵衛という武士がいた。兵衛は大丹倉の岩壁にこもり、荒行をする修験者でもあった。神出鬼没の行状から、里人は彼を天狗さまと畏敬するようになったという。兵衛は矢の根鍛冶を得意としており、新宮の権太吉久（ごんたよしひさ）という鍛冶に矢の根の技術を授けた。吉久は、これを受け継ぎ、天狗吉久という名で矢の根鍛冶を続け、太閤秀吉に度々矢の根を献上したという。これが天狗鍛冶の始まりといわれている。現在、有馬町にある歴史民俗資料館には、「天狗吉久銘の槍」が展示されており熊野市指定文化財となっている。

とある。更に『熊野獨参記』（作者未詳、成立は元禄二年ごろか、清水章博氏蔵写本[5]）には、

新宮城ハ其古ハ堀内安房守氏吉「元名新次郎」居ス…（中略）…後関ヶ原悖乱ノ刻石田三成ニ與党セシ　御

咎ニ依テ御改易ナリシ　後當國ヲハ関ヶ原軍攻ノ賞トシテ　浅野左京太夫幸長ニ下賜「此時紀州一國高廿七万石也慶長年中幸長于レ私検地而爲二三十七万石一也　外ニ万石高野山寺領有之也」依レ之改テ紀伊守ト号ス　幸長入国ノ始　長臣浅野右近太夫ニ當城ヲ遣セリ　元和年中長晟ノ代ニ　勢州ヲ拜領シテ　長晟ハ廣島ニ移城セラル　當國ハ前君御相受有レ之　彼城ヲハ水野出雲守重央「法名日山常春」ニ被二願下一卆去ノ後息淡路守重吉家督　今土佐守重上相續テ居城也　郭ノ内外ニ與力「十二騎知行ハ高下有之」・諸士ノ屋敷有町屋ハ東西五六町・南北十一二町有　旅人ハ馬町ト云ニ宿セリ　船ヨリ驤テ一二町行ハ名物ノ氣イ・紙子・天狗燧並矢根等ヲ常拵商賣スル也（傍線染谷）

とある。ここからすれば、新宮の権《ごん》太吉久《たよしひさ》の例のように「天狗何々」という名の付け方は既にあり、「岩壁」での「荒行」と「神出鬼没の行状」という超人的な振舞いが人々にそう呼ばせたこと、また、その矢の根が「名物」で「常拵商賣」になっていたことが重要であろう。この超人的振舞いによる特殊技能と、それが商売に結び付くことによる繁栄というパターンには、天狗源内と同類であり、このような話は既にあったのである。

もっとも、源内の場合は海であったが、その動きにくい海の上で、船や人を軽やかにかつ自由に操り、身の丈数倍もある鯨に重い銛を突き立てる、そうした振る舞いに人々は異形なものを見た。それが特に「天狗」と重なったと見て良いであろう。既に西鶴も、『西鶴諸国はなし』巻四の三「命に替る鼻の先」で天狗の身の軽さとその飛翔について触れている。

義経と朝比奈三郎

さらに海での身の軽さと言えば、義経に八艘《はっそう》飛びを教えた鞍馬天狗の話がすぐに連想されるだろう。

晝は終日学文を事とし、夜は終夜武芸を稽古せられたり。僧正が谷にて天狗とよなよな兵法を習と云々。去ば早足飛越、人間の業とは覚えず。(『平治物語』「牛若奥州下事」(6))

天竺の日輪坊も、間の障子をさつと開け、「御覧あれ」とぞ申さるる。源御覧ずれば、霞に綱を渡し、雲に橋をかけて、遠山に船を泛べて、自由自在に上りつつ、いと不思議さぞ限りなし。又大天狗五人の天狗達に好まれけるは、「御身達の饗応には、兵法一つ」と好まれけり。「承る」と言ひも敢へず、白洲に飛んで下り、秘術を尽して見せ申す。源はもとよりも、兵法望みの事なれば、広縁にゆるぎ出でさせ給ひ、ま近く寄りて御覧じけるに、心詞も及ばれず。喜び給ふは限りなし。(御伽草子『天狗の内裏』(7))。

いまはなにとかし給ひけん、あは是よとてはうくはん殿ととんてかゝり、なきなた取てふりまはし、みちんになれとそはらい給ふを、はうくはん舟八そうこそとはれけれ、のと殿はやはさおとりけん、つゞいてもとべ給はす(浄瑠璃『登八島』六段目(8))

なお、洋上における天狗の所業と言えば、『朝比奈《あさひな》島渡り』が思い起こされる。その中に、朝比奈三郎は様々な悪鬼を討ち取るが、すべて自分の力のみによるとの傲慢な心が出ると、天狗に虚空に連れ去られ、日本は神国であり、多くの神仏に守られていることを諭され、そのことを悟った三郎は下界に帰されるという場面がある。

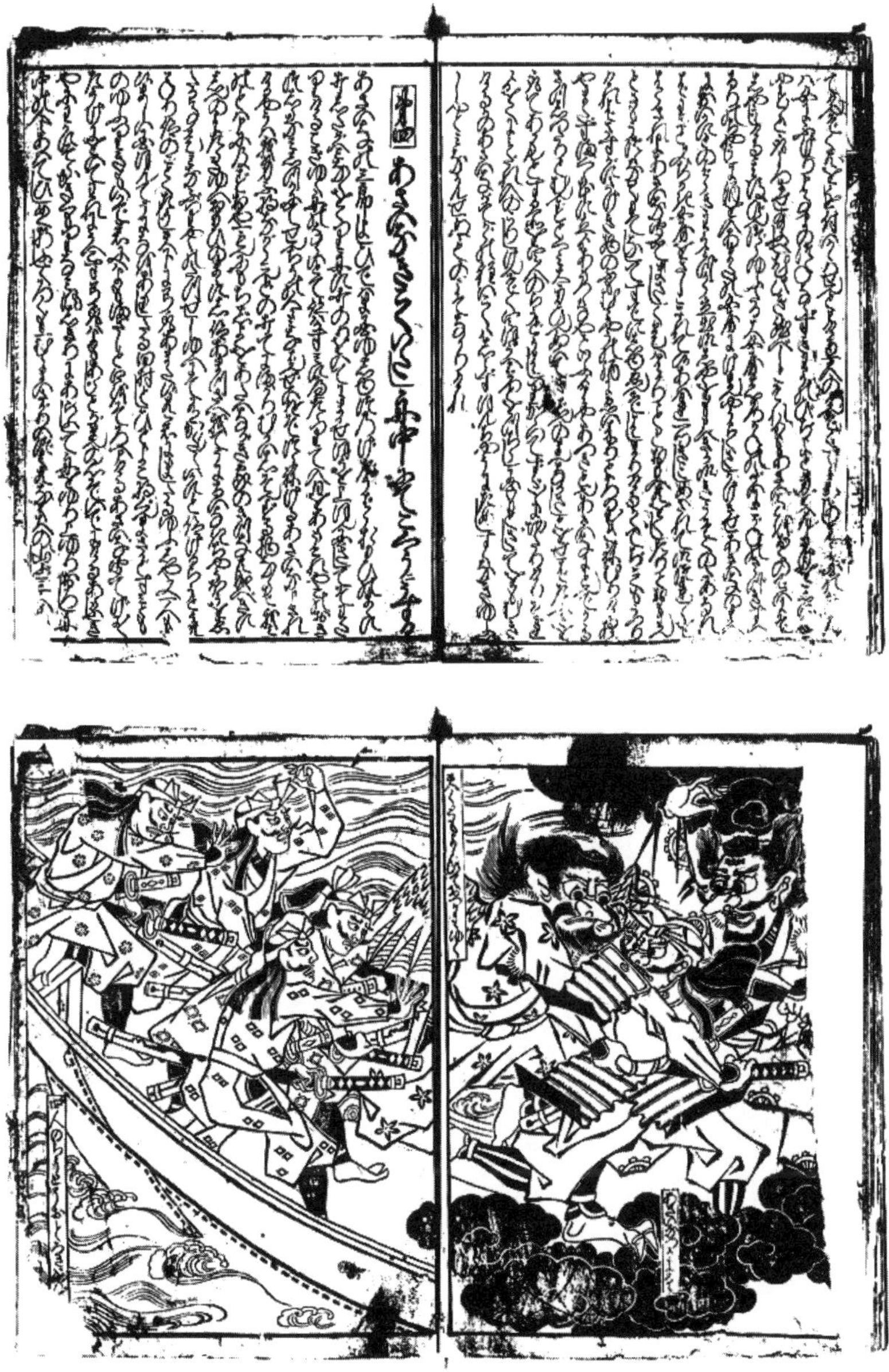

伊藤出羽掾正本「あさいなしまわたり」（東京大学総合図書館・霞亭文庫蔵）

たとえば、伊藤出羽掾正本「あさいなしまわたり」（東大霞亭文庫蔵）[9]に「第四 あさいなきこくいたし舟中にてこくうにうする」と題された文章があり、その挿絵に「天くともよしひでをつかみゆく／あさいなつかまる、／四人のらうとうおとろき…」とある（前頁参照）。

実は、この朝比奈三郎こそ、天狗源内のモデル、特に「③鯨網考案者としての源内」である、太地鯨猟中興の祖、和田頼治を始めとする和田氏の始祖であった。ここで天狗源内と天狗は完全に結びつくことになる。

熊野水軍と捕鯨集団

田上繁氏は「熊野灘の古式捕鯨組織」で次のように述べる[10]。

（太地鯨猟の）総支配人である宰領の太地（和田）氏の出自をたどると中世に熊野「海賊」―水軍の系譜を持つことが知られる。太地鯨方を組織した和田一族については、健保元年（一二一三）、和田義盛の乱のさい北条義時と鎌倉で戦って破れ、自領の房州朝夷（現安房郡千倉町）に逃れようとして由比ケ浜から舟出したが、海上で遭難して、のちの太地に漂着した和田義秀（朝比奈三郎）の一子を始祖とするという伝承が残っている。（中略）「和田系図」によると、太地漂着のおよそ一二〇年後の南北朝の戦いが始まるころには、当主も頼秀から五代目の頼仲の代になっていた。頼仲は、南朝方の動員に呼応して、脇屋義助の傘下に入って湯浅入道、山本判官、塩崎一族らとともに兵船三〇〇余艘を仕立てて出動し、備前小豆島（備前国〈岡山県東南部〉児島郡に属した。現香川県小豆《しょうず》郡）沖の戦いで軍功を立てた。（中略）頼仲から数代のちの頼実の代になると（中略）頼実の子、頼国は文禄元年（一五九二）、豊臣秀吉の朝鮮出兵に従軍して戦死した。頼国の死後、和田宗家を継いだ弟の頼元は、それまで東ノ野にあった居城を捨てて、地下《じげ》の水の浦に下り、組織的な刺手組による鯨猟に着手した。それは慶長一一年（一六〇六）のことと伝えられる。この頼元は、金右衛門と称し、以後、和田宗家では代々この金右衛門という名を襲名した。頼元から三代目の頼興の代にいたると、嫡男である頼興が病弱であったことから、鯨猟の采配権と、大庄屋職とを頼興の弟の頼治に譲り、自身は顧問的な相談役に退いた。宰領に就任した頼治は、延宝三年（一六七五）に、これまでの刺手組五組を一つにまとめ、新たに銛と網を併用する網捕り法を考案し、従来の突き捕り法では、捕獲が困難であった鯨種の捕獲をも可能とし、それ以後の世に名高い太地鯨方の基礎を築いた。（傍線染谷）

この田上氏の指摘で重要なのは、今も指摘したように和田一族の始祖が朝比奈三郎であったことと、もう一つ、この和田一族が熊野水軍（海賊）の系譜を持っていたことである。

まず、和田一族の始祖が朝比奈三郎であったという伝承については、江戸の寛政期のものだが『熊野巡覧記』[11]に

南紀古士伝曰　東鑑巻之五和田軍の巻に朝比奈三郎義秀御所の門を押破り行方不知と云々。其後高麗へ渡るとあり。室崎の太地の系図に朝比奈三郎義秀鎌倉の乱を避け、紀伊国熊野浦に来り室崎に三年を過し一人の男子生る。郷民漁人是を守立て主人として泰地の家祖とす。若名を上野殿と云、後那智山の社僧となる善智阿闍梨と号す。泰地隠岐守頼重は善智阿闍梨より五代の孫也。子息修理亮は畠山義就植長父子に随ひ、河州

飯盛紀州高野麓にて軍功あり。又畠山家の使節として軍勢催促の事あり、五郎左衛門頼虎は修理亮より三代の孫と見へたり。但し太地和田の家号太田庄潮崎庄本宮処々に有之。

とあることを指す。

とくに田上氏も書いているように、熊野水軍は南北朝の折に南朝の脇屋義助《わきやよしすけ》の傘下に入って南朝を補佐したが、この南朝と前期倭寇の関係が深いことは、明の太祖が南朝方統合の象徴である懐良《かねよし》親王（後醍醐天皇の御子）を日本の国王として倭寇鎮圧を要求してきたことからも明らかである。太田弘毅氏も『倭寇』[12]で述べるように、九州で勢力を伸ばしていた懐良親王と倭寇が一体であることを明が見通していたからである。そして、この懐良親王を補佐したのが他ならぬ熊野水軍であった。

さらに田上氏は、この水軍（海賊・倭寇）であった和田氏がなぜ鯨猟を行ったのかについて、

1　海の領主としての系譜
2　多くの家臣団を保持していたこと
3　海上での戦闘技術を鯨猟に転換できたこと
4　数十艘からなる各種の舟を所有していたこと

があったと指摘している。特に3の海上での戦闘技術であるが、山見、岬の出城、旗幟《きし》、狼煙《のろし》、法螺貝など、船を襲う技術が鯨を襲う技術に簡単に転換できたことが大きいのである。この水軍の鯨猟集団化に戦国大名・水

軍・倭寇の近世化が見て取れるのである。

② 始末家としての源内

この近世化とは、すなわち商業化のことであったが、西鶴も『永代蔵』その他で記すように、摑み取りの時代は永く続かない。十七世紀後半の延宝・貞享期に早くも近世経済は行き詰まり、西鶴も言う「銀が銀《かね》をもうけ」(『西鶴織留』巻三の三「色は当座の無分別」)る世の中になっていた。そうした時代であれば、同じく西鶴が言うように「始末」(倹約)や「才覚」(知恵)を稼働させねばならない。よって源内も、「いつとても捨置骨を、源内もらひ置て是をはたかせ、又油をとりけるに、思ひの外成徳より分限に成、するずるの人のため、大分の事なるを、今まで気のつかぬこそおろかなれ」と徹底的な始末を行ったのである。

③ 鯨網考案者としての源内

一方の才覚(知恵)については、「近年工夫をして、鯨網を拵、見付次第に取損ずる事なく、今浦々に是を仕出しぬ」とあるように新式の捕鯨法を源内は編みだす。これが、「延宝三年(一六七五)に、これまでの刺手組五組を一つにまとめ、新たに銛と網を併用する網捕り法を考案し、従来の突き捕り法では、捕獲が困難であった鯨種の捕獲をも可能とし」(田上氏前掲書)たという和田頼治のことを指すのは言うまでもない。この③の源内像は和田頼治のことであった。

④　宰領としての源内

更に西鶴は、源内像に、宰領としての忍耐強さ（堪忍）も附け足している。本文に、「信あれば徳ありと、仏につかへ神を祭る事、おろかならず。中にも西の宮を有がたく、例年正月十日には、人よりはやく参詣けるに、一年、帳縫の酒に前後をわすれ、漸々明がたより、手船の弐十挺立を押きらせ行くに、いつの年よりおそき事を、何とやら心がゝりに思ひしに、年男の福太夫という家来、子細らしき顔つきして申出せしは、「二十年此来、朝ゑびすに参り給ふに、当年は日の入、旦那の身袋も挑灯程な火がふらふ」と、思ひもよらぬあだ口、いよいよ気をそむきて、脇差に手は掛しが、ここが思案とおさめて…」（傍線染谷）とあるのがそれである。この源内像が何処から来ているのかは分からないが、『平家物語』流布本[13]、第十一巻「壇ノ浦」の条に、

> 源氏のせいはかさなれば、平家のせいはおちぞゆく。源氏のふねはさんぜんよそう、平家のふねはせんよそう、たうせんせうせうあひまじれり。げんりやくにねんさんぐわつにじふしにちのうのこくに、ぶぜんのくにたのうら、もんじのせき、ながとのくにだんのうら、あかまがせきにて、げんぺいのやあはせとぞさだめける。そのひ判官と梶原と、すでにどしいくさせんとす。梶原すすみいでて、「けふのせんぢんをば、かげときにたびさふらへかし」。判官、「義経がなくばこそ」とのたまへば、梶原、「まさなうさふらふ。とのはたいしやうぐんにてましましさふらふものを」とまうしければ、判官、「それおもひもよらず、鎌倉どのこそたいしやうぐんよ。義経はいくさぶぎやうをうけたまはつたるみなれば、ただわどのばらとおなじことよ」とぞのたまひける。梶原、せんぢんをしよまうしかねて、「てんぜいこのとのは、侍のしゆにはなりがたし」とぞつぶやきける。判官、「わどのはにつぽんいちのをこのものかな」とて、たちのつかにてをかけ

たまへば、梶原、「こはいかに、鎌倉どののよりほか、べつにしゆをばもちたてまつらぬものを」とて、これもおなじうたちのつかにてをぞかけける。ちちがけしきをみて、ちやくしのげんだかげすゑ、じなんへいじかげたか、おなじきさぶらうかげいへ、おやこしゆじうじふしごにん、うちもののさやをはづいて、ちちといつしよによりあうたり。（傍線染谷）

とあるのが思い起こされる。宰領や大将といった身で、同じく太刀にまで手をかけたものの、堪忍して事無きを得た源内と、大騒動にまで発展させたばかりか、後の裏切りにまで繋げてしまった義経。もしここで源内が脇差を抜いていたら次の鯛療治の話は無かったはずである。

⑤ 鯛療治（竹鍼）の考案者としての源内

ぐっと怒りを堪えた源内に、その褒美とも思しき話が恵比寿から送られる。本文には「舟に取乗、袴も脱ず浪枕して、いつとなく寝入けるに、跡よりゑびす殿、ゑぼしのぬげるもかまはず、玉襷して袖まくり、片足あげて、岩の鼻から船に乗移らせ給ひ、あたら成御声にて、「やれやれ、よい事を思ひ出してゐてから、忘れたは。此福を、何れの猟師成共、機嫌に任せ、語与ふと思ふに、今の世の人心せはしく、我云事斗いふて、ざらざらと立行ば、何を云て聞す間もなし。おそく参て汝が仕合」と、耳たぶによらせられ、小語給ふは、「魚島時に限らず、生船の鯛を、何国迄も無事に着よう有。弱し鯛の腹に針の立所、尾さきより三寸程前を、とがりし竹にて突といなや、生て働く鯛の療治、新敷事ではないか」と語給ふと夢覚て」とある。この鯛療治（竹鍼）を初めて行ったのが誰なのか定かではない。西鶴が書いたように、その人物が源内、つまり太地の和田氏に連なる人物であったかどうか、今後の調査を俟つしかない。ただ、推測の域を出ないものの、野田寿雄氏(14)も指摘するように『本朝食鑑』(元禄十年刊)には、伊勢志摩で鯨漁をしていた井上利兵衛が、その祖父から教わったものがこの竹鍼だと書いてある。こうした話を西鶴は源内の話として結び付けたのではないか。

3　生類憐み政策、触《ふれ》の混乱ぶり

『永代蔵』が刊行された元禄元年の前年、貞享四年は有名な将軍徳川綱吉の生類憐み政策(15)が開始された年であった。その中に次のような触を幕府は全国に向けて出している。すこし長めだが引用してみたい。

『正宝事録《しょうほうじろく》』貞享四丁卯年

七一三 覚
一物而人宿又ハ牛馬宿其外ニも、生類煩重く候得ハ、いまた不死内ニ捨候様ニ粗相聞候、右之外、不届之族有之におゐてハ急度可被仰付候、蜜々ニ而ケ様成儀有之候ハヽ、訴人に出へし、同類たりといふとも、其科をゆるし御ほうひ可被下候、以上
正月
右は正月廿八日御触、町中連判

七一六 覚
為食物、魚鳥いけ置候而売買仕候儀、堅無用ニ候、にわ鳥・亀同前之事、

二月廿七日
如此御書付出候上ハ、自今以後、為食物いけ魚いけ鳥堅売買仕間敷候、但為慰飼鳥飼魚ハ各別也、鶏亀貝類ニいたる迄、為食物一切不可飼置、此旨於相背ハ可為曲事者也、
卯二月
右は二月廿七日御触、町中連判

七一七覚

昨日御触ニ付、只今迄飼置候鳥、俄ニしめ殺申者可有之候、為食物いけ置候魚鳥、俄ニ殺候儀無用ニ仕へし、若しめ殺候もの有之候ハヽ、曲事ニ可被仰付候、并いけ鳥いけ洲ニ而無之候共、貝類其外鯉鮒海老なとのいきたるを商売不罷成候間、右之通町中不残可被相触候、以上
卯二月廿八日
右之通、二月廿八日町々江奈良屋ヨリ手代相廻シ被申渡、尤帳面持参、右之趣慥ニ承届候段、月行事名主判形被取候

七一八覚

一生類飼置候儀可為無用、但にわ鳥あひるのたくひ、其外唐鳥の類、野山にすまさる鳥ハ、放候ても餌にかつへ可申候間、先其分ハ養置可申候、たまこうみ候内ハ能飼そたて、夫々所望之方江可遣事、
一鶏ハそんさかし候分ハ売買無用之事、
一亀飼置候儀一切無用之事、
一いけすの魚仕置売買無用之事、

右之趣堅相守可申、於令違背ハ可為曲事者也、

卯三月

右は卯三月御触、

『正宝事録《しょうほうじろく》』は主に江戸に出された触を集めたものだが、先に全国に向けてと言ったのは、同時期大坂においても、同様の触が出されているからである。

『大坂市史』貞享四丁卯年

触　三一一　正月　生類煩重り候得を捨候者之事　↓『正宝事録』七一三と類似

触　三一二　二月七日　生類はこくみ兼候者を可訴出之事　↓『正宝事録』七一五と類似

触　三一八　四月十四日　病馬捨候者有之、御仕置申付候事

触　三一九　同日　捨子之事、并生類あはれみの事四ケ条

この一連の触を見て興味深いのは、「魚鳥いけ置」くことの禁止令そのものに加えて、その混乱ぶりである。たとえば、七一三で出された禁令をすぐ一か月余りの七一六で「但為慰飼鳥飼魚ハ各別」として、慰み、つまり鑑賞用は良いと訂正し、更に七一七に書かれているように、禁令の影響によって「為食物いけ置候魚鳥、俄ニ殺」す輩が登場したのに対しては、一ケ月後の七一八では「但にわ鳥あひるのたくひ、其外唐鳥の類、野山にすまさる鳥ハ、放候ても餌にかつへ可申候間、先其分ハ養置可申候」と訂正するなど混乱を極めている。魚鳥を扱

う商人たちにとってみれば、生簀《いけす》生船《いけぶね》や鳥飼《とりかい》が禁止されれば漁業その他にとっては大打撃を受けることは必至である。恐らくその影響力の大きさに幕府は気づいたのであろう、七一八号以降、「魚鳥《ぎょちょう》いけ置」くことの触はほぼ無くなり、もっぱら捨て子、捨て牛馬、犬、猫、虫の類（いもりの黒焼き等）を中心に生類憐み政策が行われてゆくことになる（『正宝事録』の該当項目は長くなるので掲出しないが、上記『大坂市史』の四月以降の触を参照のこと）。

4　貞享四年「魚鳥いけ置」禁令――生きて働く鯛を殺さず

こうした貞享四年に集中的に出された「魚鳥いけ置」禁令が、それ以後の西鶴の筆に影響を与えたことは十分に考えられることである。特に直近の『永代蔵』に載る天狗源内の話は、まさに殺生の話であり、「生類憐み」政策に抵触するものである。さらに源内像⑤の鯛療治に関しては、「魚鳥いけ置」禁令に直結する。そこで、この⑤の部分を詳細に見ると、そうした禁令に合わせたかのような表現があることに気づく。

（恵比寿が源内に）小語給ふは、「魚島時に限らず、生船の鯛を、何国迄も無事に着よう有。弱し鯛の腹に針の立所、尾さきより三寸程前を、とがりし竹にて突といなや、生て働く鯛の療治、新敷事ではないか」と語給ふと夢覚て、「是は世の例ぞ」と御告に任せけるに、案のごとく、鯛を殺さず。是に又利を得て、仕合のよい時津風、真艫に舟を乗ける。（傍線染谷）

生簀《いけす》の鯛《たい》をどんなに長生きさせても最後は食するのであるから殺生に代わりはないのだが、西鶴は、本来なら輸送途中で死んでしまう鯛を殺さずにすむという点を強調している。ここに禁令に対する微妙だが確かな反応があると考えられるのである。

ちなみに『永代蔵』が出された元禄元年付近の西鶴と「生類憐み」、そして禁令の関係をまとめてみる。

貞享二年（一六八五）正月　『西鶴諸国はなし』

巻四の四「驚は三十七度」「近年関東のかたに、友よび雁といふ物をこしらへ…せつしょう人の宿に」猟師の殺生の「すすど」さ（抜け目なさ）と恐ろしさを描く。

巻四の七「鯉のちらし紋」

「内助といふ猟師」が池に「つねづね取溜し鯉の中に女魚なれどもりゝし」い魚がおり、「名をともへと」名づけて「ふかくてなれ」た末に起きた不思議な話。

貞享三年（一六八六）十一月　『本朝二十不孝』序

「雪中の笋八百屋にあり、鯉魚は魚屋の生船にあり。世に天性の外祈らずとも、夫々の家業をなし、禄を以て万物を調へ、教を尽せる人、常なり。」

貞享四年（一六八七）春　生類憐み政策の諸令

元禄元年（一六八八）正月　『日本永代蔵』の天狗源内

「小語給ふは、「魚島時に限らず、生船の鯛を、何国迄も無事に着よう有。弱し鯛の腹に針の立所、尾さきより三寸程前を、とがりし竹にて突といなや、生て働く鯛の療治、新敷事ではないか」と語給ふと夢覚て、

「是は世の例ぞ」と御告に任せけるに、案のごとく、鯛を殺さず。是に又利を得て、仕合のよい時津風、真艫に舟を乗ける。」

元禄元年（一六八八）二月　鶴字鶴紋法度

『正宝事録』七三四　辰正月廿九日

一　鶴屋と申家名、付申間敷、鶴之丸之紋付候衣類、着し申間敷、鶴と申名、人々付間敷旨御触有之、

＊元禄元年十一月→元禄三年三月　西鶴→西鵬

貞享二年に刊行された『西鶴諸国はなし』巻四の四「驚《おどろく》は三十七度」に明らかなように、西鶴は殺生の問題について関心があったが、同時に、巻四の七「鯉のちらし紋」では魚と人との不思議な交歓世界を描き出す。さらに貞享三年の『本朝二十不孝』では序という一番目立つところに、生船《いけぶね》の効用を高らかに謳いあげた。この一年後に生類憐みの政策が発布され、さらに一年後『永代蔵』の天狗源内像の形象となる。こうした流れの中で捉えてみると源内の「鯛を殺さず」という表現に特別な意味が込められていることに気づくはずである。なお、最後に掲出したように、元禄元年二月に幕府より鶴字鶴紋法度が出されているが、これに対応した西鶴は、元禄元年十一月から元禄三年三月まで「西鶴」の号を使わずに「西鵬」を使っている（野間光辰『刪補西鶴年譜考証』）。西鶴が法度に気遣いをしていた証左である。

5　天狗源内の成長

ここまでの検証を基に源内像をまとめてみたい。

① 羽指としての源内 → 異形の者としての元水軍・倭寇の近世化漁業化。摑み取りの世界
② 始末家としての源内 → 始末・倹約の世界
③ 鯨網考案者としての源内 → 知恵・才覚の世界
④ 宰領としての源内 → 堪忍の世界
⑤ 鯛療治考案者としての源内 → 生類（魚）を生かす知恵の世界・養殖・環境整備への配慮

ここから二点のみ指摘しておきたい。一つは、この天狗源内《てんぐげんない》という男は到底一人の人間の所業とは考えられないことである。何人もの人間が行ったものを源内という名前でまとめ上げたと言うべきだろう。こうした表現方法は近現代の小説では異様に映るが、近世以前では多く見られる手法の一つである。それは西鶴の処女作『好色一代男』を見れば分かる。主人公は世之介であるが、この世之介も世の様々な好色男たち（たとえば巻五の一の世之介は灰屋《はいや》紹益《じょうえき》のことである）の実像を縫い合わせた糸と言うべきもので、一人の人生に還元されるものではないからである。源内も様々な人間たちの実像（和田頼治や井上利兵衛など）を縫い合わせた糸と言うべき存在であると考えるべきであろう。

もう一つは、その縫い合わせの糸ならぬ意図である。縫い合わせた結果、どのような織物が出来あがったのか。結論的にいえば、先の「一」でも述べたように、近世漁業の起源と展開、すなわち「倭寇の成長」ということになろう。拙著『西鶴小説論―対照的構造と〈東アジア〉への視界』第一部、第一章「西鶴　可能性としてのアジア小説[16]」で述べたように、従来の江戸時代の経済・商業への眼は海禁・鎖国に捉われて、その中でのダイナミックな動きを注視できなかった。その問題を明らかにしたのが、小林多加士氏[17]と川勝平太氏[18]である。両氏の見解について前著で述べたことを再度引用する。

小林氏は、こうした状況（江戸時代が海禁で閉ざされた世界であったこと）を全く別の見地から説明していて興味深い。それは、各大名、各藩の武士たちは、江戸幕府によって厳重な管理交易を押し付けられたのではなく、むしろ、それまで様々な海外交易を行っていた海商たちを、藩の体制内に取り込むことによって、藩内の開発や藩財政の建て直しを行ったのだと言う。そして、さらにはそうした構造改革が全国的規模での流通を促進した結果、「四つの口」を通じて行われる東アジア経済圏での多国間経済競合に勝っていったというのである。たとえば山形庄内の酒井藩がベニバナの栽培に成功し、これが酒田港からの交易によって藩の財政を潤し、さらにそれが藩内農業の再開発の元手になったと指摘する。またその下地になったのは荻生徂徠の実学的な学問であり、その薫陶を受けた藩内の武士たちが積極的に藩政をリードしていったからだとも言う。（中略）

この小林氏が示した日本の近代化のラインを、別の角度から見ているのは川勝平太氏である。川勝氏は、明治以降、日本と西欧の貿易が木綿・砂糖・生糸・茶を中心に行われたことと、その四品目が何故すでに鎖国・海禁下の日本にあり、自給できるほどに生産されていたのかという点に注目する。川勝氏は、これらの四品目はすでに中世、アジア海洋域において様々な国家・民族の間で取引されたものだと言う。そして、西欧と日本はスタイルを異にするものの（西欧は国外の遠隔地交易、日本は国内開拓）、それらをともに重要な交易品目として自前の力で育てることに成功した。これが明治以降日本が西欧列強との貿易（それはかなり不平等なものであったが）に伍して近代化を進めることが出来た原因だと言う。（中略）

すなわち、小林氏や川勝氏の指摘する、驚異的な発展を遂げた東アジアの海洋交易と、それを取り込んで近代化を進めていった日本の武士・商人の活躍、そしてそれを取り込めなかった中国・朝鮮の儒教—朱子学世界という歴史変遷を二つの文化的経済的潮流として立ててみる時、西鶴や西鶴小説の描き出した武士と商人の世界は、小林氏の言う前者の潮流の中にはっきりと立ち現れてくることである。

すなわち、この「小林氏や川勝氏の指摘する、驚異的な発展を遂げた東アジアの海洋交易と、それを取り込んで近代化を進めていった日本の武士・商人の活躍」の典型が、西鶴の描いた天狗源内であったということになる。まとめてみるならば、倭寇・水軍・海商であった海の民としての武士たちは、秀吉などの統一政権誕生、元《げん》和《な》偃《えん》武《ぶ》以後、使い道の無くなった、その戦闘技術を漁業（鯨猟）に応用し、自身も漁師として転身していった。その振る舞いは従来の庶民（漁民）からすれば、当に天狗の所業とも思えるものであった。しかし、いつまでも摑み取りの時代は続かない（景気の低迷、鯨数の減少）。と言って元の倭寇・海商に戻ることもできない（海賊禁止令、海禁体制）。そこで単なる魚や鯨との格闘から、知恵才覚を駆使した漁法の開発が必要になる（節約・網取り法の開発）。さらに、取った魚を殺さない生船や竹鍼《ちくしん》の開発が行われる。こうした近世漁業の始発と展開が、本話では源内という架空の人物に統合されて描かれた、ということである。
東シナ海を中心に活躍した倭寇・水軍・海商たちが、海賊禁止令・海禁以降、どのように転身していったのか。また日本のみならず、中国・朝鮮・台湾・沖縄の共同体が、それらをどう吸引していったのか。今回は鯨猟のみに話題を絞る形となったが、他の職種ではどうなのか。さらなる検討が必要である。

注

（1）十三世紀末から十七世紀初頭までの時代を指す。中国の元が取った大々的な交易政策が、それまでのアジア全体を一変させたことは周知のことだが、その元による南海交易が始められた十三世紀末から日本が海禁政策を行う十七世紀初頭まで、東アジアは紆余曲折はあったものの様々な交流が行われていたと考えてよい。
（2）岩井克人「西鶴の大晦日」『現代思想』一九八六年九月臨時増刊号。
なお、小葉田淳『日本経済史の研究』「中世における祠堂銭について」（一九七八年、思文閣）によれば、祠堂とは、儒家にて家廟や鬼神を祀る所を言ったが、仏教においても、亡者のため冥福を誦する所、また位牌の安置所を指している。祠堂銭は、この目的に随い、信者が銭財を仏寺に納め、仏寺にそれを常住として保存したものである。近世においては、通常祠堂銀（金）と称し、これを金融資金として運用し、諸宗寺院・神社の重要な財源を成していた。即ち祠堂銭本来の意義を没却して、信者のあらゆる喜捨に拠る銭財の外、或は幕府・諸侯・富家等から金銭を借り入れ、これを諸方に貸し付けて貨殖の利を営んだのである。この場合、祠堂銭は社寺一般財政の基礎的な一仕法として、或は窮迫した社寺経済の一救済法として解し得られるものである。」
（3）野間光辰、日本文学大系『西鶴集（下）』の補注一八六、岩波書店、一九六〇年
（4）小葉田淳「西海捕鯨業について」『日本経済史の研究』思文閣、一九七八年
（5）『熊野獨参記』作者未詳、成立は元禄二年ごろか、清水章博氏蔵写本　（http://www.cypress.ne.jp/ojiri/dokusannkitate1.html）
（6）『平治物語』岸谷誠一校訂、岩波文庫、一九三四年刊

（7）『天狗の内裏』島津久基校訂、岩波文庫、一九三六年刊
（8）浄瑠璃『登八島』六段目、刊年未詳、但し『大和守日記』延宝六年（一六七八）正月の条に上演記録がある。
（9）伊藤出羽掾正本「あさいなしまわたり」（東大霞亭文庫蔵）寛文二年刊（霞亭文庫目録推定）
（10）田上繁「熊野灘の古式捕鯨組織」『海と列島文化』第八巻、一九九二年、小学館
（11）『熊野巡覧記』巻四、武内玄龍惇、寛政六（一七九四）年成立（http://www.ojiri.jp/kumanojyunrankitate1.html）
（12）太田弘毅『倭寇』第四部、一、「南北朝内乱と征西府の密輸」春風社、二〇〇二年
（13）『平家物語』高橋貞一校訂、講談社文庫、一九七二年
（14）野田寿雄『日本近世小説史（井原西鶴編）』「第四章元禄期」における『日本永代蔵』の項、一九九〇年、勉誠出版
（15）一般に「生類憐みの令」と呼称されるが、捨子捨牛馬の禁令などは出されたものの「生類憐みの令」という触が出されたわけではない。よって「政策」という名で呼ぶのが正しい（塚本学『生類をめぐる政治』平凡社ライブラリー、一九九二年）。なお『正宝事録』に限らず、江戸時代の御触書を集めたものは（他に『寛保御触書集成』『天保御触書集成』など）、幕府などが蒐集・整理した法令であって実際に出されたものかどうかは分からない。御触書を参照する場合、この点をまず注意すべきであるが、この貞享四年の生類憐みに関する法令については諸書に指摘があり、間違いなく出されたものである。それはまた、七一七に載る庶民の反応への幕府の反応（昨日御触ニ付、只今迄飼置候鳥、俄ニしめ殺申者可有之候…）から見ても間違いない。
（16）『西鶴小説論―対照的構造と〈東アジア〉への視界』第一部、第一章「西鶴　可能性としてのアジア小説」、翰林書房、二〇〇五年
（17）小林多加士『海のアジア史―諸文明の「世界＝経済」』一九九七年、藤原書店
（18）川勝平太「日本の工業化をめぐる外圧とアジア間競争」（『アジア交易圏と日本工業化1500―1900』浜下武志・川勝平太編）所収、リブロポート、一九九一年

第Ⅲ部

淫風

1

妓女《ぎじょ》・妓生《キーセン》・遊女《ゆうじょ》

――東アジアの遊女と遊廓を比較する

東アジアの十六・七世紀、恋愛の中心に立っていたのは遊女たちであった。中国・朝鮮・日本の諸都市を賑わせた彼女たちは、また小説のスターでもあった。ところが遊女たちを取り巻く環境は、各国で大きな違いを見せていた。その違いで注目されるのは、遊女たちの矜持が、朝鮮と日本では対照的な在り方を示していたことであり、また日本の遊廓が中国や朝鮮では見られない「他からの隔絶性」を持っていたことである。この問題は、遊女・遊廓の問題を超えて、広く東アジアの文化一般を理解する上での、重要な視点になるはずである。

1　座談会「西鶴と東アジアの遊女・遊廓」

二〇〇九年一月三〇日（金）、東京にて座談会「西鶴と東アジアの遊女・遊廓―日本の遊女、中国の妓女《ぎじょ》、韓国の妓生《キーセン》」を行った。『西鶴と浮世草子4号』(1)の巻頭を飾る企画であった。本座談会のテーマは、中国・朝鮮・日本の遊女・遊廓を俎上にして、東アジアの性愛世界・遊興世界や、それを取り上げた文化・文学にどのような問題があるのかを検討するのが主たる目的であった。時代を、西鶴が登場した十七世紀前後に絞ったのは、この時期が、日本のみならず、中国や朝鮮においても、文化・文学史上、遊女に最も多くのスポットライトが当たった時代だと考えられるからである。この、十七世紀に遊女・遊廓の問題を絞ることの有用性については、座談会で大木康氏も中国の妓女研究の立場から(2)（座談会十五・六頁）、また鄭炳説《チョンビョンソル》氏も朝鮮の妓生研究の立場から（二十一頁）、認めておられる。但し、十七世紀前後と言っても、中・朝・日ではその時期は微妙にずれており、このずれがまた様々な問題を提起する。

出席者を主要テーマ発言順にあげれば、大木康（東京大学教授）鄭炳説（韓国ソウル大学教授）田中優子（法政大学教授）諏訪春雄（学習院大学名誉教授・4号責任編集・統括者）染谷智幸（茨城キリスト教大学教授・4号責任編集者、本座談会のコーディネーター兼司会）であり、他に韓国語の通訳として山田恭子氏（近畿大学文学部専任講師）に参加をお願いした。

今まで、中国、朝鮮、日本という広範囲にわたり「遊女と遊廓」について議論したものをあまり聞かない。恐らく初の試みではなかったか。コーディネートした人間が言うのも口幅ったいが、実に様々な問題点が提出され、意義深いものになったのではないかと思う。そこで本章では、この座談会で指摘された問題点の中から、私が特に重要だと思った点を幾つか取り上げ、私なりの展望を述べてみたい。

なお、当日の座談の最後においても、同様に私見の提示とまとめを行ったが、その折は時間が無く中途半端なものとなった。その内容と重なる点のあることを予め断っておきたい。

2　朝鮮の妓生――官僚社会の矛盾・ほころびを埋める存在

今回の座談を通して第一に考えさせられたのは、遊女（妓生・妓女）・遊廓が中・朝・日の社会機構（政治体制から都市の形態に至るまで）の中に、様々な形で組み込まれていたことである。特に日本の遊廓が、周囲から遮断されたまま都市の中に置かれたという特異性、これがどのような原理と背景によるものなのか、座談の後半でも、この点に話題が集中した。私も今回座談に参加していて最も興味を持った問題がこの点であった。そして、田中優子氏はその特異性の内実を、吉原は舞台である、あるいは「人工的に作られた風紀」という視点からまとめられ、さらに諏訪春雄氏が歌舞伎小屋と対になる形での胎内くぐりのイニシエーションを指摘された。共に歌舞伎や芝居といった、遊廓と並ぶもう一つの遊興空間（かつては二大悪所と言われた）を含みこむ形で、如上の問題を指摘されたのが特に印象深かった。そこで私としては、この遊廓の問題をもうすこし別の角度から、特に朝鮮と日本の遊女のあり方、それから十六・十七世紀の遊廓を取り上げた文学、特に日本の『好色一代男』、中国の『金瓶梅《きんぺいばい》』、朝鮮の『九雲夢《グーウンモン》』の比較を通して、再度考え直してみたい。

まず、朝鮮の妓生《キーヤン》から取り上げる。遊女・遊廓の歴史からすれば、最初に中国を取り上げるべきだが、後述するように中国は広く多様であって、その特徴は掴みにくい。そこで、比較的傾向のはっきりしている朝鮮と日本を最初に取り上げ、その後中国を論じるという手順を取ってみたい。

鄭炳説氏も座談会にて指摘されたように（座談会中の「妓生の矛盾」）、朝鮮時代の社会は、両班《ヤンバン》を中心にした官僚が絶大な力を持っていた。一方、日本の官僚は、近現代以後は別として、江戸時代まであまり頑強な機構を保持していたとは言いにくい。日本は古くは貴族、中世以後は武士が政治の中枢にあって国政の舵取りをしたが、結局中国や朝鮮のような科挙制度を置くことはできず、身分制度を越えた人材登用とそれに基づいた強靭な官僚機構を構築することは出来なかった。それに比べて中国や朝鮮、特に朝鮮の朝鮮時代の官僚は極めて強靭な体制を作り上げていたと言えよう。朝鮮時代は良く知られているように、王制を布いてはいたものの、官僚の力が強く、王が絶対的な権力を握ることは少なかった。それは官僚百官《ひゃっかん》中に司諫院《サガンウォン》という王の言動に諫言《かんげん》を行う官職があったことや(司憲府《サホンブ》という官僚へ向けて諫言を行う部署もあった)、王族は原則として官職に付けなかったことが象徴的で、権力は王よりも両班たち官僚が手にしていたのである。また王が権力を握っていたとしても、その振舞いを敢然と批判する官僚は多かった。朝鮮時代を代表する古典小説『九雲夢《グーウンモン》』『謝氏南征記《サシナムジョンギ》』の作者として有名な金萬重《キムマンジュン》も官僚だが、彼は王の失政に命を賭して批判をし、王の逆鱗に触れると、その王の親派(南人派)によって讒訴《ざんそ》され、配流の後死ぬことになった。そうした諫言を行って死んでいった官僚は朝鮮時代に多かった。

朝鮮時代の妓生《キーセン》は、そうした官僚を支えるべく整備されたため、必然的に国の管轄下にある妓女、すなわち官《カン》妓《ギ》が中心となった。この点について鄭炳説氏は座談会中、次のように述べている(3)。

韓国でも遊女の存在は比較的昔から確認されます。『後周書』と『隋書』にすでに高句麗に遊女が、それもかなり多く存在したと記録されています。売春婦としての遊女や娼妓は、韓国の歴史前の時期にも存在したと言えますし、韓国遊女史の核心で、その特徴とされる官妓もやはり早くから存在したのですが、具体的な証拠は高麗(九一八～一三九二)以後に確認できます。

官妓《カンギ》は官婢《カンビ》の一種で、辺鎭《へんちん》や州郡《しゅうぐん》に官妓を設置した目的は、駐屯《ちゅうとん》する軍士の世話をしたり、往来する使臣の接待のためだとされます。しかしこんな仕事だけなら敢えて官妓は必要ではなく、下働きをする「水汲《スグッ》婢《ビ》」や使臣接待の仕事を引き受けた「酒湯《チュタン》」ぐらいの官婢でも十分ではないかと思います。だから官妓はそのような仕事も引き受けますが、固有の任務は州郡の各種の宴会に必要な女楽ではないかといえます。そのために官妓たちは教坊で定期的に音楽と舞踊を練習しました。（中略）

官妓の身分は奴婢《ぬひ》にすぎませんが、中央で派遣された文武官員の接待も行ったことから、たとえ官庁の官奴や衙前《アジョン》を本男便《ポンナンピョン》（夫）にしていても、文武官員と身近に付き合うことができました。官員をもてなすことを「守庁《スッチョン》」というのですが、守庁には「表守庁《コッスッチョン》」と「肉守庁《サルスッチョン》」があります。表守庁は酒食を準備することで、肉守庁は性的接待を示します。もちろん性的接待は不法といえますが、公然と行われました。このようにして最下層身分の妓生が下層の夫がいても他に最上層の人々と付き合うことができたのです。

元来の官妓の設置目的からすれば、ソウルに妓生を置く理由はありません。しかしソウルの宮廷にも各種多様な宴会があって妓生が必要で、地方の妓生を選んでソウルに送りました。ソウルに来た妓生は宮廷の一機関に属しましたが、妓生である他には医業や針仕事が多く、王室の病院である内医院《ネイウォン》、または服を担当する機関である尚衣院《サンイウォン》などに属しました。それとともに掌楽院《チャガクウォン》という妓生の芸能を教える所に出入りして必要な芸を学びました。上京した地方妓生たちも生計のためにソウルで妓生屋を開きましたが、この妓生たちを保護する男たちには別監《ピョルガム》と呼ばれる宮廷の下隷がいました。別監は朝鮮後期ソウルの遊興文化を先導しましたが、別監によって甚だしくは王子たちまで妓生たちと遊ぶようになります。かくして妓生は最下層の奴婢から最上層の王子までの相手をしたのです。

なぜ、最下層の官婢が、芸能のみならず医業や針仕事にまで携わったのか。この背景には朝鮮儒教社会の厳格な「男女有別」があった。即ち両班の妻女たちは家の奥深くに居て外出を許されず、またその居室に男性が入ることは厳禁とされた。そのために両班の妻女たちの医療行為や針仕事などは、官婢の中から優秀な女性が選ばれて行ったのである。[4]このように、官妓たちは、朝鮮官僚社会の矛盾・ほころび・隙間を埋める存在であったと言ってよい。逆に言えば、朝鮮の強大な官僚社会に完全に組み込まれていたとも言える。当然、こうした堅牢な上意下達社会に対して、不満を抱く人間は多かった。[5]『春香伝《チュニャンジョン》』の春香《チュニャン》は、想い人李夢龍《イモリョン》と入れ違いに南原《ナモオン》にやってきた代官の誘引を断った。この態度によって春香は拷問に遭うが、またそのことによって春香は朝鮮時代の庶民に絶大なる人気を得た。このように官僚の言いなりになることを潔しとしない妓生《キーセン》が人気を博したのも、官僚機構への反抗心が庶民に渦巻いていたことの証拠である。これに関連して鄭炳説《チョンビョンソル》氏は次のような興味深い話を座談会でしている。

> それから朝鮮で一番有名な小説の一つに『春香伝』というのがあるんですが、『春香伝』の春香は妓生です。『春香伝』は朝鮮の妓生の性格を一番よく表現していると思います。日本の遊女文学についてはよくわかりませんが、朝鮮の妓生文学ともいえる『春香伝』は、朝鮮の社会の性格と関連づけて話すことができると言えます。『春香伝』で一番重要なことは、春香が妓生であるにも関わらず妓生ではない女性のように振る舞うというところです。春香は妓生であるからには多くの男性たちを相手にしなければならないのに、一人の男性だけにこだわります。
>
> 妓生の狭い意味としては、官庁に所属している奴婢です。官庁からの命令は法的に聞かなければいけない

という存在です。春香は一番最初に会った地方長官の息子と関係を結ぶのですが、その時は言うことを聞きますが、その次に赴任した地方長官の言うことは聞かなかったのです。官妓としては、官庁の言うことには必ず服従しなければいけません。ところが服従しない春香に対して読者たちはそれを支持します。重要なことは、春香は妓生であるにも関わらず妓生でない女性になろうとしたところです。この点が朝鮮時代の社会をよく表していると思います。朝鮮の妓女を見る一つの視点だと思います。

よって、この特徴は『好色一代男』などに出てくる遊女たちとは随分違うと思います。韓国の代表的な近代文学作品、李光珠《イクワンジュ》の『無情《むじょう》』に出てくる平壌《ピョンヤン》の妓生についても、妓生でありながら妓生でないようにと妓生を拒否する女性です。この点が東アジアにおいて他の国とは違う韓国、朝鮮の妓生の特徴ではないかと思います。

この「妓生であるにも関わらず妓生でない女性になろうとしたところ」という矛盾だが、この話を聞いて私は日本の遊女を思い返した。日本の遊女（遊廓）にも同じような矛盾があるからだ。まず、遊女は金で買われる存在だが、遊女（遊廓）はそのことが表面化することをタブーとした。西鶴の好色物などによく出る話だが、遊女の前で金やその話を出すことは出来ない。また金の力で遊女を無理やり買おうとする客は、最も野暮な客として遊女から嫌われた。とくに太夫《たゆう》クラスの高級遊女においてこの傾向は強かったと考えられる。たとえば『好色一代男』巻七の一「その面影は雪むかし」には、世之介が戯れて遊女高橋の眼の前で金銀を渡そうとし、それを高橋が見事に捌《さば》いたエピソードが載る。その折語り手の西鶴は「この中では戴かれぬ所ぞかし」と交会中の座敷において金銀を出すことがタブーであると述べている。また、遊廓の百科全書とでも言うべき『色道大鏡《しきどうおおかがみ》』においいて、著者の藤本箕山《ふじもときざん》は事細かに遊客の嗜みやエチケットを述べた後に、遊女に金を送る時も「銀貨」ではなくて「金貨」が良いと言う（巻二寛文格「遊廓参会法」）。理由は「銀貨」は「金貨」より量が嵩《かさ》み、如何にも多くの金を送ったように見えるからで、「かやうの心いき、万事につけて当道に堅くきらふ事也」と述べている。交会の後、密かに遊女に金を送る時にもこうした心遣いを求めたのであるから、座敷の中で金銀を出すことが如何に憚《はば》られたかが分かるのである。

3　遊廓と世俗の論理──どのように世俗と隔絶する世界を築いたか

この遊廓の参会における金銭忌避の姿勢に関して、従来から遊興の嗜み・エチケットという問題以外に、遊女や遊廓の反権力・ルサンチマン的志向が指摘されてきた。たとえば、郡司正勝氏は「金のために、この世界に身を沈めた遊女たちは、その金を無視することによって復讐の美学を創り出した」（「〈廓〉の美学」『国文学・解釈と教材の研究』）と述べて、(6)遊廓が金銭万能の社会に対抗していたことを指摘した。確かに、父親によって遊廓に沈められた武士の娘が、死ぬ間際においても父親との面会を拒否したという『色道大鏡』（巻十五、雑談部、大坂佐渡嶋家上職もろこし）の話が象徴するように、理不尽に遊廓へ落とされた彼女たちが、自分を遊女に落とした社会や、その社会の成功者である遊客に対してニュートラルな感情で居たとは考えられない。それは遊廓を経営する人間たちも同様であったはずで、そこにルサンチマン的な心情があったことは否定できない。

ただ、そのルサンチマン的心情は、後述するように、社会に対する反抗や復讐というよりは、一般社会とは別の世界や美意識を作り上げようとする方向に向かったと言うべきであろう。というのは、本書の第Ⅲ部第2章

「日本の遊女・遊廓と自由円満」で詳述するように、遊客たちにとって遊廓はまさに「自由円満」な場所であったが、その「自由円満」とは一般社会の通念とは切り離されたという意味での「自由」であったからである。また、第Ⅲ部第3章「五感の開放区としての遊廓」でも述べるように、遊廓には様々な文化が流れ込み、そこからまた新しい文化が生まれていた。その文化を担う遊女は大切な存在であり、そうした文化の産み手・担い手としての喜びや自負を遊女自身も感じていたはずである。このような文化創造のセンターたる遊廓の基軸が、社会に対する反抗心であったとは考えにくいのである。やはりそこにはもう少し別の原理が働いていたと考えなくてはならない。

今も述べたように、遊廓は、金で動きながらも金が通用しない世界を産み出していたが、これは金銭面だけでなく、士農工商という江戸時代の身分制度を始め、世俗の通念のほとんどがここでは通用しなかった。この点については『色道大鏡』巻末、巻第十八「無礼講式」が詳しい。例えば遊廓内にあっては「途中にして知れる人にあふといへども、互に編笠とる事あたはず、且腰を傴《カゞ》む業」もする必要がないと言う。俗に言う「江戸しぐさ」など江戸時代は礼儀作法が発達した社会だったが、遊廓はそうした世間とは格別であった。それは庶民のみならず貴人や武士も同様で、客座につけば「いかなる貴人・勇士たりとても異儀におよばず」「宿より腰物を預る習いであった。遊廓の座敷は武装解除の場所であった。また「座に法体ありとて崇めず、老年なりとて敬わず」で仏心や長幼の序、つまり仏教や儒教も意味を持たなかった。また世俗で婚礼祝賀の折に謳われる謡曲を口ずさめば「初心臭と欺」かれ、俗に淫声《いんせい》と言われた「浄瑠璃・小歌・三味線に堪なる者」が持て囃された。すなわち一切の堅苦しさは排除されたのである。

このように万事が逆の状態になるのだが、遊廓では全てが自由闊達に許されるという訳ではない。座談会中に鄭炳説氏が指摘されたように、朝鮮などに比べて、日本は「性の自由」があり、遊女はその象徴であったわけだが、その遊女自身は性の放埒を嫌った。特に太夫・天神などの高級遊女と馴染みになるには、諏訪春雄氏も座談会中に指摘していたように（4「日本から考える」）今から見れば非常に込み入った儀式《イニシエイション》があって、しかも一端馴染みになると、他の遊女に乗り換えることは難しかった。当然、同時に多くの遊女と馴染むことは出来ない。これは「一夜妻」と言って、遊女はたとえ一夜でも妻であるからには、他の女性と付き合うことを許さなかった。たとえば、西鶴の『諸艶大鑑《しょえんおおかがみ》』（好色二代男）の巻五の三に半留《はんる》という男が登場する。この男が若山《わかやま》という遊女と別れた後すぐに、明石という遊女に付き合いを申し込むが、明石は「女郎の分（作法）はさにはあらず」と断る。たとえ前の遊女とは縁が切れていても、男が簡単に遊女を乗り換えることを嫌ったわけである。つまり「自由円満」な遊廓ではあっても、こと恋愛においては世俗よりも厳しく込み入ったルールや掟が布かれていたのである。

要するに、遊廓内には世俗・世間と隔絶する倫理・論理が働いていたわけである。こうした隔絶を生む背景に、やはり世俗の権力・社会への反抗があったことは、従来から指摘されてきた。かつて前田愛氏は遊廓の「廓」が城郭の「郭」と同じであることを重く見て「おはぐろ溝をめぐらした新吉原の一画は、まさに三重の堀に囲まれた江戸城と対峙する都市の反空間である」（「反＝都市としての〈廓〉」『国文学・解釈と教材の研究』[7]）と言われた。もちろん、この指摘は誤りではないが、ただ、これも先に述べた遊廓の金銭忌避の姿勢と同じく、やはり遊女・遊廓の一面であって、大事なのは、遊女・遊廓がどのような原理によって、世俗と隔絶する世界を築き、対峙・対抗していたかにある。

4 遊女の本意――自前で拠るべき思想・思考を立てる

そうした遊女・遊廓の原理を考える上で参考になるエピソードがある。すでに人口に膾炙した話であるが、『好色一代男』巻五の一「後には様つけて呼」の二代目吉野の逸話である。それは、吉野に憧れた小刀鍛冶《こがたなかじ》の弟子が、吉野に逢うために、揚代《あげだい》の五十三匁をこつこつと溜めて会いに来るという話である。遊廓中の遊廓とも言うべき島原、しかもそこでの太夫ともなれば何よりも格式を重んじた。その太夫に、小刀鍛冶《こがたなかじ》という身分の低い職人が逢うことは到底許されないが、吉野はその小刀鍛冶の健気な姿勢に感じるものがあって、会って床を共にし、盃までして帰したのであった。この一件で揚屋では大騒ぎとなるものの、その折『一代男』の主人公世之介が来て吉野を「それこそ女郎の本意なれ」（それこそ遊女本来のあり方じゃないか）と却って褒め称え、すぐに身請けしたという話である。

この話は、豪商灰屋紹益《はいやじょうえき》が吉野を身請けしたという実話を基にしたものだが、「女郎の本意」云々は西鶴の創作であろう。しかし西鶴が、当時遊廓に通った男たちの総体としての世之介に、この言葉を言わせた意味は重い。従来から、この「本意」が何を意味するかでいささかの議論があるが、いまその議論に踏み込むことは避けたい。ここでは「本意」の中身ではなく、「遊女の本意」つまり「遊女らしさ」に世之介（＝西鶴）がこだわったという、その姿勢を問題にしたいのである。というのは、先に問題にしたように、鄭炳説氏によれば、朝鮮の妓生は妓生でない女性になろうとしたとのことだが、この「遊女の本意」からすれば、日本の遊女はそうではなくむしろ逆で、「遊女らしさ」を求めた、もしくはそこに徹していたと考えられるからである。

この「遊女らしさ」を求めそこに徹した遊女は多い。たとえば『一代男』で吉野の双壁をなす扱いを受けている新町の遊女三笠（巻六の一「喰さして袖の橘」）は、真夫（世之介）との恋に命を懸け、夕霧（新町）は「魚屋の長兵衛にも手をにぎらせ、八百屋五郎八までも言葉をよろこばせ」（巻六の二「身は火にくばるとも」）、高橋（嶋原）は遊女に必要な意気と張を貫いたのであった（巻七の一「その面影は雪むかし」）。時代を下っても芸者や芸妓たちの自らの芸にかける自負心や伊達風な振舞いなど、こうした遊女たちの遊女らしさを数え上げるとなれば、恐らくきりがないだろう。

日本は伝統的に、この「本意」、すなわち「らしさ」という考え方を重んずる社会で、武士らしさ、商人、職人らしさから始まって、和歌や俳諧でも本意本情《ほいほんじょう》と言い「らしさ」を大切にする。つまり、遊女らしさを究めることによって自己を確立する方法であり、道の精神と言っても良いだろう。日本では中世以来、様々な「道」が生み出されたが、それは近世になっても引き継がれ進化し、遂には「色道」などというものまで生み出すに至ったのである。

こうした「本意」の思想が出てくるのは、日本に中国や朝鮮の儒学（朱子学）のような原理的支配的な思想が無かったからだと考えられる。もちろん仏教もあったが諸宗派によって思想・教義もばらばらでとても統一的なものと言うことはできなかった。よってみな自前で拠るべき思想・思考を立てなければならない、それが武士道や芸道、そして今述べた「色道」が生み出されてきた背景と言って良いはずである。

これに対して、妓生が対抗したのは儒教や朱子学といった厳格な思想だった。これへの対抗措置として妓生《キーセン》は「逆手に取る」という方法を多用したと考えられるのである。西岡健治氏も指摘するように（『韓国の古典小説』「文信座談会」、「春香伝」解説）、『春香伝《チュニャンジョン》』の主人公で妓生を母に持つ春香《チュニャン》は、悪代官に夜の相手をせよとの命令を断るのに「忠臣は二君に事《つか》えず、烈女は二夫にまみえず」と言った。すなわち、代官たち官僚が日頃信条としているはずの儒教を逆手にとって断ったのであった。(8) 日ごろ妓生たちが優れた漢詩を作ったのも同様で、漢詩は科挙の試験問題であった。たとえば『九雲夢《グーウンモン》』の中に妓生の桂蟾月《ケーソムオル》が出てきて、洛陽の公達の漢詩を品評する場面が出てくる。優れた漢詩を作った者と蟾月は一夜を共にする約束なのだが、どれも愚作揃いで蟾月が困り果てるという話である。この洛陽の公達とはソウルの両班《ヤンバン》達のことで、現実の朝鮮のことを過去の唐の時代のこととして準えて作っている。恐らく、この場面を読み、胸のすくような思いをした妓生は少なくなかったと思われるのである。

5　中国の妓女と妓生・遊女の行動範囲

こうしてみると、朝鮮の妓生も、日本の遊女も、当時の世俗権力と鋭く対峙していたところは共通するものの、妓生は世俗権力に組み込まれつつそれと対抗する方向であったのに対して、遊女は世俗権力と一線を画し、対抗よりも別世界を生み出すという方向であったことが分かってくる。この違いは、妓生と遊女の違いを捉える上で重要だが、では、この朝鮮の妓生や日本の遊女の、本家とも大元とも言って良い中国はどうだったのだろうか。

中国の妓女・遊里と言えば、『中国娼妓史』(9) の一書を見渡すだけでも、あまりに長い歴史があり、また国土も広く地域差もある。たとえば妓女の歴史であるが、同書『娼妓史』には、

①巫娼《ふしょう》時代（殷）
②奴隷娼妓時代（周〜後漢）
③家妓・奴隷娼《しょう》妓《ぎ》駢進《べんしん》時代（三国〜隋）
④官妓鼎盛《ていせい》時代（唐宋元明）
⑤私人経営娼妓時代（清）

と数千年に渡る妓女の歴史を位置づける。明の時代は「官妓鼎盛《ていせい》時代」にて官妓が中心であったが、後でも触れるように、明末は清の経営娼妓時代に近く、官妓よりも経営娼妓に妓女の中心が移っていた。明末経済の中心地である南京や蘇州といった都市に経営娼妓は妓館の軒を並べ、そこに文人たちが集い様々な文化の花を咲かせたのであった。また、地域差については言うまでもあるまい。そこでここでは、この十七世紀の明末清初に最も栄えたと思われる、江南の南京や蘇州、またその周辺の遊女・遊里に絞って考えてみたい。資料としては、前記『中国娼妓史』中の第五章「官妓鼎盛時代」中第十六節〜廿一節の明時代を取り扱った部分、そして明末遊里の諸分とも言うべき『風月機関《ふうげつきかん》』『開巻一笑《かいかんいっしょう》集』[10]、明末清初を飾る文人冒襄が、若くして亡くなった側室で妓女の董小宛《とうしょうえん》との思い出を語った『影梅庵憶語《えいばいあんおくご》』[11]、清の時代から明末の華やかな文化を回想した『板橋雑記《はんぎょうざっき》』[12]、それから、この時代の遊里を取り上げた代表的な文学作品『金瓶梅《きんぺいばい》』や三言二拍の『醒世恒言《せいせこうげん》』巻四「売油郎独占花魁」や『古今小説《ここんしょうせつ》』巻十七「單符郎全州佳偶」なども参考にしてみたい。

結論から言えば、こうした資料を通観して、ここに描かれた遊里の姿をつぶさに調査してみると、これらの場所に、日本の遊廓のような特別な原理・法則を感じることはほとんどない。むしろ遊里がその外の世界の潤滑油的存在として緩やかに繋がっていた様相を見て取ることができる。たとえば、『金瓶梅』第十一回に西門慶《さいもんけい》が妓女李桂姐《りけいそ》（西門慶の第二夫人李嬌児《りきょうじ》の姪）を水揚げしようとする場面がある。まず西門慶と親しい遊び人たちが、西門慶の隣家花子虚《かしきょ》の家で宴会を催した。そこへ三人の芸妓が呼ばれてくる。その三人とは呉銀児《ごぎんじ》、朱愛《しゅあい》愛《あい》、李桂姐であった。その李桂姐が李嬌児の姪だと知った西門慶は、急に彼女に興味を持ち出して、宴の後遊里にある李の家（妓館）へ乗り込んで何とか彼女をものにしようとする。

『金瓶梅』の他の場面でも同じだが、妓女たちが花子虚や西門慶のような裕福な官僚や商人たちの家に呼ばれて歌舞音曲の妓芸を披露するという場面は多い。この第十一回の挿絵に花子虚宅での宴の様子が描かれているが、大きな岩組や端正な木々で仕立てられた庭園に、六曲の屏風とそれに囲まれた大きなテーブルを設えている。そのテーブルに所狭しと豪勢な食事や飲物が並べたてられている。これに対して李桂姐などが住む遊里の家はかなり狭かった様子である。本文中、西門慶が李桂姐の妓館へ行こうとすると、桂姐が「旦那のようなおえらいかたが、あんなむさくるしいところへ、お出ましになるもんですか」（小野忍・千田九一訳）と言ったり、遊里に西門慶が出かけることを『金瓶梅』の作者は「はでな錦のねぐらの中に、なまじ手出しはしないもの。紅の真綿の蒲団の内に、もぐり込んだら出られりゃせぬ」などと言っている。場所は違うが、同じ時代の南京秦淮《しんわい》の遊里について『板橋雑記』では「妓館が魚の鱗のようにぎっしりと、軒を連ねて立っている」と評す。また同じく秦淮の遊里について細かく調査した大木康氏の『中国遊里空間―明清秦淮妓女の世界』(13)を読んでも同様の印象がある。こうした遊里の狭い置屋から妓女たちは様々な所へ呼ばれて技芸を披露したということなのであろう。

小川陽一氏が訳した『開巻一笑集』の「娼妓述」には妓女の遊客へのさり気なくねだる仕方が様々に書かれている。その中に他人が何処の妓女を小旅行に誘ったとか、物見遊山に誘ったなどと言いつつ、同様の遊興をねだる様が書かれている。大木康氏も座談会で述べておられたように、中国の妓女は「一箇所の妓楼とか色街に縛り付けられていたわけではなくて、けっこう自由に移動をしてい」（「中国に廓は存在したか」座談十四頁下段）たと考えてよいだろう。とはいえ、一人で勝手な行動を取ったわけではもちろんなく、仮母《かも》（本当の母親ではなく女将や遣手婆のような存在）と常に同道していたと考えられる。すなわち、遊里の一郭に仮母と住居を構えた妓女は、そこで客を取りながらも、官僚や商人から声が掛かれば、その邸宅へ行き技芸などを披露し、また地方都市にも移動することも多々あったということであろう。妓女の生活圏内とは遊里の妓館と都市内での往来であったと考えられる。そこで今まで得られた知見から、妓女・妓生・遊女のおおよその行動範囲をまとめてみると次のようになる。（次頁参照）

　もとより、これは概括的な括りでしかない。日本の十七世紀には私娼窟も多くあり、遊廓以外にも遊女は多く居た。また妓女も『中国娼妓史』によれば、明は「官妓鼎盛時代」と称したように官妓の時代であったから、王宮にも多くの妓女が居た（清の時代になり、これら王宮の妓女制度が大幅に縮小されたことが、同じく『中国娼妓史』第六章「私人経営娼妓時代」に書かれている）。しかし、十七世紀、日本の遊女の中心はやはり三都の遊廓に居る遊女たちであったし、同じく、明末の十七世紀における中国妓女といえば、明末を象徴する事件、将軍呉三桂の明から清への寝返りが、蘇州の経営妓である陳円円を取り返すためであったと風聞されたこと（『明史』）が象徴するように、官妓ではなく、南京や蘇州に居た民間の妓女たちであった。先にも述べたように、明末の中国は江南の南京や蘇州を中心に突出した経済的繁栄を謳歌していた。それは後世、この時期に資本制の萌芽があったとまで言わせるほどであった。[14] 先にあげた三言二拍の三言の編者である馮夢龍《ふうぼうりょう》や『影梅庵憶語《えいばいあんおくご》』の著者冒襄《ぼうじょう》などは、科挙に落ち官僚に成り損なった人間たちであったが、こうした官僚とは一線を画す人間たち、そ

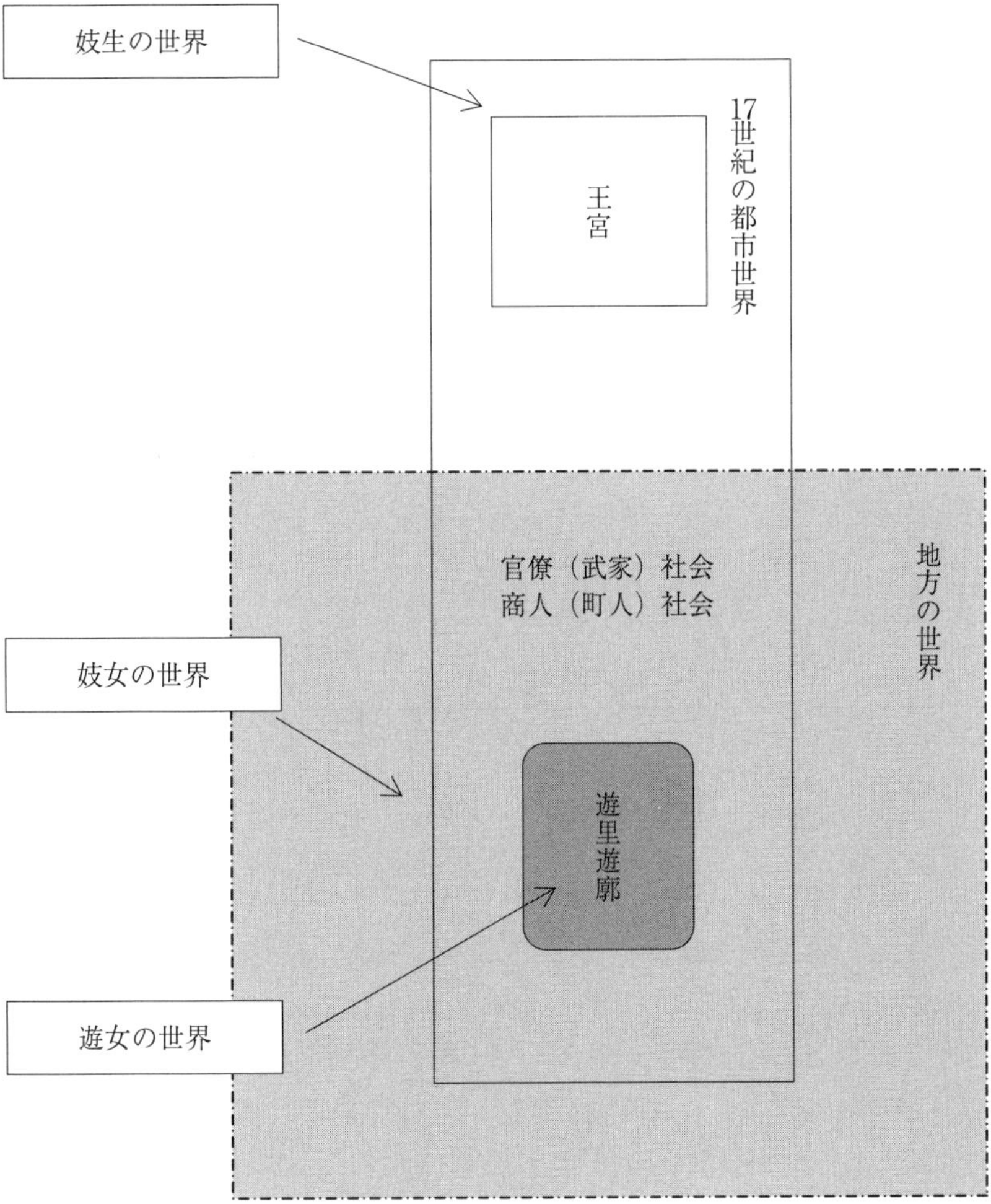

妓女・妓生・遊女の行動範囲

してその周辺に居た妓女たちが文化を担ったことに、この明末の繁栄の在り処が如実に示されている。

6 「浮世の事を外にな」す世界

こうして妓女・妓生・遊女の三者を比較してみると、冒頭でも述べたように、妓女の特徴がなかなか掴みにくいものであることが分かる。別の言い方をすれば妓女は多様であって特筆すべき特徴を持たなかったと言っても良いだろう。たとえば朝鮮の妓生《キーセン》のように、両班《ヤンバン》（貴族）を中心とした身分社会にがっちり組み込まれていたわけではないし、また日本の遊女のように、遊廓内に纏まっていたわけでもなかった。妓館はあったけれど、それに縛られるわけではなく、都市の内外を比較的自由に往き来できたのである。

また妓女と仮母の関係であるが、これがどのような雇用形態であったかは分からない部分も多いが、この仮母と妓女（遊女）の関係は、遊女と抱え主との基本的な関係と言って良いだろう。日本でも遊廓が出来るまでの中世の遊女達は、長者と呼ばれた女性に率いられた特殊な技芸集団であることが分かっているし、沖縄（琉球）のジュリと呼ばれた遊女たちも、アンマーと呼ばれる仮母に率いられていた。[15] 遊女という商売は、女性の肉体や精神が重視される関係上、女性でなければ管理できない部分が多々あり、必然的に仮母と遊女の関係は深いものにならざるを得ないのである。本書の第Ⅲ部第2章「日本の遊女・遊廓と「自由円満」」で竹内智恵子氏の『昭和遊女考』を引いて、この問題を考えるが、竹内氏の該書でも印象的なのは遊女と仮母（遊廓の女将）との心籠ったやり取りの数々である。こうした点から考えると、中国の妓女と仮母は実にオーソドックスな遊女と遊廓のスタイルを踏襲していると言って良いのである。（ただし、都市の内外を比較的自由に往き来できたという移動性

を保持していることは、妓生や遊女との違いとして注目しておいてよい）
こうした中国の多様な状況を見てから、朝鮮や日本の妓生・遊女を見ると、やはり対照的とも思える、両者のその在り方が断然興味深い。そこで再度、両者の違いを、同時代の文学作品、特に金萬重の『九雲夢』（朝鮮）と井原西鶴の『一代男』（日本）という十七世紀に日朝を代表する恋愛物語、遊女・妓生物語を取り上げて考えてみたい。というのは、如上の妓生・遊女の違いは、この日朝二つの小説に最もよく表れているからである。[16]
まず、『九雲夢』だが、この作品には『一代男』にない構造の堅牢さ、そしてその美しさがある。この作品が、主人公楊少游の八人の女性を巡る恋愛譚だという話は先にした通りである。そして、この八人には、

公主（姫）	蘭陽公主
司徒（三公の一、丞相）の娘	鄭瓊貝（後の英陽公主）
御使（王命を受けた官吏）の娘	秦彩鳳
公主の侍女	賈春雲
妓生	桂蟾月
妓生	狄驚鴻
女剣士	沈裊煙
竜王の娘	白凌波

という厳然たる身分差がある。主人公楊少游は、この八人にそれぞれの身分に合った処遇を施しながら、蓮の花

のような、または曼荼羅のような美しい構造を持った愛の棲家（楊少游邸）を作り上げてゆく。この構造の背景には当時の王室・両班・中人《チュンイン》…賤民といった身分社会が透けて見えてくる。妓生の二人に特段の優遇措置が図られているところが特徴だが、『九雲夢』の美しく堅牢な構造は、当時の両班社会の堅牢な構造を「逆手に取った」ものだと言ってよい。それは萬重を死に追いやった粛宗《スクジョン》王の王室を見れば明らかだろう。粛宗は、王妃・後宮・女官といった王室の女性たちの世界に多大な混乱を巻き起こした王であったからである。その中で最も醜いのは粛宗王の正夫人（中宮）となった仁顕《インキョン》王妃と禧嬪張《ヒビンチャン》氏との関係である。禧嬪張氏は自らの権力欲のために仁顕王妃を呪い殺そうとした（巫蠱《ふこ》の獄）。それに対して、『九雲夢《グーウンモン》』において楊少游《ヤンソコウ》の正夫人となった英陽《ヨンヤン》公主と蘭陽《ナヤン》公主は、相互を尊敬する気持ちが強く、その為に上席を譲り合って皇太后（前王の妃）を困惑させたりした。『九雲夢』の世界は現実の両班社会を遥かに超えて儒教・礼教学的な美しい世界を構築していたのである。

それに対して『一代男』はこうした堅牢な構造がなく、また当時の社会構造（身分制度）とも対応していない。夙に谷脇理史氏が指摘したように（「『好色一代男』論序説」『西鶴研究序説』所収[17]）、主人公の世之介は「浮世の事を外になして」（巻一の一「けした所が恋のはじまり」）、つまり世俗のこととは無関係に生きることが出来る存在として作品に登場してくるのである。この世之介の在り方は、先に説明したような遊女や遊廓の姿勢、即ち身分社会や金銭などを無視した態度を取った、日本の遊女や遊廓の姿勢と全く同じである。つまり、『一代男』は『九雲夢』のように対峙する社会を「逆手に取る」のではなく、関係を切る、或いは隔絶するという方法で対峙していることになるのである。

谷脇氏の「『好色一代男』論序説」は、数多い『一代男』論の中でも、特筆すべき成果と言ってよいものである。氏は世之介の浮世離れを、同時代の仮名草子作品である『浮世物語』（浅井了意）の主人公浮世房《うきよぼう》との比較から導き出し、世俗を絶対的な価値として認識する浮世房と、相対的なものと認識する世之介と両主人公を位置づけた。そして、世之介は世俗を相対化できるが故に、そこで繰り広げられる人間の姿や心を汲みあげることに成功したと述べた。この指摘は『一代男』をもって浮世草子の成立とする従来の文学史を補完する意味でも、極めて重要であったが、私はこの世之介の相対化能力は、世之介だけのものではなく、遊廓や遊女が本来的に持っていた力であることを強調した。[18]

世之介の、世俗を相対化する働きが、世之介という文学的設定から来るものなのか、私の言うように遊廓が本来的に持つものであるか、重要な問題だがこの議論はここでは措こう。いずれにせよ、『一代男』や遊女・遊廓の世界が持つ、世俗からの隔絶性が日本独特なものであり、中国や朝鮮にはあまり見られなかったものであることに注意したいのである。すなわち、この世之介や遊廓の隔絶性とそれをめぐる問題は、単に江戸時代の小説や浮世草子の成立を越えて、日本全体や東アジア全体にまで及ぶ、かなり根の深い問題であることが分かってくるのである。

この根の深さを考慮した時、日本の中世を中心に広がっていたと言われる「無縁・公界・楽」（網野善彦[19]）の問題が浮上してくるのは言うまでもないだろう。すでに無縁社会と江戸時代の遊廓との関連については、網野氏自身が『増補無縁・公界・楽』の中で『色道大鏡』など近世の文献を挙げて指摘しており、またそれを享けて高田衛氏[20]も『異本洞房語園《どうぼうごえん》』などの資料を使って、廓が網野氏の言われる「公界」の名残であったことを跡付けている。ここで、日本の遊廓の隔絶性を、中世の「無縁」「公界」の問題にまで広げる余裕はなく、別稿を期するしかないが、いま同様の角度から一つだけ指摘しておきたい。それは近世の遊廓には、近世都市が失ってしまった、中世的都市の構造、特に宗教性が一部復活していることである。

7　遊廓の中の中世的志向

ここまで度々に、日本遊廓の一般世俗、特に都市からの隔絶性を指摘してきた。しかし隔絶と言っても、それは単に世俗や都市と違っている、あるいはそれを無視しているということだけを意味しない。日本近世の遊廓の構造には、中世的な世界を取り戻す志向があったと考えられるのである。たとえば、座談会の中で諏訪春雄氏は江戸吉原の構造に言及されて、その突き当たりに「秋葉《あきば》山常燈明《やまじょうとうみょう》」があり、四隅に稲荷があることなどを通して、その宗教性を指摘された。これは遊廓を考える時に極めて重要な視点である。もとより、世俗つまり近世の都市の中にも神社仏閣は多々存在していたわけだから、燈明や稲荷の存在そのものを指摘してもあまり意味はないが、問題は諏訪氏も指摘されたように、遊廓の空間や時間が神社仏閣を中心に構造化されていたことである。

たとえば、本書の第Ⅰ部「東アジアとは何か―光圀の媽祖《まそ》、斉昭《なりあき》の弟橘媛《おとたちばなひめ》」の「斉昭の遊廓建設計画」で述べたように茨城県大洗の祝町は江戸時代を通じて遊里地域であった。この遊里を経営していたのは、すぐ隣の願入寺であった。遊里と神社仏閣の関係は中世には一般的であったが、近世になってもこうした関係は続いていた、もしくはその影響が強く残っていたものと考えられるのである。『色道大鏡』「遊廓図」に江戸元禄期の都市（地方都市を含む）の遊廓図とその成り立ちの説明が載るが、これらを見ると、多くの遊廓が神社仏閣との関係を持っていることが分かる。奈良木辻《きつじ》遊廓の称念寺・浄言寺、播磨室津《むろつ》遊廓の室の明神、備後有磯《ありそ》町の西本願寺、安芸宮嶋新町の阿弥陀堂・荒恵比寿社、長門下関《しものせき》稲荷町の稲荷明神、長崎丸山の長崎諏訪明神などである。次々頁上段に長門下関、稲荷町の遊廓図を挙げて置いたが[21]、遊廓の名前と言い、突き当たりの正面に稲荷を置く構造と言い、極めて宗教的である。この構造は中世の門前町・寺内《じない》町と同じである。

次頁下段に掲出したのは、善光寺と門前町の絵図である（『図録都市生活史事典』原田伴彦他編、柏書房、一九九一年、三十三頁）。中央の善光寺とそこへ繋がる参道によって町が構造化されている様が良く分かる。

このように、中世の都市（門前町・寺内町）はその名の通り寺院中心の構造を持っていた。それが近世になると城下町になって城中心、天守閣中心という構造になる。たとえば、宮本雅明氏は、大坂の都市構造を分析して、近世都市の新しさを歴史的に明らかにしている（「空間志向の都市史」（『日本都市史入門Ⅰ空間』[22]）。氏は、大坂の上町と船場の町割の方向が微妙にずれており、その方向が豊臣期と徳川期の大坂城の天守閣の位置にそれぞれ重なることから、近世の町並みが天守閣からの町への「視覚」に基づいて設計されていること、そして、こうした空間は戦国期、近世初期になって初めて現れたものであり、中世的な都市空間を統御した寺社の伽藍中心の空間とは一線を画することを指摘した。こうした指摘と先の遊廓の問題を重ねてみれば、遊廓が中世の都市的宗教性を色濃く残している、あるいは取り戻していると言ってよいことが分かってくるだろう。

ちなみに、近世都市が「視覚」優位の構造を持っていたのは天守閣の問題のみではない。夙に桐式真次郎氏が江戸名所図会を使って説明したように、江戸駿河町の町並みとストリートは富士山への視覚が基盤になって設計されているし、伊藤毅氏の指摘するように、京橋から日本橋に向かう東海道は、丁度筑波山に向かって直線状に道が通っていて、ストリートから筑波山の眺めが可能なように配置されていた。江戸における富士・筑波は単に関東を象徴するための山ではなくて、常に目視できる屏風のようなものとして借景化されていたのであった[23]。

この近世都市が「視覚」優位であったことは、いま遊廓の構造を考える上でも極めて重要である。後の第Ⅲ部第3章「五感の開放区としての遊廓」でも述べるように、遊廓は不夜城ではあったが、視覚よりも五感がフルに

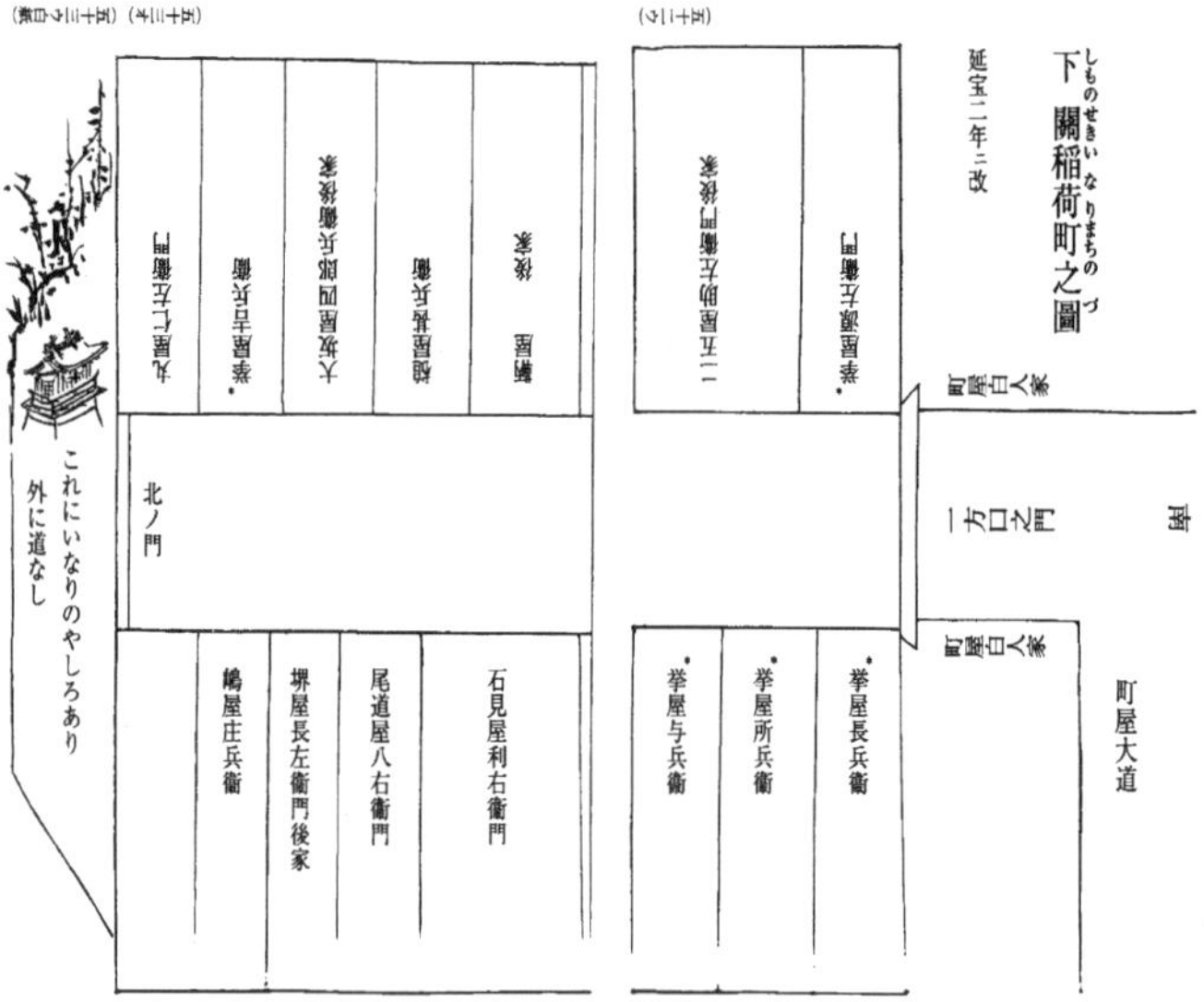

長門下関、稲荷町の游庭図

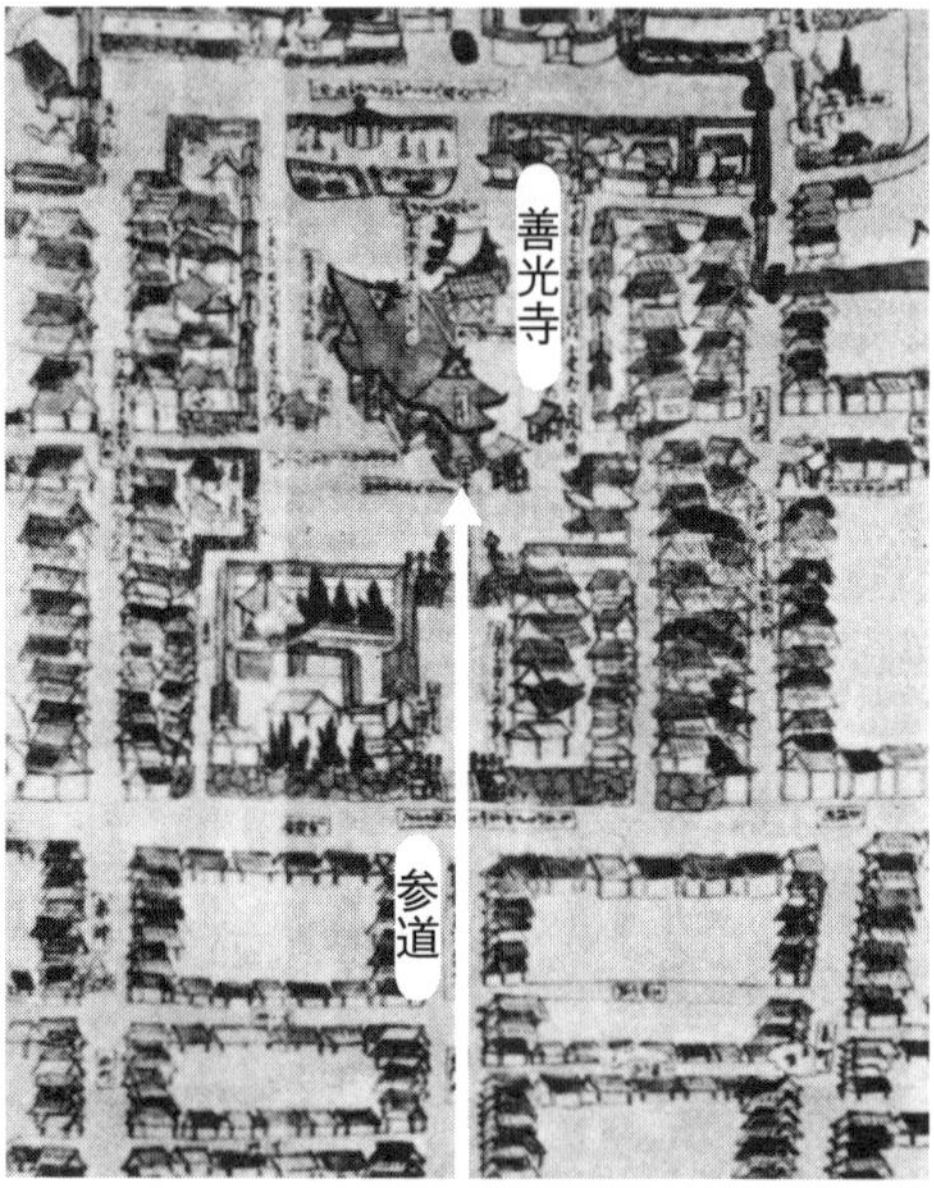

善光寺と門前町の絵図

発揮される空間であったからである。ここにも、近世都市が失ったものの取り戻しを指摘できる。

また、周知の如く遊女たちは物日《ものび》（紋日《もんび》）があり、その日は客を取らなくてはならなかったが、同じく『色道大鏡』「遊廓図」に載る物日・売日《うりび》一覧を見ると、物日とは多く弁財天や観音などの縁日や祭礼日であることが分かる。これは座談会中に田中優子氏が指摘していた遊廓の年中行事（「吉原、創造された異空間」）とも関連する問題であるが、遊廓の時間も極めて中世的・宗教的であったのである。

この、中世の取り戻しは、『一代男』の作品世界においても同様だったと言ってよい。『一代男』は周知のように、浮世草子の嚆矢として、それまでの仮名草子になかった斬新でリアルな人物描写が特徴だが、作品の構造やそれを支える世界といった基本的部分においては、意外に古めかしいものが残っている。たとえば、前半の世之介の一代記的世界だが、山崎の法師に書を習うために「師弟のけいやく」をしたり（八歳）、勘当の末に出家したり（十八歳）、鹿島神宮の神職となって国々を回ったり（二十七歳）、「女に身をそめて、これよりひるがへした「ありがたき御僧」に入道しようとしたり（三十四歳）、神仏に関連する世界が世之介を取り巻いている。また、かつて指摘したように（「『好色一代男』の成立と経緯」『日本文学研究大成　西鶴』[24]）、物語前半の世界そのものが、中世的な貴種流離譚であると同時に、『物ぐさ太郎』や『猿源氏草子』といった中世の御伽草子が持っていたロマンチックな構造を踏襲している。つまり『一代男』は仮名草子から抜け出て浮世草子になったわけだが、そこに仮名草子が失った御伽草子の世界が復活していることになる。言うまでもなく、御伽草子の世界とは中世的世界のことに他ならない。

この、遊廓における中世的世界の取り戻しと、網野氏の言われた「無縁・公界・楽」がどう重なって来るのかは、今後の検討課題であるが、今も『一代男』の例を出し、先に『九雲夢《グーウンモン》』を例にあげたように、この日中朝、特に日朝の遊女・遊廓の問題は、それぞれの文化や文学世界を理解する上で重要な視点を提供してくれそうである。日中朝の遊女・遊廓問題は、単に遊女・遊廓にとどまらない広がりを持った問題を内包している。これを一応の結論としておきたい。

注

(1) 『西鶴と浮世草子4号』諏訪春雄・広嶋進・染谷智幸編、笠間書院、二〇一〇年一一月刊。
(2) 大木氏は別の所でもこの問題を指摘している。特に氏が強調されているのは、明末に妓女たちの詩文が多く作られたことである。清の時代に入ると、女性が作った詩文は更に増加するものの、それらの多くは良家の子女になる(大木康「中国明末の妓女と文学」『冒襄と『影梅庵憶後』の研究』汲古書院、二〇一〇年、所収。初出は『江戸文学33江戸文学と遊里』ぺりかん社、二〇〇五年)。中国の女性詩文史を見渡した場合、妓女がその中心になるのは明末と言って良いようである。
(3) 以下、鄭炳説氏の日本語訳は山田恭子氏による。
(4) この官妓や医女が両班世界に入り込んでいたことについては、『韓国の古典小説』第一部「文信座談会」第二章「李朝の階層と差別、医女・妓生・庶子」において鄭炳説氏が詳しい説明を施している(ぺりかん社、二〇〇八年)。また李能和『朝鮮解語花史』(東洋書院、一九二七年)第八章「朝鮮時代妓女の設置目的」においても史実に沿って説明がある。
(5) 本書第五部「熱狂のリアリズム」における「六、上位者への反骨精神」参照
(6) 「〈廓〉の美学」『国文学・解釈と教材の研究』一九八一年一〇月、学燈社
(7) 「反=都市としての〈廓〉」『国文学・解釈と教材の研究』一九八一年一〇月、学燈社
(8) 『韓国の古典小説』第一部「文信座談会」第三章「〈理念〉は小説の中心に立てるか」、第三部「韓国古典小説代表作品20選(梗概と解説)」における「春香伝」(ぺりかん社、二〇〇八年)参照
(9) 『中国娼妓史』王書奴著、生活書店(上海)、一九三四年
(10) 『明代の遊廓事情 風月機関』小川陽一編、汲古書院、二〇〇六年

(11) 『冒襄と『影梅庵憶語』の研究』所収、第二部「冒襄『影梅庵憶語』譯注」大木康、二〇一〇年

(12) 『板橋雑記』東洋文庫、岩城秀夫訳、一九六四年。

(13) 大木康『中国遊里空間―明清秦淮妓女の世界』青土社、二〇〇一年

(14) マックス・ウェーバーが『プロテスタントの倫理と資本主義の精神』（一九〇四年）等で中国に資本主義が起きなかったこと、その理由としてプロテスタントのような禁欲・勤労精神が無かったことなどを指摘したが、これに反論する形で、明末清初に資本主義の萌芽あることが一九五〇年代以後中国側から多く提出された。この議論の経緯と問題点に関しては余英時『中国近世の宗教論理と商人精神』（森紀子訳、平凡社、一九九一年）が詳しく有益である。

(15) 『沖縄の遊女について』阿部達彦、近代文芸社、一九九六年

(16) 拙著『西鶴小説論―対照的構造と〈東アジア〉への視界』（ぺりかん社、二〇〇五年）においても、この両小説については比較検討した。西鶴と西浦（金萬重）は以下の年表に示す通り、ほとんど同時代人である。

・西鶴と西浦（金萬重）年譜対照表

西鶴	1600	**西浦**
	37	**西浦出生**
西鶴出生	42	
	50	進士初試合格
俳諧の点者となる	62	
	71	暗行御史（地方監視官）となる
『生玉万句』刊	73	
『好色一代男』刊	82	
	86	大提学となる
	87	宣川流罪、この頃**『九雲夢』**『謝氏南征記』成る
『日本永代蔵』刊	88	
	89	南海へ配流
	92	**西浦没**
西鶴没	93	

（17）谷脇理史『西鶴研究序説』新典社、一九八一年
（18）この点については本書第Ⅲ部第2章の「日本の遊女・遊廓と「自由円満」」を参照のこと
（19）網野善彦『増補無縁・公界・楽』平凡社、一九九六年
（20）高田衛「廓の精神史―公界と悪所」『国文学・解釈と教材の研究』一九八一年一〇月、学燈社
（21）『新版色道大鏡』巻第十三「遊廓図下」色道大鏡刊行会、八木書店、二〇〇六年
（22）宮本雅明「空間志向の都市史」（『日本都市史入門Ⅰ空間』東京大学出版会、一九八九年）、同「近世初期城下町のヴィスタに基づく都市設計」（『建築史学』4、6号、一九八五、八六年）
（23）桐式真次郎「天正・慶長・寛永期江戸市街地建設における景観設計」『東京都立大学都市研究報告』二四、一九七一年。伊藤毅『都市の空間史』第四章四節「近世都市の国際性」吉川弘文館、二〇〇三年。
（24）「『好色一代男』の成立と経緯」『日本文学研究大成 西鶴』檜谷昭彦編、国書刊行会、一九八九年

2

日本の遊女・遊廓と「自由円満」なる世界

——井原西鶴の『好色一代男』を中心に

遊女・遊廓を考える上で重要なのは、近現代の遊女・遊廓を規範にして、それ以前の遊女・遊廓を見ないことである。特に日本の江戸時代の遊廓には、それを支えた独特の世界観があった。そしてその世界観は、多くの芸術や文化を遊廓に引き込み、遊廓は当に諸文化の坩堝《るつぼ》と化していた。本章では前者の世界観について、藤本箕山《きざん》の『色道大鏡』に載る「自由円満」という言葉をもとに考察を加える。そして、特に西鶴の『好色一代男』を取り上げ、当時の遊廓や西鶴の描いた好色物の世界が、いかに全き「自由円満」の世界を作り上げようとしていたかを明らかにする。

1　『昭和遊女考』をめぐって——偏見の垢を落とす

前章「妓女・妓生・遊女」において、中国や朝鮮の遊女・遊廓の世界に比べて、日本の遊女・遊廓世界がいささかならず特殊な世界を作り上げていることを指摘した。そしてその世界とは世俗とは切り離され独自の価値や制度によって制御されているものであることにも触れた。そこで本章では、その日本の遊女・遊廓がどのような原理の上に成り立っているのかについて考えたいが、本題に入る前に、いささか日本の遊女・遊廓についてしまった偏見の垢《あか》や埃《ほこり》を落としておきたい。

遊女や遊廓に我々はどうアプローチすべきなのか。これは極めて難しく、慎重に見極めなければならない問題である。とかく我々は、現代や自身の性をめぐる感覚でもって、この問題を裁断したい欲求に駆られるが、これは厳に慎まなければならない。たとえば、現代において遊女や遊廓が物語化、映画化、ドラマ化されることが多々あるが、そこには現代の側からの勝手で薄っぺらな願望の押し付けと観念的な遊女観・遊廓観が横溢している。その中でも酷いのは遊女をめぐる人々、とくに遊女を抱えている遊廓の亭主や女将の描写であろう。そこに登場する亭主や女将は、鬼畜と化して遊女を売春に駆り立てている。その地獄絵の中での両者の関係は、搾取と非搾取以外の何ものでもない。しかし、すこしでも考えてみればよい。そんな地獄が三百年以上も営々と続き、文学・芸術を始めとして様々な文化を生み出してこられたのかと。

こうした偏見を是正してくれるのは、丁寧で優れた遊女・遊廓の研究である。たとえば、竹内智恵子氏の『昭和遊女考』（未来社、平成元年刊）はその部類でも特に優れた業績の一つである。いま、近世の問題に入る前に、竹内氏の文章から、遊女・遊廓研究のあり方を考えておきたい。

竹内氏のこの著述は、仙台市内に存在した遊廓を約十二年にわたって取材したルポルタージュで、昭和初期という過酷な時代に生きた遊女達の有様を映し出している。昭和初期の遊女というと、貧農の身売りをもとにその悲惨さを強調して済ますことが多いが、竹内氏の文章は単なる悲惨さを超えて遊廓の中にまさに「生きた」人間達の姿を描き出すことに成功している。その一つに遊廓の女将と遊女との交情がある。

竹内氏の聞き書きした女将と遊女の中には、実の母子以上の強い絆で結ばれた人たちが登場する。とくに女将が遊女達が置かれた状況に対して見せる、気丈さとそれを上回る優しさには心打たれる。これを支えていたのは、女将の自業に対する自負心であった。遊女がどんなに過酷な商売でも、それによって遊女の親兄弟が飢え死にしないで済んでいる。女将はそうしたありのままの現実を自身の心の支えとしているのである。こうした女将に対して亭主の方は精神的な脆さを露呈することが多いようだ。自分の商売に自信が持てず自滅してゆくその姿は、女将と実に対照的である。このような女将と亭主の微妙な違いを映し出す竹内氏の筆は、必然的に亭主・女将の家族が置かれていた難しい状況をもあぶり出すことになる。それが「廃業」と題された文章である。

滝川楼と呼ばれた遊廓の亭主と女将には四人の子供がいた。そのうちの美しい一人娘は、他県にある祖母の所から学校に通う毎日であった。卒業間近に多くの縁談が持ち込まれたが、親が遊廓の亭主であると知られると全て断られた。親の商売について同じ悩みを持っていた兄の一人は、ついに言ってはならぬことを両親に言ってしまった。

「この家業のために自分達子供がどれほど身の細る思いで生きてきたか。親の商売を誇らしい気にいう友達がどんなに好ましかったたか、たとえ大工でも良い、正々堂々といえる職業がわれら子供には大切だった」と。

父親は震え怒り、母親は、

「誰が何と言おうと、この商売でどれだけの人を救ったか、ぬくぬく育ったお前たちには分かるまい、噂話する他人がお前達を育ててくれたのか」

強い口調で息子を叱った。

息子はこの時以来、家の敷居をまたがなかった。昭和十三年、後継の居ない滝川楼は廃業に追い込まれた。竹内氏のこうした優れた調査・文章に出会うと、遊女や遊廓の悲惨さのみを言って済ますことなど出来なくなってくる。否、悲惨という言葉自体がとても不遜な言い方に思われてくるのだ。もちろん、だからと言って遊廓がパラダイスや聖なる空間であったわけでもない。当たり前のことだが、遊廓には遊廓の生活があり、遊女には遊女の人生があった。それはパラダイスでも地獄でもない。人間以上でも以下でもない世界がそこにあるだけだ。遊女も遊廓も人間が作り上げたものである以上、そこに発現されるのは様々な人間性である。そうした目で遊女や遊廓を見ようとすること、また、そうした人間性に対する想像力を失わないこと、それが今、遊女・遊廓、そしてそれをめぐる文化・文学の研究において、最も大切なように思う。

今から六、七十年前のことですらこの状況であるから、三百年も前のことを理解することは至難の業なのかもしれない。しかし、遊女・遊廓を中心に多くの文化が花開いたことが幸いして、遊女や遊廓については比較的多くの文献が残っている。それらを丁寧に読みながら、また今述べた人間性に対する想像力を忘れないようにしながら、遊女・遊廓について考えることは出来るはずである。西鶴の好色物を題材にしながら如上の問題について考えてみたい。

2　「自由円満なる傾城《けいせい》」

江戸時代の人間にとって遊女や遊廓とはどんな意味をもっていたのかを考えようとする時、先ほどから何度か述べているように、この遊女・遊廓を中心にしてなぜあれほど多様な文化が花開いたのか、ということをまず第一に考えてみる必要があるだろう。すなわち、なぜ、江戸時代の人間はあれほどまでに遊女や遊廓に狂奔したのかである。

十七世紀後半、藤本箕山《きざん》は遊廓の百科全書とでも言うべき『色道大鏡《しきどうおおかがみ》』を著している。まずここから出発してみよう。箕山は、同書雑女部の第二「妾　付遊女妾」で、傾城《けいせい》をやたらに身請けして妾として置こうとする遊客に対して、遊女は遊廓にあってこそ意味があり、退廓させれば例え優れた遊女でも面白くなく飽きてしまうものだという、独自の遊廓特殊論を述べている。そしてその後、次のように言う。

傾城のはてだに、あくとなればすさまじくうとましきに、まして白地に女のいと初心なるりんきだて、つがもなき存分などいふを聞ては、別殿の遊興ふつふつ停止の心とはなる。是につけても、傾城はいとたうとく重宝なるものぞかし。月とまりのゆすりをなさず、猶懐胎の約介をかけず、まづしき親族の無心をもあつらへず、禄あたへざれどもとがめず、禄すくなしとて色も変ぜず、いやなる時不通するに一言の存分なし。気にむかざれば出す、興に乗じてはゆき、興つきては帰る。是程自由円満なる傾城をきて外をもとむるは、いかなる謂ぞや。(1)

ここに当時の遊客が遊女や遊廓の何に狂奔したのか、その一端がよく表れている。要するに、箕山いわく、傾城は他の女性に比べて「自由円満」だと言うのである。一般女性には嫉妬心に加えて、出産・養育や親類縁者などとの煩わしい付き合いがある。それに対して、遊女にはそうした面倒がない。加えて、こちらの興味関心に合わせて自由に会う会わないを決めることができるというのである。こうした遊女の「自由円満」さに対する愛好

は当時一般的だったらしく、西鶴の好色物でも同様の文章が散見する。(2)

人の家には妻のありたきものと思ひしに、今のいやなること思へば、騒ぎ仲間の若き者には、一代持たすべきものにはあらず。是に年中についやす物を色里につかへば、春は桜に馬つながせ、秋は月夜に提灯で送られ、夏はかはりあふぎの大団《うちわ》に汗を知らず、冬はぬくめ小袖にまかれ、足さすらせて髭ぬかせ、偽語れどもそれをあらためず

『椀久一世の物語』上「人のほだしは女の敷金」

たとへば、難波に住馴し人、都へ行て、稀に東山を見し心、京の人は又、浦めづらしく見てこそ、万おもしろからめ。此ごとく、人の妻も、男の手前たしなむうちこそ、まだしもなれ、後は髪をもそこそこにして、諸肌をぬぎて、脇腹にある瘤《あざ》を見出され、有時は、様子なしにありきて、左の足の少長いしられ、ひとつびとつよろしき事はなきに、子といふ者生れて、なをまた、あいそをつかしぬ。是をおもふに、持ましきは女なれども、世をたつるからはなくてもならず。

『好色一代女』巻三の一「町人腰元」

これらは妻の場合だが、こうした一般女性の対極にあるものとして西鶴は遊女を賛美するのである。現代の我々の感覚から見るとき、遊女や遊廓に狂奔する人たちの第一の目的は遊女とのセックスにあると考えがちである。基本的にそれは間違いないのだろうが、性欲を満足させるという目的のためだけならば、遊廓でなくとも可能だったと考えられる。それは、昨今おもに民俗学方面で明らかにされつつあるように、近代以前の日本は、性に対して比較的大らかで、性欲を満たす機会は都市であっても、農村・漁村であってもけっこう多くあ

ったと考えられるからである。それは最新の民俗学の成果をまたずとも、箕山や西鶴の文章につけばすぐに分かることで、そこには多くの性風俗が手軽に安価で提供されている実態が伝わってくる。たとえば、近世の大坂や地方都市の問屋には蓮葉女《はすはめ》という遊女まがいの者が居て、取引客や旅の客の慰みになっていたという(『好色一代男』巻三の三「是非もらひ着物」、『日本永代蔵』巻二の五「舟人馬かた鐙屋の庭」)。ここに売春に対する罪悪観はほとんどないと言ってよい。こうしたところは現代と江戸時代と大きく異なるところで、もし現在の企業がこんなことをすれば大問題になることは間違いない。

とすれば、人々が遊女や遊廓に求めていたものとは、性欲の満足とはもう少し別のところにあったと考えた方がよいだろう。おそらく、それは先にあげた箕山の文章にもあるように、性愛そのものよりも、その行為の後にくるものとの関連ではないか。

精神的であろうと肉体的であろうと、人と人との結合は様々な状況の変化を生み出す。その最たるものが、性愛の後に来る子供の出産であろう。もちろん、そうでなくともそこには様々な関係が生れる。一人の異性との結合はその異性に連なる多くの人たちとの結合である。と同時に、その異性やそこに連なる人たちの過去や未来との結合でもある。それが大いなる喜びになることもあるが、箕山や西鶴の言うように大きな煩いになることもある。これは箕山や西鶴の文章につかずとも、我々も経験でよく知るところであろう。そして、前者の喜びとは儚く短く、後者の煩いが頑強で長く続くことは言うまでもないことだ。

箕山が言うように、遊女・遊廓はそうした煩いを払拭してくれる相手・場所であったのだろう。そこでは恋愛の果てに来る絆《ほだ》しとしての人間関係を意識せずに、自由に恋愛の世界に浸る事ができる唯一の場所であった。それを可能にしてくれる遊女とは、確かに箕山が言ったように「自由円満」なる存在であった。

3 『一代男』の「自由円満」

この「自由円満」を物語の中で表現したのが、西鶴の『好色一代男』である。この物語の主人公世之介やそこに登場する遊女ほど、「自由円満」さを体現している人物は他にいないだろう。そこで、次にこの『一代男』の世界を考えてみたいが、作品に直接入る前に、『好色一代男』という作品の題名そのものを検討してみよう。実は、すでに調べ尽くされた観のあるこの題名には、まだまだ謎が多くあり、遊女や遊廓の「自由円満」さを考える上でとても重要な問題を提起してくれるからである。

『好色一代男』という書名の斬新性については従来から様々に論じられてきた。しかし、それは「好色」という言葉についての議論であった。一方の「一代男」(一代限りの男)については、この言葉に西鶴の封建的「家」制度への痛烈な反逆を見ようとした松田修氏の説が唯一と言ってよく、ほとんど等閑にふされてきた観がある。[3]私も先に松田氏の指摘を襲う形で受けながら、それとは別の見地から「一代男」を支える心性を、寛文~元禄の高度経済成長期に主に上方の商人たちに保持された「一代」志向という精神情況に求めたことがあるが、[4]この「一代」にはまだ様々な問題があるようだ。

一般的に考えて「一代」は一代限りで後嗣《こうし》のないという意味であるが、西鶴はもうすこしこの言葉に広い意味を持たせているようである。たとえば『一代男』の最終章「床の責道具」で女護島に渡ろうとしたときに、

譬ば腎虚して、そこの土となるべき事。たまたま一代男に生れての、それこそ願ひの道なれ

と言っているが、同じ章でそうした自分の境涯を

まことに広き世界の遊女町、残らず詠めぐりて、身はいつとなく恋にやつれ、ふつと浮世に今といふ今こころのこらず。親はなし、子はなし、定まる妻女もなし。

と単に子供が居ないだけでなく、親も妻も居ない天涯孤独の境涯にあることを強調している。またこれは『好色一代女』でも同様の発想が見て取れる。

みじかき世とは覚へて長物語のよしなや。よしよし是も懺悔に身の曇晴て、心の月清く、春の夜の慰み人、我は一代女なれば何をか隠して益なしと、胸の蓮華ひらけてしぼむまでの身の事、たとへ流れを立たればとて、心は濁りぬべきや。

これは最終章で、主人公の一代女がここまで懺悔話をしてきた心境を吐露する場面であるが、その中で一代女は「我は一代女なれば何をか隠して益なし」と言っている。これは「今まで恥ずかしい話をしてきたが、私は一代女なので誰かに迷惑がかかるわけでもなく」という意味である。もしここでの「一代女」の意が単に子供が居ないというだけなら、この一代女の言葉は了解しがたいものになる。たとえ子供が居なくても、親や夫が存在するとすれば、隠さなくてはならないことが多くあるだろうからである。やはりここでは子供だけでなく親も夫も居ない天涯孤独の身であるから、ここでどんな話をしても迷惑がかかるわけではない、という意味で理解すべき

である。事実、物語において一代女は天涯孤独の身になって最終章を迎えている。

このように、西鶴は「一代」に後嗣が居ないということに加えて、家族・親類などの係累からの絶縁状態を加味しているようである。それを証するように、世之介は係累との縁が薄い。物語中、世之介の父母兄弟や親戚よりも、腰元や乳母といった人たちの方が遥かに実体化されているし、また世之介を支えたのは、恋愛相手と遊び仲間やかぶき者風の友人たちであった。

そしてこの後嗣の欠如、係累からの絶縁とは、箕山《きざん》が言った「懐胎の約介をかけず、まづしき親族の無心をもあつらへず」と丁度重なることになる。もとより、箕山の言葉は、遊女の「自由円満」さ、すなわち男側から見ての女（遊女）の魅力として述べられたものであるが、これは女の側からも同じことが言えたであろう。男に後嗣を絶とうという意思があり、係累からも絶縁しているというのは、女にとっても煩わしくない、理想の恋愛（性愛）相手であったはずである。

4　『一代男』の前半と後半――「自由円満」なる世界を築き上げる物語

この「自由円満」を基軸にして『一代男』を読んでみると、この物語が主人公世之介を通して「自由円満」なる世界を築き上げてゆく物語として読むことができる。周知のように世之介は『一代男』の後半、巻五以降において名実ともに遊廓のヒーローとしてデビューすることになるが、それまでの世之介は上記の「自由円満」が適わず、多くのトラブルに巻き込まれている。まず、巻二の二「髪きりても捨られぬ世」においては、後家との間に出来た子供を「せんかたなく」六角堂に捨てなければならなかったし、また巻四の三「夢の太刀風《たちかぜ》」では思い死をさせた木挽《こびき》の娘、捨ててしまった妻女や還俗させた尼たちの生霊死霊に取り付かれたりした。また、巻二の三「女はおもはくの外」や巻三の七「口舌の事ふれ」では肉体関係を迫った既婚の女に、割木で眉間を打たれたり、見咎められた夫に私刑として片小鬢《かたこびん》を剃られたりもした。また、巻二の六「出家にならねばならず」では、放蕩の罪で父親から勘当され出家しなければならず、巻三の四「一夜の枕物ぐるひ」では、借金が積もり「万懸《よろずかけ》帳《ちゃうらちあけ》埒明ず屋の世之介」と呼ばれながら、借銭乞から身を隠す境涯にあった。これらは相手が遊女、場所が遊廓であったら起こりえない事件である。事実、巻五以降の世之介は、こうしたトラブルの描写は一切描かれない。また、遊廓以外の生活も描かれない。完全に生活臭をさせない存在として登場してくるのである。そして、そこでは自らの「自由円満」ぶりをみごとに発揮して活躍しているのである。西鶴が『一代男』の全八巻中、前半の巻一〜巻四までを基本的に非遊廓、巻五以降を三都を中心にした遊廓という具合に対照的に配置したのは偶然ではない。それは西鶴が遊廓とそれ以外との違いを際立たせようとしたからに他ならない。

巻五以降の世之介を元禄当時の男達は羨望の眼差しで見た事は想像に難くない。箕山が言うように、遊女は「自由円満」なる存在である。一般の遊客も遊廓に入りさえすれば、その「自由円満」を我が物にすることが出来た。しかし、人は何時までも遊客でいることは出来ない。一夜明ければ家・町・村という自らが属する共同体に帰らなければならない。しかし、世之介はその共同体から切り離され、自らが「自由円満」なる身として遊女と共にあり、遊廓に居つづける存在となった。

ここで重要なのは、そうした世之介の「自由円満」さは、「自由円満」な遊女とそれを可能ならしめる遊廓という場があって初めて成り立つということである。如何に世之介が「自由円満」な身であったとしても、遊廓から離脱してしまえば、「自由円満」なる好色生活を続ける事は不可能に近い。『一代男』の前半の多くでその体たらくを見せたように、性愛の後にやってくる様々な人間関係の絆しに飲み込まれる他はないのである。そうした世之介が遊廓を出てなお、その「自由円満」なる世界を保持しようとすれば、それはもう現実の空間には有り得ないということになる。最終章の巻八の五「床の責道具」で世之介が渡ったのが、伝説の女護島であったのは、そのことを意味している。女護島渡りは遊廓の否定ではない。それは逆説的な遊廓の賛美なのである。

かつて、谷脇理史氏は世之介を「浮世の論理や倫理を超脱して生き続ける資格を与えられて登場している」人物として認定し、そうした設定であるからこそ、「浮世の価値を相対化」することが出来たと、世之介の設定に高い評価を与えた[5]。従来、ともすればあやふやな存在にしか見られなかった世之介に、作品との密接な関連と固有の存在意義を指摘した点で画期的な論考である。また、谷脇氏の言う浮世からの超脱は、今回指摘した「自由円満」とも重なるところがある。しかし、谷脇説は基本的な点で幾つかの問題が抜け落ちている。今、氏の長大な論文に対して、ここで抜本的な検討を加える余裕はないが、本章の論旨に関わる点からのみ言えば、谷脇説には遊女、遊廓、恋愛（性愛）とともに、人間性への視座が欠けている。

たとえば、谷脇氏は世之介が浮世から超脱して生きる資格を与えられた存在であると言うが、世之介が「此事（恋愛）のみ」（巻一の一「けした所が恋のはじまり」）として志向した恋愛（性愛）は、先ほどから述べてきたように、様々な意味で浮世に関わる行為である。とくにその行為後に生れてくる諸事は浮世と密接に絡みあっている。よって、世之介が「此事のみ」を志向したとしても、それだけで浮世から超脱することはできない。むしろ、「此事のみ」に走ることは、累加的に浮世の桎梏に絡め取られる結果にもなる。世之介の前半生に降りかかったトラブルは、そうした「此事」の性格と無関係ではない。そのようなしがらみから人を解き放ち、「自由円満」なる恋愛を可能にしたのが、遊女であり遊廓であった。

よって、世之介に浮世から超脱する力があるとしても、それを可能にさせたのは、西鶴や世之介の固有の原理ではなく、遊女や遊廓が本来的に保持している原理だということを忘れてはならない。そうした遊女や遊廓が持っている「自由円満」な世界を最大限に引き出す事ができたのが、世之介という「一代男」なのである。そうした点から言えば、世之介の父夢介が遊廓きってのプレイボーイであり、母が名高い遊女であったことは重要である。世之介の超脱性は、両親を通じて遊女・遊廓から学んだものに他ならないのである。世之介とはまさに遊廓の申し子であった。

また、谷脇氏は、浅井了意の『浮世物語』との比較から『一代男』の特色を引き出している。氏は『浮世物語』は「浮世」と言いながら、その浮世を相対化する術を何ら持たずに「浮世」に関わろうとしていたのに対して、『一代男』は「浮世」から超脱する主人公を設定したがゆえに、かえって「浮世」を相対化する術を得たとして、両者の構造上の違いを指摘している。また、それは作者に即せば「公的な世界、男の世界、日常の世界を絶対的に認識する了意と、私的な世界、人間の世界、非日常の世界を相対的に認識する西鶴」の差であるとも言う。これも卓見であるが、やはり如上と同じ問題を指摘しなければならない。そうした相対化する視点を西鶴や世之介に提供したのは他ならぬ遊女・遊廓であったということである。それは『浮世物語』に遊女や遊廓、そしてそれを元にした恋愛がほとんど登場しないことに何よりもよく表れている。たとえば、先の「公的な世界…私的な世界…」という文章の「了意」と「西鶴」に、それぞれ「一般社会」と「遊女・遊廓」を入れてみれば良い。それはそのまま両者の違いの説明になる。

もちろん、谷脇氏に遊女・遊廓、恋愛の視点がないのは、氏がそれを意図的に省いたのではないことは論文を一読すればわかることである。氏は『一代男』の面白さを、何よりもその作品構造から解き明かそうとしているのであって、その構造分析に不要な外部の視点を持ち込まなかっただけのことである。しかし、そのことがかえって重要な問題を生む結果となっている。それは、作品構造と登場人物とは別物だということである。世之介はあくまでも登場人物であって作品構造の一部ではない。谷脇氏は世之介が「浮世の論理や倫理を超脱して生き続ける」と述べているが、もしそうだとすれば、それはもう人間とは言えない。すなわち、浮世を超脱する視点というものを存在させることは可能だが、それを生身の世之介がどう体現しているのかが重要になってくるということである。そうした人間性への捉え直しがなければ、かつて言われてきた傀儡としての世之介像という枠を越えることはできなくなってしまう。そして、世之介の超脱性を人間性のレベルから捉えようとする時、彼の「一代」性や、遊女・遊廓の問題が必ず浮上してくると思う。

5 遊女・遊廓と金銭――信頼と忌避という矛盾

それにしても、近世において、なぜ遊女や遊廓が「自由円満」なる恋愛世界を築くことができたのであろうか。

これは大きな問題であって、ここで簡単に結論を出せないが、以下、金銭の問題を通していささか私見を提示してみたい。そこで、この問題を考える上で示唆を与えてくれるものとして、『一代男』巻五の一「後は様つけて呼」を取り上げてみよう。この章の前半に小刀鍛冶の弟子と遊女吉野のエピソードがある。周知の話であり、前章でも取り上げたが、再度まとめておこう。

京都の七条通りに住んでいた小刀鍛冶《こがたなかじ》の弟子は、密かに遊女吉野を恋し、太夫の揚代《あげだい》である五十三匁《もんめ》を苦労して溜め込んでいたが、吉野は天下随一の太夫、会う事など適うはずもなかった。ところが、この話を或る者が太夫に知らせたところ、「其心入不便」と密かに会う事になった。吉野の前で小刀鍛冶の弟子は、その情け深さに感じ入り、涙をこぼして逃げてゆこうとした。しかし、吉野はそれを押しとどめ「此事（情交）なくては、夜が明けても帰さじ。さりとは其方も、男ではなひか。吉野が腹の上に適適あがりて、空しく帰るるかと」、情交し、盃まで交わして帰した。これが揚屋に知れると「是はあまりなる御しかた」と咎められたが、世之介は「それこそ女郎の本意なれ、我見捨てじ」と吉野を請け出した。

　このエピソードで最も重要なのは、吉野の行為に対して世之介が「女郎の本意」と言っていることである。世之介は物語中、様々な遊女に接しているが、他の場所でこの言葉を発したことはない。「女郎の本意」と言ったのは吉野に対してのみである。一体、吉野の行為の何が「女郎の本意」なのか。前章では、この「女郎の本意」を「遊女らしさ」という理解に留め置いたが、この「遊女らしさ」はもう少し深く掘り下げてみる必要がある。

　普通、このエピソードは、吉野の情け深さを表現したものとして理解されて終わる事が多い。しかし、情け深さと言えば他の遊女でも多くのエピソードが描かれている。たとえば巻六の一「喰さして袖の橘」の奴《やつこ》三笠《みかさ》などは己の命をかけて世之介との恋愛を貫き通した。そうしたエピソードに比べて、ここでの吉野が特段に深い情けを示したわけではない。やはり重要なのは、小刀鍛冶の弟子が苦労して溜め込んだ太夫の揚代五十三匁を持って会いに来たという点であろう。

　もしこの弟子が遊廓の事情に通じていたら、こうした行為には出なかったはずである。五十三匁がありさえすれば太夫に会えるなどということは遊廓の常識からすれば有り得ないからである。ところが、この弟子はそれを真っ正直に信じ込んでしまった。しかし、遊女とは本来、買い手の金銭に対して我が身を売るのが商売である。

遊廓には様々な格式や文化が生れてしまったために、そうした金銭以外のものが多く入り込むことになってしまったが、金銭と我が身を等価交換するのが本筋である。すなわち、吉野がここで取った行為とは、そうした本筋の等価交換に素直に応じたということである。吉野が逃げようとする弟子に対して、強引とも思われる情交を迫り、盃までを交わして弟子を帰したことにそれはよく表れている。吉野は弟子に対して、情け深い一人の女としてではなく、あくまでも遊女として接したのである。これを、自らを慕う者に対する情深い行為として片付けてしまうとすれば、それはあまりにも単純である。そして、おそらく、このことを指して世之介は「女郎の本意」と言ったのである。

我々は普通、金銭に身をひさぐ遊女や遊廓に対して、その金銭ゆえに或るいかがわしさを感じてしまう。そのいかがわしさが何処から来るのかは重要な問題だが、それは金銭の持っている力の一つを見落としてしまうことになる。たとえば、この小刀鍛冶の弟子の立場に立って考えてみればよい。この弟子にとって、他に吉野太夫との出会いを可能にする術があったのかと。このあまりに違う境涯にあった二人を結びつけたのは、金銭の力である。と同時に、吉野がその金銭に身をひさぐ遊女であったからである。もし、吉野が遊女でなかったら、小刀鍛冶の弟子は吉野と会うことは出来なかったであろう。それをあえて強行すれば、『西鶴諸国はなし』巻四の二「忍び扇の長歌」に登場する、大名の姪と駆け落ちした男のように死を覚悟しなければならない。

江戸時代が、がんじがらめのものではなかったにせよ、身分制社会であったことは、このことを考える上で重要である。そうした身分や境遇を超えるためには、それを可能にする原理が必要である。それが金銭第一主義という遊女・遊廓の原理である。もちろん、金銭にはもう一つ別の原理がある。それは、金銭が己を持つ物と持たざる者とに分割し、新たな身分や境界を生み出してしまうことで、この点については現代の我々が熟知していることだ。しかし、それは金銭が金銭登場以前の身分制や別の原理に成り立つ制度を全て壊した後、すなわち社会全体がすでに金銭第一主義になってしまった以降のことである。江戸時代の初期はまだまだ既成の制度が多く存在していて、金銭はそうした旧態依然たる制度の弊害を打ち破るのに大いに力を揮っていたのである[6]。

この吉野と小刀鍛冶の弟子とのエピソードも、そうした金銭の力を背景にして読まれなければならない。超えがたい身分差、境遇差を越えてやってこようとする小刀鍛冶の弟子、そしてその対価としての五十三匁。それは弟子が遊廓の俗習にまみれていなかったからこそ成しえた行為であった。吉野はそうした弟子の行為に遊女本来の姿をもって応えたのである。それを世之介（西鶴）は「女郎の本意」と称えたのだ。

もちろん、前章でも述べたように、遊女は金で買われる存在だが、遊女（遊廓）はそのことが表面化することをタブーとした。たとえばこれも前章で取り上げたが、『好色一代男』巻七の一「その面影は雪むかし」には、世之介が戯れて遊女高橋の眼の前で金銀を渡そうとし、それを高橋が見事に捌いたエピソードが載る。その折、語り手の西鶴は「この中では戴かれぬ所ぞかし」と交会中の座敷において金銀を出すことがタブーであると述べ、高橋もこの金銀を触らずに収めたのである。すなわち、金銭の働きが遊女の品位を汚すようなことがないように、遊廓では細心の注意が払われていたのである。

この金銭に対する信頼と忌避という矛盾、その中にあるのが遊女であり遊廓であった。要は「自由円満」を達成するために金銭の力を利用しつつ、また金銭の力を抑え込んだということなのである。それほどに遊廓は「自由円満」を大切にし、それを追い求めつづけた世界なのであった。

本章は、箕山《きざん》が遊女に対して使った「自由円満」という言葉を鍵に、近世の遊女・遊廓を分析するとともに、また西鶴の『一代男』を素材にして、その「自由円満」が文学としてどう表現されているかを見てきた。振り返ってみれば、いささか楽天的に遊女・遊廓を持ち上げた結果になったが、それは遊女・遊廓の原理を考え、箕山・西鶴という江戸初期・元禄期の人間を取り上げたからに他ならない。おそらく、連綿と続いた遊廓の歴史の中で、この「自由円満」が十全に意味を持った時代は少なく、それもごく初期に限られてしまうだろう。遊女・遊廓を問うことは、そのことを含めた問いでなければならない。

注

（1）野間光辰『完本色道大鏡』一九六一年、友山文庫

（2）以下西鶴の文章は『新編西鶴全集（第一巻）』二〇〇〇年、勉誠出版刊を用いた。

（3）・松田修「『好色一代男』論―かぶきの美学」『日本近世文学の成立』一九七二年、法政大学出版局
・同「性愛の抵抗　その可能性の系譜」『江戸異端文学ノート』一九九三年、青土社

（4）拙稿「『好色一代男』の「一代」」一九九六年一月、上智大学国文学論集29号、後、『西鶴小説論』（二〇〇五年、翰林書房）に「西鶴小説と十七世紀の経済情況」として収録

（5）谷脇理史「『好色一代男』論序説」『西鶴研究序説』一九八一年、新典社

（6）もし、そうだとすれば、本書の序や前章で取り上げた一六・七世紀の東アジアの諸都市において、遊里が急速に広がり、かつ文化・文学の中心的素材として遊女・遊里（遊廓）がスポットライトを浴びるようになるのも、こうした金銭の力を背景にした遊女（妓女・妓生）の存在があったと考えることができる。なお、身分差を超えるということで言えば、恋愛が時に大きな力を発揮することは、古今東西の文学作品が証明するところである。とすれば、この恋愛と金銭が結び付いた遊女と遊里（遊廓）という存在は、都市機能の仇花《あだ》などではなくて、その可能性の中心であったとも考えられる。

3

五感の開放区としての遊廓
——遊廓の「遊び」と「文化」を求めて

前章が遊廓の世界観であれば、本章はもう一つの問題、諸文化の坩堝としての遊廓、に焦点を当てる。同じく西鶴の好色物を題材にして、西鶴当時の遊廓が花・香・茶・音曲・按摩など様々な文化を受容するとともに、またそれらを遊廓らしい明るく華やかな文化として再生させている様を明らかにする。そしてその受容と再生の中で、遊廓は人間の持つ感覚の全て（五感）を開放させようとする。遊廓は当に五感の開放区であったのである。

1　遊廓と「遊び」「文化」

遊女と遊廓を考える上で重視したいことが二つある。一つは、前章「日本の遊女と遊廓、「自由円満」なる世界」でも強調したことだが、遊廓の人間をありのままの人間として見てみることの重要性である。例えば、多くの映画やドラマが遊廓を取り上げているが、それらが第一に描き出すのは、遊廓の亭主・女将（或いは女衒）が遊女達を鬼畜のように売春に駆り立てている姿である（『吉原炎上』『陽暉楼《ようきろう》』など）。しかし、もしそのような所業が全面的に行われていたら、そんな世界は長続きするはずがなかったろう。すこし考えてみれば分かることだが、遊廓の亭主や女将にも、親や子供が居て親戚が居る。そしてそうした人々を通して世間と繋がっている。その中でこうした商売を行っていくにはそれなりの矜持というものがあったはずである。その矜持と世間体との葛藤が噴出したのが前章で紹介した竹内智恵子『昭和遊女考』（未来社、平成元年刊）に掲載された「滝川楼」の話だ。結局、遊廓の亭主や女将も何処にでもいる普通の人間に過ぎないのである。

もう一つは、こうした遊女・遊廓の世界、特に江戸時代以前の世界が、多くの良質な文化を生みだしていたことである。文化が生まれて来るためにはヨハン・ホイジンガ『ホモ・ルーデンス』を引くまでもなく、精神的な遊びやゆとりが無ければ無理である。地獄のような過酷な世界から、良質な文化が生まれて来ることは有り得ない。たとえば、西鶴の好色物に登場する遊女や遊廓の描写を一読すればよい。そこには地獄などでは全くない（と言ってもちろん極楽でもない）実に人間的な世界が繰り広げられている。そして、そうした遊女や遊客が繰り広げる世界の中に、めくるめくような様々な「遊び」や「文化」が明滅していることに気づくはずである。

もし、遊廓の目的が性愛（セックス）のみであるならば、そうした「遊び」や「文化」は必要ない。現代の「性」に関する産業の多くがそうであるように、手っ取り早く性欲を処理できる場があれば良いだけである。ところが、後述するように、遊廓、特に江戸時代以前は、遊廓での「遊び」「文化」に膨大な費用と手間暇を費やしている。では、その「遊び」や「文化」とはどのようなものであり、遊廓はなぜそのような「遊び」と「文化」を必要としたのだろうか。本章では、西鶴の好色物を材料にして、遊女・遊廓をどのように捉えるべきかを、如上のような問題意識から考えたい。特に、遊廓に流れ込んでいた様々な文化・風俗を吟味することで、遊廓がいかに多面的、すなわち開放的でかつ伝統的保守的であったのか、その有様を西鶴作品とくに挿絵を中心に探ってみたい。また最後に、その多面性を保持するために、遊廓がどのような原理・回路を備えていたのかについても若干私見を提示してみたい。

2　遊廓と多様な芸道・芸能世界

西鶴の好色物作品を読んで落胆したという話を聞くことがある。その人たちは何を期待して作品を読んだのかというと、天下に名立たる西鶴の好色物だから、性愛的な話、エロティックな描写が沢山描かれているのだろうと思ったと言うのだ。ところが読んでみると、そうした話は少なくがっかりしたというのである。一読すれば分かるが、西鶴の好色物作品に性愛的な描写というのは驚くほど少ない。これには様々な理由があって一概には言えないのだが、結論的に言ってしまえば、実は、当時の遊廓、とくに嶋原（京都）、新町（大阪）、吉原（江戸）など三都を代表する有名な遊廓は、セックスが第一の目的ではなかったということなのである。もちろん、遊廓は遊女と遊客との恋愛の場だから、最終的には「床入り」（セックス）があるわけだが、そのこと自体よりも、そこへ至るまでの様々なプロセスがより大事であって、その過程で発揮される振舞いやそのセンス、人間関係のしこなし、[1]またその過程で必要とされる「遊び」や「文化」に遊客の興味が向かっていたと考えられるのである。近年、赤松啓介氏などの民俗学者が明らかにしたように、[2]江戸時代以前の日本には男性に性を供用する場所は沢山あり、もしそれが目的なら遊廓など行かずとも、目的を達成する場所はいくらでもあったと考えられるからである。

次々頁に掲出した絵は、西鶴の好色物第二作目の『諸艶大鑑《しょえんおおかがみ》』巻八の五「大往生は女色《じょしき》の台《うてな》」の挿絵である（図1）。本作品の主人公世伝が臨終を迎えた時、多くの遊女たちがあの世から世伝を迎えにきたという図である。

この図は仏教の来迎図として有名な二十五菩薩図のパロディになっている。次頁の下に載せたものが二十五菩薩図の一般的なものである（図2）。

遊女を菩薩に見立てるのは、別に新しい趣向ではない。中世以前から遊女を菩薩の化身と捉える説話類は多く、近世になってもそれは同様であった。西鶴も他の作品でこの趣向を何度も試みている。恐らく、この挿絵の面白さを際立たせているのは遊女達の持ち物であろう。菩薩図で、菩薩たちが持っているのは、蓮台《れんだい》や幢幡《とうばん》といった仏具類、鼓《つづみ》や笙《しょう》といった古めかしい楽器類であるが、挿絵ではその代わりに、煙草盆《たばこぼん》や燗鍋《かんなべ》、三味線といった遊女ならではの調度品・楽器類等を持ち出しているのである。そこに挿絵の眼目があると考えられるのである。ちなみにこの挿絵の書き手は西鶴本人である。[3] 西鶴が細部に凝った挿絵を描くことはよく知られていることだが、[4] ここも同様である。

以下、挿絵に登場した遊女名とその持物を列挙してみたい。

- 夕霧（花）
- 吾妻（香炉）
- 京半太夫（敷物）
- 古三夕《さんせき》
- なか川（煙草盆）
- 瀬川（菓子盆）
- 越前（渡盞《とさん》に組重盃《くみかさねはい》）
- 古小太夫（燗鍋《かんなべ》）

図1・『諸艶大鑑』巻八の五「大往生は女色の台」挿絵

図2・『阿弥陀二十五菩薩来迎図』（重文、奈良興福院蔵、13世紀初成立）（『原色日本の美術』第七巻「仏画」小学館、1969年）

・古和泉（三味線）
・和洲（琴）
・古吉野
・虎之助（大傘）

こうしてみると、彼女たちが持っているものは、遊廓の調度や芸能に皆関わるものであることが分かる。これらが遊廓とどのような関係にあったのか、幾つか考察を加えてみよう。

3　遊廓と花

先ほどの図1・『諸艶大鑑』巻八の五の挿絵の右上、最初の夕霧が持っているものは花である。これは本文に「かざしの枝」とあるように挿頭花《かざし》である。一般的には、その字の如く、髪や冠に挿す花のことで、平安朝の貴族たちが冠などに挿したのは有名である。普通、挿す花は桜だが、季節によっては違うものを挿す。『源氏物語』の紅葉賀で光源氏が青海波《せいがいは》を舞った時、冠に紅葉の一枝を挿したのは有名である。と同時に、折った枝に和歌などを挟み贈り物ともした。次の図3は、『男色大鑑《なんしょくおおかがみ》』巻五の一、役者の藤村初太夫が桜狩に行った帰り、桜を見ぬ人（歌舞伎の観客）のためにと一枝たおって帰る姿である。夕霧のかざしの枝も同様で、これに和歌などを添えて遊客に送ったのである。

それ以外にも、遊女や遊廓は遊客のために様々な花を用意して、文字通りの華やかさを演出した。最も有名なのは、江戸吉原における桜の植樹であろう。『江戸名所花暦』（文政十〈一八二七〉年刊）によれば「毎年三月朔日より、大門のうち中の町通り、左右をよけて中通りへ桜樹千本植える。常には、これ往来の地なり」とあって、毎春千本もの桜を仲之町に植樹したというのである。この千本はいささか大げさだと思うが、多くの桜を植樹して遊客の眼を喜ばせたことは浮世絵や明治以降の写真などから確かである（ちなみに桜の季節が終われば菖《しょう》蒲《ぶ》などを植えたらしい）。

この吉原の話は十九世紀のことだが、では十七世紀末の西鶴の時代はどのような具合であったのだろうか。次頁の挿絵は、上（図4）が、『諸艶大鑑』巻三の五「敵無《てきなし》の花軍《はないくさ》」における新町の揚屋吉田屋吉左衛門方北面の長縁《ながえん》での花競べの様子であり、下（図5）が、同じく『諸艶大鑑』巻五の一「恋路《こいじ》の内証疵《ないしょうきず》」における島原の太夫花崎が活花の会をしたときの様子である。この二葉の挿絵から西鶴当時の遊廓において「花」がいかに重要な役割を果たしていたかが分かる。

まず、下の挿絵であるが、これは活花の会の様子である。最初に大きな床の間（大床）が目につく。そこに並べられた六つの花器はどれも個性的でそれぞれの花（椿、梅、水仙など）を享け、その下にこれまた個性的な花台・敷板《しきいた》を置く。六人居る遊女の内、花を活けているのは二人で、右の遊女は水盤《すいばん》に椿を入れている。左の遊女は同じく丸い水盤に花（センリョウか）を置き、後ろの大床の花器に活けようとしている。その脇には枝切りと後ろに水差しが置いてある。細かいところにまで気を配った繊細な絵であるが、この風景は私たち現代人にとっても馴染み深いものである。遊女・遊廓という部分以外

図3・『男色大鑑』巻五の一の藤村初太夫

図4・『諸艶大鑑』巻三の五

図5・『諸艶大鑑』巻五の一

は現代の活花と変わるところがない。

ところが問題は上の絵である。これは、四月八日、お釈迦様の生まれた日のお祝い（花まつり）に際して、遊廓で行われた花揃えの風景である。縁側に花桶《はなおけ》に入れられた様々な花が置かれて、それぞれの美しさを競っている。花桶の花も芍薬《しゃくやく》・花菖蒲・小百合・卯の花等と様々に描き分けられている（但し、どれがどの花かは判然としない。本文には芍薬以下十八、九の花の名が列挙されている）。これも実に凝った絵である。現代でも桶に花を活けるのはよく見かけるものだが、こうした花桶そのものに様々な花を活け、かつそれを並べて鑑賞するというのはあまり聞かない。こうした花の会は当時頻繁に行われていたのであろうか。

この点についてはよく分からず、後考を俟つとしか言えないのだが、本文の最初に「花揃、卯月八日に定め」とあることからすれば、この花の会が四月八日に行われたことがやはり重要だろう。四月八日は灌仏会《かんぶつえ》で釈迦の誕生日である。別名花まつりとも言い、釈迦像を多くの花で飾り上げることは良く知られていることである。恐らく、これにちなんで様々な花の催しが西鶴当時に行われたのであろう。遊廓でも遊客たちが金に糸目をつけずに近隣から様々な花を集めて、挿絵にあるような豪勢な花の会を催すことがあったと考えてよい。それにしても、上下の挿絵を比べると、同じ花の会でも雰囲気が随分と違うことに気づく。下の活花の会は華道の規範に則っているせいか、遊女たちもきちんとした身形や姿勢で、如何にも静粛で慎ましく凛《りん》とした雰囲気が伝わってくる。それに比べて、上図の花桶の会は、花も大様で豪華絢爛、横になった者も居るなど、遊女達も寛いだ雰囲気である。それは、上図の花桶が縁側に置かれているのに対して、下図の活花が床の間に置かれていることにも良く表れている。遊廓は遊女の序列がはっきりしていることからも分かるように、格式と序列にこだわる場所である。この花の置き場所の違いにも、そうした格式の差が感じられるのである。とすれば、華道の活花と花まつりの花桶は、そうした格式の違いをまといながらも、遊廓の文化に組み入れられていたことになる。

一般に華道の成立は室町中期の京都（池坊専慶《いけのぼうせんけい》・専永）とするのが華道史の通説であるが、それは堂上・僧侶の世界であって、一般庶民に広がりだしたのは江戸後期である。文政三（一八二〇）年に池坊専定《せんじょう》が優れた活花百瓶を選んで『挿花百規《そうかひゃっき》』を出版した頃から、庶民にも広がり定型化していったのである。そうすると、西鶴が好色物を書いた十七世紀後半は、華道の伝搬はあったものの、まだまだ多様な花の観賞のし方が行われていた時代と言ってよい。恐らく、この花桶もそうした多様性のうちの一つとしてあったのだろう。

いずれにしても、平安朝貴族の流れを汲んで雅《みやび》な挿頭花、伝統的で凛とした華道、宗教的で大様な花桶といった硬軟とりまぜた花の文化が、遊廓に流れ込み共存していることが面白い。

なお、この挿絵に描かれる花桶や活花の数と、遊女の人数が一致していることにも注意したい。遊廓の花の会は花と遊女との美の競演でもあった。

4　香と茶

最初に掲げた『諸艶大鑑』巻八の五の挿絵に戻る。夕霧の次の吾妻が持っているのは「青磁《せいじ》の香炉《こうろ》」（一六五ページ図1参照）である。近代以降、西欧の香水が入ってきてからは馴染みが薄れてしまったが、江戸時代以前、香や香道は極めて大きな文化・芸道として受け継がれていた。平安朝の女房達が十二単に香を焚きしめていたことはよく知られているが、その女房世界を近世化した遊廓でも、香や香道は重要なものであった。次の上（図6）は、『好色一代男』巻五の三「欲の世中に是は又」のもので、室津《むろつ》遊廓の座敷で聞香《もんこう》をする世之介と遊女たちの姿である。下（図7）は『諸艶大鑑』巻一の二「誓紙《せいし》は異見《いけん》のたね」のもの（部分）で、燭台《しょくだい》脇の炬燵《こたつ》に太夫の越前が座り、懐《ふところ》手《て》をして着物の袖を広げている。下に花菱《はなひし》の着物を着た遊女が跪《ひざまず》いて香炉を差し出している。越前は香炉の香を着物に焚《た》きしめているのである。

香道も華道と同じく室町時代に成立したものだが、広まったのはこれも華道と同じく時代がかなり下ってからである。とすれば、先の遊廓における花と同じく、香も香道に定まらない様々な香りの世界が遊廓で繰り広げられていた可能性がある。

図6・『好色一代男』巻五の三

図7・『諸艶大鑑』巻一の二

図8・『好色一代男』巻六の五

たとえば、次の挿絵（図8）は『好色一代男』巻六の五「詠《ながめ》は初姿」のものである。世之介と太夫初音が床入りした後、理由は不明ながら痴話喧《ちわげん》嘩《か》になった場面である。太夫を相当に怒らせたらしく、世之介が踏みつけにされている。夜着や枕に加えて、燭台が倒れ、髢《かもじ》や笄《こうがい》とともに、香道具がひっくり返っているのが見える。香炉がひっくり返れば、畳は焦げるであろうし、下手をすれば炭団《たどん》に触れて大火傷《やけど》を負う危険性すらある。そんなことなど一向構わずに二人で大喧嘩の立ち回りをしているのが実に滑稽である。そして、この場面から分かるのは、遊廓において香は実に身近なものとして常備されていたということだ。俗に、太夫や天神などの高級遊女ではなく、下級女郎になれば、客と遊女の相対の時間を線香で計ったと言われ、その線香を折って時間を稼いだ遊女も居たと言われる。そうした線香も時間の問題ばかりでなく、遊廓と香りの関係が身近であったことを示すものでもある。

次の挿絵（図9）は、『諸艶大鑑』巻四の五「情懸《なさけかけ》しは春日野の釜」である。奈良木辻《きつじ》の遊女きさが行った春日野の茶会の様子である。茶道も華道・香道と同じく、遊廓において重視された。遊客はもちろん遊女も茶道のたしなみを求められた。それは西鶴も同様で、彼が茶道に高い関心を寄せていることは作品中から種々窺《うかが》える。[5]

図9・『諸艶大鑑』巻四の五

そうした中、この木辻の遊女さきは、とくに茶道に通暁《つうぎょう》していたと見られ、春日野に野趣《やしゅ》満点の野点《のだて》を行ったのである。萩の咲き乱れる中、紅葉した楓より釜を下ろし、その脇には台子、男からの文を一夜に表具《ひょうぐ》にした懸け物、手前には、即席にして作った大杉原の飛び石などが描かれる。この茶会は大阪にても評判になったらしく、本文には「世に聞ふれて、大和屋が狂言の種ともなりぬ」とあり、大和屋甚兵衛《やまとやじんべえ》が歌舞伎に取り入れたらしい（詳細は不明）。

こうした技量とセンスを持った遊女がどれほど居たのかは定かでないが、このきさの振舞いからも推測できるように、遊廓の中で「茶」の世界が、一般の茶道とは趣を異にしていて、開放的で華やかだった可能性は高い。これは先の花桶や、床入りの場の香が、きちんとした式目に則り、張りつめた雰囲気の中で行われる正統な芸道とは別に、開放的で華やか、かつ大胆であったことからも連想される。遊廓では、全般的にこうした大胆かつ華やかな趣向というものが好まれていたのであろう。ただ、生花の会や聞香の挿絵もあったように、きちんとした伝統に則った催しも行われていたことも重要であろう。要するに、硬軟取り混ぜた多様な世界が遊廓で展開していたということである。

ちなみに、もしそうした考えが許されるならば、日本の華道・香道・茶道の歴史を考える上で、遊廓で行われた花・香・茶も十分吟味してみる必要があると思われる。従来の華道・香道・茶道の歴史書を見ても、遊廓の芸道を本格的に取り上げた解説はない。恐らく、ここには「はじめに」で述べたような、遊廓に対する偏見が影を落としているのであろう。

5 その他の芸能

この調子で最初に掲げた『諸艶大鑑』巻八の五の挿絵（図1）全てを説明する紙幅はないので、後はざっと見てゆくことにする。まず京半太夫の「敷物」は本文に八葉《はちよう》の小蒲団《ふとん》とある（右から三番目が京半太夫）。二十五菩薩図で先頭に立つ観音菩薩が、仏菩薩が座す蓮台《れんだい》を差し出すのに対して、遊客が座す高級な座布団を差し出しているのである。それから、なか川の「煙草盆」や瀬川の「菓子盆」、越前の「渡盞に組重盃」と古小太夫の「燗鍋」は酒席に関係する品々、古和泉の「三味線」和洲の「琴」は遊廓の音曲に欠かせない楽器である。また、虎之助の持つ「大傘」は太夫の道中に太夫の後ろから掲げるものである。

ただ、遊廓における煙草や酒を単なる嗜好品《しこうひん》として考えてはいけない。遊廓の百科事典とも言うべき藤本箕山《ふじもときざん》の『色道大鏡《しきどうおおかがみ》』（元禄初年成立）「寛文式下」に、遊女にとって煙草と酒が如何に重要であるかが諄々と説かれている。とくに酒については「酒宴の事。傾国の酒を用いること、三味線に次での一藝なり」とあって重要視されている。要するに、遊女が座を上手く取り仕切るため、また客の心のありかを上手く知るために、この煙草や酒

図10・『諸艶大鑑』巻七の三

図11・『諸艶大鑑』巻八の二

の飲み方、出し方といった振舞いに因るところが大きいという訳である。この挿絵で煙草盆から燗鍋までを名立たる遊女に持たせているのはそうした背景があるのである。

また、これ以外にも多くの芸能が遊廓には流れ込んでいる。前頁の挿絵は『諸艶大鑑』巻七の三「捨てもと、様の鼻筋」（上・図10）と同じく『諸艶大鑑』巻八の二「袂《たもと》にあまる心覚《こころおぼへ》」（下・図11）のものである。上図は多くの遊女を挙げる大寄の場面である。右側は、玉房模様の着物の外記が扇子を振りながら『平安城都遷《みやこうつり》』の道行を語っているところ。人形を操るのは、おやま甚左衛門である。左側は、そろま七郎兵衛が仁王の物真似をしているところ。人形浄瑠璃と物真似狂言尽くし（歌舞伎）の二大芸能を遊廓に取り入れて興じている場面である。下図は、島原の秋の大踊りの様子を賑々しく描いた場面である。島原の大踊りとは陰暦七月十五日から一ケ月近く行われた盆踊りのことである。本文に「絶て久しき」とあるように、西鶴時代にはすでに行われなくなっていたらしい。

この挿絵が面白いのは遊女や太鼓持ちが実に様々な風体をして盆踊りに参加していることである。目立つのは、黒頭巾の黒法被《はっぴ》という黒づくめの奴《やっこ》や、烏帽子に異様な面をつけた男（神楽庄左衛門）もさることながら、遊女達の若衆姿であろう。遊女歌舞伎や若衆歌舞伎が禁止される前、遊女と若衆は極めて近しい存在であった。この大踊りはそうした古き良き時代の記憶を留める、あるいは取り戻すものとしてあったのかも知れない。

6　調度と五感の慰撫

遊廓に取り込まれた「遊び」「文化」の問題で、最後に取り上げたいのは次の挿絵である（図12）。

これは『好色一代男』巻五の一「後《のち》は様つけて呼《よぶ》」のものである。十九歳で親に勘当された世之介は、その後日本中を転々とするが、巻四の七で急死に一生を得た後、父親の死によって莫大な遺産を得て「大大大尽」になった。その世之介が、京都島原に乗りこみ、最初に馴染みになったのが名妓吉野（二代目）であった。この図はその吉野と遊廓で寛ぐ世之介の姿を描いたものである。中央に吉野、右に寝そべって寛ぐ世之介、その二人を世話する遊女が四人、床の間には書物と香炉が置かれている。ここで注目してみたいのは二つ。一つは床の間に置かれた書物と香炉である。

図12・『好色一代男』巻五の一

西鶴時代の遊女で太夫や天神などの高級遊女は、自らが住む置屋に客を直接呼ぶのではなく、揚屋に出向いて客の応対をした。しかし、吉野の時代（京都六条三筋町に京都の遊廓があった折）は自らの部屋を持ち、そこで客の応対をした。よって自らの部屋を如何にレイアウトするのかも遊女の力量に任せられた。つまり遊女は空間デザインのセンスも問われたのである。この挿絵もその当時を意識して書かれたものである。吉野は和歌に通暁していた。とすれば、床の間の書物は『古今集』の写本あたりであったろう。また香も吉野ならではの香木が焚かれていたはずである。

もう一つ注目したいのは、横になった世之介の近くに居る遊女二人である。一人は世之介の脚を揉み、もう一人は世之介の肩を叩いている。江戸時代の按摩《あんま》（マッサージ）は周知のように座頭が行ったが、遊廓ではこの挿絵や「座頭に按摩を取らせ、禿に足のうらをかかせ」（『諸艶大鑑』巻六の二）といった記述からも分かるように、遊女も按摩を行った。当時、こうした按摩は盛んで、『和漢三才図絵《さんさいずえ》』などの諸書にその重要性が説かれ、宮脇仲策『導引口訣《くけつ》鈔』（正徳三〈一七一三〉年刊）がその集大成である。こうした当時の流行や座頭の遊廓への出入りを考えると、遊女の按摩もそうした知識に則った本格的なものであったことが推察される。

いま遊廓における按摩を取り上げたのは、この按摩を加えると、遊廓で行われている芸能は、人間の持つ五感全体に上手く対応しているように思われるからである。先の遊女来迎図に合わせてその様相を列挙してみると、

・夕霧の花（挿頭の花）	視覚・嗅覚・触覚
・吾妻の香	嗅覚
・煙草盆の長津	味覚・嗅覚
・渡盞に組重盃の越前	味覚
・菓子盆の瀬川	味覚
・燗鍋の小太夫	味覚
・三味線の和泉	聴覚
・琴の和洲	聴覚
・吉野の調度、按摩	視覚・触覚

となる。そしてこれに「床入り」（セックス）を加えると、遊廓の芸能は人間の五感を慰撫する壮大な装置のように思われてくる。また「床入り」を重視するならば、遊廓とは「床入り」の前戯が極度に肥大化した世界とも言える。いずれにせよ、遊廓は、セックスそのものよりも、セックスを含む五感全体が解き放たれる場所であったと言ってよい。

ところが明治以降、遊廓＝床入りという図式が強く意識されたために、それ以外の文化・芸能が削ぎ落とされてしまったと思われるのである。それが西欧文化の影響なのか、近代という時代の制約なのか分からないが、こうした点に遊廓に対する偏見が生じて来る余地があったとも言える。

7　共通感覚から遊廓を捉え直す

今、遊廓が五感の開放区でないかと述べたが、このような観点から遊廓を見て行った時に浮上してくるのが、かつて哲学者の中村雄次郎氏が『共通感覚論』（昭54　岩波書店）で説いた「共通感覚」の問題である。氏はこの本の中で、近代の思索が視覚中心になり、その結果行き詰まりを見せたこと。そしてそれを打開するためには、視角を含めた五感（視覚・嗅覚・聴覚・触覚・味覚）が十全に生かされる「共通感覚」を取り戻す必要があると力説された。こうした視覚以外の感覚を取り戻そうという言説は、中村氏のみならず、フランスのメルロ・ポンティ（一九〇八～六一年）などの身体論（デカルト以来の精神と肉体という分離された発想で人間を見るのではなく、人間の持つ感覚を十分に踏まえながら文学・文化・歴史などを捉え返そうと試みた）とも連動しているのだが、いずれにしても、私はこうした中村氏の共通感覚論の指摘を近代以前の遊廓の在り方と、近代以降の遊廓に対する偏見とに重ねて見ないわけにはいかないと考える。すなわち、遊廓が理解されなくなってしまった原因には様々なものがあるが、その一つとして、中村氏の言う共通感覚の衰退があったのではないか。

たとえば、その床入りに直結する「触覚」である。遊廓と触覚と言えばそれは分かり切った話のようにも思えるが、実はそう簡単に了解されるものではない。西鶴の好色物には「肌（はだ、はだへ）」という言葉が頻出する。その中でも印象的なのは、『好色一代男』巻四の二「形見《かたみ》の水櫛《みずくし》」の一節である。諸国を流浪中の世之介は、前章巻四の一で牢獄に入れられ、そこで女と知り合う。恩赦があって抜け出した世之介と女は『伊勢物語』の芥川の話のように手に手をとって出奔するが、女の追手（親類の者）についに捕まって女は何処かに連れ去られてしまう。その時、世之介はこう言う。

悲しや。互いに心ばかりは通はし。肌がよいやら悪ひやら。それをもしらず惜ひ事をした

まず、精神的な繋がりより肉体的な繋がりに重きを置く感覚が、いかにも元禄時代的と言うか、西鶴的と言うか面白い。しかしさらに、この「肌がよいやら悪ひやら」の持つ研ぎ澄まされた皮膚感覚をここでは注視したい。こうした言葉が出て来る背景には、当時皮膚病（主に疥癬《かいせん》）が蔓延していたという事情もあるが（イザベラバード『日本奥地紀行』原著明治十三〈一八八〇〉年刊）、やはり肌の柔らかさ、きめ細やかさなどが問題になっていると考えるべきであろう。これは現代における男女のセックスで相手の肌の善し悪しが話題になるかどうかを考えればすぐに分かるはずである。すなわち、現代ではこうした感覚は既に失われてしまっているのである。当時、遊廓は不夜城と言われたが、それでも夜の男女の交会は暗闇か薄明かりの中で行われた。当然、そこ

では視覚より触覚が研ぎ澄まされたはずである。

もし、遊廓に中村氏の言われるような共通感覚が豊かにあり、反対に、我々現代人に十全な五感の躍動が失われているとするならば、その失われたままの感覚で遊廓を裁断してしまうことは種々危険を伴う。私が前章で、遊廓を現代の感覚からみることの危険性を述べたのは、まさにこの点を危惧してのものである。と同時に、現代の我々が五感の躍動を取り戻すために、江戸時代の遊廓の世界を知ることは、決して無意味ではないはずである。特に、今回見てきた中で言えば、花桶、床入りの香、野点など、伝統的な芸道より、開放的で華やかなものが好まれていた。つまり、五感の開放も本家の華道・香道・茶道より積極的に行われていたと考えられるからである。

8　遊廓と六根清浄《ろっこんしょうじょう》――五感の開放と躍動の意図

では、遊廓には、なぜそのような五感の開放と躍動があったのか。これについては、様々な理由が考えられそうである。一つは遊廓が当時の男性達の開放区であったことである。前章でも述べたことだが藤本箕山《きざん》は、『色道大鏡』巻第十四雑女部の第二「妾　付遊女妾」で、傾城をやたらに身請けして妾として置こうとする遊客に対して、遊女は遊廓にあってこそ意味があり、退廓させれば例え優れた遊女でも面白くなく飽きてしまうものだという独自の遊廓特殊論を述べた後、次のように言う。

傾城のはてだに、あくとなればすさまじくうとましきに、まして白地に女のいと初心なるりんきだて、つがもなき存分などいふを聞ては、別殿の遊興ふつふつ停止の心とはなる。是につけても、傾城はいとたうとく重宝なるものぞかし。月とまりのゆすりをなさず、猶懐胎の約介をかけず、まづしき親族の無心をもあつらへず、禄あたへざれどもとがめず、禄すくなしとて色も変ぜず、いやなる時不通するに一言の存分なし。気にむかざれば出ず、興に乗じてはゆき、興つきては帰る。是程自由円満なる傾城をおきて外をもとむるは、いかなる謂《いひ》ぞや。

当時の遊客が遊女や遊廓の何に狂奔したのか、ここにその一端がよく表れている。すなわち、傾城は他の女性に比べて「自由円満」だと言うのである。曰く、一般女性には嫉妬心に加えて、出産・養育や親類縁者などとの煩わしい付き合いがある。それに対して、遊女にはそうした面倒がない。加えて、こちらの興味関心に合わせて自由に会う会わないを決めることができるというのである。こうした「自由円満」さは人間関係の側面だけでなく、人間の感性においても同様だったろう。とすれば、ここまで述べてきた五感の開放も、箕山の言う遊廓の「自由円満」さの表れと言ってよい。

ただ推測の域を出ないのだが、私は、遊廓には遊廓なりの原理・回路というものが別個にあったと考えている。それは遊女（特に高位の太夫など）が歌舞の菩薩として捉えられていたことと関連する。この遊女を菩薩とする思想は、中世に目立って多くなるが、その典型は西行と江口《えぐち》の遊女妙《たえ》（謡曲『江口』）、性空《しょうくう》上人と長者の遊女との話（『古事談』『十訓抄』）などである。両話、要するに遊女の中に菩薩像を見るということなのだが、なぜ煩悩の塊《かたまり》とも言える遊女が、菩薩に等しい存在になるのだろうか。

『好色一代女』巻五の一「石垣の恋くづれ」に、落ちぶれて客に相手にもされなくなった主人公の一代女が、愛染明王《あいぜんみょうおう》を逆恨みする場面がある。

何始末して縁につくべきしがくもなく、年月酒にくれて、更に身の程を我ながら覚ず、美形をとろひて後、若女房の煩ひのうち、客しげき内へ三十日切にやとはれて、色はつくれど筋骨たつて、鳥肌にさはりて、人の聞くをもかまはず、「あの女は賃でもいや」といはれては、身にこたへてかなしく、「これより外に見過はなき事か」と、愛染明王《あいぜん》をうらみ、次第にしほるる恋草なるに

なぜ一代女は愛染明王を恨んだのかと言えば、愛染明王は遊女を救うとして遊女から信仰を集めていたにもかかわらず、自分には何の手も差し伸べてくれないと感じたからである。

愛染明王の教法は、煩悩即菩提《ぼんのうそくぼだい》であり、人間の持つ愛欲を否定しなかった。むしろその愛欲の炎こそが、人を菩提へ向かわせるエネルギーになると説いたのである。それゆえ遊女たちは愛染を慕ったのだが、この煩悩即菩提は、煩悩＝菩提ということではない。煩悩と菩提は切り離せないということである。つまり人間の愛欲は果てしなく空しい。その空しさを、身を持って知ってこそ、本当の菩提への希求心もまた生まれて来るというのである。遊女が菩薩であるという逆転の発想もここから生まれて来る。愛欲の真っただ中にいる遊女だからこそ、その愛欲の限界を知っており、菩提の道にも近いと捉えられたのである。

西鶴は『諸艶大鑑』巻一の二「誓紙は異見の種」の中で「八宗見学、女色一遍上人」に次のように言わせている。

女郎買は、そもそもより太夫にかかるがよし。子細《しさい》は、又上もなき職なれば、かぎりをしつて、留ることはやし

この、女郎（遊女）買いを「留る」ためには、早く限界を悟るべし、は愛染の煩悩即菩提とよく似た発想である。共に限界を知ることで正しい道を歩めるとしているからである。とすれば、遊廓における五感の開放も、この煩悩即菩提と何か関係があるのではないか。

西鶴当時に五感と言う言葉は聞かないが、似た言葉に六根《ろっこん》がある。この六根とは、眼根、耳根、舌根、鼻根、身根、意根のことであり、今述べた五感に第六感、いわゆる意識（＝意根）を加えたものである。仏教では、この六根を清らかにすることで人は悟りに近づけると考えた。これを六根清浄《しょうじょう》という。たとえば、大乗仏教の中心的経典『法華経』の「法師功徳品十九」に、

是の法華経を受持し、若しは読み、若しは誦《じゅ》し、若しは解説《げせつ》し、若しは書写《しょしゃ》せん。是の人は、当に八百の眼の功徳、千二百の耳の功徳、八百の鼻の功徳、千二百の舌の功徳、八百の身の功徳、千二百の意の功徳を得べし。是の功徳を以て、六根を荘厳して、皆清浄ならしめん

とあるのがそれで、『法華経』を読誦《どくじゅ》・解説《げせつ》・書写《しょしゃ》するという修業を通して、六根を清浄すべしと説いている。これは言わば正攻法であるが、これを愛染明王の煩悩即菩提の観点から解釈しなおすならば、六根の開放とその限界の認知によって菩提の道に繋がることになる。つまり、遊廓が、五感を徹底的に開放しているのは、遊客に早く愛欲や遊廓の「かぎりをしつて、留る」ようにさせ、仏教で言う菩提の道へと歩ませるという意図を、ある種の矜持として隠し持っていたからではなかったろうか。本章の最初に、『諸艶大鑑』の最終章における世伝の臨終の場面（遊女達が二十五菩薩となって迎えに来る）を紹介したが、戯画は戯画でありながら、遊廓の全てを

知りつくした世伝の臨終が歌舞の菩薩である遊女達によって迎えられるのは、そうした発想の表れではないかと思われるのである。

注

（1）当時こうした美意識を「粋（すい）」と言い、身に付けた人間を「粋人」と言った。江戸後期になると更に「意気（いき）」や「通（つう）」となった。

（2）赤松啓介氏『非常民の性民族』一九九一年、明石書店。『夜這いの民俗学』一九九四年、明石書店など。

（3）西鶴作品の挿絵が誰の筆によるものなのかは、たびたびその真偽が問題になることもあるが、本稿で取り扱う『好色一代男』『諸艶大鑑』については新日本古典文学大系『好色二代男他』（一九九一年　岩波書店）六四・五頁の挿絵解説や天理図書館編『西鶴』（野間光辰氏解説）など多くの解説が西鶴筆と認定している。稿者もこれに従う。なお、挿絵の引用は、『西鶴と浮世草子研究』第一号（二〇〇六年　笠間書院）所収の西鶴浮世草子全挿絵ＣＤから。

（4）染谷智幸「西鶴の越境力」『江戸文学の冒険』大輪靖宏編、二〇〇七年、翰林書房

（5）この点に関しては石塚修氏の種々の論考に詳しい（「茶の十徳も一度に皆」考―「茶の十徳」を中心として」『文藝言語研究　文藝編』37巻　二〇〇〇年など）

第Ⅳ部

怪異

1

引き裂かれた護符

――『剪灯新話《せんとうしんわ》』の東アジアへの伝搬から読み解けること

『怪談牡丹灯籠《ぼたんどうろう》』が中国の『剪灯新話《せんとうしんわ》』「牡丹灯記《ぼたんとうき》」を基に作られているのは周知のことで、日本人はこの牡丹灯籠の話を大切に育ててきたと言って良い。特に男主人公が身を守るために用いた「お札」は、この話の魅力を支える必須アイテムであった。ところが、同じく「牡丹灯記」の影響を受けながらも隣の朝鮮では、この「お札」をびりびりに引き裂いてしまった男の物語がある。『剪灯新話』の東アジア的展開を見ることで、日朝の文学・文化的位相の違いが浮き彫りにされる。

1　駒下駄の恐怖

上野の夜の八つの鐘がボーンと忍ヶ岡の池に響き…、陰々寂滅、世間がしんとすると…根津の清水の下から駒下駄《こまげた》の音高くカランコロンカランコロンとするから、新三郎は心裡で、ソラ来たと小さくかたまり、額から頤にかけて膏汗《あぶらあせ》を流し、一生懸命一心不乱に、雨宝陀羅尼経《うほうだらにきょう》を読誦して居ると、駒下駄の音が生垣の元でぱたりやみました…

怪談好きにはたまらない『牡丹灯籠《ぼたんどうろう》』（三遊亭円朝、一八八四年）の一節である。彼岸《あのよ》と此岸《このよ》の中有に迷う、お露と、女中お米の幽霊。二人に魅入られた萩原新三郎は、魔除けのお札を家に貼る。そのお札のために家に入れないお露とお米、とりわけ有名な一段である。その後、欲に目が眩んだ隣人によって、お札は剥《は》がされて新三郎は惨殺されることになる。この凄まじくも妖艶な怪奇話は、日本が生んだ怪談の極地・到達点と言って良い。

この話が、十四世紀、明の時代の中国で書かれた『剪灯新話《せんとうしんわ》』の「牡丹灯記《ぼたんとうき》」を淵源とすることはよく知られている。その後日本に渡り様々な作品を生みながら、円朝の『牡丹灯籠』へと結実した。『剪灯新話』が出来てからその間、五百数十年、日本人はこの「牡丹灯記」の世界を心から愛し、大切に育ててきたと言ってよいだろう。

この『剪灯新話』が生れた明の時代、中国はアジアの中心であった。よって中国の作品は日本以外にも朝鮮、琉球、台湾、越南（ベトナム）その他の国々に伝播した。『剪灯新話』も例外ではない。日本と同様にそれぞれの国の国情・風俗に倣って写され、そして書き換えられ、独自なものへと変化していったのである。『剪灯新話』の影響を受けた代表的な東アジアの文学作品を図示してみる（次頁）。

これだけを見ても『剪灯新話』は東アジアの様々な地域に伝わったことが分かるが、大切なのは、この作品の受け止め方が地域によって全く違うことである。従来の日本における『剪灯新話』研究、特に東アジアへの影響に関する研究は、中国→日本が主軸になっているために、この地域による差異がほとんど見失われている。後でも述べるように、『剪灯新話』の日本への影響は極めて重要なのだが、その問題と他地域への影響とは全く別個の問題である。加えてこのことは、東アジアが持っていた怪異小説の可能性を見失わせる結果にもなっている。

本章では、そうした中国→日本という視点を相対化するために、特に中国→朝鮮への影響に重心を置きながら、『剪灯新話』が東アジアにどう伝搬され変化したのかを追ってみたい。

2 『剪灯新話』の世界

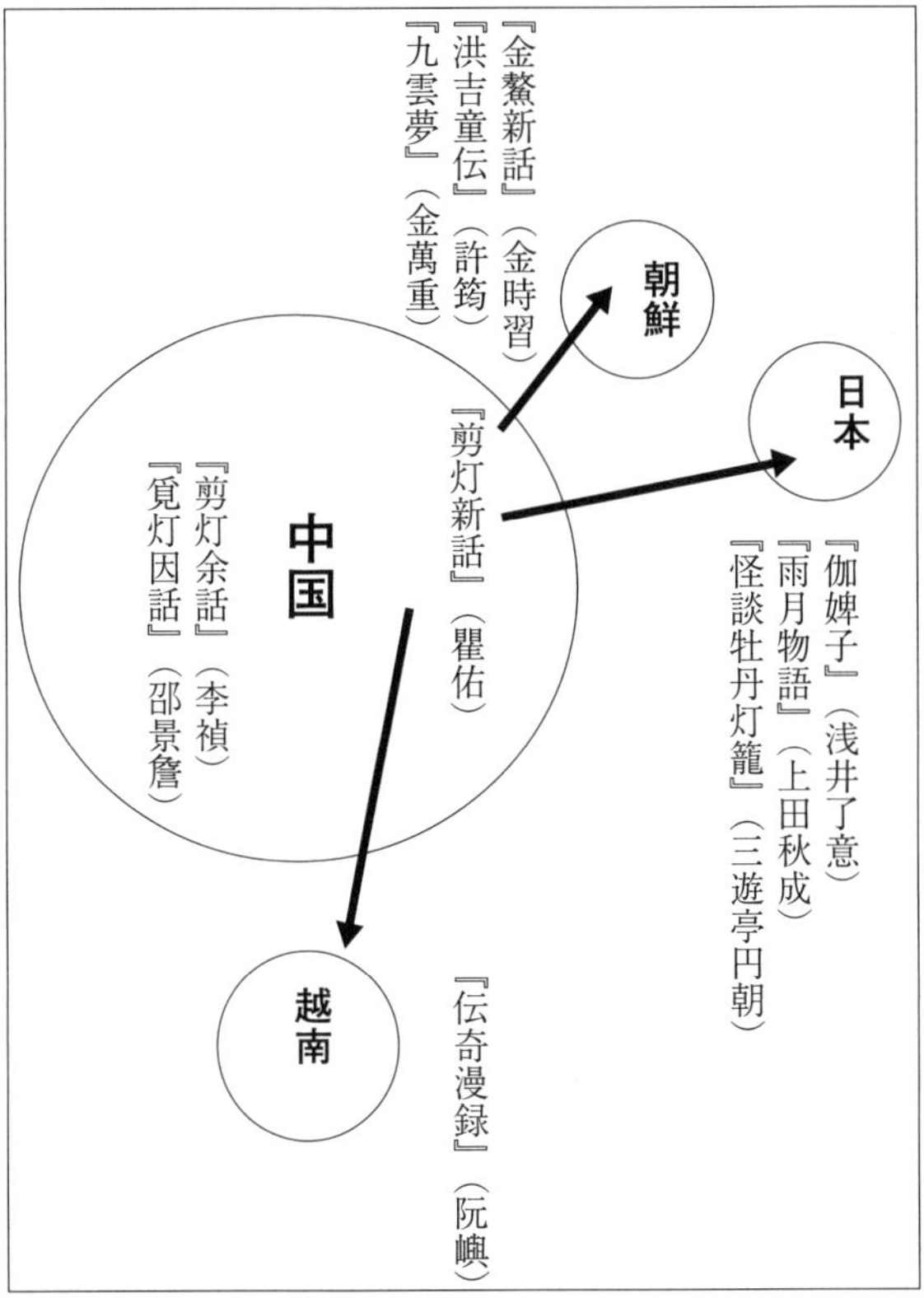

『剪灯新話』の影響を受けた代表的な文字作品

『剪灯新話』は良く知られているように、明代の瞿佑《くゆう》（一三四一～一四二七）の作で、二十篇の短編怪異小説が収録されている（実際はその十倍もあったとも言われるが、残っていない）。『剪灯新話』の短編は、いずれも物語としては比較的短く、話の筋は単純だが、六朝や唐の時代の志怪《しかい》小説や伝奇小説を素材にしながら、明代の時代状況を背景にして、リアリティを持たせている。とともに、随所に織り込まれた怪異描写は、単純な恐ろしさを超えた妖艶華麗な描写力を持っており、多くの読者を魅了してきた。

そのため、この作品は中国において、李禎《りてい》作『剪灯余話《よわ》』や邵景詹《しょうけいたん》作『覓灯因話《べきとういんわ》』など後に剪灯三種と言われる追随作を生み出したのはもちろん、影響は広く海外にまで及び、先に図示したように朝鮮半島では金時習《キムシプス》『金《ク》鰲新話《モシナ》』などの追随作や、許筠《ホギュン》『洪吉童伝《ホンギルトンジョン》』金萬重《キムマンジュン》『九雲夢《グーウンモン》』などの朝鮮古小説を代表する作品に影響を与え、日本でも浅井了意《あさいりょうい》『伽婢子《おとぎぼうこ》』、上田秋成『雨月物語』などの怪異小説が生れる素地になり、また越南（ベトナム）でも阮嶼《グエンズー》『伝奇漫録』などの成立に大きな影響を与えた。

この『剪灯新話』の中で最も有名な短篇と言えば、冒頭にも一部掲出した「牡丹灯記」であることは言を俟たない。この「牡丹灯記」の内容は広く人口に膾炙しているが、一応、あらすじをまとめておきたい。

牡丹灯記・あらすじ

中国は元の時代の末のことです。この頃は、天下大いに乱れて群雄割拠の時代となっておりました。明州（現在の浙江省）では毎年正月十五日の夜に灯籠祭りがありましたが、先ごろ妻を失った喬生《きょうせい》という男は、一人寂しく往来の人々を見送るばかりでありました。真夜中になって人影まばらになった頃でしょうか、召使の格好をした女が牡丹の灯籠をかかげて先に立ち、一人の女を案内してゆくではありませんか。その女の年は若く十七、八歳程度の美人、喬生はその女の美しさに惹かれて、ついふらふらと後を追ってゆきますと、女も振り返り微笑みました。女を家に招き入れた喬生が身の上話を聞くと、女は名を淑芳《しゅくほう》と言い、先ごろ父親に死なれ身寄りもなく金蓮《きんれん》と二人で仮住まいをしていると言います。初対面ながらも打ち解けた二人は一夜を共に過し歓楽を極めました。女は夜明けに家から立ち去りましたが、その日から毎晩金蓮と一緒にやって来ては一夜の歓楽を共にしました。

こうしたことが半月ほども続いた頃でしょうか、喬生のとなりに住む年老いた翁が不思議に思って壁の穴から喬生の部屋を覗きますと、紅白粉をつけた髑髏が喬生と囁き合っているではありませんか。驚いた老翁は翌朝すぐに喬生を問い詰めます。すると、喬生は全ての秘密を老翁に話しました。

喬生は老翁の注意に促されるまま、淑芳たちが住むという月湖の西に訪ねると、湖心寺に棺《ひつぎ》があり、その棺には淑芳の名と見覚えのある牡丹の灯籠、その下には侍女の人形があり、背中には金蓮の二字がありました。急に恐ろしくなった喬生は、家に帰ると老翁の教えに従い、玄妙観《げんみょうかん》の魏《ぎ》法師に会いました。法師は一見して喬生の異常を見抜きます。そして、朱の護符を家の門と寝台に貼るよう諭しました。果たしてその通りにしますと、その後は牡丹灯籠は現れず。喬生は危機を脱したかにみえました。しかし、一月後、喬生は友人の家からの帰途に、酔いも手伝って魏法師の戒めを忘れてしまいます。そして、ふらふらと湖心寺の前を通りかかると、金蓮に呼び止められ、そのまま寺の中に引き込まれてしまいました。寺には淑芳が居て、喬生の冷たい仕打ちに怨みを述べると、二人はそのまま棺の中に入り、喬生は死んでしまいました。

この事件があってから喬生と淑芳・金蓮は夜な夜な巷に現れました。そして、その姿を見た者は皆重病にかかりました。これを怖れたこの土地の人々は、魏法師に相談すると、四明寺の頂上に鉄冠《てっかん》道人という偉い修行者がいて、よく鬼神を鎮めると言います。人々はその言葉に従って鉄冠を訪ねますと、魏法師のおしゃべりめと迷惑そうにしながらも、鉄冠は人々とともに下山しました。鉄冠は、湖心寺に壇を作り道術をもって喬生と淑芳を捕らえると、二人を散々に呵責してから地獄へ送りつけました。その後、人々がお礼を申し述べようとして鉄冠を訪ねましたが、杳《よう》として行方が知れません。魏法師を訪ねますと、彼は唖《おし》となって口をきくことが出来なくなっておりました。

祭りの後に過ぎる一抹の寂しさと、自らの境涯の寂しさを重ねた主人公の、一瞬の心の隙に入り込んできた妖魔の世界。その妖しくも美しい世界が、主人公を奈落の底へと導いてゆく。この話は、まさに日本人好みの世界で、かつて江戸文学研究の碩学山口剛が、この話が日本に伝わらなかったら、江戸時代の怪談の盛り上がりはもっと後にずれこんだはず、と言ったのも頷ける。構成も小道具（金蓮という人形など）も実に上手く無駄がなく、恐ろしくも妖しい世界を創り出すことに成功している。

3　「吉備津《きびつ》の釜《かま》」の幽鬼世界

この「牡丹灯記」を東アジアで最も大切にしたのは、冒頭にも記したように日本である。この話は日本へ渡るやいなや沢山の追随作を生み出した。いま太刀川清氏の『牡丹灯記の系譜』（勉誠出版）(1)を基に、その影響下に生れた作品で代表的なものを列挙してみる。

・『奇異雑談集《きいぞうだんしゅう》』　「牡丹灯記」　作者未詳　一六二四〜四四年
・『伽婢子』　「牡丹灯籠」　浅井了意作　一六六六年
・『西鶴諸国はなし』　「紫女」　井原西鶴作　一六八五年
・『御前於伽《ごぜんおとぎ》』　都の錦《みやこにしき》作　一七〇二年

・『雨月物語』　「吉備津の釜」　上田秋成作　一七六八年
・『阿国御前化粧鏡《おくにごぜんけしょうのすがたみ》』　鶴屋南北作　一八〇九年
・『怪談牡丹灯籠』　三遊亭円朝作　一八八四年

この中で重要なものは、やはり浅井了意作『伽婢子』「牡丹灯籠」、上田秋成作『雨月物語』「吉備津の釜」、三遊亭円朝作『怪談牡丹灯籠』の三作だろう。とくに『雨月物語』の「吉備津《きびつ》の釜《かま》」は「牡丹灯記」系譜の怪異話としては白眉の出来栄えを誇る。

この物語は主人公で放蕩息子の正太郎に嫁いだ磯良《いそら》（吉備津神社の神主の娘）が、夫によく仕えたにもかかわらず裏切られ続けたことから、病の床で生霊となり、正太郎の妾を取り殺すと、正太郎自身をも死霊となって取り付いて惨殺するというものである。評価の高いのはその最後の部分、磯良の死霊に取り付かれたと知った正太郎が、陰陽師にもらった札を家に貼ったものの、結局は磯良の霊によって取り殺されてしまうという場面である。

かくして四十二日といふ其夜にいたりぬ。今は一夜にみたしぬれば、殊に慎みて、やや五更の天もしらじらと明わたりぬ。長き夢のさめたる如く、やがて彦六をよぶに、壁によりて「いかに」と答ふ。「おもき物いみも既に満ぬ。絶て兄長の面を見ず。なつかしさに、かつ此月頃の憂恐しさを心のかぎりいひ和さまん。眠さまし給へ。我も外の方に出ん」といふ。彦六用意なき男なれば、「今は何かあらん。いざこなたへわたり給へ」と、戸を明る事半ならず、となりの軒に「あなや」と叫ぶ声耳をつらぬきて、思はず尻居に座す。こは正太郎が身のうへにこそと、斧引提て大路に出れば、明たるといひし夜はいまだくらく、月は中天ながら影朧々として、風冷やかに、さて正太郎が戸は明はなして其人は見えず。内にや逃入つらんと走り入て見れども、いづくに隠るべき住居にもあらねば、大路にや倒れけんともとむれども、其わたりには物もなし。いかになりつるやと、あるひは異しみ、或は恐る恐る、ともし火を挑げてここかしこを見廻るに、明たる戸脇の壁になまなましき血濯ぎ流て地につたふ。されど屍も骨もみえず、月あかりに見れば、軒の端にものあり。ともし火を捧げて照し見るに、男の髪の髻ばかりかかりて、外には露ばかりのものもなし。

鬼気迫る描写、得体の知れない恐怖が読む側に伝わってくる。そうした恐怖が生み出される原因を大輪靖宏氏は、

ここで秋成は、正太郎がどのような目に遭ったのかを具体的に叙述してはいない。正太郎の叫び声をしるし、正太郎の姿がどこにも見えないことを述べ、そして、壁につたわる生々しい血と、軒先にひっかかった髻とを示すのみである。しかし、これだけで我々は正太郎の身の上に起った惨劇を十分に知ることが出来る。それどころか、どんなものが正太郎の身に襲いかかったのか、どんなことが正太郎に対して行われたのかがまったく我々には分からないため、我々はそこに正体不明のものに対する不気味さ、わけの分らない恐怖というものを感じ取ることになる。(『雨月物語』旺文社文庫、補注七一)(2)

と述べているが、まさにその通りである。安部公房も言うように、正体が分らないのが人間にとって一番恐ろし

い（安部公房「枯れ尾花の時代」）。この恐怖を日本人は古くから「もののけ（怪）」（「もの」とは正体の分らないものの意）と言い、それを描いた文学を「ものがたり」と言って大切に育ててきた（三谷栄一『物語文学史論』[3]）。そうした観点からすれば、この「吉備津の釜」の最後の部分は「ものがたり」の極地なのである。

一方、この「吉備津の釜」はまた、太刀川氏が挙げた一連の牡丹灯記系列の作品群の中にあって、その幽鬼の世界を極限にまで高めたものだとも言える。そうすると、この「吉備津の釜」の最後の描写は、秋成によって日本と中国の怪異表現が集大成されたまさにその瞬間だったと言って良いだろう。

4　楊少游《ヤンソユウ》、護符を破る

こうした秋成の怪異描写を代表とする日本の怪談は、中国小説などの素材を生かしつつ怪異表現を極限まで高めて行った。日本は、言霊（ことだま）の幸ふ《さきは》国（『万葉集』八九四、山上憶良）であると同時に、怪異の幸ふ国であると言っても良いだろう。この感触は、昨今日本の怪異物語を精力的に調査している堤邦彦氏の様々な報告（『江戸の怪異譚―地下水脈の系譜』[4]など）を見ても実感するところである。ところが、この「怪異」に対して日本とは全く違った表現方法を取った世界が東アジアにあった。その一つが朝鮮の古典小説の世界である。

先に述べたように『剪灯新話《せんとうしんわ》』の影響を受けた朝鮮の古典小説は多くあるが、まずその古典小説の雄『九雲夢《グーウンモン》』をあげて見よう。この作品の内容を簡単に示すと、

天上界で修行していた性真《ソンジン》は信心堅固な若き僧侶だったが、八人の仙女と出会い、その美しさによって人間

的な情欲に囚われてしまう。その為、師匠の六観大師によって人間界に生まれ変わることになる。そして楊《ヤン》少游《ソユウ》として様々な苦難に遭う中、同じく人間界に生まれ変わっていた八仙女たちと出会い結ばれる。そして、この八人の女性たちとの出会いによって楊少游は揺るぎない愛情の世界を構築することに成功する。しかし最後に人間としての情欲の限界を悟り、天上に戻って菩薩の大道を歩んだ。

となる。

この物語の主人公、楊少游と出会った八人の女性たちの中に賈春雲《カチュンウン》がいる。彼女は鄭瓊貝《チョンキョンペー》（後の英陽公主）の侍女だったが、瓊貝とはまるで姉妹のように仲良く育てられた。楊少游《ヤンソユウ》に邸内に忍び込まれ、姿を見られた瓊貝は春雲とともに美しい復讐を計画する。それは春雲を仙女とも鬼女ともつかぬ存在に仕立て上げて少游を篭絡しようとしたのであった。はたして少游は春雲の美しさに引かれ、見事に術中にはまってしまう。

ある日山中に遠出をした楊少游はこの世のものとは思えない美しい仙女に出会う。すっかり虜になってしまった少游は逢瀬を交わす。ところが、少游はふとしたことからこの仙女が実は既に夭折した薄幸の美女であったことを知る。それでも幽明を異にしようとも愛情に隔てはないと更に仙女に会うが、心配した友人の鄭生《チョンセン》が神通力のある杜処士《ソショサ》を連れてくると、処士は少游が魔物に魅入られていることを指摘し、このままだと命が危ないと警鐘を鳴らす。しかし、仙女を思って処士の言葉を少游は取り合わない。遂には喧嘩腰になって別れた少游と処士だったが、その夜、仙女は少游の元に訪れることがなかった。焦燥とした少游に仙女の声が聞こえてきた。それによると少游の髻の中に護符がありそれが原因で近づけないと言う。驚いた少游は髻から護符をつかみ出すと、遂裂破其符、痛恚益切（ついにはその護符を引きちぎり、その憤りはますます抑え難くなった）と、「護符」をびりびりに引きちぎってしまったのである。

その後全てを知った楊少游は春雲との仲を元通りにして一件落着となるが、この挿話に「牡丹灯記《ぼたんとうき》」の影響があることは今まで話した「牡丹灯記」の内容と系列話の展開からしてすぐに分ると思う。恐らく当時の読者も同様だったはずである。死霊、霊能者、護符といった「牡丹灯記」の必須アイテムを施すことで、作者金萬重は「牡丹灯記」の展開を読者の脳裏に浮かび上がらせようとし、それは成功しているように思う。ところが、この挿話が「牡丹灯記」や「牡丹灯記」系列の話（特に日本の話）と決定的に異なるのは、主人公が護符をびりびりに破ってしまうことである。

「牡丹灯記」とその系列の話を知っている我々は、楊少游のこの行為にひたすら驚くばかりなのだが、なぜ少游はそうした行為に及んだのだろうか。

5　怪力乱神《かいりよくらんしん》を語らず

楊少游がこうした行動に出たのは、第一に女性への情愛が深かったからである。だが、それだけではない。彼は科挙に壮元及第（一番で合格）をした優れた儒学の徒であったからである。儒教はこれも周知のように、仏教や道教などと違って現実を重んじ、虚妄を排した。孔子は、「未だ生を知らず焉《いずく》んぞ死をしらん」（生を知らない私が死を知るはずがない）「怪力《かいりよく》乱神を語らず」（「怪＝尋常でないこと」「力＝力の強いこと」「乱＝道理に背いて社会を乱すこと」「神＝神妙不可思議なこと」を語らない。共に『論語』）とも言った。つまり楊少游はそうした儒学の素養があるからこそ、神変不可思議な「護符」より、目の前にある情愛の世界を重視できたということになる。

ただ、大事なのは、そうした儒教が怪異を頭から否定しているわけではないことである。そのことは今挙げた孔子の文章を注意深く読めばよくわかる。すなわち、孔子が言った「未だ生を云々」は、孔子は「焉んぞ死をしらん」（どうして死を知ろうか、知るはずがない）と言ったに過ぎないのであり、決して死後の世界を否定したのではないからである。また「怪力乱神」も、「怪力乱神語らず」（語らない）と自分の姿勢を示したにすぎない。

こうした孔子の微妙な態度が、後の儒教や中国文学世界の展開の中で、怪異についての様々な言説を生み出すに至った。有名なところでは、六朝時代（三～六世紀）、世の中の神変不可思議な事象を取り上げた「志怪《しかい》小説」（「志」は「しるす」の意）がある。同じく六朝時代、東晋《とうしん》の干宝《かんぽう》が怪異小説『捜神記《そうじんき》』と歴史書『晋記』の両方を書いたことが、儒教と怪異の混在の濫觴とも言われる。それはともかくも、この孔子の態度は『九雲夢』の楊少游ともつながるものがある。彼は護符を破り捨てたが、それは愛する女との逢瀬を邪魔したからであって、怪異世界そのものを否定しているわけではない。たとえば、楊少游は、愛する女性がこの世のものでないと分ったあとも、こう言い放った。

幽明雖異、情義不隔（幽と明、あの世とこの世を違えてはいても、情愛に隔てはないものなのだ）

即ち、異界と現界、あの世とこの世、違いはあるにしても、それを貫くものがある、それが人間の情愛なのだと。また少游は、幽霊であることに気づかれた春雲が、これ以上お会いすることが出来ないと言って立ち去ろうとする時、次のようにも言った。

世之悪鬼神者　愚迷怯懦之人也　人死而為鬼　鬼幻而為人　以人而畏鬼　人之騃者　以鬼而避人　鬼之癡者　其本則一也　其理則同也　何人鬼之卞　而幽明之分乎　我見若斯　我情若斯　娘何以背我耶

（この世で鬼神を憎むのは、愚鈍で臆病な人のすることです。人間は死ねば鬼神になるでしょうし、鬼神が変身すれば人にもなれるでしょう。こうした近しい関係でありながら、鬼神を怖がる人間は愚かであり、人を避ける鬼神はよほど能力がないのでしょう。それは基をただせば一つで、その道理は同じだからです。人と鬼、幽と明の境などどうでもよいではありませんか。私は心からそう思っていますし、また私が貴方と会いたいという真情に嘘偽りはありません。それでも貴方は私のもとから去ってゆかれるのですか。）

幽霊の女性でなくてもほろっとしてしまう言葉だが、実は、この異界と現界とは隣り合わせであって、それを貫くものがあるという認識、これは朝鮮時代の怪異小説や怪異描写に共通する世界観の一つとして浮かび上がってくるものである。そうすると、日本と朝鮮の怪異描写の違いとは、怪異の肯定と否定というような単純な問題ではなく、怪異への向かい方もしくは怪異との距離感の違いと言うことができると思う。

6　ムーダン（巫堂）の世界と儒学の対立

それならば、『九雲夢《グーウンモン》』のこの場面、護符をびりびりに引き裂くなどということでなく、もうすこし抑えた描写もあったのではと思うのだが、なぜこうした厳しい描写を萬重《マンジュン》は敢えて施したのであろうか。実は、この描写の背景には、朝鮮時代の儒学とムーダン（巫堂、または巫覡、シャーマニズムの一種）の厳しい対立があったと思われるのである。

朝鮮時代、儒学を中心思想として確立した両班《ヤンバン》社会は、仏教や道教、特にそれらの影響を受けて成立し民間宗教化していたムーダンを痛烈に攻撃した。このムーダンは庶民層を中心に広がっていたのだが、その影響力はすさまじく、王朝の宮廷内にも様々な形で入り込んでいた。それが明らかになる度に、両班始め宮中の人間、そして全国の儒生が抗議に声を上げたことが朝鮮王朝の正式な記録である『朝鮮王朝実録』等に記されている。たとえば、萬重が都承旨《トスンジ》（王命の出納事務を行う承政院《スンジョンウォン》の長。正三品）を務めていた一六八三年十二月、当時の王であった粛宗《スクジョン》が痘瘡を罹った。この時、粛宗の母である明聖王后《ミョンソンワンブ》金《キム》氏は、息子の身を心配するあまり、巫女を宮中にまで入れて神堂を作り祈祷を行わせた。両班始め宮中の多くの人間たちは、当然この明聖の行為を非難した（『朝鮮王朝実録』粛宗十四巻）。

ムーダンは「除災招福」を行うクッ（굿）を儀礼の中心とする。ムーダンは人間の全ての厄災の原因を「恨」を遺したまま死んで祀られない人間の魂（鬼神）のせいであるとして、その鬼神たちに施食など慰撫することによって、病気の治療、死者の供養など、生きている人間の願望を適えようとした。その担い手はほとんどが女性

であり、かつ信奉者の多くも女性たちであった。一般的には庶民（中人）の女性たちに広がっていたのであるが、朝鮮時代も後期（十七世紀以降）に入ると両班の婦女子たちにも浸透し始めていた。それが明聖王后のような王の母親までに広がっていたことに、この時期のムーダンと儒教の際どい関係を見ることができる。

そしてこうした宮中に入りこんでいたムーダンの問題が、最も悲劇的な結末をもたらしたのが、同じく粛宗時代に起きた巫蠱《フユ》の獄（一七〇一年）と言われる事件であった。この事件は、粛宗の正妃である仁顕《インヒョン》王妃を、妾の位置にあった禧嬪《ヒビン》張《チャン》氏が呪い殺そうとして、ムーダンを宮中に入れ、夜ごと呪わせていたという事件である。この呪詛は秘密裏に行われていたが、王妃が本当に死んだこともあって、禧嬪張氏の呪詛が発覚してしまった。このことを知った粛宗は怒りのあまり禧嬪張氏に死薬を下し殺してしまったのである。この十七世紀末から十八世紀初にかけての時期は、儒学とムーダンが最も緊張した関係にあったと考えられるのだが、『九雲夢』が萬重によって書かれたのが一六八七年であり、丁度この時期にあたる。

ちなみに、『朝鮮王朝実録』[5]の中にはムーダンの呪詛に関する記事が散見される。これらを読むと、当時の両班たちは、このムーダンの王城内外での跋扈《ばっこ》に相当頭を痛めていたことがうかがえる。この記事の回数を一覧表にしてみた（次頁）。

ここに明聖王后の神堂事件、『九雲夢』の成立時期、巫蠱《フユ》の獄を書きいれてみた。こうしてみれば、ムーダンの勢力が一六〇〇年あたりの光海君の時代から急速に増えて一七五〇年の英祖の時代まで大きな山を作っていることが分かる。その山の丁度中間に、明聖王后の神堂事件と巫蠱《フユ》の獄が起き、かつ『九雲夢』も成立していることが分かるのである。

ちなみに、ムーダンにおいて「護符」は極めて大切なアイテムであった。ムーダンの護符は様々な用途に用い

			呪詛記事登場回数														
王朝	年(西暦10年ごと)	主な事跡	1	2	3	4	5	6	7	8	9	10	11	12	13	14	15
1太祖2定宗3太宗	1391～1400	太祖（李成桂）、高麗を滅ぼし即位、定宗即位、太宗即位	■	■	■												
	1401～1410	都を開城から漢陽（ソウル）へ移す															
4世宗	1411～1420	世宗即位、和寇の本拠地とされた対馬遠征（応永の外寇）															
	1421～1430		■	■	■												
	1431～1440																
5文宗	1441～1450	世宗、『訓民正音』を発布、ハングルを制定、文宗即位															
6端宗7世祖	1451～1460	端宗即位、世祖即位															
8睿宗9成宗	1461～1470	睿宗即位、成宗即位															
	1471～1480		■														
	1481～1490																
10燕山君	1491～1500	燕山君即位															
11中宗	1501～1510	朝鮮性理学の高峰、李滉（退渓）出生、中宗即位															
	1511～1520	釜山浦などに居留する日本人、反乱を起こす（三浦の乱）															
	1521～1530		■	■	■												
	1431～1540		■	■	■	■											
12仁宗13明宗	1541～1550	仁宗即位、明宗即位	■														
	1551～1560																
14宣宗	1561～1570	宣宗即位															
	1571～1580	李栗谷『聖学輯要』	■														
	1581～1590																
	1591～1600	豊臣秀吉の日本軍が侵攻（壬辰倭乱／文禄の役）と再侵攻															
15光海君	1601～1610	光海君即位	■	■													
	1611～1620	『東医宝鑑』（許浚）刊行	■	■	■	■	■	■	■	■	■	■	■	■	■	■	■
16仁祖	1621～1630	仁祖即位	■	■													
	1631～1640	清による侵攻（丙子胡乱）	■	■	■	■	■	■	■	■	■	■	■	■			
17孝宗	1641～1650	孝宗即位	■	■	■	■	■	■	■	■	■	■	■	■	■		
18顕宗	1651～1660	顕宗即位	■	■	■	■	■	■	■	■	■						
	1661～1670	礼論によって西人と南人が対立															
19粛宗	1671～1680	粛宗即位	■														
	1681～1690	政争が激化。**明聖王后神堂事件、『九雲夢』成立**	■														
	1691～1700		■														
	1701～1710	粛宗の妃、仁顕王妃（閔妃）没、**巫蠱の獄**	■	■	■	■	■	■	■	■	■	■					
20景宗	1711～1720	景宗即位															
21英宗	1721～1730	英祖即位	■	■	■	■	■	■	■	■	■	■	■				
	1731～1740		■	■	■	■	■										
	1741～1750		■	■	■												
	1751～1760																
22正祖	1761～1770	正祖即位															
	1771～1780		■	■	■												
	1781～1790																
23純祖	1791～1800	純祖即位															
	1801～1810																
24憲宗	1811～1820	憲宗即位															
	1821～1530																
	1431～1840																
25哲宗	1841～1850	哲宗即位															
	1851～1860																
26高宗	1861～1870	高宗即位															
	1871～1880	江華島事件、1876日朝修好条規															
	1881～1890																
	1891～1900																
27純宗	1901～1910	純宗即位															

朝鮮王朝実録・巫俗呪詛関連年表

られたが、少游《ソユウ》の髪に挟んであったのは、逐鬼符《チユツキブ》（축귀부）であったとすれば、両班である少游、そして作者の萬重が、敢然と護符を破り捨てた理由も分かってくる。つまり、楊少游（萬重）が破り捨てたのは、怪異世界そのものではなく、その怪異世界と人間世界を様々な呪法でもって操ろうとするムーダンの世界であったと考えてよい。

このムーダンと儒学の対立は、朝鮮時代のみならず、朝鮮半島の歴史・文化を考える上でも極めて重要な問題である。それは、この両者が古い時代から延々と対立してきたという、その歴史や時間のことだけを言うのではない。丹羽泉氏も指摘するように（「文化論からの接近」『韓国語教育論講座』第四巻）[6]、ムーダンは、朝鮮儒学の鬼子であったということである。すなわち、厳格な男性原理と父系血縁原則を貫く儒教において、常に理不尽に阻害され続けたのは女性たちであった。その女性たちの不安・不満・労苦を慰撫し吸収しつづけてきたのがムーダンであったからである。

巫俗《ふぞく》文化は、儒教的な規範によって支えられる親族構造を、強めこそすれ、決して弱めることのない方向に関与しているということができる。つまり、中国以上により徹底した儒教規範を浸透させることを可能にしているのが巫俗文化である、ということができるし、また一方で巫俗文化がなお存続し続けている理由も、徹底した儒教規範によってささえられている社会構造にあるから、ともいえるわけである。ここに両者が相互に補完的な関係を持っている側面をみることができるのである。（丹羽泉氏「文化論からの接近」）

こうした儒教とムーダンの関係を基に、楊少游の護符を切り裂いた行為を考えると、この描写が単なる『剪灯新話』「牡丹灯記」の流用やパロディなどではないことが分かって来る。とくに萬重は母親を通じて、両班の婦女子たちと関係が深かった人物と言われる。『九雲夢』もまずはそうした女性たちに読まれることを意識していたはずでもある。すなわち、萬重はこうした描写をすることによって、当時の貴族、特に両班の婦女子たちに広がっていたムーダン世界を否定するとともに、そうしたムーダンに頼らずに情愛の世界を打ち立てることの重要性を説いたということが出来る。情愛というものは幽明を越えるものであり、必要以上に鬼神(幽霊)を恐れてはならないという先の楊少游の主張は、ムーダンに翻弄される朝鮮王朝の女性たちに向けての、萬重のメッセージであったと考えられるのである。

7　西鶴も成しえない護符破り

ともかく、この護符をびりびりに破り捨てるという行為、なかなかに日本人には為しえることではない。江戸時代の日本で神仏を茶化すような描写を得意とした西鶴でさえ、こうした露骨な神仏否定は出来なかった。たとえば『好色一代男』巻四の三「夢の太刀風」に女の化物が登場する。この化物は主人公の世之介が昔付き合った女たちで、世之介に捨てられた恨みから化物になって世之介を襲ったのだった。世之介は刀を抜いて散々に切り捨てて何とか窮地を脱するが、その後を見るとその女たちの起請文《きしょうもん》がびりびりに破れていた。すなわち、この化物は女たちの書いた起請文(女たちが世之介に愛情の変わらないことを誓約した文章)が変化(へんげ)したものだったのだ。そして、その後に「されども神おろしの所々は残り侍る」(けれども、神仏の名を書いたところだけは破れないで残っていた)という描写がされる。

つまり、起請文というのは「梵天、帝釈…何々大明神、何々菩薩…」と神仏の名をもとに誓約をするわけで、それがビリビリに破れていたとすると、神仏を蔑ろにする描写になってしまう。西鶴はその辺りを気遣って、こうした一文を入れたのである。

もちろん、護符のような神仏に関係するものをびりびりに破いたと言えば、西鶴の『西鶴諸国はなし』巻一の四「傘の御託宣」を思い出す人が居るかも知れない。この話は紀州掛作《かけづくり》の観音から大風に乗って九州の山奥に落ちた傘を神様と間違えた愚か村の人たちを描いたものである。結局傘に性根が入り人身御供として若い女性を所望すると、身代わりにたった「色よき後家」は何の性交も試みない傘に対して怒り、びりびりに破り捨ててしまったという話である。確かにこの傘は神仏と言えなくもないが、女性を所望するなど、欲望丸出しで、神仏としての聖性をほとんど失っている。だからこそ、後家に破られるという話が笑いを生むわけで、この話を先の『九雲夢』の話と同一にするわけには行かない。

日本では一体に縁起を担ぐ、または触らぬ神に祟りなし、ということもあって、神仏に関することはどんな些細なことでも丁重に扱うのが習いになっている。現代でも、神社などで入手したお札や破魔矢などをそのまま捨てることの出来る人はまだまだ少ないはずで、神社などに返納するのが通例だろう。かつて明治の始めに福沢諭吉が便所にお札を捨てて何とも無かったと書いているが（『福翁自伝』「十二三歳のころ」）、これなどが日本では早い例で、かつ進歩的知識人の福沢だからこそ出来た行動であったと言える。よって、その前の江戸時代では、楊少游《ヤンソユウ》の取った行動は、いくら愛情の妨げになったとは言え真似のできる行動ではなかった。

とにもかくにも、幽鬼世界を退散させてしまうほどの深い情愛。これが『九雲夢』のテーマだったと言ってよいだろう。こうした描写が平然となされるわけだから、朝鮮の古典小説世界には、日本で展開、発展したような幽鬼世界の描写というのは少ない。野崎充彦氏はこうした彼我の違いを「日本では数万種といわれる妖怪も、朝鮮ではトッケビ一種類で事足りるありさま」(「朝鮮の鬼神譚」『国文学』[7])と言われた。表立ったところではまさにそうで、日本で連綿と続いた『剪灯新話』や「牡丹灯記」の影響も、朝鮮ではこの『九雲夢』で護符が破かれて以降ぱたりと消えてしまった。ただ、先の楊少游の言葉からも分かるように、朝鮮ではこうした幽鬼世界が知識人に意識されていなかったわけではないし、そうした意識を基に生まれた作品もある。と同時に、そうした作品の中には、日本の怪異小説とは全く違った世界が現出していて、東アジアの怪異小説という視点から考える時に極めて重要な問題を私たちに提示している。

こうした問題に関しては、日本の怪異小説を立脚点にして考えていてはだめで、日本を離れて朝鮮などの他地点に立って考える、まさに東アジア的視点が必要なのだが、これは些か長くもなるので、次章に譲ることとして、この怪異小説と護符の問題をここではもう少し続けてみたい。というのは、先にも引用した円朝『怪談牡丹燈籠』は更に明治・大正期に受け継がれて改作されてゆく。その代表的なものに石川鴻斎《こうさい》『夜窓鬼談』(一八八九年)や長田秀雄『牡丹灯籠』(一九一七年)等があるのだが、その長田が改作した『牡丹灯籠』の大団円では、お札を剥がしたのは欲に目が眩んだ隣人の伴蔵《ばんぞう》とお峰《みね》ではなく、お露《つゆ》への愛情を抑えきれなかった萩原新三郎自身の仕業とされている。そして円朝の描写では苦しみ悶えながら死んでいった新三郎は、長田によって「手に一枚雨寶陀羅尼を認めたるお札を持ったまま死んで居」るとされた。長田は本物語を飽くまでも二人の恋愛物語として完結させたのである。

この改作の当否を今は問わない。しかし長田の改作が、日本における『剪灯新話』系列の作品で、護符(お札)が大切に扱われてきた、その極みに到達していることは間違いない。こうした日本での扱いと、先の『九雲夢』での扱いを比べてみたとき、その確然たる違いに改めて驚かされるのである。そこで以下では今までとは反対に、日本でなぜこれほど護符（お札）が大切にされたのか、その辺りの事情をもう少し探ってみたい。

8 怪異小説・モノ・下駄・灯籠

今も述べたように『剪灯新話』系列の話の中で、この護符（あるいはお札）が重要な道具（アイテム）であることは言うまでもないことなのだが、改めて系列作品を見直してみると、そうした道具（アイテム）や小物類などのモノがこれらの作品に満ち溢れていることに気づかされるのである。

その代表が、本章の最初に挙げた円朝『怪談牡丹灯籠』の「駒下駄」である。下駄が日本の代表的履物であることは言うまでもない。戦前の朝鮮で日本人が「チョッパリ」（豚の足）と言われたのも、この下駄履きを指してのことである。道路が舗装されてしまった現代では想像し難いが、高温多湿で雨の多い日本において下駄は極めて有能な履物であった。と同時に下駄は草履と比べて音を出す。駒下駄の前身である馬下駄は馬蹄のような音を出すためにその名がある（『守貞漫稿《もりさだまんこう》』）。いち早く芭蕉が下駄の音を木魂《こだま》に準えたように（「夏の夜や木魂に明くる下駄の音」『嵯峨日記』）、江戸時代の人間は下駄を音で聞き分けた。平安朝の貴人が香木の種類で恋人の訪れを聞き（嗅ぎ）わけたのと相似である。とすれば、この円朝の語りの部分は、恐怖とともにエロティシズムも醸し出していたことになる。

モノに結び付いた、このような怪談の在り方は、同作に登場する「蚊帳」「香合」「金無垢の尊像」「金百両」も同様な役割を負っていたと考えてよいが、さらに表題の「灯籠」も同じである。この表題は、原話瞿佑《くゆう》の「牡丹灯記」の「灯記」を「灯籠」に変えただけであり、すでに江戸初期の『伽婢子《おとぎぼうこ》』（浅井了意）時点での変更ではあったが、この変更の意味は大きかった。これについては既に太刀川清氏が注1の前掲書で、以下のように述べている。

題名は「牡丹灯籠」としただけであったが、「灯」と「灯籠」の僅かの違いでも、そのもたらす意味は違っていた。「灯籠」に日本の夏の風物詩を、とりわけ盂蘭盆《うらぼん》の灯籠に思い及ぶのが読者であったからである。

灯籠が日本の盂蘭盆《うらぼん》の風物詩として庶民に深く浸透しており、それを浅井了意が巧みに使ったことはまさに太刀川氏の言われる通りであるが、さらに重要なのは、「灯」が火を灯すことそのものを指していたのに対して、「灯籠」は「灯」そのものでなく、その「灯」を入れる「籠」というモノをクローズアップしたことである。ここに日本の怪談が持つ性格が鮮やかに表れている。日本の怪談は、怪異や妖怪といった可視化しにくいものを描く時も、漠然とした恐怖を演出するのではなく、具体的なモノを挙げて、それを象徴化することによって恐怖が増殖する方法を取る。先に挙げた『雨月物語』「吉備津《きびつ》の釜《かま》」において、正太郎の最期が軒先に引っ掛かった「男の髪の髻《もとどり》ばかり」であったことがその証左である。要するに日本の怪談は、モノに対するフェティシズム抜きには成立しがたいのである。

もちろん、瞿佑《くゆう》「牡丹灯記」の「牡丹灯」も単なる灯ではなく、原文で「双頭ノ牡丹燈」と書かれているようにフェティシスティックなモノの性格を帯びていた。よって牡丹灯記系列の灯籠に対するフェティシスティックな性格は本話が渡日した後に生まれたものではなく、『剪灯新話』から受け継いだとも言えるのだが、『剪灯新話』全体を見渡しても、こうしたフェティシスティックな性格を持った話は少ない。逆に言えば、だからこそこの「牡丹灯記」が『剪灯新話』の中から抜きん出て日本で人気を博したのだとも言えるのである。このことと関連すると思われるのが、この「牡丹灯記」で淑芳《しゅくほう》の供をする金蓮《きんれん》が、実は死者に備える人形であったことである（原文「一盟器ノ婢子」）。この人形こそフェティシズムの最たるものであるが、『剪灯新話』を日本で初めて本格的に翻案した浅井了意が、その書名を『伽婢子《おとぎぼうこ》』としたのは、この人形（婢子）から取ったものであった。了意の意図を十全には理解しにくいが、了意が「牡丹灯記」を愛したその理由の在り処が、この話のそうしたフェティシズムに溢れた性格にあったと見ても良いだろう。

いずれにしても、駒下駄（下駄）にしろ牡丹灯籠にしろ、これらが日本人の生活やフェティシスティックな性格と深く結びついたモノとしてあり、それを効果的に利用したのが了意の『伽婢子』から円朝『怪談牡丹灯籠』等を始めとする日本の怪談であったことは疑いがない。

もちろん、こうしたモノの使い方やモノへのフェティシズムは日本の文学作品に多く見られるのであり、怪談に特化できるものではないが、やはり怪談を第一に考えたくなってしまうのは、日本の妖怪にモノが化けたものが多く、それが夥しい数に上るからである。

9　百鬼夜行絵巻・付喪神《つくもがみ》・玩物喪志《がんぶつそうし》

モノが化けた妖怪と言えば、半ば自動的、反射的に浮かび上がって来るのが、『百鬼夜行絵巻《ひゃっきやぎょうえまき》』やそうした絵巻などに多く登場する付喪神《つくもがみ》の存在であろう。『百鬼夜行絵巻』や付喪神については人口に膾炙した存在であるので、あまり説明を必要としないだろうが、一応の説明を試みれば以下のようになろう。

百鬼夜行絵巻《ひゃっきやぎょうえまき》：深夜徘徊する妖怪や鬼の姿を描いた絵巻。百鬼夜行の妖怪については中世の説話を中心に多く文学作品に登場するが、それらを絵巻化したのが百鬼夜行絵巻である。代表的作品に京都大徳寺真珠庵《だいとくじしんじゅあん》のものや、江戸中期の鳥山石燕《とりやませきえん》作のものがある。

付喪神《つくもがみ》：日本の民間信仰で年を経た器物や動物に霊が乗り移り妖怪化したものを言う。九十九神とも書き、鎌倉時代の『土蜘蛛草子』に付喪神の原型があると言われる。室町期の『付喪神絵巻』や『百鬼夜行絵巻』に至って多様で一定の完成された付喪神の姿を見せる。江戸時代以降も様々な形で文学・芸術に登場する。

京都大徳寺真珠庵蔵の『百鬼夜行絵巻』に登場するもので妖怪化した器物として、琵琶・琴・沓《くつ》・払子《ほっす》・鰐口《わにぐち》・扇子・笙・鳥兜《とりかぶと》・草鞋・傘・紺布《こんふ》・鉦《かね》・鍋蓋・釜・鋏などが挙がる。生活用品が多いのが特徴で、百鬼夜行ならぬ百器夜行の様相を呈するが、器物の妖怪化はこうした『百鬼夜行絵巻』や『付喪神《つくもがみ》絵巻』のみならず、日本の怪異譚全体に広がっている。それは先に挙げた『西鶴諸国はなし』巻一の四「傘の御託宣」なども同様で、この種の話を拾うことは実に容易いのである。日本の物語はまさしくモノ語りだったと言ってもよい。

こうしたモノ語りは、朝鮮にほとんど見られない。元来数が少ないのであるから断定しにくいが、管見の限りこの手の器物妖怪は朝鮮ではトケビと呼ばれる妖怪のしかも一部しかない（金容儀「韓国のトケビと日本の「付喪神」」小松和彦編『妖怪文化の伝統と創造』二〇一〇年、せりか書房）。どうしてだろうか。先に朝鮮に怪異譚が少ないのは、朝鮮が「怪力乱神を語らず」という儒学の教えを守ったからだと述べたが、もう一つ「玩物喪《がんぶつそう》志《し》」も儒学においては厳しく戒められた行為であったことを、ここでは第一に思い出すべきだろう。

この玩物喪志の出自は周知のように『書経《しょきょう》』「旅獒《りょごう》」の「人を玩べば徳を喪い、物を玩べば志を喪う」であり、周の武王が周辺諸国の貢物に心を奪われそうになった折、重臣の召公が諫めたのがこの言葉である。当初、「玩物」の「物」は宝物・貢物などを指したが、次第に書物や器物、無用な画・詩文創作などを指すようになった。朝鮮時代では特に画の創作においてこの玩物喪志は大問題となって画家たちの活動を制約した。それが漸く緩むのは、朝鮮時代後期、それも更に後半になって、儒学界に実学派が勢いを広げてからである。金弘道《キムボンド》や申潤福《シンユンボク》などの風俗画や比較的自由な発想が許された真景山水画《しんけいさんすいが》などが出てきた辺りである。

よって、朝鮮において器物の妖怪画を描くなどという芸当は、「怪力乱神」「玩物喪志」の両面から縛られている為に、表立っては書くことが出来なかった。先に取り上げた『九雲夢』における楊少游の護符破りも、そうした中に置いて捉える必要がある。金萬重の書いた幽鬼の世界は当時の朝鮮儒学界の中におけるぎりぎりのラインだったのである。

こうした彼我の違いは、日朝比較論としてはいささか退屈な問題かもしれない。こうした違いなら怪異小説のみならず、他にも多々見出せるからである。ところが、この怪異に対する日朝の対応の差は、日朝比較論を越えて東アジア全体にまで広げた時、極めて重要な東アジア文学史の問題として浮上してくるのである。

10　東アジアの近代化と日中朝の奇談・怪談の在り方

二〇〇五年春に出版した拙著『西鶴小説論―対照的構造と〈東アジア〉への視界』（翰林書房）で、東アジアの各国・諸民族の中で何故日本が最初に近代化（資本制化）に成功できたのか、またその視点から日本の文学史を再構成するとどうなるか、を論じたことがあった（「第一章、西鶴、可能性としてのアジア小説」）。そこでは小林多加士氏の『海のアジア史─諸文明の「世界＝経済」』（一九九七年、藤原書店）や川勝平太氏の「日本の工業化をめぐる外圧とアジア間競争」（『アジア交易圏と日本工業化１５００─１９００』浜下武志・川勝平太編、リブロポート、一九九一年所収）を援用しながら、

① 十五〜十七世紀、東アジアの海域では、重商主義的な意識をもった海民や倭寇などの活躍によって資本制が産声を挙げていた。

② その産声を受け継いで育て上げることが出来たのは、同じく重商主義的であった日本であり、商業を蔑視した儒教を中心思想に据えていた中国や朝鮮では、東アジアの海域に育ちつつあった資本制を育てることが難しかった。

③ その成長ラインの中枢に江戸時代の大坂があり、そこで商人を中心に商業に携わる人間を題材にして新しい文学を生みだしていた西鶴こそ、東アジアの近代文学、近代小説の端緒と位置付けられる。

の三点を述べてみた。この時は西鶴小説の位置付けが目的であったので、他に広げて考えることはしなかったが、実は、このアジアの近代化が日本を先頭に行われたという視点は、政治経済史以外にも文化・文学史など様々な問題に敷衍できる極めて重要な問題である。ここで述べている日本の怪異小説についてもそれは同様である。たとえば、日本であれほど人気があった『剪灯新話《せんとうしんわ》』も中国では一時期禁書にされたりして後世にほとんど

影響を与えなかったし、その『剪灯新話』の影響を受けて成立した朝鮮の『金鰲新話《クモシナ》』も、後世の誤解を恐れた著者（金時習《キムシスプ》）自身が、自らの手によって石室に封じ込めざるをえなかった（金安老《キムアンロ》『龍泉談寂記《ヨンチョンダムジョッキ》』）(8)。「怪力乱神」「玩物喪志」を厭う中朝儒学の強い影響がそこにあったのである。そうした中朝に比べて、日本では「怪力乱神」「玩物喪志」を忌むムードは弱かった。むしろ「怪力乱神」を語ることは、自然の中に満ち溢れている八百万の神々や神仏精霊との交流を促進し、「物」と戯れることで日本人は「物」に対する畏敬の念を培ってきたと言ってよい。

もちろん、周辺とは言え中国からの影響を多々受ける位置にあった日本であるから、儒学が日本に強い影響を与えた時期もあった（南北朝戦乱期や近世初期など）、しかしそれが局部的なものにとどまったことは、近世初期、儒学の影響を最も強く受けたはずの林羅山にしてからが『怪談全書』や『本朝神社考』などの「怪力乱神」丸出しの本をまとめている一事からして了解されるのである（『怪談全書』については羅山に仮託されたものだとの説もある）。

従来、こうした日本の怪異世界の在り方については、日本や日本人の精神世界という、ナショナリスティックな視点や、形而上学の問題として専ら論じられてきたが、実は形而下的なレベルでも極めて重要な問題である。すなわち、日本における怪異世界の賑わいが、経済的商業的にどのような影響をもたらしていたのか、すなわち「怪異の経済学」という問題である。

近時、堤邦彦・飯倉洋一・近藤瑞木(9)の諸氏が明らかにしつつあるように、近世小説の世界において、奇談・怪談の世界は実に大きな意味をもっていた。近世小説の中でこの奇談・怪談を扱ったものの総数が何点ほどに及ぶのかは、今後の博捜を俟たねばならないが、飯倉氏も指摘するように（『「奇談」書を手がかりとする近世中期上方仮名読物史の構築』[10])、宝暦から明和にかけての書籍目録類に「奇談」という項目が表れ、そこに奇談・怪談類が包摂されてゆくのは、近世中期、この分野が出版書肆にとって、大きな意味を持ち始めてきたからであった。言うまでもなく、こうした趨勢は「怪力乱神」「玩物喪志」を厭う中国・朝鮮では起こり得ない状況であった。

先に挙げた小林多加士氏、川勝平太氏よりも早く、梅棹忠夫氏が『文明の生態史観』(一九六七年、中央公論社)で指摘していたように、日本の近代化の礎が江戸時代の商工業の発展にあったとすると、江戸時代の出版文化の発展、特に庶民層への読み物類の広がりは、日本人の識字率の高さや教育熱の高揚と広がり(鈴木俊幸『江戸の読書熱 自学する読者と書籍流通』平凡社、二〇〇七年)、明治期以降の義務教育制度の急速な発展とも関わって、日本近代を支えた礎の一つとして極めて重要な役割を負っていたと見なくてはならい。そして、その書肆を支えた怪異小説ブーム。それは、中国・朝鮮には存在しえなかった日本の「怪力乱神」「玩物喪志」的発想に因るとすると、日本の近代化の礎の一つには、この「怪力乱神」「玩物喪志」的発想があったとも言えるのである。

こうしてみると、この「怪力乱神」「玩物喪志」をめぐる日本と中国・朝鮮の対応の違いは、両者の文化の発展から、さらに近代化という極めて大きな問題にまで影響を与えていることが分かってくるのである。そうした意味で言えば、今回取り上げた『剪灯新話』の朝鮮・日本への伝搬で、両者に大きな差が生まれていたことは、単に怪異小説の伝搬といった問題に留まらない文化・文明的な問題として捉え直さねばならないだろう。

ただ、もしそうであるとすると、日本の近代化の基礎を作ったのは魑魅魍魎たちだったという不思議なパラドクスが生まれて来ることになる。また、楊少游《ヤンソユウ》の護符破りと、朝鮮時代に怪異小説が盛行しなかったことを重く見れば、中朝の近代化を遮ったのは魑魅魍魎を否定した合理的な精神(儒教)であったという、これも不思議なパラドクスが出来する。
恐らく、ここには近代化と資本制化のズレが表出していると考えられるが、この近代とは何かを問う材料としても、東アジアにおける怪異小説の系譜学というのは、極めて重要な問題を含んでいるのである。

注

（1）太刀川清『牡丹灯記の系譜』勉誠出版、一九九八年。なお該書の系譜は明治期の『牡丹灯籠』（三遊亭円朝、一八八四年）並びに石川鴻斎『夜窓鬼談』（一八八九年）で終っているが、その後の展開も見過ごせない。本章の中で長田秀雄『牡丹灯籠』（一九一七年）の持つ問題を挙げたが、またそれ以後も小説・講談・映画・漫画などが重要な問題を提起している。いずれ機会があれば論じてみたい。
（2）大輪靖宏『雨月物語』旺文社文庫、一九七九年
（3）三谷栄一『物語文学史論』有精堂出版、一九五二年
（4）堤邦彦『江戸の怪異譚―地下水脈の系譜』ぺりかん社、二〇〇四年
（5）全一八九三冊（朝鮮王朝実録公開サイトの解説による。二十五代哲宗までで二十六・七代の高宗・純宗は含まれていない）に及ぶ『朝鮮王朝実録』の全ての記述から、巫俗や呪詛に関する記録を引くことは難しいが、幸い一九三九年に朝鮮総督府中枢院の嘱託であった今村鞆が膨大な『朝鮮王朝実録』から風俗に関する資料を抜き出した『李朝実録風俗関係資料提要』を作成している。これを二〇〇九年に崔錫榮が解題を付し『민속・인류학자료대계（民族・人類学資料大系）』（民俗苑［ソウル］）として刊行した。ここに巫俗に関する資料は網羅されていると考えられるので今回はこれを使うことにした。もとより今村の作業も検証しなければ第一級の資料として扱えないことは言うまでもないが、大方の趨勢はこの資料から見通せるはずである。
（6）丹羽泉「文化論からの接近」『韓国語教育論講座』第四巻、野間秀樹編、くろしお出版、二〇〇八年
（7）野崎充彦「朝鮮の鬼神譚」『国文学』学燈社、二〇〇七年九月
（8）「入金鰲山、著書蔵石室曰、後世心有知寄者、基書大抵述異寓意、効剪燈新話等作也」

（9）近藤瑞木『百鬼繚乱―江戸怪談・妖怪絵本集成』国書刊行会、二〇〇二年。「怪談物読本の展開」『西鶴と浮世草子研究2号』高田衛・有働裕・佐伯孝弘編、二〇〇七年

（10）飯倉洋一「「奇談」書を手がかりとする近世中期上方仮名読物史の構築」科研費報告書、二〇〇七年

2 天下要衝のユートピア
――『金鰲新話《クモシナ》』の世界

『剪灯新話』の影響を受けた朝鮮の小説に『金鰲新話《クモシナ》』がある。この作品、日本では『剪灯新話』↓日本の怪異小説群という流れの中に埋没し、韓国では逆にナショナリスティックに持ち上げられすぎて、孤高の名品と化してしまったきらいがある。本章ではこの作品を東アジア全体の中から豊かに捉え直す方法として、「天下の要衝」であった朝鮮という地政的観点を用いてみたい。ここから、『金鰲新話』の新たな魅力が浮かび上がると同時に、朝鮮文学への新しい視座も獲得できる。

1 「東アジア」という視座の難しさ

「東アジア」に限ったことでは無いだろうが、国や民族を越えて、研究のパースペクティブ（視座）を確立するのは、なかなかに難しい。

それは単に情報量の多さ広さにどう対応するかといった問題だけではない。たとえば東アジアを標榜した日本の研究書の中に、視野は東アジアに広げてはいるけれど、日本研究の延長でしかないものを、まま見つけることがある。広範囲に東アジアから資料を抽出して、その影響や同時代性を論じているけれど、日本を相対化出来ていないために、結局、日本の中だけ行われるものと同じことになってしまっている。残念ながら、それを東アジア研究とは呼び難い。

もちろん、それは我人共に陥りやすい点で、本書もその謗りを免れないかも知れないのだが、日本研究の延長に留まっていては東アジアに視野を広げる意味がない。しかし、では日本を出て行き、自国・自民族の枠を越えて、他国・他民族のパースペクティブに立てばそれで良いかと言えば、それも一面でしかないのは言うまでもないだろう。自国や他国、自民族や他民族の違いはあるが、自分を中心にしていることでは変わりがない。柄谷行人氏が言うように「それぞれのユニークネスを主張すること」(「日本精神分析」『日本精神分析』講談社、二〇〇七年)では駄目なのである。

要は、自己中心のユニークネスに捉われず、他国や他民族との関係の中に自他を捉える、或いは超える視点を築きあげなくてはいけないのだが、そこはまたオリエンタリズムの危険性が潜んでもいる。比較文化・比較文学研究は、自分にないものを相手に見出すことによって、自己を越える相対的な視点の確保を目指すことが多いが、そこに過度な期待が生まれ、相手を偶像化し自己を矮小化してしまう危険を常に伴うのである。そうした問題を乗り越えて「東アジア」の視座を築くことは出来るのだろうか。

そこで、本章では、もうすこし別の視点、東アジアを構造論的に読み込む視点を導入し、そこから朝鮮の『金《ク》鰲新話《モシナ》』の解析に迫ってみたい。

2 『金鰲新話』のあらすじ

『金鰲新話』は、中国の『剪灯新話《せんとうしんわ》』の東アジアへの伝搬が問題にされる時に必ずと言って良いほど取り上げられる作品ではあるが、日本では詳しく知られていない作品である。よってまず、この作品のあらすじと作品の概要・研究史をまとめることから始めたい。

萬福寺樗蒲記《マンボクサチョボキ》 全羅道《チョルラド》の南原に、若く未婚の男子梁生《ヤンセン》が住んでいました。早く父母と死別して萬福寺の東面に住んでいた彼は、ある日御仏と賭けをしました。その賭けとは、勝てば御仏が梁生に美しい女を与え、負ければ梁生が仏道修行の道を進むというものでありました。賭けに勝った梁生の前に花のように美しい娘が現れ、梁生を自宅に招くと、そこで二人は夢のような三日間を過ごしました。三日が過ぎて娘は、自らは二年前に倭寇に遭って節義を守るために自殺したこと、ここでの三日は人間世界での三年にあたること、方蓮寺で行われる自らの葬儀に参席して欲しいことなどを梁生に話し、愛の証として銀杯を渡しました。

人間世界に戻った梁生は　早速、方蓮寺へ行く道で待っていますと、果たして貴人の列が到着しました。貴人は梁生《ヤンセン》の持っている杯を見て不思議に思い、その出処を尋ねますと、梁生は今までのことを有りの侭《まま》に話しました。共に寺に入った貴人と梁生は娘に会いましたが、彼女の姿が見えるのは梁生のみで、父母や一族は見ることが出来ませんでした。その夜、娘が現世を去ると、父母は梁生に田畑と奴婢を与えましたが、梁生はその両方を売った金で供物を買い娘に捧げました。すると空から娘の声がして、自らは梁生の真心で他国に男として生まれることになったと言います。梁生はその後二度と結婚せずに、知異山《ちいさん》に登り薬草を取っていましたが、その後行方が分からなくなってしまいました。

李生窺墻伝《イセンキュウジャンジョン》　開城《ケソン》の駱駝橋近くに住む李生《イセン》は、顔立ちが爽やかで才能に恵まれていました。早くから学問に志を持ち、書堂《ソダン》に通う道端で文章を考えるほどでありました。その通い道の途中、地元の名家崔《チェ》氏の家がありましたが、その娘は美しく刺繍と詩賦に優れていました。李生はたまたま崔氏の家の中を覗くと、娘が一人楼閣の中で刺繍をしていました。娘はそれが飽きたと見えて詩を詠じると、李生はすかさず唱和の詩を投げ入れました。李生の詩を見た娘は暮れてから逢いたいと返事をすると、李生は夕刻崔氏の家までやってきました。期待と不安が交錯する中、娘に会った李生は娘に誘われるまま酒を飲み、雲雨《うんう》の楽しみを味わいました。そこで三日間夢うつつの日を過ごした李生は、その後も毎夕娘の居所に通いました。

ところが、息子の行動を心配した李生《イセン》の両親は、李生を慶尚道《キョンサンド》の蔚山《ウルサン》に行かせました。李生に逢えなくなった娘は、食事を一切取れなくなり病の床に伏しました。娘の帳に李生の手紙を発見した娘の父親は、娘を慰め礼節を尽くして李家に仲介を送りました。結婚を許された二人は幸せな結婚生活を送りましたが、まもなく李生は科挙に向かい見事及第しました。ところが、その後紅巾《こうきん》の乱によって李家・崔家は散り散りになり、李生の夫人も自らの節義を守ろうとして殺されました。

李生は一人寂しく寝起きをするしかありませんでしたが、死んだはずの夫人が現れて数年の間、幸せに過ごすことができました。しかしそれも束の間、ある日夫人は今生の因縁が尽きたとして李生のもとを去りました。李生は夫人の骨を捜し埋めたものの、恋しさで胸がふさがれる思いでありました。彼は病気になり夫人の後を追うようにして死んでしまいました。

酔遊浮碧亭記《チュユブビョクジョンギ》 世祖《セジョ》二年、開城《ケソン》の富豪の息子である洪生《ホンセン》は風采良く文章に優れていました。中秋に平壌《ピョンヤン》まで綿布を売りに来た洪生のために、友人が宴を催してくれました。その夜眠ることができなかった洪生は一人小船で浮碧亭を訪れると、美しい月を愛でながら、興亡盛衰を慨嘆する詩を作り詠じました。

その折、侍女を連れた美人が現れ、洪生《ホンセン》に詩作を所望しました。その美人は箕子《キジャ》の娘であり、父の王位が簒奪された後、貞節を守って死のうとしていたところ、先祖の導きによって仙女となったと言います。そして先祖の墓参りに来た折に、洪生の詩に心引かれて洪生の前に現れたのでした。二人は夜更けまで詩を唱和し酒食を楽しみましたが、娘は夜明け近くに宙へと舞い上がり消えてしまいました。洪生は名残惜しさのまま立ち尽くすしかありませんでした。

家に帰った洪生は娘のことを考え込み、病の床に就いてしまいました。彼の夢の中に侍女が現れ、娘の上帝への進言によって、洪生は牽牛星《けんぎゅうせい》の配下の位を得ることになったと言います。目が覚めた洪生は沐浴《もくよく》した後、家の中を綺麗にすると、そのまま横になって死んでしまいました。洪生は殯葬をして何ヶ月がたっても顔色が変わりませんでした。人々は彼が神仙になったと噂しました。

南炎浮洲記《ナムヨンブジュギ》 明の成化《せいか》年間、慶州《キョンジュ》に朴生《パクセン》という若者が住んでいました。彼は儒学に精通していたにも関わらず、太学館《テハクカン》に席は置けたものの科挙の試験に失敗してからは、常に現実に対して不満を抱いていました。彼は早くから仏教に言う地獄や極楽、巫俗《ふぞく》に言う鬼神説などに懐疑の念を抱き、中庸《ちゅうよう》や周易《しゅうえき》を読み、ついに世界の道理は一つであるとの「一理論」に達しました。

ある時、朴生《パクセン》は暫時まどろむうちに、脇に羽が生えたようになって飛ぶやいなや、南方の炎浮洲《ヨンブジュ》にたどりつきました。そこで閻魔王に会った朴生は、孔子・釈迦並びに鬼神について談論を試みました。

朴生は儒教と仏教の違い、祭祀の鬼神と造化の鬼神の違いなどを閻魔王から聞くと、さらに仏教で言う極楽と地獄が本当にあるのか、また、人が死んで七日後に法事を行い、金銭を献上することによって閻魔王に罪を軽くしてもらうという話があるが、これはおかしくないかなどと尋ねました。そうした風習を初めて聞いた閻魔は激怒し、地獄・極楽などの世界、また金銭の献上による罪の軽減などを明確に否定しました。最後に朴生のために宴を催した閻魔王は、朴生の図抜けた正直さを高く買って、閻魔王の地位を禅譲したいと言い、朴生もそれを了承しました。

人間界に戻った朴生は、死期を悟ると身辺を整理し身罷りました。朴生の隣人の夢の中に神人が現れて、朴生は閻魔王になったことを告げました。

龍宮赴宴録《ヨングンブヨンロク》　開城《ケソン》に天摩山《チョンマサン》があります。その山中に美しく底知れぬ滝壺があって名を瓢淵《ピョヨン》と言いました。昔から龍神がいるという伝説があり、朝廷も祭祀を行っていました。

高麗時代に文才に優れた韓生《ハンセン》という文士が居ました。ある日突然、彼の部屋に撲頭冠《ぼくとうかん》をつけた礼服姿の役人が二人やってきて、韓生を龍宮へ連れ去りました。

龍宮に着いた韓生《ハンセン》は、龍王からここに招かれた理由を聞かされました。それは龍王の娘の婚儀のために建てる別閣の上棟《じょうとう》文を書いてもらえないかというものでありました。韓生はすぐさま見事な上棟文を作り龍王に献上しました。感激した龍王は韓生のために宴を用意すると、様々な詩文音曲の交歓があり、またそれに混じって蟹や亀や精怪《せいかい》たちの滑稽な歌舞の披露もあり、一座を和ませました。

龍宮をあまねく見学した韓生は、龍王との別れに絹と真珠を受け取りました。韓生が龍宮を去ると、家に寝ていた自分に気づきましたが、手元には絹と真珠が残されてありました。韓生は、その後世の中の名利《みょうり》を捨て名山に登ると、行方知れずになってしまいました。

3　『金鰲新話』とは何か

『金鰲新話《クモシナ》』は朝鮮古典小説史のスタートを飾る重要な作品として高い評価を受けてきたが、その実態は長い間謎のままであった。それが広く知られるようになったのは、一九二七年に崔南善《チェナムソン》（一八九〇〜一九五七）が日本にあった『金鰲新話』を『啓明』一九号に転載して解題などを付し、朝鮮を始め広く紹介してからである。その後、日本の天理大や内閣文庫から林羅山訓点の『金鰲新話』が紹介されたり、韓国においても写本が発見されたりした。そして二十世紀末の一九九九年九月、高麗大学の崔溶澈《チェヨンチョル》氏は中国の大連（大連図書館）に朝鮮刊本の『金鰲新話』を発見し、新聞紙上に発表された。氏の調査によれば本書は朝鮮明宗《ミョンジョン》年間（一五四六〜一五六七）に尹春年《ユンチュンニョン》によって刊行され、文禄慶長《ぶんろくけいちょう》の役（壬辰倭乱《じんしんわらん》）の折に日本へ持ち出された後、曲直瀬正琳《まなせしょうりん》他の蔵書となり、さらに明治期になって中国の大連図書館に収まったとのことである（崔溶澈『金鰲新話の版本』国学資料院、二〇〇三年）。従来、『金鰲新話』は朝鮮国内で本当に刊行されていたのか、危ぶまれた時期もあったが、この刊本の出現によって、本書の朝鮮国内での刊行は確実なものとなった。

本作は五話と、収録されている短編数が極めて少ない。手本とした中国の『剪灯新話《せんとうしんわ》』が現存四巻二十話（元は四十巻あったとも言われる）であるから、本来は多くの短編があったとも推測される。実際、現存五話の後には「甲集」との記述がある。とすれば当然、乙集・丙集などが本来はあったと推測することは十分に可能であろう。ただし残念ながら、上記の新出朝鮮版本においても五話の状況に変わりはない。今後の更なる探索が期待されるところである。

作者の金時習《キムシスプ》（一四三五～一四九三）は三歳で漢文の詩を作ったと伝えられ、その才能を買われて世宗《セジョン》大王（朝鮮朝第四代王、ハングルなどを作り名君だと称賛されている）に厚遇され将来を約束されたが、世宗の孫である端宗《タンジョン》から叔父の首陽大君《スヤンテグン》（後の世祖《セジョ》）が政権を奪取したクーデターが起きると、すべてを捨てて一切の政治に関わらず、狂人の振りをして全国を放浪、詩作・文作に没頭した。首陽に反旗を翻して死んだ成三問《ソンサムン》などの両《ヤン》班《バン》六人を「死六臣《サユクシン》」と称するのに対して、首陽が王位についた後、一切の官職から身を引いた人物たちを「生六《センユク》臣《シン》」と言うが、時習《シプス》はその「生六臣」の一人である。時習が約束された将来を持ちながら、クーデターによって未来を奪われ、生涯を在野・放浪の「生六臣」として生きたことは、『金鰲新話《クモシナ》』の内容を理解する上でも重要である。この点については後に述べる。

本作の評価については、作者金時習の独特の創作意識や、その創作意識の背景を内在的（韓国国内の人《じん》鬼《き》交歓《こうかん》説話など）に見るか、外来的（中国の『剪灯新話』など）に見るかなどの成立の問題や、儒・仏・道混合などの宗教的思想的立場から盛んに論じられてきた。金光淳氏「『金鰲新話』の研究史的検討と争点」[1]によれば、二十世紀末の段階で『金鰲新話』を論じた文章は四百篇に近いという。これらに全て当たることはほぼ不可能であるから、本作の研究史を通観する場合は、同じく金光淳氏「『金鰲新話』の研究史的検討と争点」を指標として、全体の通観と問題点の洗い直しをするのが賢明であろう。また近時、姜錫元氏による「韓国における『金鰲新話』研究」[2]が日本文であり、かつ要を得ていて分かりやすい。また後でも取り上げる予定だが、金永昊氏の一連の論考[3]も研究史を洗い直す上で有益である。

こうした研究史を通観してみて、最も重要な問題点と思われるのは二つである。一つは『剪灯新話』から大きな影響を受けた東アジアの伝奇小説類（他に日本の『伽婢子《おとぎぼうこ》』、ベトナムの『伝奇漫録』などがある）の中で、本作がどのような特色を持っているかである。後でも述べるように、本作には作者金時習の強い自我（意志）が投影されていると考えてよい。重要なのは、その自我が美しい文章や詩と相まって、上質なロマンチシズムを構築している点にある。こうしたロマンチシズムは『剪灯新話』他、日本やベトナムの作品には見られない本作の特色であり、それはまた朝鮮という風土が培ってきた風土的特色の表れと見てよいだろう。もう一つは『金鰲新話』を説話的状態から小説に脱した最初の作品と見る従来の見解に対して異議をとなえて、朝鮮時代の前代、いわゆる羅麗《られい》時代に小説の淵源を見る見解である（曺壽鶴「崔致遠伝の小説性」[4]）。但し、そうした国内の継承発展を重視する見方に対して、『剪灯新話』などからの影響を軽視すべきでないとする意見も強く（朴熙秉「『金鰲新話』創作の淵源と背景」[5]）、今後の議論の深まりを注視する必要がある。

本章では、前者の『剪灯新話』の東アジア的展開の中での『金鰲新話』の特色について考えてゆくが、従来の比較文学研究の方法とは若干違う方法をとる。その点の説明から入ってゆきたい。

4　天下の要衝としての朝鮮

『金鰲新話《クモシナ》』は『剪灯新話』を基にして書かれた作品だが、前節でも述べたように、中国で生まれた『剪灯新話』は朝鮮、日本、越南（ベトナム）など東アジアの様々な国に影響を与え、剪灯新話説話群とでも呼ぶべき世界を形成している。『金鰲新話』もこの説話群の中にあるために、『剪灯新話』はもとより、日本の『伽婢子』などとの関係から議論されることが多い。こうした説話群同士の影響関係から、作品の特色を浮かび上がらせるのは第一義的に重要だが、この方法へのこだわりが、この作品の理解を長く誤らせてきたのではなかったか。両者を比較すれば、影響関係が多々あることは間違いないが、作品を成り立たせている大元の、怪異にたいする作者の考え方が根本的に違っている。この点を見逃して、影響関係を論じてもあまり意味はない。

もちろん、近時、金永昊氏が指摘されたように、従来の剪灯新話説話群の研究は、そうした影響関係の調査の末に、結局は自国作品の優秀性を強調して終るという、謂わばナショナリズムへの陥落があることも確かであるが、このナショナリズムへの陥落を影響関係の調査で乗り越えるのは難しい。それは、ナショナリズム的解釈の問題は、作品の意義付けが各国内に留まっているからであり、そこを広げずに影響の調査のみを精査しても、結局は新しく浮かび上がる作品の特色を、別のナショナリズムから評価するというジレンマ・アポリアから逃れられないからである。要は、各作品の特色を自国内の解釈に留まらずに、東アジアの中でどのような意味を持つものなのか、そこまで広げて考えなくてはならない。

そこでここでは、次の文章を手掛かりにしながら『金鰲新話』の世界を考えることにしてみたい。それは、昭和初期に『金鰲新話』を本国朝鮮に紹介した崔南善の言葉である。

> 朝鮮はどうかといへば地勢が天下の要衝にあたっていて、大凡大陸で大活動をせんとする民族なり国家なりは、先ず以てこの地を措置しておかないことにはどうにもならぬ所から、そういう時はいつでも朝鮮は強力な集団から残酷な蹂躙を受ける運命に処せられているのである。かくして四千年の歴史なるものが実際大陸の凡有ゆる強大な民族との間に絶え間なき闘争をしてきた記録である。若しも朝鮮民族がいい加減弱かったとしたならば、朝鮮なる国はこの間に幾度無くなっておったか、或は全然消滅して了っていたか判らない筈

であるに拘らず、この真っ只中に在って凡有ゆる雨風を凌ぎながら、国家と民族とがこの通り持ち耐えて来たということは、実に世界史上の類例を見ざる一大奇蹟であると云わざるを得ない。（中略）日本は深窓の生娘であり温室の生花である。朝鮮は東洋歴史の街道筋に座った凛たる女丈夫であり、霜下の菊であり雪中の梅であり風前の竹であり泥中の蓮であって、常に逆わず拒まずしかも一度も身を汚さなかった絶代の哲婦であったのである。（傍線部稿者）

（崔南善『朝鮮常識問答』[6]）

この言葉は、朝鮮の歴史・民族・社会を考える上で極めて重要な視点を私たちに提供してくれる。もとより、「四千年」も「一大奇蹟」も誇大な表現であることは間違いないし、日本が「生娘」や「生花」などでないことは言うまでもない。南善はいささか自国の悲劇性を強調せんがため、日本の平和を持ち上げすぎたに過ぎないのだが、そうした言い過ぎを割り引いて考えても、南善の視点は十分に魅力的である。それは朝鮮が地政学的に東アジアの「要衝」にあるという指摘である。

普通、朝鮮を地政学的に捉える場合、中国を文字通り中心にして、その周辺、亜周辺国家・民族として位置付けする場合がほとんどだと思われる。たとえば東アジアを、中心＝中国、周辺＝朝鮮、亜周辺＝日本と位置付けるカール・ウィットフォーゲル（『オリエンタルディスポティズム』[7]）や湯浅赳夫（『「東洋的先制主義」論の今日性』[8]）などが典型的であろう。それでは中国や日本を地政学的に捉えることは可能でも、朝鮮を地政学的に正しく捉えることは難しいと思われるのである。何故ならば、朝鮮にとって脅威なのは中国だけでない。西北にはモンゴル（元）があり、東北には女真《じょしん》・金・清、東には日本があった。そして近代に入れば、そこにロシアが加わってきたのである（恐らく崔南善に、朝鮮が「天下の要衝」であることを強く意識させたのはロシアの存在であったろう）。この三方四方のちょうど中間に朝鮮半島は位置している。もとより『金鰲新話《クモシナ》』成立時の一四六〇年代にロシアの脅威は無かったが、一三六八年に元は明によって中国の地（中原）を追われたものの、モンゴル高原に勢力を保ち続け、一四四九年にはエセン＝ハンの南下によって明の皇帝英宗《えいそう》が捕虜になるという事件も起きた（土木《どぼく》の変）。また一四一九年には悪化の一途を辿っていた倭寇の襲撃を防ぐために、朝鮮王朝三代王の太宗《テジョン》が倭寇の根拠地である対馬を攻めている（応永《おうえい》の外寇《がいこう》）。『金鰲新話』が書かれた当時は、内部はもちろん外交も混乱を極めていたのである。

もし、東アジアの前近代を、国の大きさや強さで見るならば、中国が中心・筆頭であったことは言を俟たない。しかし東北アジアの要衝であった朝鮮は、それと全く対照的な地勢・地政にあったと言うべきである。もし、東アジアを交通・交流、あるいは結節点（ハブ［hub］）という側面から見た場合、朝鮮も別の意味での東アジアの中心であったのだ。

5　絶代《ぜつだい》の哲婦《てっぷ》としての朝鮮

このように、朝鮮半島の文化・文学を、天下の要衝という視点から見ることが極めて重要だと私は考えるのだが、いま『金鰲新話』を捉える場合も同様で、この視点が最も有効だと思う。

そこでさらに注目したいのは、前節引用文の傍線部である。崔南善は朝鮮が絶代の哲婦たることを、さかんに吹聴するが、こうした発想を南善はどこから学んだのだろうか。私はこの発想を促したものに自らが紹介した『金鰲新話《クモシナ》』に登場する、女性主人公たちの姿があったのではないかと推測する。すなわち『金鰲新話』の女性主人公たちこそ、「凛たる女丈夫」「霜下の菊」「雪中の梅」「風前の竹」「泥中の蓮」であって、「常に逆わず拒まずしかも一度も身を汚さなかった絶代の哲婦」であったからである。

『金鰲新話』の五話は、前半の三話が男女の恋愛の話であり、後半の二話が男性の地獄巡り、竜宮巡りの話である。前半三話の女性主人公たちはみな悲劇的な結末を迎えるが、その原因となったのは戦乱であった。その戦乱とは、第一話は「倭寇」、第二話は「紅巾《こうきん》の乱」、第三話は「衛氏《ウィレ》の王位簒奪事件」である。まず、この「倭寇」に日本が関わるのは言うまでもない。周知のように倭寇は前期（一四世紀中心）と後期（十六世紀）に分かれ、前期の構成が日本中心、後期は中国・朝鮮が中心であった。ここでの「倭寇」は前期のものを指す。次の「紅巾の乱」は十四世紀中後期、元《げん》朝末期に中国で起きた紅巾軍の反元運動いわゆる白蓮教徒の乱である。この紅巾軍は朝鮮半島にもなだれ込み、一三六一年には開京《ケギョン》（開城《ケソン》）を占領した。本話「李生窺墻伝《イセンキュウジャンジョン》」で李家・崔家が散り散りになったのはこのためである。次の「衛氏の王位簒奪」は紀元前二世紀ごろ、中国の殷《いん》を出自とする箕《キ》氏が初めて朝鮮を建国したものの、中国からの亡命者衛氏によって王位を簒奪された話である。但し、これは伝説の枠を出るものでなく史実は明らかでない。先に述べたように、作者金時習《キムシスプ》が政治の表舞台から降りて全国を放浪、詩作・文作に没頭したのは、朝鮮王四代目の世宗《セジョン》の孫である端宗《タンジョン》から、叔父の首陽《スヤン》大君（後の世祖《セジョ》）が王位を簒奪したことが原因である。既に指摘されているように[9]、本話の衛氏の王位簒奪には首陽の王位簒奪が重ねられていると見て間違いない。これに先の指摘、『金鰲新話』成立時に倭寇と元の復活が外交問題化していたことを重ね合わせれば、この第一話〜第三話には『金鰲新話』成立時（一四六〇年代）の朝鮮の内憂外患がまさに投影されていたと言って良いだろう。

　さらに、先にあげた梗概の傍線部を参照すれば、この三話の女性主人公たちが揃って身の恥辱を受ける前に、自らの命を絶っていることに注目しないわけにはいかない。特に「李生窺墻伝」の李生《イセン》夫人崔氏の言動は些かならず過激である。

女爲賊所虜。欲逼之。女大罵曰。虎鬼殺啗。我寧死葬於豺狼之腹中。安能作狗彘之匹乎。
（娘は賊の虜となり玩ばれようとしたところ、娘は賊を罵倒して言った。この虎狼たちめ、私を殺し食べてしまいなさい。死んで犬や狼の腹の中に葬られるとしても、お前たちのような下衆につき従うつもりはない！）

これは崔氏が紅巾賊に襲われた時の言葉である。崔氏は玩ばれる前に殺されることを選んだのである。
こうした三人の女性たちの貞節烈女ぶりは『金鰲新話《クモシナ》』の特徴の一つと言って良い。この点について金永昊氏は、「李生窺墻伝」と『剪灯新話』の「翠々伝《すいすいでん》」との比較から次のように述べている。(3)

「李生窺墻伝」が「翠々伝」を翻案するに当り問題にしたのは、原話で翠々が敵将の妾になって貞節を失ったことである。つまり、翠々は貞節を失っても夫との再会を待ち続け、金定《きんてい》は翠々が貞節を失ったことを既に知っているにも係わらず、敵将の書記を努めながら再び愛し合える日を待つというふうに、二人にとって貞節は重要な問題として描かれていないことである。

すなわち、「李生窺墻伝」（『金鰲新話』）が参考にした「翠々伝」（『剪灯新話』）では、女主人公は貞節を失っても生きることを選んだのに対して『金鰲新話』ではあくまでも貞節を守ったことに変えられたのである。金永昊氏は、この「翠々伝」と「李生窺墻伝」における貞節の軽重には、合山究氏指摘(10)の中国明清時代の緩やかな貞節観（正当な目的のための失節は許される）の反映が見られるとして、「翠々伝」を従来にない角度から評価し、『剪灯新話』論及びその伝搬論に一石を投じた。興味深い指摘であるが、合山氏や金永昊氏の指摘が正しいとすれば、明（中国）から大きな影響を受けていた朝鮮においてなぜ貞節が本国より重視されたのかは、さらに重要な問題となる。

そこで先ほど引用した崔南善の文章に戻ってみたい。崔南善の朝鮮を称揚するロジックは、四方の大国から蹂躙されたにも関わらず、「有ゆる雨風を淩ぎながら、国家と民族とがこの通り持ち耐え」、遂に「一度も身を汚さなかった」。だからこそ「世界史上の類例を見ざる一大奇蹟」だというのである。逆に言うならば、もし一度でも身を汚してしまったのならば、それは単に屠《ほふ》られ蹂躙された敗民に堕すことになって、南善のロジックは崩壊する。この「一度も身を汚さなかった」ことにこそ意味があるのである。

これは『金鰲新話』に登場し悲運の最後を遂げた女性たちの姿と見事に重なる。彼女たちも、四方の脅威（倭寇や紅巾賊《こうきんぞく》）や内憂（衛氏の王位簒奪）に遭いながらも、それを淩ぎ貞節を守った。もし、彼女たちの中の一人でも身を汚してしまっていたなら『金鰲新話』の世界は崩壊したはずである。『金鰲新話』「李生窺墻伝」が『剪灯新話』「翠々伝」から多くを学びながらも、「翠々伝」のように敵将の妾になるという設定を取れなかった理由はそこにあるのである。

このように、『金鰲新話』の世界を南善のロジックから理解するとき、『金鰲新話』の登場人物たちが持つ過激的（ファナティック）で現実離れした一面が理解されてくる。すなわち、様々なものが往来し跋扈することで、常に不安定要因を抱える天下の要衝では、極度に揺るがないもの、すなわち観念的で現実離れしたファナティックなものこそが価値を持つのであって、現実に即した細やかさや落ち着きをもった対応は、価値的でなかったのである。

6　朴生《パクセン》と韓生《ハンセン》のユートピア

この現実離れと過激さは『金鰲新話』の男性主人公たちにも共通する性格である。

先ほど挙げたあらすじをご覧いただきたい。傍線（点線）を施したところでも分かるように、男性主人公たちは「何生」という共通した名前を持つ（ただし、この「何生」は固有名詞ではなく、「何」という儒生という意味であろう）。ともに、若いこと、才能（特に詩文や思弁の才）に溢れていること、しかし、貧乏やその他の障壁があって、才能が世に認められていないことで共通している。ところが、その不遇も異次元の怪異世界に触れた途端に、一斉に開花するのである。

それを象徴するのが、「南炎浮洲記《ナムヨンブジュギ》」の朴生《パクセン》と「龍宮赴宴録《ヨングンブヨンロク》」の韓生《ハンセン》である。まず「南炎浮洲記」であるが、この作品はすこぶるユニークである。すでに知られているように、基となった作品は、『剪灯新話』の「令狐生《れいこせん》冥夢録《めいむろく》」であり、これが本話や日本の『伽婢子』「地獄を見て蘇」（浅井了意）や越南《ベトナム》の『伝奇漫録』「傘円祠判《さんえんしはん》事録《じろく》」（阮嶼《グエンズー》）へと展開した。この四作品を比較すれば「南炎浮洲記」が最も独創的であることはすぐさま理解されるところである。

たとえば、『剪灯新話』「令狐生冥夢録」と『伽婢子』「地獄を見て蘇」では、それぞれの主人公（令狐譔《れいこせん》と浅《あさ》原新之丞《はらしんのじょう》が、欲心深い隣人が死後、家族の仏事（大金の焚き上げ）によって蘇ったことに腹を立てて地獄の不正を批判する。これが閻魔の怒りに触れることとなり、閻魔の庁に引っ立てられ、危うく地獄に落とされるところ、筋の通った自供書が閻魔に認められ、危うきを逃れるという展開になっている。ところが「南炎浮洲記」の朴生《パクセン》が閻魔に呼び出されたのはそうした理由ではない。朴生が優れた儒生《じゅせい》であり、かつ「一理論」という、これまた優れた思想の持ち主だからであった。[11] 朴生は閻魔と対峙し、議論を交わし、日ごろ疑問に思っていることを閻魔に糺す（この中に「令狐生冥夢録」「地獄を見て蘇」にある家族の仏事の話が出る）。それは極めて静かで、儒者らしく礼節を尽くした議論であって、「令狐生冥夢録」や「地獄を見て蘇」のように、主人公が閻魔に叱責を受けて地獄に落とされそうになる、などということもなく、また、地獄から蘇ったあと、仏事によって蘇った隣人が再度死ぬというような劇的な展開もないのである。朴生の最期は、死期を悟り身辺を片づけた後、そのまま病気になって死に、そして近くの人間の夢に神人が現れて、朴生は閻魔大王になるであろうと告げた、というものである。ここも先の閻魔との議論と同様、極めて静かに物語の幕が下りるという具合である。

　これだけを見ると、「南炎浮洲記」には劇的な展開は一切ないように思えるのだが、朴生が現し世では正当な評価をほとんど受けていなかったことや、この朴生に、志半ばで政治の世界から退き、「生六臣《センヨクシン》」として首陽大君（後の世祖）のクーデターに反旗を翻し続けた作者金時習の無念の心情を重ねてみる時、朴生が閻魔大王から高い評価を受けて、その志を継ぐことは極めてドラマチックに思えて来るのである。

　これは「龍宮赴宴録」の韓生《ハンセン》も同様である。韓生は朴生と違って名文家としての評価をすでに得ていたが、それが通り一遍のものであることは、韓生が現し世に還って来てから、世間的な名利を一切捨てて、一人山にはいってしまったことからも明らかである。韓生は、龍王や三神（祖江神《チョガンシン》、洛河神《ナッカシン》、碧瀾神《ピョクランシン》）などと詩文のやり取りをする中で、自らの詩文の才能が完全開花することを強く感じたに違いない。そして、韓生の上棟文上奏に対する礼として披露された龍王の詩に「光陰似箭。風流若夢」（月日は矢に似て過ぎ去ること極めて早く、風流韻事も夢のようなものである）とあるなど、人生の無常を謳っていたことも韓生の心を強く動かしたはずである。世事に流され、世の無常に翻弄されて、自らの才を朽ちらせることの非を悟ったはずである。そして、この龍宮から帰り、一人山の中に入ったまま消息を絶つ韓生に、諸国を流浪し狂人の振りをしつづけた、作者金時習の姿が重なって来ることは言うまでもない。

従来の金時習《キムシスプ》の生涯・事績研究によれば[12]、時習が学問・政治の表舞台から退く原因として二つが挙げられている。一つは先ほどから何度も述べきたった首陽大君の王位簒奪事件であるが、もう一つは、時習が十五歳の時に愛する母親を失ったことであり、その後立て続けに起こった家族内の悲劇であった。時習がこの時に世の無常を強烈に覚ったことが従来から指摘されている。とすれば、朴生《パクセン》と韓生《ハンセン》は当に金時習の分身であったと言っても過言ではない。

そうした若くして悲運に見舞われた主人公たち（＝金時習）にとって、異界（怪異世界）は実に優しく暖かい。先に、「南炎浮洲記」の基となった「令狐生冥夢録」（やそれを翻案した日本の「地獄を見て蘇」）では、主人公が閻魔に叱責を受けて地獄に落とされそうになっていたのに、本話ではそれが省かれたことを指摘したが、この「龍宮赴宴録」でも、基となった『剪灯新話』「水宮慶会録」では、広淵王の家来の赤鯶公が、韓生の龍宮への参席を、身の程をわきまえぬ無礼な振舞いと叱責する場面があるが、「龍宮赴宴録」では省かれている。『金鰲新話』の異界世界は悲運の者たちにとってのユートピアとして描かれているのである。

7　天下要衝のユートピア

『金鰲新話』の主人公たちは若く美しく、才能や理想があったにも関わらず悲運に斃《たお》れたものたちばかりであった。彼らの年齢はいかほどであったのか。

萬福寺樗蒲記：梁生《ヤンセン》（未詳）、娘（十五、六）
李生窺墻伝　：李生《イセン》（十八）、崔氏（十五、六）
酔遊浮碧亭記：洪生《ホンセン》（未詳）、箕子の娘（未詳）、本文に「洪生年少」とある。
南炎浮洲記　：朴生《パクセン》（未詳）
龍宮赴宴録　：韓生《ハンセン》（未詳）、本文に「少而能文」とある。

このように多くが未詳であり、ただ「少」（若い）と記されるのみであるが、「萬福寺樗蒲記」の娘が十五、六歳であり、「李生窺墻伝」の李生が十八、崔氏が十五、六歳であるから、他の者も大体この辺りの年齢と見て間違いあるまい。そうすると平均十六、七歳の若者たちであり、彼らは皆異界へ旅立つ（死ぬ）か、世俗を離れて失踪したことになる。

ここから直ちに連想されるのは、叔父の首陽大君（後の世祖《セジョ》）から王位を簒奪された端宗が、配流地で死薬を飲まされたのが十六歳の年齢であったことである。『朝鮮王朝実録』によれば、端宗《タンジョン》は聡明で祖父の世宗《セジョン》（四代王）から特に愛された存在であったという。しかし即位したのが十一歳、あまりに若かった。その為、首陽など他の王族から王権を狙われたのである。同族の叔父たちに裏切られ、十六歳で死薬を飲まされた端宗の無念さは察するに余りあるものである。また、金時習《キムシスプ》が、実母の死を始めとする突然の不幸に襲われたのが十五歳の時であった。その後、科挙の失敗、端宗の死亡などがあり、当時の政治社会に絶望した時習は全国を放浪し始めた。まだ二十一歳という若さであった。また、先にも述べたように、時習が生きていた当時、朝鮮は内憂外患で揺れに揺れていた時期でもある。倭寇や他民族の乱入などによって多くの若者が死んでいった時期でもあった。

こうしてみれば『金鰲新話《クモシナ》』が一つの「意志」によって貫かれていることが明らかになってくる。それは、志半ばにして逝った、端宗を始めとする朝鮮の若者たちが、如何に純粋で美しい魂を持った存在であったのかを、天下に示さんとし、かつ後世に遺そうとした意志である。またそれは、無念に死んでいった彼らの魂を慰撫するものであると同時に、若くして自国に絶望した自らの魂を救うためでもあった。

こうした一つの明確な志向性は、『剪灯新話』や『伽婢子』などの他の東アジアの怪異小説には見られないものであるが、もう一つの特色は、そうした「意志」の求めたユートピアが、天下要衝の上に花を咲かせた為に、汎世界的なものになっていることである。それを良く示すのが「南炎浮洲記」における朴生《バクセン》と閻魔のやり取りである。先にこの二人のやり取りが静謐であると同時に実にドラマチックなものであることを指摘したが、そこで語られる内容は、注11でも若干指摘したように、諸思想を包括統合し、それらを止揚する姿勢が強いことである。初代閻魔王である本物語の閻魔と、二代目閻魔となった朴生にとっては、儒教も仏教も道教もなく、それを超えた「理」（一理論）があるのみであり、儒仏道はその「理」が様々な環境に合わせて姿を現したものに過ぎなかった。

これが稀有壮大な思想であるのか、単なる虚仮威《こけおど》しなのかの議論はここでは避けよう。重要なのは、天下の要衝という地においては、こうした超越論的な思想こそが価値的であったということだ。すなわち、東アジアのあらゆる思想が流れ込み相克の渦巻く朝鮮において、一つの思想に因ることは、足をすくわれかねない危険性を常に伴った。結果的にどのような思想にも対応できる、または呑みこめる発想が価値的であり必要だったのだ。

普通、朝鮮の思想や理論と言えば、同じく朝鮮時代に台頭した小中華思想が喧伝される。これも明清交替という東アジアの大事件に朝鮮が対峙するための、超越的理論であったが、この小中華思想のみで朝鮮時代や朝鮮が語れるものでは決してない。『金鰲新話』の作者金時習が、この「南炎浮洲記」で示した理論もそうだが、また、朝鮮時代後期の英祖《ヨンジョ》・正祖《チョンジョ》の時代には、小中華思想を脱皮した北学派・実学派が西欧の文物・思想なども取り込んで新しい理論を作り上げようとしていた。これらに共通するのは、優れて汎世界的、汎東アジア的であるということである。

こうした朝鮮の思想をどう見るのかは今後の課題ではあるが、東アジアという観点から見てすこぶる魅力的であることは間違いない。と同時に、こうした思想や文学が、厳しい現実の前に斃れた魂を、慰撫し鼓舞しようとする強い意志の上に、花を咲かせていることを忘れてはならない。

注

(1) 金光淳「『金鰲新話』の研究史的検討と争点」『語文論叢』(韓国)三三号、一九九九年一二月、

(2) 姜錫元「韓国における『金鰲新話』研究」『江戸文学』ぺりかん社、二〇〇八年六月

(3) 金永昊「『剪灯新話』の翻案とアジア漢字文化圏怪異小説の成立―地獄譚「令狐生冥夢録」の翻案を中心に」『二松』二〇〇八年

金永昊「『剪灯新話』「翠々伝」の影響の諸相―日本・朝鮮・ベトナムの翻案作が求めたもの―」『中国古典小説研究』第十四号、二〇〇九年十一月

(4) 曺壽鶴「崔致遠伝の小説性」『嶺南語文学』第二集(韓国)、一九七五年一一月など

(5) 朴煕秉「『金鰲新話』創作の淵源と背景」『古典文学研究』(韓国)十号、一九九五年一二月

(6) 崔南善『朝鮮常識問答』(相場清訳宗高書房、一九六五年)より。本文初出は一九四七年。

(7) カール・ウィットフォーゲル『オリエンタル・ディスポティズム』湯浅赳夫訳、新評論、一九九五年

(8) 湯浅赳夫『「東洋的先制主義」論の今日性』新評論、二〇〇七年

(9) 鄭鉒東『梅月堂金時習研究』第二編「文学論」第二章「金鰲新話攷」(民族文化社[ソウル]一九六一年)の「酔遊浮碧亭記」に、本話の始まりが「天順初」とあるのは、首陽大君(後の世祖)の王位簒奪に憤慨した時習が放浪に出た年と重なること、また、本話収録の漢詩全体に、国の興亡盛衰の嗟嘆や哀傷が横溢していること、特に洪生が浮碧亭にて作った六首の詩の最後の詩の一文「帝子精霊化怨蜩」には悲運のまま夭折した端宗への心情が込められていることなど指摘している。

(10) 合山究『明清時代の女性と文学』汲古書院、二〇〇六年

(11) ここで朴生から語られる「一理論」や本話で説かれる閻魔大王の思想とは何か。またこうした思想を時習はどこから学んだのかを考える必要がある。一般的にいえば、朱子学の理気二元論(性即理の性理論)であると考えられるが、閻魔大王の話からも分かるように、ここでは仏教も包括されるスケールの大きな理論となっている。この仏教も包括するという点、また時習が仏教のみならず道教などにも深く通じていたことを考えてみると、今まで管見の限り指摘されていないようだが(とは言え、注1の金光淳氏もご指摘のように、『金鰲新話』に関する文書は400編近くもあるということで、それらを精査したわけではもちろんないが)、仏典『妙法蓮華経』の影響があるのではないかと考えてみたくなる。『法華経』は巻中の「如来寿量品第十六」を中心にして一仏乗、すなわち悟りに到達する道は一つであることを説く。とともに大乗や小乗(上座部)と分派する教勢を一本にまとめ上げることを主眼とし、自らが諸経の王たらんとする意志が明確に打ち出された経典である。また、同じく「如来寿量品第十六」では現実の釈迦を超えた仏教の存在、すなわち、釈迦は永遠不滅の存在である仏が、仮にこの世に示現した姿であるという一大秘法が説かれる。「南炎浮洲記」でも閻魔の話から釈迦や孔子・周公より前に閻魔は存在し、こうした聖君聖者たちの保護などをしたことが語られる。

ということは閻魔や閻魔を成り立たせている法則こそが、釈迦や孔子よりも前から一貫して続いている法則（＝理論）だということになる。こうした思想の組み立て方は『法華経』に近い。この時習の思想が『法華経』に近いことを別の角度から補強するのは、時習が二十七歳だった世祖八年（一四六二）、世宗王の兄である孝寧大君に請われて大君の内仏堂にあった『法華経』の校正をする時に『妙法蓮華経別讃』を作っていることである。鄭鉒東氏『梅月堂金時習研究』（三九五頁）によれば戦前の日本を代表する朝鮮学者の高橋亨氏がこの讃を絶賛し、「理が深く、意味深長であり、李朝僧侶の数ある讃の中で、この文章に拮抗するものはない」とまで言わしめたと記している。時習にとって『法華経』は座右の経であり、その思想や文章は自家薬籠中のものとなっていた可能性が高い。

(12) 前掲、鄭鉒東『梅月堂金時習研究』、薛重煥『金鰲新話研究』「Ⅱ作家的背景」高麗大学校民族文化研究所（ソウル）、一九八三年など。

第V部

朝鮮古典小説の世界

1 熱狂のリアリズム

——朝鮮古典小説の世界、その背後にあるもの

日本の古典小説が持つ「リアリズム」は読み手を覚醒させるものであるが、朝鮮古典小説には読み手を熱狂させる「リアリズム」がある。その熱狂させる構造が何処から生まれてくるものなのか。本章は「知」「礼節」「反骨」「幻想性」といったキーワードから、朝鮮古典小説の魅力を引き出す。その魅力とは、日本にないもの＝今後の日本に必要なもの、でもある。

1 日本と朝鮮、隔絶する文化世界

朝鮮の文化、もしくは美と言っても良いが、そうしたものを少し深く味わい、考えてみたことのある人なら、この隣国の文化・美は日本の文化・美とはよほどに違っていることに気づくはずである。朝鮮の青磁・白磁と日本の陶磁器、仏像・仏画の表情、河回《ハフェ》タルと能面に代表される演劇世界、パンソリと平曲・義太夫などの音曲…。すぐ隣なのになぜここまで違う世界が現出したのかと、朝鮮文化に触れる多くの日本人がそう思うに違いない。

この日韓の違いは、江戸時代の文学と、朝鮮時代（後期）の文学という同時代文学（十七〜十九世紀）の違いに、或る種極端な形で現れている。たとえば、江戸時代の文学と言えば、小説の西鶴・馬琴、俳諧の芭蕉・蕪村、演劇の近松・南北等が代表的だろうが、彼らが文学的信条とした「人は化け物」（西鶴）、「新しみ、軽み」（芭蕉）、「傾（かぶ）き」（歌舞伎全般）とは、まったく逆の「理念」「倫理」「礼節」が、同時代の朝鮮古典小説ではテーマとなっていた。

これだけを見ると、江戸時代文学の自由闊達さに比して、朝鮮時代文学のリゴリスティックな頑なさが反射的に浮かび上がってくるのであるが、朝鮮古典小説のテーマはそれだけでない。「理念」「礼節」などの裏側には、まことに激しいばかりの、人間的な感情のマグマが伏在しているのである。この二面性が、朝鮮古典小説の、そして朝鮮文化の第一の魅力である。（これは現代の韓国文化、韓国人気質にも受け継がれていることは、彼らの時に見せる激しい感情の発露を見れば分るだろう）

この二面性については、私たち日本の先人がすでに、日本にない感情、美的世界の一つとして取り上げている。その先人とは、柳宗悦《やなぎむねよし》（一八八九〜一九六一）と岡本太郎（一九一一〜一九九六）である。

柳は、白樺派から民芸運動に転じた芸術家で、日本統治時代（いわゆる日帝時代、一九一〇〜一九四五）に朝鮮文化の美について考察を重ねるとともに、光化門《カンファムン》の取り壊しなどに反対したことなどで韓国などでも広く知られる人物である。彼は朝鮮の陶磁器、とくに李朝の白磁に朝鮮の静謐で威厳と意志に溢れた、悲哀の美を見出して、これを世界に誇る偉大な美と賞賛した（悲哀の美に対しては、後世朝鮮側から植民地史観だとの批判がある）。また、岡本は戦後の前衛芸術家の奇才として活躍し、韓国訪問の際（一九六四年）に、こだわりのない、突き抜けたような生命力の美を朝鮮文化に見出している。

柳と岡本の指摘する朝鮮の美は、時に分裂したものとして、捉えられることもあるが（小倉紀蔵『韓国、引き裂かれるコスモス』[1]）、これはコインの表裏なのであって決して別個のものではない。その姿を私たちに教えてくれる典型が、朝鮮時代の古典小説の世界である。

古典小説の世界は、朝鮮文化の宝庫であり、その文化や美が原石のまま転がっている。本章では、その原石の幾つかを取り上げて、それが、日本の文化やその古典小説と比べて如何に異質であり、かつ魅惑的であるかを説明してみよう。そして、先に述べた朝鮮文化の持つ二つの側面（柳と岡本が指摘した美）が、どう共存し一体化しているのかも合わせて考えてみようと思う。

2 「知」をめぐる日韓の相違

日韓両国の大学生と話をしていてこんな話題で盛り上がったことがある。

それは小学生の時、どんな子供に人気があったのかという話であった。韓国の大学生はすぐに勉強の出来る子、頭の良い子が人気者であったと言ったが、日本の学生達は皆、スポーツが出来る子、話の面白い子に人気があって、勉強の出来る子は決して人気がある存在ではなかったと話した。確かに、それは日本の子供たちに人気のある漫画を見ればすぐに分かることで、『ちびまる子ちゃん』に登場する優等生の丸尾君や、『ドラえもん』の出来杉君などが、その名の通り決して魅力的に描かれていないことが典型的だ。

学生たちの話が興味深いのは、ここに日韓の根本的な違いの一つが鮮やかに表れているからである。それは両国・両文化の「知」に対する姿勢と言ってよい。よく言われることだが、韓国は知的なもの、理念的なものに対する尊崇の念が強い。その影響で大学受験の厳しさは日本を遥かに上回るし、学歴・学閥の持つ意味も日本より格段に重い。こうした背景には、古くから科挙制度（全国から優秀な人材を集める国家試験）を社会の中心に据え、儒学のような理念的な思想を好んだ風土ゆえと考えることができるが、一方の日本は知的なものより、江戸時代の商業や工芸、武芸しかり、近代以降の技術革新しかりで、ダイナミックなもの技術的なものに関心が高く、また優れていたようだ。

こうした日韓の違いは、文学、特に物語や小説、ドラマや映画などのヒーロー、ヒロイン像を見ればさらに鮮明である。たとえば、〈韓流〉の火付け役となったドラマ『冬のソナタ』の主人公カン・チュンサンは、ソウル科学高校（名門高校）出身の秀才であった。またチュンサンと恋敵のキム・サンヒョクも父親が大学教授で学級委員、秀才タイプの人間であった。またヒロインのチョン・ユジンも成績優秀で、社会に出てからはポラリスという設計事務所を切り盛りするキャリアウーマンという設定であった。ところが、日本のドラマで、こうした人物がヒーロー・ヒロインになることはまずない。戦後の映画やドラマの代表的スターである石原裕次郎、木村拓哉などが演じる役柄（ミュージシャン、刑事、レーサー、スポーツ選手など）を見れば分かるように、彼らが強烈に発散するものは「情」「技」「身体」であり、決して「知」ではない。（ちなみに木村が昨今演じた『ＨＥＲＯ』は検事という珍しく知的な役柄だが、その主人公は高校中退・大検を経て司法試験をクリアした元ヤンキーという設定である）

3　朝鮮古典小説、その「知」の強烈な発散

この問題は、日韓の様々な側面に見られるが、朝鮮古典小説の世界においてもはっきりと表れている。たとえば、二〇〇八年に出版した『韓国の古典小説』（ぺりかん社）で取り上げた朝鮮古典小説の主人公たちは、そのほとんどが頭脳明晰な「才子」である。これは該書に収めた「代表的古典小説20作品」の梗概並びに解説を見ていただければ分かるが、この二十五作中（『金鰲新話《クモシナ》』の五話、『燕岩集《ヨアムシプ》』の二話をそれぞれ数える）、日記形式や野談等を抜いて、主人公が登場する作品が二十作ある。そのうち十七話の主人公が才子・才女もしくは極めて優れた頭脳の持ち主である。これに対して朝鮮時代の古典小説と同時代の日本の小説類、すなわち江戸時代の小説に登場する主人公たちは、ほとんど「知」を表看板にしない。たとえば『好色一代男』の主人公世之介が表出するのは強烈な「情」と「身体」であり、『南総里見八犬伝』の八犬士を代表とする読本や戯作の主人公たちも、様々なバリエーションはあるものの知的さを醸し出す人物は少ない（例外的な存在として上田秋成『雨月物語』「蛇性《じゃせい》の淫《いん》」に登場する豊雄《とよお》が居る）。

朝鮮古典小説の魅力のひとつは、この「知」の強烈な発散である。たとえば、『九雲夢《グーウンモン》』の主人公楊少游《ヤンソユウ》がその典型である。『九雲夢』は次のような物語である。

天上界で修行していた性真は信心堅固な若き僧侶であったが、八人の仙女と出会い、その美しさによって人間的な情欲に囚われてしまった。その為、師匠の大師によって人間界に生まれ変わり、楊少游として様々な

苦難に遭う中、同じく人間界に生まれ変わっていた八仙女たちと出会い結ばれる。しかし最後に情欲の限界を悟り、天上に戻って菩薩の大道を歩む。(詳しくは第Ⅴ部第2章の注3を参照)

その楊少游が、人間界に妓生《キーセン》・桂蟾月《ケーソムオル》として生まれ変わっていた美女(八仙女の一人)と出会うのが次の場面である。

科挙を受験するために上京した楊少游は、洛陽で豪壮美麗な楼閣に立ち寄った。そこでは絶世の国色《こくしょく》(妓生)・桂蟾月の心を射止めんと、洛陽の公達たちが競って詩を作り、桂蟾月に添削を求めていた。そして桂蟾月が意に適い最初に歌い上げた詩を作った者こそが、彼女と一夜を共にすることになっていた。その場に乗り込んだ楊少游は、見事な詩を三首、瞬く間に作り上げ、それを墨蹟鮮やかに書き並べて見せたのだった。公達たちの愚作に美しい唇を固く閉ざしていた桂蟾月は、楊少游の詩を見るなり、澄んだ声で嫋嫋《じょうじょう》と歌いだした。虚を突かれた公達たちの座は水を打ったように静まり返ったが、場の雰囲気を察した楊少游は公達たちに悠然と挨拶を申し述べると一人宴席を後にした。

楊少游の知性と、その水際立った振る舞いが、輝きを放つ場面である。綺羅《きら》を纏《まと》いながらも、才能の無さを省みず、虚栄心と下心で膨れ上がった洛陽の公達たちに比べ、楚々とした旅姿ながらも満々とした知性を備え、颯爽とした身のこなしを披露しつつ、美女に一瞥もせずに宴席を立ち去ろうとする楊少游。この落差は、残酷なほどである。

こうした例に留まらないのだが、古典小説の主人公たちの知性には嫌味やわざとらしさがなく自然である。そして何より品がある。この品の良さがどこから来ているのか、一言で言うのは難しいが、一つには彼らの振る舞いの背後に「礼節」があるからである。

4 「礼節」、ロマネスクとパッション

この「礼節」についても身近な話から始めたい。

私が十数年ほど前に、韓国に行くようになり、また韓国人と頻繁に付き合うようになったときに驚かされたことが幾つかあったが、その一つに韓国人の身の振る舞いがあった。たとえば、韓国の留学生たちは、酒席で年長者の前に座ったとき、決して面と向かって盃を傾けなかった。もちろん、そうした話は聞いていたが、実際にしかもほとんどの学生がそうするのを見てやはり驚かされた。またソウル市内の地下鉄でのことである。私の向かいの席で手の不自由なハラボジ（お爺さん）が胸のボタンを留められず難渋していたとき、隣に座って騒いでいた女子高校生が何も言わずにハラボジのボタンを留めてあげていた。私が驚いたのは、その行為自体もさることながら、その仕草があまりに自然だったからである。これは学校で教師から教わったようなことではない。恐らく小さい時から親に自然と躾けられてきたことだと感じたのである。こうした体験は私のみではなく多くの方から報告されてもいる（鳥居フミ子「教授と学生」（コラム）[2] など）。

韓国文化の中にも「礼節」は自然な姿のまま生き続けている。たとえば、先にあげた『冬ソナ』を初めとするドラマには、時に親子・夫婦・師弟などの間で激しい対立が描かれる（代表的なものとしては『冬ソナ』におけ

るサンヒョクと実母の対立、『美しき日々』におけるミンチョルと実父との対立など)。しかし、どんなに厳しい状況にあっても「礼節」は失われない。むしろその厳しい対立の中から浮かび上ってくるのは、親や教師の威厳を必死に守ろうとする子供や学生達の健気な姿である。

そしてこの「礼節」は朝鮮古典小説の中にも生きている。たとえば、先に紹介した『九雲夢《グーウンモン》』の場面(楊少游《ヤンソユウ》と桂蟾月《ケーソムオル》の出会い)の後の展開を見てみよう。

一人立ち去ろうとした楊少游を呼び止めた桂蟾月は、自家の場所を楊少游に教えて先に行くようにと促した。楼閣に戻った桂蟾月を見た洛陽の公達たちは皆安堵したが、桂蟾月は公達たちにどう振舞えば良いか、率直に疑問をぶつけた。すると公達たちは、何処の馬の骨とも分からぬ男に付いて行く必要はないと言うものあり、男の約束を反故にはできないなどと言うものもあり、甲論乙駁で騒然とした。しばらくたって時を見計らうと、桂蟾月は信義を違えることは人の道に反すること、この件は自分自身でけりをつけること、今日の憂さを他の妓生とともに晴らして欲しいことなどを、よどみなく述べ一座を後にして自家へと向かった。

私は初めてこの部分を読んだとき、いたく感心した覚えがある。それは楊少游の知性によって木っ端微塵に粉砕された公達たちのプライドを、桂蟾月はどう縫合しつつ、楊少游のもとへと駆けつけるのか。この難題を彼女は見事に解決しているからである。無能揃いとは言え公達は貴種(両班《ヤンバン》)であり桂蟾月は妓生《キーセン》である。この身分差を越えた僭越な振る舞いは、礼節上、絶対に許されない。恐らく、最初に桂蟾月自らが信義云々を言い出して公達たちを説き伏せようとしたら、この場は纏まらないばかりか、別の次元（桂蟾月と公達たちの亀裂）に移行してしまっただろう。ところが、桂蟾月は困り果てた振りをして公達たちの不満や嫉妬を全て吐露させた後、彼らの意見の中にもあった信義を諄々と説いたのであった。こうされてはプライドの高い公達たちも桂蟾月の意見に従わざるを得ない。

朝鮮古典小説にはこうした礼節の問題が形象化されている作品が実に多いのだが、一方の日本にはほとんど見ることができない。たとえば、江戸時代を中心に、日本は中国・朝鮮から儒教を取り入れたが、「礼節」だけは輸入されなかったとよく言われる。たとえば、昨今小島毅氏が日本を「儒礼なき国」（『東アジアの儒教と礼』[3]）と評したように、日本の儒教受容は『論語』中心で、五経（「易経」・「書経」・「詩経」・「礼記」・「春秋」）、特に規範に関する「礼記」がおろそかにされた。そのことと恐らく関連があるのだろう。日本の物語小説には、江戸時代の歌舞伎の精神（「傾《かぶ》き」、つまり異様異体を旨とする精神、不良・無礼の精神）が良い例のように「礼節」「礼教秩序」を突き破るダイナミックさに重点が置かれる場合が多い。

5 「知」と「礼節」の背後にあるもの——静謐な世界を下支えする熱いマグマ

そうした違いが背景にあるためだろう、日本で「礼節」と言うと何か堅苦しいものと受け取られる傾向がある。これは「礼節」が「礼儀」（儀礼）もしくは「礼法」という形式的な技術として捉えられているからである。もちろん、「礼節」にそうした技術的な側面はあるが、それはほんの一部であって、大事なのは精神・肉体にわたる全人的なレベルでの「礼節」なのである。

こうした全身全霊の「礼節」は上位者への絶対服従ではない。それはむしろ逆であって、上位者で「礼節」を始めとする儒教的徳目に相応しくないとされた者へは、反抗の矛先が容赦なく向けられるのである。[4] たとえば先に紹介した『九雲夢《グーウンモン》』の作者金萬重《キムマンジュン》は『謝氏南征記《サシナムジョンギ》』という小説を書いている。これは萬重の上位者であった粛宗《スクジョン》王の治世を真っ向から否定した内容であった。

粛宗王の時代は、社会的には安定した時代だったが、王室とその周辺は学者同士の門閥争いと王の権力欲が火種となって混乱が続いた。その中で己巳換局《キサファングク》の事件が起こる。粛宗の正妃は西人派の金萬基《キムマンギ》（金萬重の兄）の娘・仁敬《インキョン》王妃であったが、仁敬が一六八〇年に死去すると、粛宗は同じく西人派《せいじんは》の閔維重《ミンイジュン》の娘（仁顕《インヒョン》王妃）を継妃として迎えた。ところが仁顕王妃は子供を生まなかったことから、粛宗は寵愛していた宮女張《チャン》氏に子供を生ませ、その子を仁顕王妃の養子として跡継ぎにさせることを計画した。しかし、これに西人派の多くが反対すると、粛宗はこれを契機に仁顕王妃を廃位し張氏を妃にするとともに、西人派を退け南人派を登用した。金萬重もこの時朝廷を追われ流罪となったが、その流罪先で書いた物語が『謝氏南征記』である。

> 中国の明の時代、劉延寿《ユヨンス》という優れた士大夫は思慮深く心ねの真っ直ぐな謝貞玉《サジョンオク》と結婚し、幸せな家庭を築いたが、子供が生れなかったために、貞玉の進言で喬彩鸞《キョチェラン》という側室を迎えることになった。この彩鸞は美人だが悪女であり正室の座を奪うために延寿の側近董清《トンジョン》達と組んで貞玉にありとあらゆる陰謀を巡らし、貞玉を家から追い出すことに成功する。その後も貞玉を殺そうとしたり、延寿の官位を剥奪するなど横暴を極めたが、遂に悪事がばれて、彩鸞は処刑された。（詳しい内容は『韓国の古典小説』第三部の解説を参照のこと）

すぐ分るように、この物語は先の粛宗と仁顕王妃を巡る事件とほとんど重なる内容を持っている。

劉延寿《コヨンス》……………粛宗《スクジョン》王
謝貞玉《サジョンオク》……………仁顕《インヒョン》王妃
喬彩鸞《キョチェラン》……………禧嬪《ヒビンチャン》張氏
延寿の側近董《トンジョン》清達……粛宗《スクジョン》王の側近の南人派

すなわち、仁顕《インヒョン》王妃がいかに礼節に富み情に篤い人柄であり、反対に禧嬪《ヒビンチャン》張氏が悪辣非道な人間であるか、かつ粛宗が行った王妃廃位がいかに誤った施策であったのかを、物語に仮託して萬重は王を批判したのであった。一説に、萬重は『南征記』を粛宗に直接読ませ翻意させる為に書いたとも言われる。萬重のエッセイ『西浦漫《ソボマン》筆《ピル》』を読めば分るように、人の心を正すことに小説の効用を見ていた萬重であれば、その可能性は高いと言えるだろう。

目の前にある現実を風刺し、或いは変えるために書かれた小説。小説の虚構性を何より重視する日本では、この、あからさまな意図を持った作品は評価しがたいに違いない。しかし、そうした日本的な視点から本作を見てしまったときに見落とされる点の何と多いことか。たとえば、この小説を作品内だけに留めて読むならば、必ずしも面白い作品とは言い難いかも知れない。そこにあるのは、情に篤く心根の素直な女性が、その心根故に困窮し流浪し、最後に救われるという、在り来たりの貴種流離譚、秩序回復劇に堕してしまう。しかし、これは現実の治世に怒った金萬重が王に叩き付けた物語である。主人公の謝氏（謝貞玉《サジョンオク》）の困窮は廃妃され困窮の極みにある仁顕王妃と重なり、謝氏を辱めた喬彩鸞と奸臣たちは、禧嬪張氏とその周囲に居る現政権（南人）に重なるのである。そうした物語の磁場に置いてみるならば、この作品の持つ「毒」が強烈に噴出してくるのを読者は感じない訳にはいかない。

これは『九雲夢《グーウンモン》』を理解しようとするときも基本的には同じである。この小説も小説内のみで理解するならば、一人の貴公子と八人の美女の恋愛という、所謂「ラブストーリー」、あるいは当時の概念で言えば「才子佳人小説」という図式に収まってしまう。しかし『九雲夢』も『謝氏南征記《サシナムジョンギ》』と同じく配流先で書かれ、朝廷に送られた（直接的には母親に送られた）ものであること、即ち、当時の王宮における権力闘争の中に置いてみるならば、この物語が放つ「毒」は極めて強烈なものであることが分かってくる。

粛宗《スクジョン》時代は、朝鮮王朝時代を通じて党派間の政争が最も激しい時代だった。しかし、粛宗は、非凡な政治能力を発揮して王権を回復し、社会を安定させるのに成功した。そのため、粛宗は、壬辰倭乱《じんしんわらん》と丙子胡乱《へいしこらん》以後続いていた社会混乱を収拾し、民生を安定させ、朝鮮社会の再跳躍の足掛かりを作った王として評価されている。その一方、王妃や後宮たちに対する愛憎を十分に治めることができなかったため、数多くの獄事を作りだし、治世に汚点を残した王でもあった。（朴永圭『朝鮮王朝実録』新潮社、一九九七）

先に『謝氏南征記』が仁顕王妃の復位を願って書かれた物語だと述べたが、粛宗治世の問題は王妃の廃位だけが問題でなかった。全体的に見るならば粛宗の失政とは、王妃・後宮・女官といった王室の女性たちの世界に多大な混乱を巻き起こしたことであった。それに対して『九雲夢』は対極的な世界を演出する。現実の粛宗と王妃・後宮たちの世界が混乱と憎悪の世界であったとすれば、物語の楊少游と八人の女性たちの世界は見事な調和と愛情の世界である。この対極的な世界を配置することによって、現実世界の王宮がいかに醜い世界であるかを強烈にあぶり出しているのである。

この対極の構図は、とくに『九雲夢』において楊少游の正夫人となった英陽《ヨンヤン》公主と蘭陽《ナヤン》公主の関係と、現実世界における粛宗王の正夫人（中宮）となった仁顕王妃と禧嬪張氏との関係に端的に表れている。英陽と蘭陽は相互に尊敬する余り上席を譲り合って皇太后（前王の妃）を困惑させたのに対して、現実の禧嬪張氏は自らの正夫人（中宮）への復位のために、仁顕王妃を呪い殺そうとしたのであった（巫蠱の獄）。

6　上位者への反骨精神

朝鮮古典小説にあふれる「知」と「礼節」、しかしその上品で静謐な世界を下支えする力は、極めて熱くドロドロとしたものである。その熱いマグマは一旦噴き出すと留まるところを知らない。そうした噴出の例ではないかと思われる作品の典型が『洪吉童伝《ホンギルトンジョン》』や『雲英伝《ウニョンジョン》』であろう。『洪吉童伝』は、洪吉童《ホンギルトン》という快男子が義賊となって朝鮮半島を暴れ回り、果ては朝鮮を飛び出して孤島の王になるという物語である。この物語の驚くべきところは、王や両班（ヤンバン・貴族）に対する強烈な批判精神で、あのハングルを作り、名君として韓国でも名高い世宗《セジョン》王もこの物語では洪吉童に散々にやっつけられるし、現在、世界遺産の一つとして登録されている海印寺《ヘインサ》（八万大蔵経の版木があることで有名）も、僧侶が庶民を苦しめているという理由で、洪吉童に宝物類を略奪されるなど、散々な目に遭わされる。この小説が中国の通俗小説『水滸伝』から大きく影響を受けたものであることは、すでに指摘されて久しいが、この批判精神ということで言えば、『水滸伝』より遥かに強いものがあると言ってよい。

この小説のこうした厳しい批判精神は、作者である許筠《ホギュン》（一五六九〜一六一八）の当時の社会に向けられた激しい憤怒が発散したためであった。許筠がどのような人生を送ったのかは定かではないが、彼が詩作に優れた豪放磊落な文人であったことは同時代や後世の誰もが認めるところである。しかし、彼の師匠・友人など周囲の人間の中に、庶子（正妻でなく身分が低い母親から生まれた子供）が多く、その影響で、庶子を庶子というだけで登用しない当時の社会情勢に、許筠は強い憤懣を抱いていたとされる。ちなみに『洪吉童伝』の主人公洪吉童の設定も庶子であった。

当時、庶子差別に憤りを持った庶子たち不満分子は徒党を組んで、社会の様々なところで事件を起こした。許筠はその不満分子と共に行動したためとして死刑になったのであったが、そうした彼の数奇な運命と洪吉童のこれまた数奇な運命は見事に重なってくる⑸。

こうした社会批判は男性のみの特権ではなかった。女性、しかも両班に仕え、その邸宅から勝手に出ることの許されない侍女たちの中にも、そうした批判精神は沸々とたぎるものであった。たとえば、『雲英伝《ウニョンジョン》』は安平大《アンピョン》君に仕える侍女十人の一人である雲英《ウニョン》が、美しい儒生金進士《キムジンサ》と恋に落ち二人は結ばれるものの、大君に発覚したことによって、二人は自ら命を絶つという話である。朝鮮古典小説は、厳しい試練が多く書かれようとも、ハッピーエンドに終る話が多いのだが、そうした例に珍しく、この話は悲劇的な結末になっている。

この中で二人の逢瀬と逃亡計画が発覚した折、大君は激怒して雲英他五人の侍女を鞭打ちの刑に処するが、その折、五人の侍女から大君に対して一人一人反論が展開する。この五人の反論は、静かに礼を尽くして行われるが、その言葉は大君の非を鋭く突きあげてゆく。たとえば、そのうちの一人、銀蟾《ウンソム》は、籠の鳥になった自分たちの、その悲劇的な境涯をストレートに訴える。

男女の情けは陰陽の理から受けたものですから、貴賎を問わずそれを身につけています。しかし、一旦奥深い宮殿に閉じ込められて孤独な身となった者は、花を見て涙をこぼし、月を仰いでもの悲しくなる他ありません。それはまるで、梅の木に止まっている鶯がつがいとなって飛び立てず、畑の間を飛び交う燕に巣を作れなくするのと同じです。(中略)一旦宮殿の塀を乗り越えれば人間の楽しみを知ることができるものを、久しく奥深い宮殿に閉じ込められてこのようなことが出来ずに居ります。そうした私たちは自らの心をどうして抑えることができましょうか。ひたすら大君の威厳を怖れ、この奥深き宮殿を堅く守り通した末に枯れて死んで行くのみです。

紫鸞《チャラン》は更に過激に、雲英が金進士に出会ったのはそもそも大君の命に従ったからであり、金進士が一際抜きん出た好男子であれば雲英が恋に落ちるのも無理ないこと、大君はむしろ惻隠の情をもって二人を再度会わせることで善行を積むべきだと主張した。この真剣な諫言は、大君の怒りを徐々に静めてゆくが、その言葉は実に感動的である。

7　ユートピアとしての幻想空間

こうした上位者への厳しい批判は、当然のことながら、上位者にとって受け入れ難いものが多い。よってそれは下位者への更に厳しい下達となることは言うまでもない。下位の者がそれを甘んじて受け入れることが出来ない場合、下位者の思いは絶望に変わる。この絶望した魂が作り出した世界、それがユートピア（何処にもない場所）である。朝鮮古典小説では、この真の意味でのユートピアを持つ作品が多い。ここでは、『金鰲新話《クモシナ》』と『淑香伝《スクキャンジョン》』を取り上げてみよう。

『金鰲新話』は、朝鮮に小説の時代を招来させた作品として有名だが、その幽鬼と現実が綯い交ぜになった、伝奇的・幻想的世界には、良質なロマンチシズムがふんだんに盛られ、しかも極めて美しく結晶化されている。書名から分かるように、本作は中国・明の時代の文言小説『剪灯新話《せんとうしんわ》』を模倣した作品であるが、『剪灯新話』と違って『金鰲新話』はその幻想世界が、登場人物たちの強い現実の否定・幽鬼世界の肯定という「意志」によって支えられているところに特徴がある。

たとえば、五つの話に登場する主人公、梁生《ヤンセン》・李生《イセン》・洪生《ホンセン》・朴生《パクセン》・韓生《ハンセン》は、才能に恵まれつつも認められず、皆現実に強い不満を抱いており、かつ貧乏な者が多い。その彼らが幽鬼の世界に触れるやいなや、或いは美女に愛されて詩を唱和し（梁生・洪生）、あるいは戦乱で死んだ妻と幸せなひと時を暮らし（李生）、あるいは異界の王と議論や詩作に興じ賞賛を受け、異界での重要な地位につく（朴生・韓生）。彼らが現実世界で不当に歪められていた才能が、幽鬼世界で十全に開花するのである。

この幽鬼世界を肯定する意志は作者、金時習《キムシスプ》（一四三五〜一四九三）の強い意志が具現化されたものであろう。金時習は三歳で漢文の詩を作ったと伝えられ、その才能を買われて世宗大王に厚遇され将来を約束されたが、首陽大君のクーデター（世宗の孫である端宗から叔父の首陽が政権を奪取した）が起きると、すべてを捨てて一切の政治に関わらず、狂人の振りをして全国を放浪、詩作・文作に没頭した人物である。後に彼は、生六臣（首陽に反旗を翻して死んだ「死六臣」に対して、首陽が王位についた後、一切の官職から身を引いた人物たち）の一人として賞賛されたが、そうした彼の現実世界に対する絶望が反転して、極めて理想的でユニークな幻想世界をこの作品は作り挙げることに成功している。

こうした朝鮮の古典小説に比して、日本の物語・小説は一体に地上的・現実的な描写・世界観を持つものが多く、地上とは別世界の天上や異次元世界を想定して物語が展開するものは極めて少ない。たとえば、『源氏物語』しかり江戸時代の物語・小説しかり、近代に入ればリアリズム全盛でその傾向はより一層拍車がかかる。例外的に天上との関係を描く『竹取物語』でも、かぐや姫は天上にて罪を得て地上に降下し竹取の翁の娘となるものの、天上との関係については物語最後、姫が天上に戻ってゆく場面のみにしか出てこない。

ところが『淑香伝』は天上と地上が一体になった物語である。この作品は、天上で罪を犯して人間界に流謫《りゅうたく》された男女が、地上で艱難辛苦を経て結ばれ、再び天上に戻るまでを描いているが、物語中何度も天上との交流・交感があり、その都度主人公たちは天上での記憶を思い出す（地上に戻ると天上での記憶は失われる）。また、そうした天上と地上との行き来の中で、二人が天上で得た罪の正体が徐々に明らかになるという、いささかミステリータッチの展開もあって、読者を飽きさせない。また神仙や水界の世界を始め、様々な異次元空間が登場し、主人公たちはその世界を辛苦して流浪する。すなわち本作は極めて多層な空間を形成しているのである。

こうした多層な異次元世界を作り上げるためには、作者に豊かな想像力が必要であるが、この想像力とは生半可な知識・覚悟では成しえるものではない。日本では、幻想や想像と言うと、夢の世界・異次元に遊ぶというような何か弱々しい現実逃避のイメージが付着しているが、『金鰲新話』や『淑香伝』の想像力とは、そうしたものとは別次元のものである。この二つの作品（特に『金鰲新話』）には、現実に対するきわめて強い関心がある。その関心が現実に何度も打ちのめされ、その絶望の中から不死鳥のように飛翔した世界が、朝鮮古典小説の異次元世界である。よって、この異次元世界とはきわめて現実的であると言っても良いのである。

8　両班《ヤンバン》の妻女たちとデストピア

いま、下位者の絶望が作り上げたユートピアの世界として朝鮮古典小説の幻想性を挙げてみたが、この絶望の世界はもう一つ、朝鮮古典小説の中に華やかで怪しげな花を咲かせている。それが両班の女性たちが作り出した宮中小説である。

儒教思想が深く浸透した朝鮮時代の貴族（両班）社会では、長幼の序・男女の別が厳しく守られた。両班の妻や娘といった女性たちは、家の奥深くに住まわされ外出することはほとんど出来なかった。先にあげた『雲英伝』の雲英や紫鸞といった侍女たちと同様である。

そうした籠の鳥であった両班夫人たちに対して、一方の両班の男（夫や息子）たちは十分に愛情を注がなかった。彼らは妻や娘、特に妻に深い情愛を感じることはほとんど無かったと思われる。何故ならば、彼らの結婚は家と家（朝鮮風に言えば家門と家門）の結び付きでしかなく、そこに自らの意思や情愛が絡む余地はまず無か

ったからである。両班の男たちが情愛の世界を求めて、遊女たる妓生へと向かった背景にはそうした事情があった。(6)

そのような夫や息子たちに見捨てられた両班の妻女たちは、家の奥深くに閉じ込められ、有り余る時間をどうすることも出来ずにいた。彼女たちは壮絶な孤独を感じていたはずである。その孤独が生み出した世界が宮中小説であった。彼女たちによって実に多くの物語・小説が書かれたと考えられるが、特に優れた作品として挙げられるのが、『癸丑日記《ケジュクイルギ》』『仁顕王后伝《インヒョンワンフジョン》』『閑中録《ハンジュンノク》』の三作である。これらは朝鮮王朝の裏面史とも言うべき内容で、主に宮廷の女性たちから見た、王家の人々やその周辺の、情愛のもつれや骨肉の争いを赤裸々に語ったものである。特に『閑中録』の内容は衝撃的である。私は初めてこれを読んだ時には我と我が目を疑うほどであった。

この物語の作者は、恵慶宮洪氏《ヘギョングンホンシ》。名君と言われた英祖《ヨンジョ》大王（治世は一七二四〜一七七五）の息子で皇太子（世子）の思悼世子《サドセジャ》の正妻として宮中に入った女性である。彼女の目を通して語られる英祖《ヨンジョ》と思悼世子《サドセジャ》との確執は世にもおぞましき世界であった。特に英祖の、思悼世子から話を聞いた後に、これみよがしに耳を洗ってみせたり、息子の殺人というような重大な事件にはさして関心を示さないのに対して、小さなことに異常にこだわるといった、名声とはまるで反対の神経質で偏執的な態度には驚かされる。また、そうした父の元で強迫神経症的におかしくなってゆく世子の姿に戦慄を覚えない者は居ないであろう。そして、その挙句に父は息子を米櫃に入れて殺してしまうのである。この時、妻の洪氏は夫が惨殺されるのを見届けることしか出来なかった。その折の彼女の心情はどのようなものであったのか。本作の最初に、作者の洪氏が宮中に上る時の華やかな姿と、その時の彼女の胸のときめきが美しく描かれる。この可憐な少女の姿と、夫を殺されても慟哭することすら許されない不幸な妻の姿との落差は、残酷さを通り越して神秘的ですらある。

なお、他の二作も宮廷で起こった有名な事件が物語化された作品である。『癸丑日記』は光海君《クワンヘグン》の時代に起きた仁穆大妃《インモクテビ》の幽閉事件、『仁顕《インヒョン》王后伝』は粛宗王の正室仁顕《インヒョン》王后と禧嬪《ヒビン》張《チャン》氏との確執と張氏の王后呪詛事件を取り上げる。『閑中録』と執筆の姿勢はほぼ同じである。

この宮廷に咲いた華麗で怪しげな花々は、宮中にうごめく人間たちの内面を余すところなくリアルに炙り出している。『金鰲新話』や『雲英伝』の持つ幻想性とは対照的な世界である。このような世界が生み出された背景には、両班の夫人や息女たちの置かれた環境があった。彼女たちの周辺には、宮廷の王族・両班たち男女関係、また夫婦・親子関係についての様々な噂が飛び交っていたはずである。自分たちに見向きもしない夫や男たちによって嫉妬の鬼と化すも、表面的には静謐を装わなくてはならない彼女たち、その心を癒したのは遠い絵空事の世界ではなく、身近なおぞましい内面世界であった。それほどに彼女らの絶望は深かったと言うべきだが、また『金鰲新話』や『雲英伝』の絶望が幻想世界に飛翔したのに対して、彼女らの絶望は内面世界にインナートリップしたとも言えるだろう。

ちなみに、こうした宮廷の人間たちの心の奥底を深く抉り出した物語といえば、日本の平安朝物語や日記がすぐに連想される。従来、そうした関連から両者の比較が試みられはしたが、活発な研究とはとても言い難い。両者の間には約七百年から八百年の開きがあるのだから仕方がないが、両者の関連は東アジアの言語史・文学史から見る時、極めて重要なものがあることが、従来の研究では見落とされている。

それは、両者の花開いた時代は全く別なのだが、花開く過程もしくは構造には極めて近似したものがあることだ。たとえば、日本の平安朝物語は女文字と言われた「かな」が発明されてから二三百年後に女性たちの手によって出現しているが、それと同様に朝鮮朝の宮廷物語・日記類もハングルが発明されてから二三百年後に出現している。このハングルは女性が作った訳ではないが、朝鮮時代には女子供が主たる担い手であった。即ち、日本や朝鮮が中華文化から離脱を試みようとして独自の文化や文字を作りだす、その過程で平安朝物語・日記や朝鮮朝物語・日記が生れてきているのである。七八百年の違いとは、その離脱を試みた時期の早い遅いの違いに過ぎない。

この中心文化（文明）から周辺文化が離脱するときに出てきた新しい言語・女性や子供の力という問題は、中華文化とその周辺だけでなく、ヨーロッパのラテン語を中心にしたローマや中世キリスト教文化から、イギリス・フランス・ドイツなどがそれぞれ英語・仏語・独語などを擁して独立してくる過程とも重なってくる、極めてワールドワイドな問題でもある。

9　理想と現実の大いなる矛盾

さて、朝鮮古典小説の持つ特色として「知と礼節」「反骨の精神」「ユートピア（デストピア）」の三つを上げて述べてみたが、こうしてみると、最初に紹介した、朝鮮文化の二面性（柳宗悦と岡本太郎が発見した朝鮮の美）が、古典小説の世界ではコインの裏表として一体化していることに気づくだろう。即ち、静謐で威厳を持った「知と礼節」の世界の裏には、極めてドロドロとした人間的な「反骨の精神」が伏在しているのであり、また理想的な世界を追い求める「ユートピア」志向の裏には、現実世界に対する強い執着心が息づいているのである。

こうした二面性が、朝鮮半島が置かれた歴史的・地政的条件と不可分の関係にあることは見やすい図柄である。言うまでもなく、朝鮮半島はアジアにおいて極めて重要な位置にある。それは中国や日本、ロシアやモンゴル、朝鮮古典小説の時代に合わせるならば、明、清（金）、元、日本などの強国のほぼ中間にあって、常にそうした強国の情勢によって翻弄されてきたのが朝鮮半島であったからである。よって朝鮮半島は厳しい政治的状況下、常に難しい判断を余儀なくされてきたのであった。そうした厳しい現実を生き抜くためには、変転する現実世界への対応と、それを相対化し凌駕する強固な思想が必要であった。その思想の一つが儒学（朱子学）であったのだが、朝鮮古典小説では、そうした現実世界への対応と理想化・理念化の両面が混在した形で表出していたのである。「知と礼節」「反骨の精神」「ユートピア」は古典小説が打ち立てた、そうした世界の具象化された姿であると言ってよい。

ただ、そうした地政的理解は大切だが、さらに重要なのは、この二面性を一つの精神的世界としてどう理解すれば良いかである。第二次世界大戦前後に日本で無頼派として活躍した坂口安吾（一九〇六〜一九五五）は次のような言葉を遺している。（『FARCEについて』一九三二年）

一体、人々は「空想」という文字を、「現実」に対立させて考えるのが間違いの元である。私たち人間は、人生五十年として、そのうちの五年分くらいは空想に費しているものだ。人間自身の存在が「現実」であるならば、現にその人間によって生み出される空想が、単に、形がないからといって、なんで「現実」でないことがある。実物を摑まなければ承知できないというのか。摑むことができないから空想が空想として、これほど現実的であるというのだ。大体人間というものは、空想と実際との食い違いの中に気息奄々《きそくえんえん》として

（拙者なぞは白熱的に熱狂して―）暮すところの儚ない生物にすぎないものだ。このおおいなる矛盾のおかげで、このべらぼうな儚さのおかげで、ともかく豚でなく、蟻でなく、幸いにして人である、というようなものである、人間というものは。

この言葉は、リアリズムを狭小なものとして捉えがちな日本人に向けて放った警鐘であるが、朝鮮文化や朝鮮古典小説を捉えるときにも重要な視座を我々に提供してくれる。すなわち、安吾流に言えば、朝鮮古典小説がみせる理念・幻想の世界は、朝鮮の人々にとって「摑むことができな」いものであるからこそ、「現実的であ」り、そこに生ずる「おおいなる矛盾」や「べらぼうな儚さ」に「白熱的に熱狂して」いるのが朝鮮の人々なのである。そして、安吾の言う「人間」の尺度に合わせれば、朝鮮の人々こそ最も人間らしい人間ということになる。

恐らく、日本のリアリズムが人を「覚醒」させるものであるならば、朝鮮のリアリズムは人を「熱狂」させるものなのである。とすれば、この朝鮮古典小説の持つ、引いては朝鮮文化の持つ「熱狂のリアリズム」は、我々日本人にとってまことに興味深い問題として浮上してくるのである。

注

（1）小倉紀蔵『韓国、引き裂かれるコスモス』平凡社、二〇〇一年
（2）鳥居フミ子「教授と学生（コラム）」『アジア遊学』三四号、二〇〇一年、勉誠出版など
（3）小島毅「儒礼なき国」（『東アジアの儒教と礼』「④東アジアのなかの朱子学」山川出版、二〇〇四年
（4）朱子が格物窮理（万物の根本原理を極める）を根本としたことは有名だが、その朱子学を国の根本にした李氏朝鮮は王権に対して柔軟な態度を取った。初代王の李成桂（太祖）の右腕であった鄭道伝が、臣権を基に王を凌ぐ権力を手中に

出来たのもこうした背景による。朝鮮王朝は司憲府（現行の政治・官吏の糾弾観察）、司諫院（王やその政治への諫言や論駁）を従二品や正三品などに厚遇して、下からの上位者への直訴・諫言を大切にした。

（5）本書第Ⅱ部第1章「英雄は東アジアの海へ」の注15でも指摘したように、現存する『洪吉童伝』が許筠の書いた『洪吉童伝』かどうかについては、現在の韓国学界において様々な議論がある。私は重要な問題ではあるものの、現存『洪吉童伝』を許筠の『洪吉童伝』と切り離して考えるべきではないと考える。その根拠については同注を参照。

（6）この点については本書第Ⅲ部第1章「妓女・妓生・遊女」の注4を参照のこと

2　『九雲記《グーウンギ》』に表れた日本軍と東アジア世界
――『九雲夢《グーウンモン》』との関係を踏まえながら

十七世紀、金萬重《キムマンジュン》によって書かれた恋愛小説『九雲夢《グーウンモン》』は、十九世紀に未詳の作者によって『九雲記《グーウンギ》』として甦る。ところがこの『九雲記』は本話の『九雲夢』の三倍に膨れ上がっただけでなく、内容も大きく変化した。その膨れ上がった部分に恋愛小説とは異質な軍談的要素が加わったのである。さらに主人公楊少游《ヤンソユウ》に対抗する夷狄《いてき》として日本が大きく浮かび上がって来る。これは本話『九雲夢』には全く無かった話である。この変化の意味を東アジアの視点から探る。

1　『九雲記』と〈東アジア〉

朝鮮（韓国）の文学作品の内側には、いつも〈東アジア〉が在る。古典、近現代を問わず、私は、朝鮮（韓国）の文学作品を読みながら常にこのことを感じ続けてきた。勿論、私が読んだ朝鮮の文学作品など微々たるものに過ぎないかも知れないが、そうした感触は読み続ける中でますます大きくなっている。(1)

本章で取り扱う朝鮮の古典小説の『九雲夢《グーウンモン》』とその改題増補本とされる『九雲記《グーウンギ》』もそうした〈東アジア〉性を色濃く持った作品である。詳しくは後述するが、この両作品には舞台や作者の問題で強く中国が意識されていると同時に、『九雲記』になって増補された部分に壬辰倭乱（文禄慶長の役）の日本軍侵攻という事件が大幅に取り入れられた。これにより『九雲記』は〈東アジア〉を舞台にしたスケールの大きい物語に成長したが、ここでは、この『九雲記』の増補部分に表れた日本軍の記述を紹介しつつ、その問題点を少しく検討してみたい。また、その検討を通して、『九雲夢』と『九雲記』の関係や位相そのものにも迫ってみたいと思う。

なお、二〇〇六年に開かれた韓国日本文化学会（二〇〇六年四月、韓国天安市、祥明大学校）の席上で、韓瑞大学校の金泰燾《テド》氏も強調しておられたように(2)、日朝比較文学研究を行う上で、朝鮮の文献上に表れた日本人・日本文化の記述を悉皆調査することは（その反対の日本の文献上に表れた朝鮮半島の記述の調査と合わせて）重要な基礎作業である。とすれば、ここで取り扱う『九雲記』の日本軍の記述も、日朝比較文学研究の基礎的作業の一環となる。よって『九雲記』の日本軍の記述内容の紹介や、作品成立の問題についても、出来るだけ詳しい説明を試みながら、本論を進めることにする。

2 『九雲記』の問題

金萬重作『九雲夢』が朝鮮古典小説史上の秀作として高い評価を与えられてきたことは言うまでもない。その経緯については拙著（『西鶴小説論』翰林書房(3)）でも述べたのでここでは繰り返さないが、この『九雲夢』が独り時代から屹立したものでなく、同時代の朝鮮はもとより、東アジア世界の潮流をも深く体現したものであったことは強調しておく必要があるだろう。特に、その恋愛に重きを置いた物語世界の構築は、十七世紀の東アジア全般に見られる、恋愛物語・小説群の台頭という流れと軌を一にする。なぜ十六・七世紀の東アジア（中国、朝鮮、日本）で一斉に恋愛物語・小説群が開花したのかは判然としないが、(4)『九雲夢』のそうした同時代への繋がりは、『九雲記』との関連を考察する本章においても留意しておく必要がある。

そこで、この『九雲夢』の流れを引く『九雲記』であるが、この作品は簡単に『九雲夢』の改題増補本と言い切れない複雑な性格を持っている。その辺りの事情を項目に沿って説明しよう。

作品の発見と概要

『九雲記』は、一九七八年に、韓国の嶺南大学校中央図書館汶波《ムンパ》文庫（崔埈寄贈）で発見された。正式書名（内題）は、「新増才子九雲記」。作者名はなく内題下に「無名子添刪」とある。全九巻九冊、総三三五張(5)、毎張二六行、毎行二二字、総一八万二千余字に及ぶ漢文筆写本である。作品内容が金萬重の『九雲夢』と多くの類似があることからすれば、『九雲夢』の異本の一つと言っても良いが相違も相当にある。この辺りの事情について、二〇〇一年に出版された『九雲記』（影印と現代語（韓国語）訳(6)）の解題で尹栄玉《ユンヨンオク》氏は次のように述べている。

> 『新増才子九雲記』に添刪したという点を『九雲夢』の癸亥本を基準にして見る時、『九雲夢』の一六回に比して、この作品の章回は三五回余、字数は三倍を越え（九雲夢は約七万三千余字）、「刪」より「添」が多い。（九雲夢を基準にしてみれば）遥か膨大な作品になっており「新増」という言葉が付けられたように、今まで発見された『九雲夢』のどの作品とも性格を異にしている。それで『九雲夢』でなく『九雲記』にな

ったのだろう。

しかし、主たるストーリーは大同小異である。天台山蓮華道場の性真《ソンジン》が楊少游《ヤンソユウ》として生れ変って、同じく八仙《はちせん》娥《が》の生れ変りである二妻六妾《にさいろくしょう》を順序よく迎え、功名勳業を成し遂げた末に、幻夢から覚めて八尼姑《パルイゴ》と共に菩薩の大道を得て西天に登ったのであった。また九人の名前と彼らの背景、そして六観《ユクカン》大師と衛《ウィ》夫人も同じである。詩文も共通している。このようなストーリーに、これとは違った多くのエピソードが盛り込まれて『九雲記』となったのである。

即ち、作品の基本構想はほぼ同じであるものの、分量は三倍近くに膨れ上がっていること、その膨れ上がった部分とは、『九雲夢』の主筋そのものではなく、挟み込まれたエピソードの部分であること、などが『九雲記』の特色である。後に本章で取り扱うのも、その膨らんだエピソードの部分である。（なお参考として『九雲記』[7]、『九雲夢』[8]［ハングル本］、『九雲夢』[9]［漢文本］の内題・冒頭を次頁～次々頁に掲出しておく）

作者と国籍の問題

内題下にある「無名子」が誰のことかは判然としないが、前掲の解題で尹栄玉氏は十八～十九世紀初に同名の号を用いた尹嗜《ユンキ》（一七四一～一八二六）を充てている。ただ、この「無名子」には一般名詞的な意味合いもあるため、直ちに尹嗜を指すとは言いにくく、更なる傍証を必要とすることは言うまでもない。なお『九雲記』の成立時期は確定していないが、『九雲記』に影響を与えたことが確実な中国通俗小説『鏡花縁《きょうかえん》』の刊行が一八一八年であることを根拠に上限をその年に設定し、その後の数年間の内に成立したと見るのが現在の趨勢である。[10]

成立の問題で注目すべきは、呉春澤氏⑾と丁奎福氏⑿が指摘した『九雲樓《グーウンル》』の存在であろう。両氏によれば、十九世紀の朝鮮文人金進洙《キムチンス》（一七九七〜一八六五）の『碧蘆集《ビョクロチプ》』に、中国の文人梅花が西省に任官した折、船中にて『九雲夢』を偶々見て興味を持ち改作したのが十冊に及ぶ『九雲樓』という白話小説であったという記事がある。この『九雲樓』という書名、十冊という分量、白話小説というスタイル、そして『九雲記』にある「九雲樓」の記述⒀などからすれば、『九雲樓』は『九雲記』に極めて近いものであったことが類推される。よって『九雲記』成立に関しては以下のような図式を立てることが一応可能かと思われる。

『九雲夢』 金萬重作
↓
『九雲樓』 中国文人梅花改作
↓
『九雲記』 無名子添刪

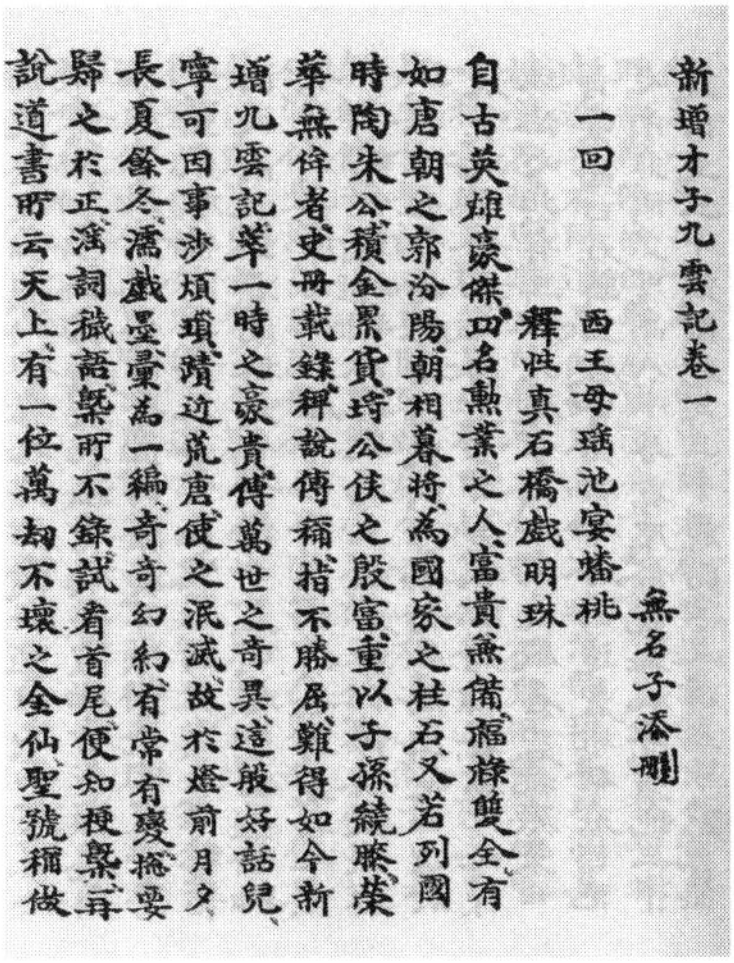
新增才子九雲記卷一
無名子添刪
一回 西王母瑤池宴蟠桃 釋性真石橋戯明珠
自古英雄豪傑、以名勲業之人、富貴兼備、福祿雙全、有如唐朝之郭汾陽、朝相暮將、為國家之柱石、又若列國時陶朱公積金累貨、埒公侯之殷富、重以子孫繞膝榮華無倂者、史冊載録、稗説傳稱、指不勝屈、難得如今新增九雲記、華一時之豪貴、傳萬世之奇異、這般好話兒、寧可因事涉煩瑣、蹟近荒唐、使之泯滅、故於燈前月夕、長夏餘冬、濡戯墨、彙為一編、奇奇幻幻、有常有變、撮要歸之於正、溪詞穢語、槩所不録、試看首尾、便知梗槩、再說道書所云天上、有一位萬刼不壞之金仙、聖號稱做

『九雲記』内題・冒頭

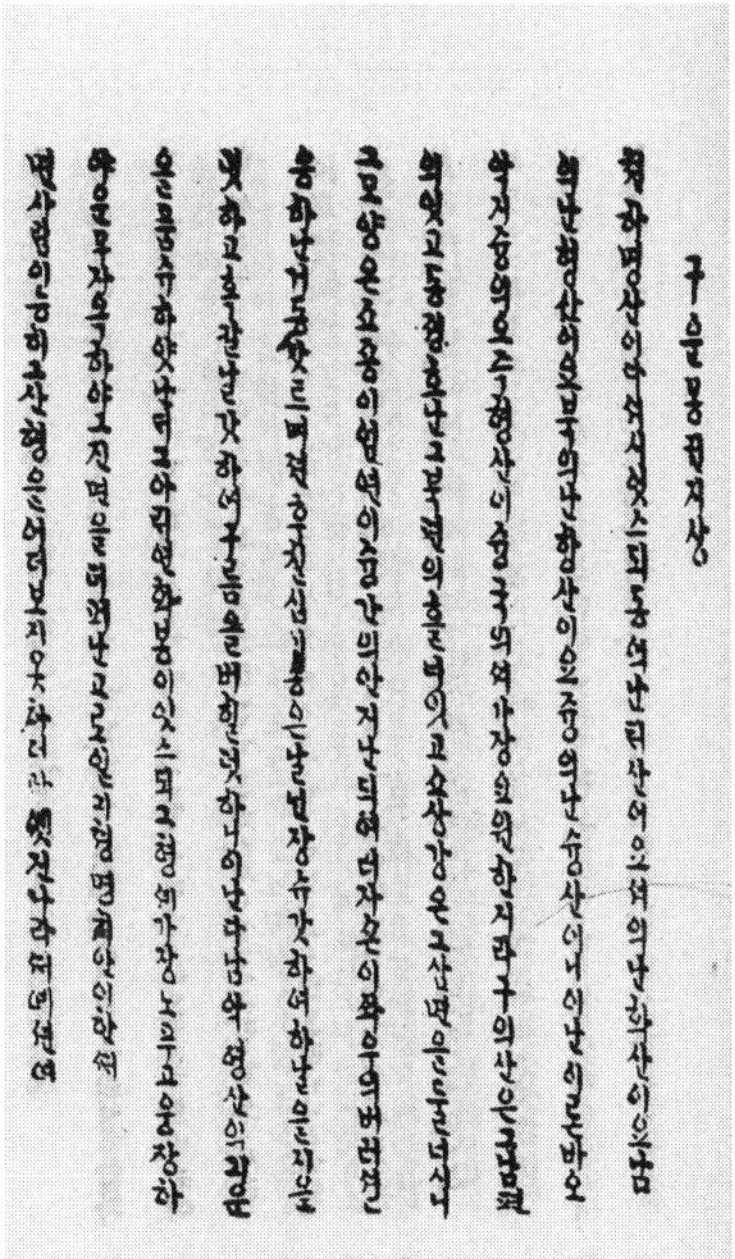
구운몽 권지상

『九雲夢』［ハングル本］内題・冒頭

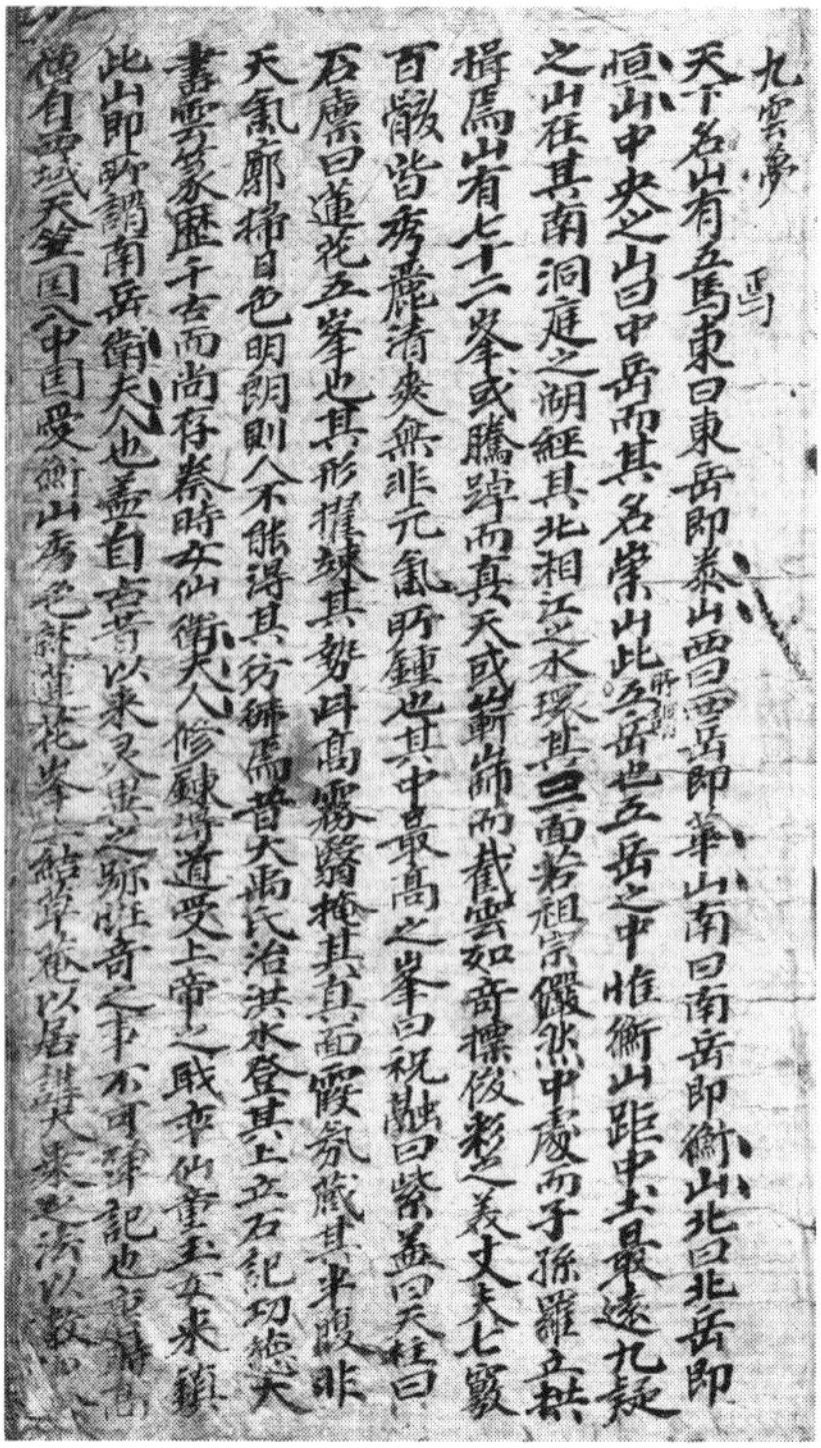

『九雲夢』［漢文本］内題・冒頭

ここからすれば、現存する『九雲記』は朝鮮人の手によるものではなく、中国人による中国小説である可能性も出てきたが、もとより、この『九雲樓』は現在に至っても発見されておらず、よって推測の域を出ない。こうした点を捉えて、陸宰用氏[10]は次のような三つの問題を提起した。

① 『九雲樓』と『九雲記』の内容が同一のものと言うことが出来ないとすれば、『九雲樓』から『九雲記』への移行の過程で、転写者（改作者）の作家意識（改作意識）がどの程度反映したのかを考える必要がある。

② ここで無名子の国籍が問題になる。筆者の無名子が朝鮮人である可能性は高く、特に創作年代の上限線が新しく明らかになった以上[10]、前に言及された尹嗜が『九雲記』の作者であるかどうかの可否を継続して考究する必要がある。

③ 『九雲記』が韓国文学史に帰属するかどうかの問題については、新しい資料が発掘されて、これに関する事項が決定的に解決されるまでは、『九雲記』を『九雲夢』系小説の一つとして韓国小説史に包含し

て扱うべきである。

たしかに、実体が一切分らない『九雲樓』を基礎にして論が展開する、この辺りの『九雲記』成立論には一抹の危うさがある。おそらく、こうした動きを誘発したのは、『九雲樓』の記事の発見が、朝鮮から中国へと文化が逆流したという現象を指し示したためであろう。即ち、中国から一方的に文化を受容したと評価され易い朝鮮文化の状況下、通常とは逆に、朝鮮から中国へと文化が流入した格好な例として、いささかナショナリスティックな期待が込められた為でもあったろう。また、一方の中国側からも様々な意見があるが、陳慶浩氏[14]はその辺りの経緯について次のように述べている。

七十年代の韓国嶺南大学中央図書館汶波文庫で見つかった漢文小説『九雲記』は、朝鮮人の作品なのか中国人の手によるものなのか、韓国の学者の間では見解は一致していない。『九雲記』は九〇年代に中国へ伝わり、中国社会科学院文学研究所の研究員劉世徳が「'93中国古代小説国際研討会」（於北京）で「論『九雲記』」の一文を発表し、この書が中国人の作品であると力説し、江淇《こうき》のペンネームで『九雲記』校閲訂正本を出版したと述べた。そして『九雲記』研究は、中国古小説研究界に重視されることとなった。張俊は『九雲記』を『清代小説史』の中に書き入れている。一九九七年に出版された『韓国蔵中国稀見珍本小説』第三巻にもこの本は収められた。かつて筆写は「『九雲記』の研究とその作者の問題」という論文を発表し、「作品自身、規範に見合わない語句（文法にそぐわない、虚字、代名詞、言葉の意味の誤用、文言と白話の混同）、制度、地理、風俗その他の事項の混乱があり」、このため『九雲記』は漢語を母国語としない人の作品であると判定した。

要するに、『九雲夢』系の朝鮮古典小説として評価されてきた『九雲記』は、『九雲樓』の出現によって中国文人改作の可能性が生じたものの、確証はなく、新たな資料と考察の出現を待つ状況と言ってよい。とはいえ、この『九雲楼』の問題を、作者やその国籍の問題にのみ帰するわけにはいかない。後述するように、『九雲記』がその舞台や素材を、中国・朝鮮・日本の三ヶ国に広げていたとすれば、作者の視点は北東アジアという地域に向けられていたことが新たな問題になってくるからである。本作の作者や成立の問題もそうした視点から考える必要があるが、この点については後述したい。

3 『九雲夢』と『九雲記』

『九雲夢』と『九雲記』の相違点について前述の尹栄玉氏は影印『九雲記』[6]の解題で次のように述べている。

ここで『九雲夢』との相違点を大略列挙して、『九雲記』の姿を把握してみたいと思う。

1 文体が中国散文体に似ている
2 冒頭がまったく新しい
3 構成の違いが多い

① 八仙娥が性真と会うことになったのが西王母蟠桃宴に出席した衛元君を迎えにいく時である。

② 八仙娥は六観大師によって閻魔大王の前に行き、そこで生れ変ったのではなく、花姑に導かれて俗世へ投生されたのであった。
③ 六観大師が迷妄に陥った性真を人間世界に送ろうとした態度が違っている。
④ ③と同じことだが、罪を得て人間世界に流配されたのではなく、人間世界の父母である楊継祖と庾夫人の祈子に応じて誕生したこと
⑤ 郷試に少游が擢魁されたこと。しかし豺狼張脩河《シランチャンスハ》の息子張善《チャンソン》が敵対者として登場すること。これは始終、性真に対する反対勢力としての役割を負っている。
⑥ 張脩河の配下の一群を完全な悪人として反楊少游、反国家的な勢力として作り上げたこと
⑦ 楊少游は竈民宣諭、遼兵制壓、日本軍を敗走させた戦争の英雄になっていること
⑧ 大丞相魏国公の父親楊継祖に詹事府詹事の職が与えられ、彼は九十歳まで暮らした
⑨ 賢良を推挙し、正言直諫であること
⑩ 誣告された者を伸恨し、奸黨たちを弾劾したこと
⑪ 悪は悪によって処罰されたこと

4 背景が相違していること
① 時間的背景が明朝の萬暦年間であること
② 空間的背景が明であること

5 表現に差異があること。特に性真の大覚（大悟）の場面が違うこと

6 章回において『九雲記』に多くの追加がなされていることを発見できること。上の対比からすると、

『九雲記』には『九雲夢』にない事件が多く描かれている。性真と八仙娥たちの人間世界での誕生が詳しく説話化されていて、『九雲夢』に探すことのできない張脩河の登場とその不義の事件を展開する部分（七・二十六・二十七・二十八回）が『九雲記』には相当に分量を閉めている。また八娘子たちの遊び（三十一・三十二回）も『九雲記』に新しく描かれている。（傍線稿者）

尹氏の指摘を一瞥しただけでも両者の比較から様々な問題点が上がってくるが、ここでは傍線を施した部分、3の⑦の主人公楊少游が明軍の元帥となって、明を侵略する日本軍を打ち破り、英雄となったエピソードを取り上げてみたい。

4 『九雲記』と日本軍

『九雲夢』において主人公の楊少游が異民族と対峙した場面は二度ある。一度目は北方の三国（趙・魏・燕）が乱を起こした折、二度目は西方の吐蕃が乱を起こし軍勢を都に送った折である。ただ、前者は三国の内、趙と魏の二国は楊少游の書いた詔書に屈服し、また残る一国の燕も勅使として訪問した楊少游の威厳の前にひれ伏した。本格的に戦火を交えたのは二度目の吐蕃の乱の折である。この二度目の出陣と、勝利の末の凱旋の経緯をすこし整理してみたい。

❶　楊少游は帝の信頼あつかったが、姫との結婚を臣下の鄭司徒の娘との結婚を理由に断ったところ、皇太

后の逆鱗に触れて投獄されてしまった。

❷ところが、この時期に吐蕃が西方で乱を起こし十万の軍勢にて迫ってくるという情報が都にもたらされた。危機に直面して楊少游への過度の仕打ちを反省した帝と皇太后は、楊少游を大将に抜擢し三万騎の軍勢が与えられた。

❸全軍を指揮した楊少游は連戦連勝の勢いで敵を国外に駆逐した。

❹敵の本拠地を突くべく進軍した楊少游は陣中で女刺客（沈裊烟《シンヨヨン》）に会うが、刺客は楊少游の人間性に触れて改心し契りを結んだ。

❺唐軍は更に進撃したが、蟠蛇谷にある池の水を飲んだ兵士達は激痛に襲われ、かつ敵に包囲され、唐軍は危機的状況に陥った。

❻陣中にて楊少游は不思議な夢をみた。洞庭の水府に住む竜王の末娘（白凌波《ペクヌンパ》）は南海竜王の息子五賢からの強引な結婚から逃れるために、この池に隠れ住んだ。池の水が毒を持つのは凌波が敵から身を守るための処置であった。

❼楊少游は南海太子の軍と戦い、散々に敵を打ち破ると夢は覚め、池の水も元の清らかな水に戻った。唐軍は息を吹返して吐蕃軍を殲滅した。

『九雲記』の話の筋もこれと大体同じであるが、大きく違っているのは、先にも述べたように、楊沙游が戦った相手が吐蕃から日本に変更された点である。この変更が影響を与えたと考えられるのは❸の楊少游軍と賊軍との戦闘場面である。『九雲夢』ではこの❸場面の描写は本文にして数行にしか過ぎないのに、『九雲記』では十四張、三百七十行の紙数が割かれている。この辺りの経緯を考えるために、『九雲記』における戦闘場面（『九雲夢』の❸にあたる部分）とその周辺の梗概を次にまとめてみた。

十四回「日本国が密かに軍師を送り青州を侵犯し、楊少游元帥は軍を訓練して済南に出兵したこと」

天子の生誕を祝う千秋節に、日本の平秀突《ピョンスドル》が大軍を率いて山東省に上陸したという報告を受けて驚いた天子は、臣下の文武百官にどう対処すべきか討議を命じた。多くの仕官は今は平時で兵も弱く、城はすぐにも敵兵に囲まれる。長安に一度引いてそこで体勢を立て直すのが得策と上奏した。しかし、獄中にあった楊少游は、今、都を捨てれば人民を塗炭の苦しみに落とすばかりか、宗廟を始めとする社殿や穀倉を失えば、天下の人心は必ず離反することを天子に上奏し、自らが兵を率いて凶賊を誅罰することを約束した。上奏文を読んだ天子は喜び、楊少游を獄中から出し、征倭大元帥に命じ全ての将兵達を臣下につかせた。楊元帥は軍を再編し訓練をするとともに軍律などを定めると全軍を戦場に進めた。日本軍と対峙した楊元帥の軍は、提督李商好の活躍などもあって、敵の先鋒大将である吉乎飛に大怪我を負わせるとともに、敵軍を散々に打ち破り敗走させた。しかし、李商好の活躍に焦りを感じた先鋒大将の廖鋼は、楊元帥の忠告に従わずに進軍し、敵の術中にはまってしまう。しかし元帥の命により廖鋼の後から進軍した江有古によって難を遁れた。

十五回「楊元帥は鵾鵬陣を展開し、日本兵は泰安に逃げ去ったこと」

忠告に従わなかった廖鋼に対して、楊元帥は厳罰を下そうとしたが、李商好の諫言もあって許された。勲功を立てることで贖罪することを誓った廖鋼は、敵軍の将を散々に打ち破り面目をほどこした。この戦で、明将・明兵は奮戦し、多くの日本軍の将兵を打ち破り、大将である平秀突は、山東省の泰安まで前線を後退せざるを得なかった。その後、厳冬の到来とともに両軍は身動きができなくなった。その間、日本軍は不思議な法術を使う娘を知り、その娘に楊元帥の暗殺を依頼した。平秀突は、成功の暁には莫大な財宝を与えることを約束した。

十六回「沈㚖烟は剣を捨て真情を訴え、吉平飛は出兵のために奇計を練ったこと」

楊元帥の刺客として明軍に紛れ込んだ娘（沈㚖烟）は、楊元帥の真心に触れて剣を捨て、明軍に侵入した本当の理由（縁ある人を探すため）とその真情を吐露した。娘に裏切られたと知った平秀突は激怒したが、ある日夢の中に不思議な道師が現れ、明軍を破る謀を話した。それは盤蛇谷にある白龍潭という毒の池を使って明兵を殲滅する作戦で、秀突は大いに喜んだ。明軍と対峙した日本軍は戦うやいなや退却したが、その姿を見た李商好は、相手の計略ではないかと疑った。しかし、廖鋼と楊元帥は好機を逃してはならないと追討することを命じた。その後日本軍を追い詰めた明軍であったが、道師の不思議な法術によって惑わされ、盤蛇谷に逃げ込まざるを得なくなった。

傍線を施した部分が『九雲夢』にはなく『九雲記』になって現れた部分である。この梗概部分を一瞥すれば、増補された部分が、日明両軍の戦闘場面であることがすぐに分かる。この『九雲夢』と『九雲記』の違いから、稿者は次の三つの問題を抽出することができると考える。

1　『九雲記』によって増幅された戦闘場面の描写はどんな意味を持っているのか。

2　吐蕃の乱であったものを倭（日本）の乱にした意味とは何か。

3　逆に削られた部分、変更された部分から何が考えられるのか。

5　日本軍侵攻への改編意図

まず1であるが、この問題は多岐に渡る。その全てを、ここで検証するわけにもゆかないので、今回は気付いた中で、最も重要と思われる二点のみを指摘するに留めたい。

一つ目は、恋愛物語から軍談への改編である。『九雲記』の作者は恐らく中国・朝鮮の様々な軍談・戦物語を読んでいたと思われ、それらが血肉化されて、この戦闘場面に結実していると考えられる。それほどにこの戦闘場面は緻密な配慮がなされ計算された叙述になっている。その緻密さがよく表れているのが、楊少游・李商好・廖鋼が将校に任ぜられた時に王から送られた兜・鎧・馬などの一覧や、楊少游が明示した八ヶ条の軍律であろう。こうしたディテルにこだわることによって、戦闘場面の臨場感は際立つ結果をもたらしている。こうした叙述の背景には『九雲夢』が恋愛物語としての性格を強く持っていたことが関係しよう。『九雲記』の作者は、その中に軍談的な要素を取り入れ、物語の幅を広げようとしたと考えられる。なお、この点については、もう少し別の観点をも取り入れて3を説明する際に後述しよう。

二つ目は、朝鮮古典小説の軍談物語として有名な、『壬辰録』の影響である。『壬辰録』は豊臣秀吉の朝鮮侵攻（壬辰倭乱・丁酉再乱、日本で言う文禄慶長の役）を題材にした物語で、突如朝鮮半島に現れた日本軍の傍若な振舞いと、それによる混乱と疲弊に耐えながら、様々な人間達の活躍によって日本軍を朝鮮半島から駆逐するまでが極めて劇的に描かれている。様々な内容・形式（ハングル・漢文）を持った伝本が数多くあって、それらを統一的系統的に整理することは現在からは困難である。

『九雲記』と『壬辰録』の関連で注目されるのは、まず戦闘場面の類似であろう。両者ともに日本軍の上陸と快進撃、明（朝鮮）の危機的状況を救う英雄の登場、日本軍との壮絶な戦闘、そして日本軍の駆逐という展開を持つが、出陣前の将校兵士達の威儀、戦場での将校たちの剣戟、勝利の雄叫び、凄惨な死の場面、惨めな敗走など類似した場面が続く。また、日本軍が怪しい方術を使って明軍（朝鮮軍）を篭絡しようとするのも同様であり（『壬辰録』では平秀吉が直接方術を操るが、『九雲記』では秀突に仕官した方術士が行う）、それを明軍（朝鮮軍）の将校（『九雲記』では楊少游、『壬辰録』では金徳齢）が正義の剣で四散させる点も酷似している。そして特に注意すべきは登場人物名の類似である。たとえば『九雲記』には明軍と日本軍の将軍達が活躍するが、明軍は元帥楊少游・提督李商好・先鋒大将廖鋼、日本軍は都総兵平秀突・大将洛正・大将吉乎飛、この三対三の六人が中心である。これに対して『壬辰録』も朝鮮軍と日本軍の対決が同様の三対三の構図で描かれていた。次にその関係を図示しよう。

	『九雲記』	『壬辰録』
明軍（朝鮮軍）	楊少游	李如松
	李商好	金応瑞
	廖鋼	姜弘立[15]
日本軍	平秀突	平秀吉（国立中央図書館蔵漢文本・李明善所蔵漢文本）
	洛正	清正（国立中央図書館蔵本・同漢文本）
	吉乎飛	小西飛（李明善所蔵漢文本[16]）

ここで注目されるのは、日本軍の将校達の名前の類似である。言うまでもなく、平秀突（平秀吉）は豊臣秀吉、洛正（清正）は加藤清正、吉乎飛（小西飛）は小西行長を指す。「突」「飛」「吉乎」がどのような意味を持つのか判然としないが、朝鮮古典小説研究者の鄭炳説氏（韓国ソウル大学）のご示教によれば、「突」の音「돌（トゥル）」は韓国では下層民の名前としてよく登場するものらしい。確かに「돌」は一般的な名前として目に付くものである（但し漢字は「石」「乙」など）。また昨今の韓国KBS歴史劇『大祥栄』に「흑수돌（フク・スドゥル）」という武士が登場するが、その役柄の説明には原始的な力を持った人物とあり、恐らく、この「スドゥル」という名前にはそうした意味合いを込め易い響きがあると考えられる。また「飛」（「비」ビ）も同様であろう。こうした名前の付け方は、日本は遠く隔たった荒ぶる民族・国家であるというイメージが中国・朝鮮にあり、それを基盤にしたものであったことは疑いない。

次に2であるが、これが日韓比較の点からは重要な問題である。まず、先にも述べたように『九雲夢』において楊少游が異民族に対峙した場面は二つある。一度目は北方の三国（趙・魏・燕）であり、二度目が吐蕃であった。もし、この一度目の乱が倭（日本）乱に替えられていたということであれば、それは説明がし易い。何故ならば、『九雲記』が書かれた当時、中国の支配者は清であり、その清は楊少游が対峙した北方の三国（特に燕）の場所にあったからである。つまり、現支配者の清に遠慮して倭に替えたということになるからである。しかし、実際に変えられたのは北方の三国ではなくて、西方の吐蕃であった。ここには、もう少し別の理由が求められるであろう。

そこで注目されるのは、本作に表れた日本軍への強い差別意識・敵愾心である。勿論、物語の善悪対立には娯楽的側面から考える必要もあるが、本作を素直に読めば、作者は、日本の侵略行為に何らかの義憤を感じており、その感情が『九雲記』の吐番→日本という些か強引な改編を誘導したと考えるのが穏当である。[17]

その義憤を考える際に留意すべきは、『九雲記』が書かれた時代背景であろう。河宇鳳氏の「十七・十八世紀韓国人の日本認識」[18]によれば、朝鮮後期の知識人達の対日意識は、大まかに十七世紀が反日、十八世紀が親日であったと言う。特に、十八世紀後半は所謂実学派と呼ばれる現実路線派の台頭、朝鮮通信使行に同行した元重挙（一七一九〜一七九〇）の『和国志』や実学派李徳懋の『蜻蛉国志』などによって日本に対する関心は高まっており、壬辰倭乱以来の敵愾心から離脱すべきとの説もあったと言う。またこの時代の朝鮮は、かつての「崇明排清」から離れて、中国の清に対しても柔軟な態度を取るようになっていた。

ところが、この実学派を牽引していた正祖が一八〇〇年に亡くなると、時代は一変し、以後反動保守の老論僻派が正祖時代の改革を悉く覆してしまう。当然、清や日本への理解の道も閉ざされた。このことと『九雲記』が、清ではなく明を称揚し、日本を蔑視しているのは偶然ではあるまい。

『九雲記』の文章が陳慶浩氏の言われるごとく、[14]中国文として問題があったにせよ、作者が相当な知識人であったことは間違いない。恐らく、『九雲記』の作者とはそうした反動保守派、反日志向の知識人の一人ではなかったか。

同時に、作品の視点が中国から北東アジアに移って来ている点も注目される。『九雲夢』における異民族の乱とその平定は、北方の三国と西方の吐蕃であったが、その中心は吐蕃であった。しかし『九雲記』では北方の三国は変わらずに吐蕃を日本に変えた。そうすると『九雲記』における異民族の乱は中国北方において集中的に起こっていることになる。これが「中国を舞台にした物語」のバランスを崩しているかどうか、即断は避けるが、少なくとも『九雲記』の作者の視点が北東アジアにあったことは明らかである。しかも、北方三国と日本そして中国という三角形の丁度中心に朝鮮半島がある。

ここからも『九雲記』の作者について重要な示唆を得ることができるだろう。先にも述べたように『九雲記』の作者が朝鮮人であるのか中国人であるのか現在ある資料からは判然としない。しかし先に述べた『壬辰録』からの影響関係や、今述べた北東アジアへの視点からすれば、作者は少なくとも北東アジア、特に朝鮮に深い関心があった人物であるということになる。

6　恋愛物語から軍記物語へ

最後に3であるが、1でも問題にしたように『九雲記』は戦闘場面に特別な配慮がなされていて読者の興に応じる姿勢が目立つ。それとは反対に戦闘とは関係のない部分については『九雲夢』を単に踏襲するか簡略化している。たとえば、楊少游が刺客として陣中に忍んできた沈裊烟との交歓の場面を挙げてみよう。

『九雲夢』

尚書大喜曰、娘子既救濱死之命、且後以身而事之、此恩何盡報、白首偕老是我志矣、因與同寢、以槍鈒之色代花燈之光、以刀斗之響、替琴瑟之聲。伏波營中月影正流、玉門關外春色已回。戎幕中一片豪興、未必不愈於羅帷綵屏之中矣。是後尚書後晨昏沈溺、不見将士至三日矣。

『九雲記』

元帥聴罷、大加歎賞道「仙娘重義、救我瀕死之命、又許終身之托、自義深恩重、曷不銘心鏤骨、以謝仙娘之志。」乃與酌酒論心、秉燭虚衿。及至夜深、相携入帳。正是劍戟之光、作為花燭之輝。刀斗之響、可做鐘鼓之樂。一夜恩情、山重海深。次日、各自早起、相與周覽營寨。

傍線部がその場面である。両者を比較した時、恋愛の描写という点では『九雲夢』の方に細かな配慮・工夫がなされているのは明らかである。たとえば、『九雲夢』では「伏波營中月影正流、玉門關外春色已回」というように「伏波營」の「中」と「玉門關」の「外」、「月影」と「春色」という対句的な美しい表現で彩られているのに対して、『九雲記』は簡素化され『九雲夢』のような趣きはない。さらに『九雲夢』では楊少游と沈裊烟の交歓は三日に及んだとあるのに『九雲記』では一日の事としている（『九雲夢』「不見将士至三日矣」、『九雲記』「次日、各自早起」）。恐らく、『九雲記』の作者は、一軍の大将たる楊少游が、三日もの間男女交歓に費やしたことを、陣中に相応しからぬ行為と判断したのであろう。

また、一端投獄した楊少游を許し、征倭の将軍として天子が任ずる場面であるが、『九雲夢』で天子はその放免の旨を皇太后に相談したのに対して、『九雲記』ではそうした場面が削除されている。恐らくここも『九雲記』の作者は、国家の危急存亡の決断を皇太后に相談するということを、天子に相応しからぬ行為として省いたのであろう。しかし、『九雲夢』では楊少游を投獄したのは皇太后の憤怒（楊少游に蘭陽公主との縁談を断られたことによる）からであり、また日頃から皇太后の言動に並々ならぬ配慮を見せていた天子にしてみれば、この相談は当然の所為であった。

即ち、『九雲夢』は楊少游と八仙女を中心にした情愛世界の構築に主眼があったのであり、沈裊烟との三日に渡る交歓、皇太后の憤怒、天子の皇太后に対する配慮もそうした主眼に則ったものであったのだ。とすれば、『九雲記』で情愛世界の描写が簡素化されたり省かれたりしたことは、『九雲夢』と『九雲記』の主眼に大きな差異が生じていたと考えなくてはならない。特に、『九雲夢』にあった天子の皇太后への配慮が『九雲記』において削られた点に関しては、小さな刪改ながら注意を払う必要がある。それは『九雲夢』とは、金萬重が自らの母親を始めとする王宮の女性達のために書き上げたものであった可能性が高いからである。とすれば、楊少游が公主（姫）を始めとする八人の女性に様々な配慮をし、かつ天子自身が皇太后に特別な心遣いをしていたという記述は、そうした読者（＝王宮の女性たち）への配慮に他ならないからである。また拙著でも述べたように[1]、『九雲夢』の作者金萬重は、そうした愛情世界の構築によって当時の王である粛宗王の政治姿勢（換局政治）への批判を込めていたとすれば、『九雲夢』と『九雲記』の差異は更に広がることになる。

もとより、この『九雲夢』と『九雲記』の情愛にたいする態度については、今取り挙げた部分のみならず、作品全体に及ぼして考える必要がある。この点については改めて考える機会を持ちたい。

7　日朝古典小説史の平行性

本章は『九雲記』に表れた日本軍の侵攻という記述と、その記述の持つ意味について論じたが、結局、『九雲記』の研究史整理や日本軍侵攻の記事紹介、そしてその問題点の紹介・指摘に留まった感が否めない。論じきれなかった部分に関しては別稿を期したいが、何度か論じてきたように、『九雲夢』と『九雲記』は朝鮮のみならず、中国・日本を巻き込んで東アジア全体に問題点を波及させているスケールの大きな作品である。これは単に地域的な広がりを示しているに留まらない。たとえば、『九雲夢』から『九雲記』への変化に、既に指摘したように、長編化というスタイルの変化と、恋愛物語から軍談へという内容の変化があったとすれば、それは同時代の日本の小説史の変遷、江戸時代前期の浮世草子から中後期の読本への変化と重なることになる。この重なりが何を意味するのか、ここで簡単に述べるわけにもゆかないが、中国の周辺国家であった日朝両文化の中華文化からの離脱と、東アジアの十七・十八世紀の歴史的変化が深く影響していたのではないかと考えている。この点についてもいずれ論じる機会を持ちたい。

注

(1) 日本近世の小説(浮世草子)を専攻する稿者が、朝鮮古典小説を視野に入れているのは、日本近世小説の位相を明らかにするのに、同時代の朝鮮小説研究が有効だと考えているからである。その根拠については拙著『西鶴小説論—対照的構造と〈東アジア〉への視界』(翰林書房〔東京〕、二〇〇五年、第一部、第二部)で詳しく述べたので参照されたい。

(2) 金泰熹「高麗末、朝鮮初の漢詩に見られる日本観」(韓国日本文化学会、二〇〇六年四月二十九日、春季学術大会、古典文学部門口頭発表)。なお稿者も同日「方法としての〈東アジア〉」と題する発表を行い、『九雲夢』と『好色一代男』を題材にして日韓比較文学研究の可能性について私見を提示した。

(3) 注1の拙著、第二部「西鶴と東アジア、そして十七世紀」。なお『九雲記』を論じる関係上、『九雲夢』の概略をここにまとめておく。

南嶽衡山蓮花峰の六觀大師のもと修行に励む性真は、洞庭龍王に使いの帰途、南嶽魏夫人の弟子八仙女に逢ってしばしの交遊に時を忘れる。道場に戻ってきたのちにも性真がそれに対する執心を捨てられずにいると、その性真の心中を知った六觀大師は輪廻の苦しみを経験させるべく性真を八仙女とともに俗世に行かせた。

性真は唐の楊処士の子少游として産声を上げる。成長した楊少游は故郷に母を残し科挙試験に向かう。途中、秦御史の娘秦彩鳳に会って結婚の約束をするものの、戦乱に巻き込まれて秦彩鳳と離れ離れになってしまう。その傷心覚めやらぬ中、次に洛陽に行った少游は、そこで稀代の妓生桂蟾月に会って縁を結び、傷心を癒したのであった。さらに長安にきて、鄭司徒の娘鄭瓊貝の人物の優れたことについて聞くと、彼女とも出会って縁を結ぶが、鄭瓊貝の侍女でありながらも瓊貝の朋友でもあった賈春雲とも縁を結ぶことになる。その後、目を見張る出世を遂げた楊少游は、北方の燕国を平定するために皇帝の使いとしてそこへ向かうのだが、またそこで妓生狄驚鴻に出会って縁を結ぶ。

高官になった楊少游を、皇帝は自分の妹である蘭陽公主と結婚させようとするが、少遊が鄭瓊貝との婚約を理由に断ると、皇帝は楊少遊を下獄してしまう。しかし、吐蕃の乱賊が再び唐に侵略してくると、楊少遊の知略なくしては防ぎきれないと考えた皇帝は、楊少遊に自由を与え、吐蕃征伐に向かわせた。戦争中に沈裊煙という刺客の襲撃を受けるが、楊少遊の人間性に触れた沈裊煙は楊少遊と縁を結ぶことになった。さらにこの戦争中に洞庭龍女白凌波とも夫婦の縁を結ぶ。

楊少遊は、八人の妻たちとともに、これ以上望むことなき富貴栄華をきわめるに至った。しかし六十歳になり朝廷から退いた少游は、誕生日の宴会にてふと人生の空しさを強烈に感じる。そこへ六観大師が現れ、全てを明らかにすると、栄耀栄華も周囲の八人の妻たちも一瞬にして消え去り、そこにあったのは、蓮花峰の道場にいる性真としての自分であった。性真と八仙女はこの経験から大きな悟りを得て、極楽浄土を保障されたのであった。

（4）鄭炳説「十七世紀、東アジアの小説と愛情」（鄭炳説・エマニュエル・パストリッチ・染谷智幸による共同研究「東アジア古典小説比較論――日本の『好色一代男』と韓国の『九雲夢』を中心に――」（『青丘学術論集』第24集、韓国文化研究振興財団〔東京〕、二〇〇四年四月、所収）では、この淵源を各国の都市化現象に求めている。この時期、南京・蘇州（中国）、ソウル（朝鮮）、京・大坂（日本）では妓女・妓生・遊女が風俗の一郭を担い、各国の小説・物語にもこれらの女性達がよく登場することを考えると極めて重要な指摘である。なおこの点については本書第Ⅲ部第1章「妓女・妓生・遊女――東アジアの遊女と遊廓」を参照のこと。

（5）韓国では一般的に「丁」ではなく「張」を使う。

（6）嶺南大学校中央図書館蔵『九雲記』、民族文化研究所資料叢書第二十輯、尹栄玉訳、嶺南大学校出版部〔韓国〕、二〇〇一年。なお、引用文の原文はハングル、以下、特に断らない限り、韓国語文の引用は全て染谷の試訳である。

（7）『九雲記』内題・冒頭。注6の影印より。

（8）『九雲夢』ハングル筆写本（常山本）影印（『古典文学精選』金文基編、太学社〔韓国〕）内題「구운몽권지상（九雲夢巻

之上)」・冒頭

(9)『九雲夢』漢文筆写本(後写、巻四「楊元帥偸閑叩禪扉」以下欠、架蔵)内題「九雲夢」・冒頭

(10)劉世徳「論〈九雲記〉」『九雲記』江蘇出版(中国)、一九九四年。陸宰用「〈九雲記〉研究の現況と問題点検討」『嶺南語文学』二十八輯(韓国)、一九九五年。等

(11)呉春澤「韓国古小説批評史研究」、高麗大(韓国)、国文科博士論文、一九九〇年

(12)丁奎福「九雲夢與九雲記之比較研究」『中国学論集』6集、高麗大(韓国)、中国学研究会、一九九二年

(13)『九雲記』第三十三回「九雲楼八美説笑話」。『九雲夢』では翠美宮として登場した。

(14)陳慶浩(有澤晶子訳)「古本漢文小説識別試論」『日本漢文小説の世界―紹介と研究』、日本漢文小説研究会編、白帝社(東京)、二〇〇五年

(15)『壬辰録』の朝鮮軍・明軍の将校の名前は多岐にわたる。ここでは代表的な名前を挙げておいた。

(16)日本軍将校の名前は比較的統一されている。他に小西行長を小攝(国立中央図書館蔵本)・蘇攝(同漢文本、共に「소섭(ソソプ)」)と呼ぶ例がある。

(17)今回は触れる余裕がなかったが、『九雲記』の異民族平定が吐蕃から日本に改編されたことには、多少無理がある。その一つが盤蛇谷を巡る明軍日本軍の攻防であろう。たとえば、日本軍が逃げ込んだとされる盤蛇谷を『九雲記』では泰安にあるものとしている。しかし、そもそも盤蛇谷は『三国志演義』で諸葛亮が烏戈国の王兀突骨を呼び込んだ「南方」の谷としてあまりにも有名であり(『九雲記』において日本軍が明軍を盤蛇谷に誘き寄せるのはこの趣向の転用である)、かつ、この泰安は山岳地帯ではあるものの、白龍潭といった怪しい底なし沼が存在する場所としては相応しくない。また、海を渡ってきた日本軍がそうした山に籠り、反転攻勢に出るというのも違和感がある。

(18)河宇鳳「十七・十八世紀韓国人の日本認識」『鏡のなかの日本と韓国』、ぺりかん社(東京)、二〇〇〇年

跋

古典小説と近現代小説の架橋——再びのアジアへ向けて

二十一世紀は「再びのアジア」の時代である。従来、世界のあらゆる文化文明史が、欧米の近現代を最終到達地点として書かれてきたが、この地点の軸足がこれから大きくアジアへとシフトする。よってアジアの小説史はこの視点のシフトによって大きく変わらざるを得ないはずである。この事態を見据えた上での、アジア小説の歴史叙述と未来への展望が、今こそ必要である。

東アジアで古典小説史を考える場合、どうしても外せない問題がある。それはこの地域・海域での近代小説との関係である。この点については本書で特に章立てをして述べなかった。今後の課題という意味も含めて、以下若干述べておきたい。

たとえば、日本を例にとろう。古代から近現代までの、物語・小説史を通観すれば、江戸時代と明治時代とに大きな亀裂があることは誰の目からも明らかである。そして、その亀裂の背景に、ヨーロッパの近代小説の受容と展開があったことも周知のことである。これは隣国の韓国や中国も同様で、韓国は李氏朝鮮末期、中国は清朝末期に日本と同じようにヨーロッパの近代小説、そして先に近代化を推進しつつあった日本から大きく影響を受けて変質していった。

こうした近代以前と以後との亀裂を埋めるべく、新しい文学史を叙述する努力が重ねられているが、日中韓ともにあまり上手く行っていない。そうなった背景には、それだけヨーロッパ文学の影響が濃かったとも言えるのだが、まだまだ近代化という事件を相対化できていないという現状もある。特に中韓においては、自らの近代化が、日本の植民地的・半植民地的支配と絡んだという複雑な歴史的背景があって、その相対化は容易なこととは思われないのである。

また、そうした複雑なナショナリズムが過去に強く投影された結果、東アジアの古典研究は各国がそれぞれバラバラな状態で行われているに過ぎず、一つのまとまりとして相互の影響と展開を見る研究は極めて少ない。近代以前の東アジアは漢字・漢文などを中心に、今より遥かに行き届いた「文芸共和国」*（高橋博巳）であったにも関わらず、それを全体のものとして描き出すことが出来ていないのである。

ところが、日中韓がそうした状況に留まっているうちに、欧米においては自らの近代化を相対化する試みが盛んに行われ、新しいパースペクティブが次々と提出されるに至った。それらの見直しの中で特に目を引くのは、ヨーロッパの相対化とともにアジアが極めて重要な存在として再浮上してきたことである。

＊

このアジアの再評価・再浮上が、現在のアジアにおける経済的活況と連動していることは言うまでもないだろう。近代以降、欧米以外で最初に近代化を成し遂げたのはアジアの日本であった。その日本からの影響を受けて韓国や中国が近代化に邁進したのが二十世紀であった。そして現在では、次世代の世界の経済的ヘゲモニー（覇権）はブリックス（ＢＲＩＣＳ、Ｂはブラジル、Ｒはロシア、Ｉはインド、Ｃはチャイナ）に移ると言われている。その中にインドや中国があることを考えると、アジアから欧米へと移った文化・文明的ヘゲモニーは、再度アジアへ戻りつつあることは間違いないだろう。とすれば、そうしたアジア→欧米→アジアという流れの中で、文学史、特に物語小説史を考えなくてはならない日がいずれ来るはずである。

従来、文学史に限らず、様々な文化・文明の歴史は欧米の近代化を最終地点にして、そこから遡行する形で論じられてきた。そこでは欧米の近代化が規範の中心になったばかりか、歴史の終焉まで叫ばれた（フランシス・フクヤマ『歴史の終わり』一九九二年）。先の、東アジアの近代文学が西欧からの強い影響を受けて成立したという見方も、そうしたパースペクティブの中から醸成されたものである。ところが、この最終地点が欧米ではなく、再びアジアの方角へ軸足が移りつつあるとすると、そうした「西欧からの強い影響」によってもたらされたアジアの近代化という視点も、自ずと相対化されることになるはずである。

もしそうなった場合、そのアジア→欧米→アジアの文化文明史の変遷からどのような新しい視点が浮上してくるのか。これは今後の推移によって如何様にも変化する問題だが、現時点においても明らかなことが一つある。それは、近代以前のアジアと近代化以降のアジアを直結させる歴史的、文化史・文学史的叙述が重視されてくることである。すなわち、欧米の影響は影響として評価しつつ、アジアの前近代と近代以降をつなぐ太い柱を立てる必要に迫られるはずである。その為には、現在アジア各国で行われている一国中心主義の歴史的・文化・文学史的叙述は役に立たない。それを越えたアジアや東アジアの歴史的・文化・文学史的叙述がどうしても必要になるのである。

＊

そうした趨勢の中で、私がまずもって注目してみたいと思っているのは日本と韓国である。

例えば日本は、アジア→欧米→アジアという文明化レースの中で、常に先頭グループに居り、しかも最も効率よくそのレースの位置取りをしてきた。それは近代化のレースのみではない。ポスト近代のレースにおいても、第二次大戦で負けたことにより軍備を持たない（但しこれはあくまでも表向きにはだが）という、それまでの近代国家では考えられない国家制度を引っ提げて文明化レースに復帰し成功を収めたからである。さらに今回の二〇一一年の東日本大震災と津波による原子力発電所の事故によって、国家的プロジェクトとして自然エネルギー化を推し進めることになると（そうならない可能性も高いが）、これもポスト近代のエネルギー政策という点で、極めて新しい方向に日本は舵を切ることになる。特に、この自然エネルギーという分野に、日本が踏み込んで本腰を入れるとすれば、これはアジア→欧米→アジアという世界勢力のヘゲモニー変遷から見て、極めて象徴的な事件になるはずである。それは近代化以前のアジアは、杉浦日向子や石川英輔などの江戸史家たちが言うように、この自然エネルギーをふんだんに使って文明化を推し進めていたからである。すなわち、日本の海辺に居並ぶ洋上風力発電の白い羽と、江戸時代に日本近海を所狭しと行き交っていた千石船の白い帆とが、奇しくも重なって来る。

しかし、こうした日本の近代化は経済的・技術革新的な側面であって、政治的・哲学・理念的・歴史的な側面を置き去りにしてきたことは言うまでもない。それは日本が民主主義と言いながら天皇制を遺し、平和憲法と言いながら世界第六位（ストックホルム国際平和研究所・二〇一〇年）の軍事費を計上する軍事大国であることが如実に示している。これに対して韓国は政治・理念・歴史的側面を重視する国家である。先に述べたように、近代化としては日本の後塵を拝したものの、日本統治から離陸後いち早く大統領制を導入するなど民主主義制度を整え、現在では日本より進んだ民主主義国家として認定されている（エコノミスト・インテリジェンス・ユニット（ＥＩＵ）の「民主主義指数２０１０（Democracy Index 2010）」による。韓国は世界二〇位、日本は二十二位）。また対立を厭わない政治闘争や、権力者が常に厳しい批判にさらされる政治風土など日本には見出しにくいものである。韓国のこうした背景に、儒教的民主主義とでも呼ぶべき民本思想が、朝鮮時代からこの地に根付いていたことが既に指摘されている。[**] 朝鮮時代後期、特に英祖《ヨンジョ》や正祖《チョンジョ》の時代には、民を本とすることが「国体」であると王や両班たちに認識されていた。特に正祖は庶民層に起こりつつある地殻変動を的確に捉えており、様々な改革を行おうとしていた（この改革のほとんどは正祖の死によって中断された）。また本書で述べたように、それは、すでに朝鮮時代の古典小説の中に「理念性」や「反骨精神」として色濃く見られるものでもあった（第Ｖ部第1章「熱狂のリアリズム――朝鮮古典小説の世界」）。また同じく、韓国（朝鮮）は、地政学的に言って大国（中国・日本・ロシア・モンゴルなど）の間に挟まれた天下の要衝であった（第Ⅳ部第2章「天下要衝のユートピア――金鰲新話の世界」）。ここは周囲の大国によって踏み荒らされた為に、そうした現実を超える理念や理想が常に生み出されてきた。すなわち、東アジアの近代化・ポスト近代化レースの中、韓国（朝鮮）こそが東アジアの新しい理念や哲学を生み出し、東アジアをリードしていく可能性が高いのである（すでに民主主義という側面では東アジアをリードしている）。

また、理念重視は必然的に歴史認識の重視に繋がる。韓国や中国、特に韓国が歴史認識を俎上にして日本を批判するのはそのためである。日本人の多くは、これを中韓の自国へ向けた過度な批判と受け取る傾向にあるが、東アジア的視点から見れば、中韓と日本の歴史認識をめぐる対立を止揚できなければ〈東アジア〉はない。これは、東アジアにおいて新たな価値観を生み出せるかどうかの試金石でもある。

＊

いずれにしても、アジア→欧米→アジア、そしてプレ近代→近代→ポスト近代という転換の中で、元のアジア、近代以前のアジアをどう位置付けるかは、今後極めて重要な課題として浮上してくるだろう。もとより、この元のアジアと再びのアジア、プレ近代とポスト近代が同じものであるはずもないが、螺旋《スパイラル》軌道を描きながらも、先に述べた、風力発電の羽と千石船《せんごくせん》の帆のように重なる要素も多いだろう。とすれば、プレ近代の東アジアにおける文化史・文学史をどう記述するのかは、今極めて魅力的な作業だと言って良いのである。語弊を恐れずに言えば、かつて夏目漱石が嘆いた「皮相上滑りの開化」(「現代日本の開化」)の皮相を剥がし、地に足のついた、東アジアの歴史・文化史・文学史がようやく落ち着いた形で記述できる時節になったと言うべきであろう。

本書がそうした文化史・文学史を叙述する上で、どれほど役に立つかは分からないが、私も本書を足がかりにしてさらに確かな視点を築くべく研鑽を重ねたいと思っている。

なお、本書は茨城キリスト教大学言語文化研究所叢書6号として認可され補助を受けることとなった。小松美穂子学長を始め、堀口悟言語文化研究所長、並びに大学関係者にまず御礼を申し述べたい。また、アブストラクト作成に関して、茨城キリスト教大学教授のデイビットC・ヨシバ氏(英語)、同大学講師の韓希暻氏(韓国語)のお力添えと、染谷瑞希(英語)の協力を得た。心より感謝したい。末筆になってしまったが、困難な時代に出版を御許可いただいた笠間書院の池田つや子社長並びに橋本孝編集長、そして実務において種々ご苦労をお願いした岡田圭介氏に心から御礼申し上げたい。

震災から一年を経た二〇一二年三月、遅き梅を待ちつつ　染谷智幸

※高橋博巳氏の造語（『東アジアの文芸共和国　通信使・北学派・蒹葭堂』新典社、二〇〇九年）。氏の視座の特色は、朝鮮通信使を燕行使（朝鮮から中国への通信使）と共に考えるという東アジア的視座にある。氏の著述には東アジア文学が中国・朝鮮・日本、各国民・民族の心田を耕す様子が捉えられている。

※※趙景達「朝鮮の民本主義と民衆運動」『比較史的にみた近世日本』（趙景達・須田努編、東京堂出版、二〇一一年刊）所収。なお、正祖の改革については近時出版された『イ・サンの夢見た世界（上・下）』（李徳一著、権容奭訳、キネマ旬報社、二〇一一年）に詳しい。その序文で李氏は正祖の改革が極めて斬新であり当時の世界情勢にマッチしたものであったことを強調した上で、正祖（イ・サン）の死は「未来を志向していた、朝鮮の死でもあった」と述べている。近年、明治維新時の日朝を比較して朝鮮の衰勢を指摘する文章が散見される。確かに当時の朝鮮にそうした一面があったことは否定できないが、その衰勢は、正祖の未来に向けての改革や、実学派たちのプラクティカルな改革が挫折した末でのものであった。日韓の近代化比較は近視眼的なものの見方をせずに、朝鮮時代後期の歴史全体を踏まえた上で論じられねばならない。

初出一覧

＊特にことわりのないものは、初出のままである。ただし、章として入れるために若干の手直しをした。

第Ⅰ部　東アジアとは何か

1　東アジアとは何か――光圀の媽祖、斉昭の弟橋姫
――未発表

第Ⅱ部　冒険

1　英雄は東アジアの海へ――『水滸伝』の宋江から『椿説弓張月』の為朝まで
――21世紀日本文学ガイドブック『井原西鶴』（中嶋隆編）二〇一二年五月に載る予定の「西鶴と東アジアの海洋冒険小説」を大幅に改稿しテーマも新たに設定し直した。

2　大交流時代の終焉と倭寇の成長―近世漁業の成立と西鶴の『日本永代蔵』
――未発表

第Ⅲ部　淫風

1　妓女・妓生・遊女――東アジアの遊女と遊廓を比較する
――未発表

2　日本の遊女・遊廓と「自由円満」なる世界――井原西鶴の『好色一代男』を中心に
――『日本文学』（日本文学協会）二〇〇〇年一〇月号

3　五感の開放区としての遊廓
――『新視点による西鶴への誘い』谷脇理史・広嶋進編、清文堂、二〇一一年

第Ⅳ部　怪異

1　引き裂かれた護符――『剪灯新話』の東アジアへの伝搬から読み解けること
――未発表

2　天下要衝のユートピア――『金鰲新話』の世界
――未発表

第Ⅴ部　朝鮮古典小説の世界

1　熱狂のリアリズム―朝鮮古典小説の世界、その背後にあるもの
――『韓国の古典小説』染谷智幸・鄭炳説編、ぺりかん社、二〇〇八年。なお後半に、『仁顕王后伝』『癸丑日記』『閑中録』など宮中小説に関する章を追加した（8「両班の妻女たちとデストピア」）

2　『九雲記』に表れた日本軍と東アジア世界――『九雲夢』との関係を踏まえながら
――上智大学『国文学論集』40号、上智大学国文学会、二〇〇七年一月

東アジア古典小説関連年表

年（和暦）	中国	朝鮮	日本
一三三〇（元徳二年）			志摩の白拍子鶴王子、光明寺恵観と所領争い（一二〇〇年代から遊女の所知を廻る争いが頻発）
一三三六（延元元年）			足利尊氏、室町幕府を開く
一三五五（文和四年［北朝］）	【至正一五年】庭芝撰『青楼集』	この頃から倭寇が朝鮮半島に出没しはじめる	
一三六一（康安元年［北朝］）		紅巾軍、開京（開城）を占領	
一三六八（応安元年）	【洪武元年】朱元璋（太祖・洪武帝）明、建国		
一三九二（明徳三年）		李成桂（太祖）、高麗を滅ぼし即位	
一三九四（応永元年）		都を開城から漢陽（ソウル）へ移す	この頃北山文化
一三九七（応永四年）	瞿佑『剪灯新話』刊		
一四〇五（応永一二年）	鄭和第一次遠征		
一四一九（応永二六年）		和寇の本拠地とされた対馬遠征（応永の外寇）	
一四二〇（応永二七年）	【永楽一八年】『剪灯余話』（李禎）成る		
一四二一（応永二八年）	南京から北京への遷都	この頃『西遊記』の記事を載せる『朴通事』成るか	

年（和暦）	中国	朝鮮	日本
一四二六（応永三三年）		朝鮮、三浦（釜山浦・塩浦・薺浦）を日本に開港	
一四三〇（永享二年）	【宣徳五年】明朝、この頃娼妓制度の改革、鄭和第七次航海（最終）へ出発		
一四三四（永享六年）	鄭和没（一三七一～一四三四）		
一四四六（文安三年）		世宗、『訓民正音』を発布、ハングルを制定	
一四四九（文安六年）	【正統一四年】土木の変（エセン・ハンの南下）		『精進魚類物語』この頃か
一四六八（応仁二年）		この頃『金鰲新話』（金時習）成るか	この頃東山文化　応仁の乱始まる
一四六九（文明元年）		この頃名妓笑春風、永興府で活躍か	
一四七七（文明九年）		徐居正『太平閑話滑稽伝』	
一四九四（明応三年）		金時習没（一四三五～一四九三）。成宗、妓生を重用す。成俔『慵齋叢話』この頃か	『竹馬狂吟集』（一四九九）
一五〇一（文亀元年）		燕山君、宮廷に妓生を招き盛んに酒宴を催す	都の遊女「辻子君・立君」（『七十一番職人歌合』）
一五〇四（文亀四年）		稗官文学の雄、成俔没（一四三九～一五〇四）	
一五〇六（永正三年）		燕山君、妓生を偏重する諸政策を行い、風俗紊乱す	

一五一〇（永正七年）		釜山浦などに居留する日本人、反乱を起こす（三浦の乱）	
一五二三（大永三年）	【嘉靖二年】寧波の乱、日本の大名細川・大内氏の衝突		
一五二五（大永五年）			「辻子君」（歴博本『洛中洛外図屏風』）
一五三〇（享禄三年）	この頃『三国志演義』（嘉靖本）刊行されるか	名妓黄真伊（?～一五三〇）開城を中心に活躍	『犬筑波集』この頃か『守武千句』（一五四〇）
一五五〇（天文一九年）	モンゴルのアルタン、明に侵攻、北京に至る	名妓梅窓（一五一三～一五五〇）扶安を中心に活躍	
一五六〇（永禄三年）	この頃『水滸伝』刊行		
一五七〇（元亀元年）	アルタンと明との和議が成立する	朝鮮性理学の高峰、李滉（退渓）没（一五〇一～一五七〇）	
一五八二（天正一〇年）	【万暦九年】この頃『金瓶梅』成るか。『西遊記』の作者に擬せられる呉承恩この頃没か		織田信長、明智光秀に討たれる（本能寺の変）
一五八九（天正一七年）	『風月機関』明の後半期に成る		豊臣秀吉、京都二条柳町に遊廓を許可す
一五九二（文禄元年）	世徳堂本『西遊記』刊行。『覓灯因話』（邵景詹）成立（序より）	豊臣秀吉の日本軍が朝鮮を侵攻（壬辰倭乱／文禄の役）。晋州の官妓論介、倭将を倒す	
一五九七（慶長二年）	『三宝太監西洋記通俗演義』（序刊）		

年（和暦）	中国	朝鮮	日本
一五九八（慶長三年）		日本軍再度の侵攻（丁酉倭乱／慶長の役）	
一六〇〇（慶長五年）			関が原の合戦、阿国のややこ踊り
一六〇二（慶長七年）	李卓吾没（一五二七〜一六〇二）		京都二条柳町の遊廓、六条に移転
一六〇三（慶長八年）			徳川家康、江戸幕府を開く
一六〇八（慶長一三年）		この頃『洪吉童伝』成るか	
一六一三（慶長一八年）		『東医宝鑑』（許浚）刊行	この頃、山形院内銀山に傾城町成る
一六一四（慶長一九年）	戯曲『楊東先生批評西遊記』成るか。		三浦浄心著『慶長見聞集』成る
一六一六（元和二年）	朱元亮編『青楼韻語』、ヌルハチ帝位につき後金を興す	柳夢寅『於宇野談』この頃か	
一六一七（元和三年）	宛瑜子編『呉姫百媚』、『金瓶梅詞話』刊	この頃名妓小栢舟、平壌で活躍か	江戸日本橋近くに元吉原遊郭開業
一六一八（元和四年）	為霖子編『金陵百媚』（序刊）	許筠没（一五六九〜一六一八）	遊女歌舞伎盛ん
一六一九（元和五年）			藤原惺窩没（一五六一〜一六一九）
一六二一（元和七年）	【天啓元年】馮夢龍『古今小説』（『喩世明言』）刊		
一六二四（寛永元年）	馮夢龍『警世通言』刊、鄧志謨『童婉争奇』刊	この頃『癸丑日記』成るか	
一六二七（寛永四年）	馮夢龍『醒世恒言』刊	丁卯胡乱（後金の朝鮮侵入）勃発	大坂新町遊廓開業
一六二八（寛永五年）	【崇禎元年】凌濛初『初刻拍案驚奇』刊		

一六三一（寛永八年）	『隋煬帝艶史』刊		京六条の太夫吉野（二代目）退廓
一六三二（寛永九年）	凌濛初『二刻拍案驚奇』刊		森本右近太夫、アンコールワットを参拝
一六三五（寛永一二年）			幕府、日本人の海外渡航と帰国を全面的に禁止
一六三六（寛永一三年）	清による朝鮮侵攻（丙子胡乱）	丙子胡乱（清［後金］による朝鮮侵攻）勃発	
一六三七（寛永一四年）		仁祖、清に降伏	
一六三八（寛永一五年）			『清水物語』刊
一六四一（寛永一八年）			京六条の遊廓、島原に移転（島原遊廓の誕生）
一六四四（正保元年）	清、北京へ入城、中国支配を開始		遊女物語『露殿物語』この頃成るか。『本朝神社考』この頃刊行か。
一六四六（正保三年）	【順治元年】馮夢龍没（一五七四〜一六四六）		
一六四九（慶安二年）		この頃『雲英伝』成るか（十七世紀前半）	
一六五一（慶安四年）	名妓董小宛没（一六二四〜一六五一）、冒襄作『影梅庵憶語』		
一六五五（明暦元年）			吉原の名妓高尾、太夫として出世
一六五七（明暦三年）	この頃、李漁作『肉蒲団』成立か。鄭成功活躍	この頃から妓生の話が多く伝わるようになる	明暦大火、元吉原を日本堤へ移転（新吉原誕生）
一六六二（寛文二年）	【康熙元年】鄭成功没（一六二四〜一六六二）		

年（和暦）	中国	朝鮮	日本
一六六四（寛文四年）	名妓柳如是没（一六一八～一六六四）。陳忱作『水滸後伝』（原刻本）刊		『百八町記』刊
一六六六（寛文六年）			浅井了意『伽婢子』刊
一六六八（寛文八年）			この頃、遊女評判記盛んに刊行される
一六七一（寛文一一年）	李漁の随筆『閑情偶寄』		
一六七四（寛文一四年）			森本右近太夫没（？～一六七四年）
一六七五（延宝三年）			和田頼治、網捕り法を考案、鯨猟を一新する
一六七七（延宝五年）		この頃ソウルで商業が発達、鐘閣に妓房地域が出来る。『朴通事諺解』刊行	遊女評判記『たきつけ・もえぐゐ・けしずみ』刊
一六七八（延宝六年）			藤本箕山著『色道大鏡』成る、新町の名妓夕霧没
一六八〇（延宝八年）	李漁没（一六一一～一六八〇）	この頃『彰善感義録』成るか	
一六八二（天和二年）		この頃、多くの妓房への対策として法度が制定されたか	井原西鶴『好色一代男』刊。朱舜水没（一六〇〇～一六八二）
一六八三（天和三年）		明聖王后神堂事件	
一六八四（貞享元年）	鄭氏政権滅び台湾は清朝に下る		『諸艶大鑑』（好色二代男）刊
一六八六（貞享三年）			『好色一代女』刊
一六八七（貞享四年）			将軍徳川綱吉の生類憐み政策が始まる

一六八八（元禄元年）		この頃『九雲夢』『謝氏南征記』（金萬重）成る	『日本永代蔵』刊。水戸藩の快風丸、蝦夷石狩に到着。鶴字鶴紋法度
一六八九（元禄二年）		趙聖期（『彰善感義録』作者）没（一六三八～一六八九）	
一六九〇（元禄三年）			水戸藩主徳川光圀、大津・大洗に媽祖像を勧請
一六九二（元禄五年）		金萬重没（一六三七～一六九二）	
一六九三（元禄六年）	冒襄没（一六一一～一六九三）。この頃、余懐『板橋雑記』成るか		西鶴没（一六四二～一六九三）
一六九六（元禄九年）	余懐没（一六一六～一六九六）		心越禅師没（一六三九～一六九六）
一六九八（元禄一一年）			『怪談全書』刊
一七〇一（元禄一四年）		巫蠱の獄。『仁顕王后伝』この頃成るか	江島其磧『けいせい色三味線』刊。水戸藩主徳川光圀没（一六二八～一七〇一）
一七〇三（元禄一六年）			雨森芳洲、釜山にて『淑香伝』を書写す、近松門左衛門『曽根崎心中』上演
一七一一（正徳元年）			江島其磧『傾城禁短気』刊
一七一三（正徳三年）		『壬辰録』この頃一応の骨格が出来上がる	歌舞伎十八番『助六』初演、
一七一五（正徳五年）	蒲松齢没（一六四〇～一七一五）		
一七二五（享保一〇年）			新井白石没（一六五七～一七二五）
一七二七（享保一二年）		金天沢『青丘永言』刊行	

年（和暦）	中国	朝鮮	日本
一七二八（享保一三年）			岡島冠山没（一六七三〜一七二八）、洒落本の嚆矢『両巴巵言』刊
一七四〇（元文五年）		この頃『玩月会盟宴』成るか	
一七四八（寛延元年）	【乾隆一三年】この頃、呉敬梓『儒林外史』成るか		八月『仮名手本忠臣蔵』初演、大坂竹本座
一七五四（宝暦四年）	呉敬梓没（一七〇一〜一七五四）	晩華本『春香伝』成る	
一七五五（宝暦五年）	この頃『紅楼夢』（曹雪芹作）成るか		雨森芳洲没（一六六八〜一七五五）
一七五七（宝暦七年）			洒落本『聖遊郭』刊
一七六三（宝暦一三年）	曹雪芹この頃没か	『海東歌謡』成る。海花を始め名妓の時調を掲載	
一七七〇（明和七年）			洒落本『遊子方言』刊
一七七二（安永元年）			和刻本『板橋雑記』刊
一七七六（安永五年）	『聊斎志異』（蒲松齢作）刊行	正祖即位、奎章閣を設置	上田秋成『雨月物語』刊、鳥山石燕『画図百鬼夜行』刊
一七七八（安永七年）		朴斉家『北学議』刊行	
一七八〇（安永九年）		ソウルで『林慶業伝』刊行	
一七八一（天明元年）			藤井貞幹『衝口発』成稿
一七八三（天明三年）		この頃『熱河日記』（朴趾源）成るか	
一七八四（天明四年）	『続板橋雑記』成る		
一七八五（天明五年）			本居宣長『鉗狂人』で藤井『衝口発』を批判

一七八七（天明七年）		申潤福、この頃妓生の絵画を多数描く	山東京伝『通言総籬』刊
一七九一（寛政三年）	木活字本『紅楼夢』刊		
一七九二（寛政四年）			ロシアのラクスマン根室に来航
一八〇〇（寛政一二年）		この頃『閑中録』成るか。正祖没（一七五二～一八〇〇）、正祖の諸改革終る	
一八〇四（文化元年）		この頃、貞純王后の睡簾聴政、丁若鏞ら改革派粛清さる	ロシアのレザノフ長崎へ来航
一八〇五（文化二年）		朴趾源没（一七三七～一八〇五）。勢道政治はじまる	この頃、深川芸者が人気を博す
一八〇七（文化四年）			曲亭馬琴『椿説弓張月』刊行
一八〇八（文化五年）			イギリス船フェートン号事件
一八〇九（文化六年）			鶴屋南北『阿国御前化粧鑑』初演
一八一〇（文化七年）			
一八一四（文化一一年）	【嘉慶一九年】董鱗（西渓山人）『蘇州画舫録』		馬琴『南総里見八犬伝』初輯刊行、一八四二年完結
一八一六（文化一三年）			山東京伝没（一七六一～一八一六）
一八一八（文政元年）		この頃『九雲記』成るか	
一八二三（文政六年）			立原翠軒没（一七四四～一八二三）
一八二四（文政七年）			水戸藩内大津にイギリス人上陸
一八二五（文政八年）			異国船打払令
一八三〇（天保元年）		この頃『春香伝』の古態『南原古詞』成るか	

年（和暦）	中国	朝鮮	日本
一八三一（天保二年）			水戸藩主徳川斉昭、大津・大洗にて媽祖像を引き下げ弟橘媛像へ祭神交替
一八三二（天保三年）	【道光一二年】『新評紅楼夢』刊		
一八四三（天保一四年）		パンソリ一二作の存在（宋晩載『観優戯』）。金敬鎮『青丘野談』成る	この頃、柳橋芸者の誕生
一八四八（嘉永元年）		金左根の寵愛を受けた羅閣、権勢をふるう	曲亭馬琴没（一七六七～一八四八）
一八六〇（万延元年）			水戸藩主徳川斉昭没（一八〇〇～一八六〇）
一八六八（明治元年）			王政復古、明治維新
一八七三（明治六年）		高宗の王妃・閔妃が実権を握る	
一八七四（明治七年）			成島柳北『柳橋新誌』刊
一八七五（明治八年）		江華島事件	
一八七六（明治九年）		日朝修好条規	
一八七八（明治一一年）	【光緒四年】『青楼夢』成る		
一八八二（明治一五年）		申在孝没（一八一二～一八八四）	半井桃水訳『鶏林情話春香伝』刊
一八八四（明治一七年）			三遊亭円朝『怪談牡丹灯籠』
一八九〇（明治二三年）		崔南善生まる	
一八九二（明治二五年）	韓邦慶『海上花列伝』		
一八九四（明治二七年）		『消愁録』成る	

■著者プロフィール

染谷智幸（そめや・ともゆき）

1957年東京に生まれる。上智大学文学部卒業。上智大学大学院博士前期課程修了。茨城キリスト教大学文学部教授。

著書に『西鶴小説論―対照的構造と「東アジア」への視界』（翰林書房、2005）。

編著・共著に、青柳まちこ編『文化交流学を拓く』（世界思想社、2003）、大輪靖宏編『江戸文学の冒険』（翰林書房、2007）、染谷智幸・鄭炳説編『韓国の古典小説』（ぺりかん社、2008）、諏訪春雄・広嶋進・染谷智幸編『西鶴と浮世草子研究　第四号　特集［性愛］』（笠間書院、2010）などがある。

冒険《ぼうけん》 淫風《いんぷう》 怪異《かいい》 東アジア古典小説の世界

2012（平成24）年6月5日　初版第一刷発行

著者　染谷　智幸

発行者　池田つや子
装丁　笠間書院装丁室
発行所　笠間書院
〒101-0064　東京都千代田区猿楽町2-2-3
電話　03-3295-1331　Fax 03-3294-0996
振替　00110-1-56002

ISBN978-4-305-70591-4 C0095　Copyright Someya 2012　シナノ印刷・製本
乱丁・落丁本はお取り替えいたします。 http://kasamashoin.jp/

索　引
［人名、書名・作品名、事項］

■人名索引

【あ】

【か】

【さ】

【た】

■書名・作品名索引

■事項索引

【た】

Outline
Adventure, Sensual customs, Mystery: The world of East Asian classic novels

Tomoyuki Someya

This book consists of these below contents:

Preface Is it possible to formulate a history of classic novels in East Asia?
East Asian countries have been developing economically in recent years. These countries' politics, cultures, and sciences allow them get closer and facilitate exchanges and conflicts. Scholars working in those fields need to know what East Asia is like. This book tries to consider East Asia in light of novels written in East Asia in 1700s. "Adventures," "sensual customs," and "mysteries" are the main themes of the East Asian novels of that time. These topics became the main themes against a backdrop of a strong belief in human beings which did not exist in other periods.

1. What is East Asia like?- Maso and Princess Ototachibana
   There were two great lords in the Mito domain, one of the strongest domains in Edo period. The second daimyo of the Mito domain was Mitsukuni Tokugawa and the ninth daimyo was Nariaki Tokugawa. Although both these two were great lords with an international outlook, their policies were completely opposite to each other's. While Mitsukuni enshrined Maso, the goddess of Asian Sea, in the important point on the territorial waters, Nariaki enshrined Princess Ototachibana, the goddess of the Sea of Japan, in the same connection. This indicates a foretaste of increased nationalism after the period governed by lord Nariaki. It is obvious that their views on foreign countries differ greatly. To understand the seventeenth century, one should examine the culture and the events from Mitsukuni's perspective rather than Nariaki's.

2. Adventure

(1) Heroes Appear on the East Sea; from Soko of Water Margin to Tametomo of Chisetsu-yumiharizuki

Some novels were released in Europe and East Asia almost at the same time from the sixteenth to the seventeenth century. It was also in the late Age of Discovery. Their subject matters in connection with "adventure" were released early on. You can see in their novels how much the authors respected East Asia. Their respect indicates the East Sea as the mother of free spirit centered on human beings.

(2) The End of the Period of Exchange and Development of Wakou, Japanese Pirates-The Formation of Fishery in Modern Times And "Nihon-Eitaigura" by Ihara Saikaku

Though Wakou ran riot around the East Sea in the sixteenth century, they changed their occupation to fishery in the seventeenth century. This event means not only the end of the period of exchange, but also the start of a new era. Japanese traders inherited the spirit of freedom from the Wakou arising in the East Sea, and they gradually became influential in modern times in East Asia. Some stories about the traders were written in "The Eternal Storehouse of Japan" (Nippon Eitaigura) written by Ihara Saikaku.

3. Sensual customs

(1) Gijo, Kisaeng, And Yujo- Prostitutes In the East Asia And Yukaku-Red-Light District

Prostitutes flourished in the world of love in the East Asia in the seventeenth century. They are also the stars in novels of the time popularized around the East Asia. The environment surrounding each prostitute, however, differed tremendously. Especially, the "pride" of Japanese prostitutes was in strong contrast with Koreans. Additionally, Yukaku, a red-light district in Japan, was isolated from others. This feature will be an important issue in the understanding of East Asian culture through the history of prostitutes.

(2) Yukaku As A Symbol of Unlocking the Five Senses

While the first chapter on sensual customs is about the view of the Yukaku world, this chapter will focus on the other side of Yukaku as a melting pot of various cultures. This topic is described by novels by Ihara Saikaku too, and declared then Yukaku to be a district which used to accept the cultures of flowers, incense, music, massage, etc, and how these cultures flourished gloriously. Yukaku attempted to unlock all the human senses. The unlocking of the senses gives rise to the district's name.

4. Mystery

(1) Torn Talisman-the Spread of "Sento-shinwa" in East Asia

As you may know, "Kaidan-botan doro" is written based on "Sento-shinwa" and "Botan-doki". It is said that the Japanese prized and cultivated the story of Botan-Doro at that time. The talisman which the hero used to protect himself was an especially important item to allow that story to maintain its attraction. Similarly, Korea was influenced by "Botan-doki"; however there was a story of a man who tore the talisman into pieces. The different cultures and literary traditions between Japan and Korea can be declared through the development of "Sento-shinwa" in the East Asia.

(2) The Utopia of the Most Important Point- the World of "Kumoshina"

"Kumoshina" a Korean classic novel influenced by "Sento-shinwa" as one of the mystery novels in Japan, was held as too nationalistic. This chapter will focus on Korea which is the most important point to richly consider the novel from a political point of view. This will help you find a new fascination in "Kumoshina" and obtain a new perspective on Korean literature.

5. The World of Korean Classic Novels

(1) Realism With Enthusiasm- the World of Korean Classic Novels

Japanese classic novels have realism to make readers "awaken", however Korean classic novels have realism to make readers "enthused". Where does the enthusiasm come from? This chapter will pursue the fascination of Korean classic novels from the keywords "knowledge," "the proprieties," "rebel spirit," and "fantasy". That fascination is what Japanese classic novels. It also means that is what Japan needs to have in the near future.

(2) The Japanese Army And the World of East Asia Appearing in "Guungi"

"Guunmong", a love story written by Kim Manjung in the seventeenth century, was rewritten by an unidentified writer. "Guungi", however, is three times as long as "Guunmong" and the contents are changed tremendously. The military feature was added to the contents of "Guunmong" to finish "Guungi". Moreover, Japan appears obviously as Iteki, opposed to the hero Yan Soyu. He did not appear in the story "Guunmong". This chapter will pursue the reason why the writer added the story from the view of East Asia.

Conclusion the Bridge Between Classic Novels and Modern Novels-For the New Asia

The twenty-first century is an era of "new Asia". Various cultural histories used to be written with European modern times as a destination. This destination, however, hereafter will be shifted from Europe to Asia. Therefore, the history of Asian novels also must be reedited considerably. It will be essential for the future development of Asian novels to review the depiction of those histories.

앱스트랙트
모험 · 음풍 (淫風) · 괴이 (怪異) ―동아시아고전소설의 세계

소메야 토모유키

이 책은 아래와 같은 구성과 내용으로 이루어져 있다.

〈머릿말〉 동아시아 고전소설사는 가능한가? ― 16 · 17 세기 아시아를 향하여

현재 동아시아에서는, 경제가 주된 흡인력이 되어, 정치 · 문화 · 여러 과학등이 급속하게 가까워져, 많은 문화가 교류와 마찰을 일으키고 있다. 그리고 그 안에서는「동아시아」란 무엇인가에 대해 여러 방면으로 물어지기 시작하였다. 이 책은 이러한「동아시아는 무엇인가」에 대해, 16 · 17 세기 이 지역 · 해역에 퍼진 소설을 기본으로 생각해 보고자 한 것이다.

16 · 17 세기와 그 전후, 동아시아소설의 테마로 널리 공유되었던 것은「모험」「음풍」「괴이」였다. 이런 소설이나 이러한 테마의 확산 배경에는 전대 (고대 · 중세) 나 후대 (근대 · 현대) 에는 없었던 인간에 대한 깊은 신뢰가 있었다.

제 1 부 테마「동아시아란 무엇인가?」

◇동아시아란 무엇인가? ―미쯔쿠니 (光圀) 의 마소 (媽祖), 나리아키 (斉昭) 의 오토타치바나히메 (弟橘比売)

일본 에도시대, 도쿠가와막부 (徳川幕府) 의 세 대가 (大家) 중 하나인 미토번 (水戸藩) 에 우수한 번주 (藩主) 두명이 등장했다. 이대 (二代) 번주인 도쿠가와 미쯔쿠니 (徳川光圀) 와 구대 (九代) 번주인 도쿠가와 나리아키 (徳川斉昭) 이다. 두 사람은 모두 우수한 국제감각을 가지고 있었지만, 정책은 대조적이었다. 번내해상의 요충지에 미쯔쿠니가 권청 (勧請) 한 마소 (媽祖, 아시아바다의 여신) 를 나리아키가 오토타치바나히메 (弟橘媛, 일본바다의 여신) 로 바꿨다는 것이 이것을 상징적으로 보여주고 있다. 이러한 조치에는 나리아키이후에 머리를 치켜든 일본 내셔널리즘의 징조가 짙게 투영되어 있긴 하였지만, 미쯔쿠니와 나리아키의 외국을 향한 대외의식은 크게 바뀌고 있었다. 세계로 향해 나아가는 17 세기는 나리아키가 아닌 미쯔쿠니의 눈으로 문화 · 문물을 넓게 검토하지

않으면 안된다.

제 2 부 테마「모험」

◇영웅은 동아시아의 바다로 −『수호전 (水滸伝)』의 송강 (宋江) 에서『친세쯔유미하리즈키 (椿説弓張月)』의 타메토모 (為朝) 까지

16 세기부터 17 세기에 걸쳐 거의 같은 시기에, 유럽과 동아시아에 소설이 등장하였다. 이것은 동아시아의 대교류시대와 유럽을 끌어들인 대항해시대의 말엽이며, 최초에 등장한 것은「모험」을 테마로 한 소설들이었다. 특히, 동아시아의 16 세기부터 19 세기까지의 모험소설을 조망해 보면, 동아시아해역에 강열한 동경심을 가진 작품들을 많이 찾아 볼 수가 있다. 이것은, 동아시아의 해역이 인간중심의 자유활달한 정신을 만들어낸 근원, 어머니와 같은 바다 (母なる海) 라는 것을 보여준다.

◇대교류시대의 종언 (終焉) 과 왜구의 성장 — 근세어업의 성립과 사이카쿠 (西鶴) 의『니폰에이타이구라 (日本永代蔵)』

16 세기까지 동아시아의 바다를 왕래한 왜구는 17 세기로 들어서서 어업으로 전신 (転身) 하였다. 이것은 교류 시대의 종언이기도 했지만, 새로운 성장의 시대의 막을 여는 것이기도 했다. 동아시아 해역에서 길러진 자유활달한 정신은, 주로 일본 상인들에게 계승되어, 일본을 선두로 한 동아시아의 근대화를 밀어주는 것이 되었다. 사이카쿠의 소설『니폰에이타이구라』에는 이러한 상인들의 기원설화가 쓰여져 있다.

제 3 부 테마「음풍 (淫風)」

◇기녀 · 기생 · 유녀 — 동아시아의 유녀와 유곽

16 · 17 세기 동아시아의 연애 (恋愛) 중심은 유녀들이었다. 그리고, 그녀들은 중국 · 조선 · 일본의 여러 도시를 뒤흔들었던 소설의 스타이기도 했다. 그러나, 유녀들을 둘러싼 각 나라마다의 환경은 큰 차이가 있었다. 그 중에서도 주목되는 것은, 조선과 일본의 유녀들의 긍지는 대조적인 모습을 보이고 있다는 것과 일본의 유곽이 중국이나 조선에서는 볼 수 없는「외부로부터의 격절성 (隔絶性)」을 가지고 있었다는 것이다. 이 차이는, 유녀 · 유곽의 문제를 넘어, 넓게는 동아시아의 문화 전반을 이해하는데에 반드시 중요한 시점이 될 것이다.

◇일본의 유녀 · 유곽과「자유원만」한 세계

유녀 · 유곽을 생각하는데에 중요한 것은, 근현대의 유녀 · 유곽을 규범으로 하여, 그 이전의 유녀 · 유곽을 보지 않는다는 것이다. 특히 일본 에도시대의 유곽에

는 유녀 · 유곽을 지탱하는 독특한 세계관이 있었다 . 그리고 그 세계관은 많은 예술과 문화를 유곽으로 끌어들여 , 유곽은 당연히 모든 문화의 도가니가 되어 있었다 . 이 장 (章) 에서는 앞에서 말한 세계관에 대하여 , 후지모토 키잔 (藤本箕山) 의『시키도우오오카가미 (色道大鏡)』에 나오는「자유원만」이라는 말을 바탕으로 고찰한다 . 특히 , 당시의 유곽이나 호색물의 세계를 그린 사이카쿠 (西鶴) 의『코우쇼쿠이치다이오토코 (好色一代男)』에서는 얼마나 완전한「자유원만」의 세계를 만들고자 했는지를 밝힌다 .

◇오감 (五感) 의 개방구 (解放區) 로서의 유곽

앞장 (章) 이 유곽의 세계관이라면 , 이 장 (章) 은 또 하나의 문제 , 모든 문화의 도가니가 된 유곽에 촛점을 맞춘다 . 사이카쿠의 같은 호색물을 소재로 , 당시 유곽이 여러 문화의 수용과 더불어 화 (花) · 다 (茶) · 음곡 (音曲) · 안마등을 유흥공간다운 , 밝고 화려한 문화로 재생시키고자 했던 모습을 밝히고자 한다 . 그리고 , 그 수용과 재생속에 유곽은 인간이 가진 모든 감각 (오감) 을 개방시키고자 했다 . 유곽은 분명 오감의 개방구였던 것이다 .

제 4 부 테마「괴이 (怪異)」

◇찢긴 호부 (護符) —『전등신화 (剪灯新話)』의 동아시아에의 전반 (傳搬)

『카이담보탄도우로우 (怪談牡丹灯籠)』는 알다싶이 중국의『전등신화』「모란등기 (牡丹灯記)」를 바탕으로 만들어진 것으로 , 일본인은 이 모란등기의 이야기를 소중히 키워왔다고 말해도 좋을 것이다 . 특히 남자 주인공이 몸을 보호하기 위해 사용했던「부적」은 이 이야기의 매력을 뒷받침하는 필수아이템이었다 . 그러나 , 같은「모란등기」의 영향을 받은 이웃나라 조선에서는 이「부적」을 갈기갈기 찢어버린 남자의 이야기가 있다 . 조일 (朝日) 의 문학 · 문화적위상의 차이는『전등신화』의 동아시아적 전개를 보는 것으로 부각되어진다 .

◇천하요충의 유토피아 —『금오신화』의 세계

조선의 소설『금오신화』는『전등신화』의 영향을 받은 것이다 . 이 작품은 , 일본에서는『전등신화』→일본의 괴이소설군 (怪異小説群) 이라는 흐름속에 매몰되고 , 반대로 한국에서는 너무 민족주의적으로 부추겨져 , 고고한 명품화로 되어 버린 경향이 있다 . 이 장에서는「천하의 요충」이었던 조선이라는 지정적 (地政的) 관점으로『금오신화』를 동아시아 전체로부터 풍부하게 다시 파악한다 . 이것을 통해『금오신화』의 새로운 매력의 부상과 동시에 조선문학을 새로운 시점으로 볼 수 있을 것이다 .

제 5 부 테마「조선고전소설의 세계」

◇열광의 리얼리즘 - 조선고전소설의 세계

일본의 고전소설이 가진「리얼리즘」에는 읽는 사람을 각성하게 하는 것이 있지만, 조선소설에는 읽는 사람을 열광시키는「리얼리즘」이 있다. 이러한 사람을 열광시키는 구조는 어디서 생기는 것일까?「지 (知)」「예절 (禮節)」「반골 (反骨)」「환상성 (幻想性)」이라는 키워드로 조선고전소설의 매력을 이끌어낸다. 이 매력은 일본에는 없는 것 = 앞으로 일본에 필요한 것이기도 하다.

◇『구운몽』에 나타난 일본군과 동아시아의 세계

17 세기, 김만중에 의해 쓰여진 연애소설『구운몽』은, 19 세기 미상 (未祥) 의 작가『구운몽』으로 되살아난다. 그러나 이『구운몽』의 내용은 원화『구운몽』보다 세배로 부풀려지고, 내용도 크게 바뀌었다. 부풀려진 부분에는 연애소설과는 이질적인 군담 (軍談) 적 요소가 더해졌던 것이다. 게다가 주인공 양소유에 대항하는 오랑캐 (夷狄) 로 일본이 크게 부상되어 있다. 이것은 원화『구운몽』에는 전혀 없는 이야기이다. 이 변화의 의미를 동아시아의 시점으로 살펴본다.

◇〈발문 (跋文)〉고전소설과 근현대소설의 연결다리 — 또 다시 아시아를 향하여

21 세기는「또 다시 아시아」의 세계이다. 종래, 세계의 모든 문화문명사는 구미의 근현대를 최종도달지점으로 쓰여져 왔지만, 세계의 중심은 이제부터 아시아로 크게 전환된다. 그러므로 아시아의 소설사는 이 시점 (視点) 의 전환에 의해 크게 변하지 않으면 안 될 것이다. 이러한 상황을 지켜본 뒤, 아시아소설의 역사서술과 미래로의 전망은 지금이야말로 필요한 것이다.